白驹

冉学东 ⊙ 著

中国言实出版社

图书在版编目(CIP)数据

白驹 / 冉学东著 . -- 北京 : 中国言实出版社，

2021.2

ISBN 978-7-5171-3754-2

Ⅰ . ①白… Ⅱ . ①冉… Ⅲ . ①长篇小说—中国—当代

Ⅳ . ① I247.5

中国版本图书馆 CIP 数据核字 (2021) 第 013827 号

责任编辑　史会美
责任校对　王建玲

出版发行　中国言实出版社
　　　　　　地　　址：北京市朝阳区北苑路180号加利大厦5号楼105室
　　　　　　邮　　编：100101
　　　　　　编辑部：北京市海淀区花园路6号院B座6层
　　　　　　邮　　编：100088
　　　　　　电　　话：64924853（总编室）　64924716（发行部）
　　　　　　网　　址：www.zgyscbs.cn
　　　　　　E-mail：zgyscbs@263.net
经　　销　新华书店
印　　刷　廊坊市海涛印刷有限公司
版　　次　2021年8月第1版　　2021年8月第1次印刷
规　　格　710毫米×1000毫米　1/16　18.25印张
字　　数　276千字
定　　价　78.00元　　ISBN 978-7-5171-3754-2

为文学使命而来

我认识冉学东已有些年了，起初，他是经马河声介绍认识的，在我印象当中，他是很朴实的人，他的家就在渭河北岸的关山镇，关山曾是临潼二衙所在地，也是秦都古栎阳城京畿之地，多年来更是兵家必争之地，赫赫有名的关山刀子就是这里锻造的，关山自古人杰地灵，崇文尚武，这里既出刀客，也出大儒。

很早，关山刀客麻子娃、苏仁义等一些行侠仗义的故事被人们口耳相传。关山办渭北书院，与一代水圣李仪祉亦师亦友的郭希仁先生，在这里推崇儒家学说。一代水圣李仪祉的泾惠渠工程，首倡者即郭希仁老先生。

关山也是著名考古学家武伯伦的故乡，这里出过这么多人物，也发生过许许多多故事，需要有心人去挖掘整理。冉学东就是热心肠的人，他倾情十年为家乡写出四部长篇小说。

要说他在基层，做事的确不容易，面对困难，他从不惧怕，凭着一股韧劲，他干出了一件大事，举起了当年老诗人王德芳没有举起的大旗。

从他创办《荆山》，再到成立阎良作协，我和叶广芩、商子雍、和谷、方英文都是他文学成长的见证者。

真没想到，一两年没见，冉学东长篇小说《白驹》又要面世，听到这消息，很欣慰，祝贺他在文学上又取得成绩。他为文学痴迷，自己的社团活动也十分活跃，他的激情燃烧出一团火，才带动了许多人对文学的热爱，冉学东为中国航空城阎良文学树立起来一面旗帜，我祝愿他在写作这条道路上越走越远。

贾平凹

2019年5月13日于西安上书房

- 01 -

在西部大漠有过戎马经历的老吉退伍之后，寻情钻眼钻进交口抽渭渠上班。抽渭渠将向阳镇辖区的油坊郭、仁义堡、孝义堡，以及陈家屯等村的农田灌溉划片为八支渠管辖。

多年来，八支渠灌溉业务一直由向阳镇水利口的干部代管，自从老吉进了抽渭渠之后，抽渭渠收回镇上代管的八支渠业务。

此后，抽渭渠将八支渠业务交由对于乡情吃得通透的老吉负责。

老吉做事认真，他接管之后的八支渠业务常常完成得比较出色，他也常被领导在会上表扬。有了外人眼里行水员美差的老吉，日子也一天比一天红火起来。

而他的婆娘跟了他，生娃带孩子，过了两三年苦日子之后，便过上了滋润的日子。

他婆娘名叫赵玉娥，堡子人奉承她找了个好男人，赵玉娥觉得自己在村里体面，即便回到娘家也算得上个体面人。

这年夏日颇为寻常的一天傍晚，老吉喝过婆娘给他烧的一碗绿豆汤，还吃了生辣子就馍。

他喝汤完毕，放了一声响屁。臭气还没散尽，他走近婆娘，挑好听话说给她。女人见他熏呛，推开他说走远点。

他家婆娘越是推开他，他越是向婆娘贴得更近，将她紧紧地搂在怀里，摸她软酥酥的身子，亲她白里泛红的脸蛋。

他家女人见推不开他，骂了两声讨厌，而后，半推半从了她的男人。

裹了一身臭汗的老吉，搂抱着自家女人在凉席上翻滚着快活之后，提起裤子冲自家女人说："好婆娘，我要去巡渠。"

白羽

赵玉娥见他草草了事，提起裤子走人，埋怨道："恨你，你真讨厌！"老吉故意用耍怪的口气说："我呀！吃公家粮，要跟公家人转。"赵玉娥说："滚，滚，滚，你心里没有老娘，老娘去幽会别的男人。"

老吉心里明白，他家女人说出这话，无疑也是疼爱他，同时，也给他敲响警钟，勿要拈花惹草。

听话听音，老吉立马安抚着他的女人说："玉娥，放心，我这辈子都是你的。"听到自家男人说出的暖心话，她走近他，在他脏兮兮的脸上亲了一口，说："好！你挣钱去。"

老吉见婆娘不再生气，便说："没事，我会早回来。"言毕，他揣了一包香烟，打着饱嗝，扛着铁锹走出了屋外。

老吉在渠上的职责是斗长，巡渠主要是检查水位的高低，而他巡渠最关键的地方是八支渠的斗门，斗门是水位监测站，可以掌握水位高低。

他常去监测站了解水位，如发现水位偏低，就会及时给段长反映，而段长则根据实际情况，进行调控。

段长知道老吉是个不吃明亏的人，也事事迁就这家伙。老吉巡渠，除过要去斗门看看以外，另一个目的是逮人偷水。

早前，老吉巡渠曾在现场抓过偷水浇地的人，他每次遇到这事，只要抓住，偷水的人多半会提出私了此事，他为了不将事情弄得异常难堪，通常收对方一百元至三百元不等的罚款。

虽说他成天与段长计较水位的多与少，但在偷水事情的处理上讲究分寸。不管谁偷水，但凡交过罚款，他就放人一马，压根儿不想去毁掉别人的清誉，老吉之所以这样做，绝非是善心之举，他是出于自我保护意识的考量，这样做利于他日后渠水管理工作。

刘秀英是个寡妇，她家日子拮据，娃娃读书，家里的衣食住行，都指望一年一茬的庄稼收成，天却久旱无雨，刘秀英排队的井水浇地一直遥遥无期，她指望渠水浇地却又撵不上茬口。

刘秀英不忍这季庄稼没了收成，深夜天，她蹑手蹑脚来到渠水旁，刨开八支渠的一处豁口，偷水浇灌自家干旱的一料庄稼。

巡渠的老吉听到一股水流的声音，循声来到田间，打开手电筒一看，是寡妇刘秀英在偷水。

刘秀英见亮光逼照自己，受到惊吓，问："谁，别过来，我是女人家。"老吉见是女人，且又是寡妇，说："秀英姐，你不该偷水浇地啊！"秀英见是老吉逮住自己，十分愧疚地说："兄弟，我，我这是万不得已了，你看，浇地多少钱一亩，我认你水费咋样？"老吉说："你这事叫我为难啊！"

刘秀英见老吉口气有所松动，试探着说："这料庄稼有了回头钱，我给你送去。"老吉心想她一个寡妇家是挺不容易的，她有法子绝对不这般口气对自己说话，在这件事情上我要因人而异，想到此处他说："秀英姐，你一个女人家挺不容易的，今晚这事，我就当没发生。"

刘秀英听到老吉原谅她，说："你帮我的忙，我记着，你是好人。"老吉怕寡妇门前是非多，就离开了秀英，在渠岸上溜达了个把钟头之后回了家。这日之后，寡妇偷水浇地的事，老吉一直保密着，她家水费也一直拖欠着没给。而老吉心想她是可怜人，她的水费自己认了，也许这样做自己才算真正的爷们。

老吉成天在渠上忙活，疏于田间管理，一年到头秋麦两料收成都不好。种甜瓜需要生茬地，堡子里的老宋心知老吉家收入从来不靠庄稼，寻他包两年他家的庄稼地种，老吉没准会给自己面子的。

老宋走进老吉家门，冲老吉和他婆娘开口说包地的事，成天惦记打麻将打牌的赵玉娥尽管心里也想将地包给别人，却在老吉面前摆出一副种地自己十分上心的样子。

她疑惑地说："老宋哥，人说民以食为天，我家地，你包去的话，日后，我和你老吉兄弟喝西北风啊！"

老宋见老吉没有表态，他家女人说出这话，他的老脸没有挂住，起身准备离开老吉家，老吉急忙拦住他说："老宋哥，我们一村一院的，既然你过来寻我，我岂能驳下你的面子。说实话，我成天渠上忙，种地顾不上。论说，一年一季的庄稼荒芜着，倒不如把它包给你老哥算了。"

老宋直截了当地说："老吉兄弟啊！你倒是痛快人，不过，弟妹不想包地给外人。"

老吉看了他婆娘一眼，赵玉娥见好就收，冲老宋微微一笑说："既然你兄弟将话说到这份上了，我家地包给你，这事，我听我家老吉的。"

老宋讨好他家女人说："老吉兄弟呀，娶来贤惠媳妇，老哥我攀不上这福啊！"

赵玉娥心想，他说这话，定是想让自己在承包地上给他让价，她说："弟妹贤惠不贤惠，暂且不说，我家地承包给你，也不想越外，你就随行就市吧！"

老宋问："一亩地，我每年给你一百五十块钱，你看咋样？"

老吉听到这话，觉得婆娘给老宋太掰扯，他说："老宋哥，钱不钱，是闲事，老宋哥瓜的收成好，给我三五担麦子就成了。"

赵玉娥见自家男人说出照顾老宋的话，也不好意思再去掰扯，她说："老宋哥，既然你兄弟老吉应承你这样，我也无话可说了，给你个大面子。"

老宋与老吉两人事说到辙里，两家之间写了简简单单的用地承包合同，从这天开始之后，老吉家地包给了老宋种瓜，而老吉和他婆娘就成为仁义堡不折不扣的脱产农民了。

这年，秋收季节过后，刘秀英仍然记着老吉给自己的好，她家玉米掰回晒干之后，她揣回家的苞谷糁，自家屋里还没来得及下锅就送一袋子给老吉家，老吉和他婆娘也都明白，刘秀英给他家送来苞谷糁，是想还她一直欠下老吉家的人情。

虽然，寡妇刘秀英事出有因地给他家送来苞谷糁，但她毕竟是一个寡妇，老吉为这女人的到来捏了一把汗。赵玉娥心想，这女人仍有几分风韵，她要是给自家男人用心，也没准会让老吉动心的，这也只能是自己猜测而已，她也许没有这层意思，人常说有礼不打上门客，既然她来到家，我不能让人家好心遇到冷板凳。想到此处的她，态度立马由冷漠变得热情起来，她走近刘秀英，接着她送来的苞谷糁，说："瞧！姐姐你孤儿寡母，过日子不容易，还这么上心。"

头冒虚汗的老吉见自家女人表情不再僵硬，甚至变得主动迎合，这才说："秀英，你送这个过来，我和你弟妹怪不好意思。"

刘秀英冲着他一笑，也冲着他的女人一笑，说："这是自家地产的，我送来，你们也尝尝鲜。"

老吉从他婆娘手中接下苞谷糁，腾出手的赵玉娥让刘秀英坐进里屋，又泡上壶茶水给刘秀英喝并闲聊。秀英说她最纠结的是她的宝贝儿子能否考入高中，见女人说出她的忧愁话，赵玉娥安抚着说："大侄子考试过则罢，要是考不进高中，你兄弟老吉，去给人家学校说说，也许可以给你帮上这忙。"

老吉心里清楚寡妇儿子上学成绩不算太好，考入高中几乎无望，赵玉娥给自己揽下这个瓷器活，他也未必能给人家帮上这忙。

有驳面子的话，老吉不能说出口，见推脱不掉，于是，应承着说："秀英姐，娃考不进中学，我帮你。"

刘秀英承情地说："看来，我今天来对了，姐我就提前谢谢兄弟你和弟妹了。"

刘秀英见时候不早了，起身离开了老吉家，送完刘秀英回到家里的赵玉娥又忙活起了她的针线活。

她见自家男人从茅房回来，担心他打起寡妇的歪主意，于是，表情严肃地冲他说："老吉，今后，你胆敢打寡妇的主意，小心我手中的针扎你娃的屁股。"

老吉心虚地赶忙讨好自家女人说："好我的娘子，这辈子，我心中只有你。"

赵玉娥自我满足地说："这我就放心了，好，你忙你的去吧！"老吉喝了两口凉茶，出了门去收水账，而他的女人又继续忙活起自个儿的针线活来。

每年入冬之前，八支渠按照往年惯例，都要清理渠道淤泥和一些杂乱的荒草，而这些活多半会考虑做事向来踏实的人去做。刘秀英寻老吉要去渠上清理杂草，她一年一季上渠做活，为的是小麦这茬冬灌与欠渠上一茬水费两者两抵。老吉见寡妇刘秀英寻上门来，心想渠上的活叫谁做也是个做，这女人家可怜，既然，她要做，送她一个顺水人情也无所谓。刘秀英在渠上除草，虽然受些苦，但是，想到自家水费不用交，心里就一直记上了老吉对自己的好。

－ 03 －

老吉渠上放水要与八支渠沿线的村子打交道，所以与八支渠沿线的村干部往来就成为常事。赵玉娥心里明白老吉打牌也罢，喝酒也罢，无一不是为达到与各村的头头脑脑联络感情这一目的，而这似乎影响不了他家的红火日子，于是，老吉婆娘，从不为她男人在外面打牌喝酒给他难堪。在与众多的村主任往来之中，和仁义堡的村主任老仁算是交情最深的，老吉在老仁家喝酒打牌次数是最多的，向阳初级中学后勤主任老董就是他在老仁家打牌认识的。老吉婆娘也喜欢打牌，她不甘心自己成天闷着心慌，时不时也跟男人去老仁家打牌凑热闹。

寡妇抓娃很辛苦，刘秀英心想自己吃点苦也没啥，只要她儿子赵淮安顺当地考学出去，这样也对得起因车祸已故多年的男人赵忠民。刘秀英好强，她儿子成绩却一直在中游徘徊着，眼看着新学期要开学了，刘秀英对娃上学拿不定主意，有人叫她找关系帮忙，说她娃要是多读一年初二的话，打好学习的基础，考取中专学校也就相对容易了。

刘秀英为娃留级的事上心着，为娃上学的事去奔波，她心知肚明，老吉经多见广，她娃上学找他，这事必然会迎刃而解的。

老吉是个热心肠，刘秀英又与他是熟人，打过好几次交道，她只要提出这事，他会热心去办的。

一天，老吉见刘秀英来屋，他问秀英姐有啥事过来，这进了门的刘秀英开门见山说起她娃上学的事，老吉见他婆娘并不反感寡妇来找他，他与自家女人交换一下眼神，心领神会了自家女人的态度，用干脆的口气冲忐忑不安的刘秀英说："好姐呢，这番，侄子上学找我，算是你找对人了。"

刘秀英见老吉说搭茬的话来，便说："真的，我娃留级的事，你能帮上忙吗？"

赵玉娥接过话头说："好我的秀英姐，既然你兄弟敢揽下你这瓷器活，他就有自己的金刚钻。"

刘秀英心里踏实许多，便说："我给兄弟和弟妹添麻烦了。"

老吉说："甭客气。"

赵玉娥跟着又说："就是，你别揪心。"

刘秀英见老吉夫妇应承她的事，她又说过一些感谢的言辞，这才转身离开了老吉家。

老吉心想事不宜迟，刘秀英人走之后，他立马去了向阳镇初级中学。

主任老董听过他的来意之后，心想既然老吉过来说情，他这老牌友的面子还是要照顾的。

他没有抽老吉一根烟，便应承给他办事，老吉打内心感激着对方。

而老董之所以应承给老吉帮忙，是因为他心中有底。在这所学校除过校长以外，他的权力算是最大的，他是元老级别的老教师，谁不给他几分面子，他定会给对方难堪的。

老董给马永安校长开口果真奏效，校长马永安给足面子，说学生不仅留级，还要照顾进到好班去。这消息经老吉很快传至刘秀英耳边，她听到老吉给娃办好留级，且可以报个最好的班，她自言自语道："忠民啊，咱娃上学有指望了。"

她等来消息并给娃很快地报名之后，悬在心头的一块石头终于落在地上。听说老吉给秀英娃上学帮了忙，堡子里有人夸他本事大，更多的街坊邻里说他是个好人缘。

夏日里，仁义堡老槐树下多半都是男人常去纳凉，自从县上文史研究专家来过这村之后，意外地透露这地方曾是尼姑庵的老底摊，有人借此附会一些阴阳学的故事，男人开始避讳去老槐树下纳凉。正因此故，堡子里男人成天热闹的地方换了角色，老槐树下变成婆娘们的天下了。

立秋这日，刘秀英一如往常来老槐树下纳凉，却见婆娘要比往日少了好几个，她好奇地问坐在身边的王凤霞，说："我说凤霞，今天这空荡荡的，苦瓜姨和南瓜妹咋就没来凉快呢？"

王凤霞说："秀英，你我做活迟笨，新疆拾棉花，韩城摘椒，去过了几茬人了，都没咱的戏！"

刘秀英听王凤霞说被人排外的话，她既嫉妒又厌烦地说："出门给人下憋苦去了，又不是进到宫里去当娘娘，好我的凤霞哩，咱甭羡慕她们，各人有各人的圈子，各人也有各人的活法呀！"

王凤霞说："那倒是，好出门，不如赖在家，出门受罪，我们吃不消它。"

刘秀英用羡慕的口气说："人家挣钱回来，我们可要眼红别人呀！"

王凤霞安抚着说："其实，我们不怕累，活，我们找也不费啥。"

刘秀英接她话茬问："凤霞，你说我们能寻到啥活做呢？"

"哦！你个秀英啊！过了夏，八支渠要修整渠堰，我俩找老吉去，给他渠上铲草清淤去。"王凤霞生来主意，语气干脆地说。

秀英心想去就去，倒是赞成这个，不过，老吉家门去的回数多，他家婆娘想事多了，这个多不好啊！想到此处的她机灵地说："事倒是好事，我去，但这活要你去谈。"

王凤霞考虑到刘秀英有难处，她圆泛着说："好，我去谈这活。"

八支渠修渠清淤的下苦活谁来干呢？老吉为此忧愁之际，堡子里的王凤霞来寻，老吉听说王凤霞想和寡妇刘秀英揽下这活，他说："我正在发愁找谁干活，你个凤霞真是及时雨，好了，你和秀英姐想干那个，只要不怕苦，这活给你俩去干，有你们去，我省心许多了。"

王凤霞谈拢了活路及价格之后，说了感谢老吉的话，给老吉夫妻打了招呼转身离开他家。

霜降节令之后，八支渠铲草清淤活路拉开了，铲草、清淤、给渠上画线修复，按说都是一等一劳力的男社员来完成的活路。这年从头至尾却是两个女人在干活，她俩手磨了茧，脸也晒黑了，一个半月的时间，秀英掐指一算，她俩每人可以挣来千儿八百的。

王凤霞干完活的头天，给老吉要了她该挣来的钱，她心想有了这笔收入，这过年的腊月花销就不愁了，而刘秀英做活归做活，老吉给钱酬谢她，她却始终不收，她说自己做活与先前欠下渠上的水费两抵了。

老吉打牌花销，手头不大宽松，见秀英说出这话，他说这冬浇地，你家水费我就不收了。

刘秀英不收工钱，老吉水费相抵，老吉婆娘赵玉娥对于这种折中也赞成。

— 04 —

仁义堡春灌动弹了，刘秀英井水浇地排队在后半夜，她给田地施过肥，只等后夜天有人来叫自己浇地。深夜，她推着架子车拉着临时睡觉的铺盖卷儿去了田间。

这晚她引水进地，见水流舒缓，便将铺盖摊在架子车上，停靠在地头旁卧在车厢里很快睡着了，且越睡越香，不远处的一列火车飞驰而去，也没有吵醒她。

在睡梦中，她竟然像蝴蝶一样飘走，越飘越远，忽而落在绿葱葱又雾蒙蒙，看上去漫无边际的卤泊滩。

此刻，有人在喊："秀英，我是忠民，我来看你了。"

声音亲切而熟悉，由远及近地传来，刘秀英莫名其妙着，也十分好奇着，她听出来了，这声音不是别人，是她已故多年的丈夫，她循声而去，发现果真是自己的丈夫。她仍不敢相信地问："你是忠民？我不该是做梦吧！""是我，我是你丈夫忠民，我来看你了。"赵忠民应声说。

她走近他，摸了他的脸面，又依偎在他怀里撒娇着说："忠民，是你，我好想你。"

赵忠民说："我也是，我天天都想我结发的娘子，也想我的骨肉淮安。"

她莫名其妙着问："忠民，你在阴间，咋又回到阳间呢？"

赵忠民道出原委说："阎王爷上了天庭参加王母娘娘蟠桃会，判官喝酒模糊过去了，我趁着阴间把守空虚，逃出奈何桥和十八层地狱，这才与老婆你终于见面。"

听到赵忠民这么一说，刘秀英换过姿势，抱紧丈夫说："好忠民，既然你已回到阳间，跟我回家好吗？"

赵忠民无奈地摇头说："你我阴阳两隔，在一起这永远不可能。"

秀英说："忠民，我爱你，不许走，你要跟我过完下半辈子。"

赵忠民话题一转说："淮安，他听话吗？"

刘秀英说："他听话，对了，他上学，多亏老吉帮了忙。"

赵忠民说："秀英，我不能常来看你，今后，真的有啥难处，就去找老吉，他会帮你，帮我们赵家的。"

秀英微微点头说："嗯，我以后有事就找他去。"

说话间，幽怨的鬼魂的声音传来，喊道："赵忠民，你回来，赵忠民，你回来。"

赵忠民寒战着说："秀英，不好，黑白无常抓我来了，你多保重，我要跟他们回去。"

刘秀英含泪说："忠民，你别走，跟我过下半辈子吧！"

他一甩袖子飘然而去。一列火车由北至南呼啸而过，震动的声音惊醒了刘秀英，她这才恍然清醒。

原来，她见到赵忠民仅仅是梦而已，这夜浇地醋睡，她的梦很离奇，但是，她一梦醒来，便更坚定地要留在赵家，她要供养淮安读书，以告慰丈夫的在天之灵。

　　不久，向阳镇初级中学一年一度的中考光荣榜贴出。令即将退休的马校长开心的是，这届考得最好，这既为学校赢得体面，又为学校赢来了实惠，无疑，这成绩可谓自己的收官佳作。

　　向阳镇初级中学名列全县前茅，按照惯例，学校至少可以拿到县教育局发放的万儿八千的奖励。

　　赵淮安因中考成绩突出也上了光荣榜，向阳镇初级中学后勤主任老董一看榜单，替自己曾经办过的后门生而庆幸着，急忙将赵淮安考取好成绩的消息告诉了老吉。

　　听到这个消息的老吉，又急忙去了刘秀英家报信。他来到刘秀英家来不及喝上一口水，便告诉了她娃考了好成绩的消息。

　　刘秀英听到娃上了光荣榜，顿时和儿子沉浸在无比的喜悦中，刘秀英激动地拥抱近在身边的儿子赵淮安，兴奋着说："娃，这回给妈争气了。"

　　赵淮安感激地对母亲说："今天之所以取得好成绩，是母亲大人支持的功劳啊！"

　　刘秀英叮嘱儿子今后还要不断地努力进取，很快，她又想起一件事，自言自语地说："忠民，娃这回没有辜负你的期望，我们娘俩给你报个信，你也要为你的骨肉赵淮安开心开心啊！"

　　老吉宽慰地说："这下，我忠民哥在泉下就可以安息了。"

　　刘秀英这才意识到冷落了客人，她立马收拾了屋子里凌乱的物品，为老吉招呼了茶水，接着又兴奋地说："老吉兄弟啊！我娃这回上学的事，说实话真叫你两口子费过心，这不，为淮安的事，你还欠下董主任一个人情，这回，你和弟妹叫上学校董主任，我请兄弟一家人和董主任吃回汤水去。"

　　刘秀英提到了请客，老吉又开玩笑说："秀英姐，我和你弟妹，牙早就磨尖了，你这饭我早想吃了。"

刘秀英又应心着说："别忘了，到时候，千万要叫上人家董主任。"

老吉世故着说："秀英姐说得对，你不提醒，我就忘了人家董主任，这回人家可是出大力的人，我们要懂得饮水思源啊！"刘秀英再度态度诚恳地说："就是，你挑个时间，联系一下董主任，我这头就等你给消息。"

向阳镇初级中学后勤主任老董是出了名的喜欢喝酒的热闹人，老吉说刘秀英时时惦记董主任帮忙一档子事，要请客吃饭了却她近日以来的一桩心事。董主任也曾听说过刘秀英是寡妇，她带孩子很不容易，心想，这娃考学虽然是个可喜可贺的事情，但是，她个寡妇家请客吃饭，自己于心不忍。想到此处，便冲连拉带拽坚持要请他吃饭的老吉说："老吉，秀英娃考了好成绩，我们该替她开心，但是，至于这顿饭呢，我不去吃，原因是，他们母子不容易。"

老吉细细一想，董主任说得在理，他要坚持不去吃饭，自己不能强求。

于是，他松开紧紧拽拉的手，歉意地说："董主任，你成天忙，我给你添堵了。"

董主任冲他嘿嘿一笑说："你小子，说话变得精明了。"

老吉挠了挠头，说："你董主任划搅我，我几斤几两，你还不清楚吗？"

董主任又言归正传着说："好嘞，你我都是忙人，秀英请客的事，只要心意到了，我就高兴。我还要忙学校的一摊子事，你就回吧！"

没能请来董主任吃汤水，寡妇刘秀英心里清楚，这绝非是老吉没脸面，人家主要考虑自己情况差。刘秀英心想她的艰难在后面，董主任不赞成请吃，老吉夫妻就更没吃饭的意思了，请客吃饭的想法也就不再提说了。

全县中考成绩公布之后，县教育局为达示范作用，立马兑现了承诺，给向阳镇初中奖励了一万元。

向阳镇人民政府为了推进教育强镇的步伐，继县教育局之后又对向阳镇初级中学奖励五千元。

学校有了外来钱进账，送办公品的老板，来校找后勤主任老董要拖欠的钱，老董见推脱不掉，寻马校长解决，马校长不想落下赖账的名声，他拿出奖金，开支了办公用品的几千元账，其余的用于当年的教职工福利及电费。

仁义堡锣鼓队想去为向阳镇初级中学考入全县前茅而热闹一回，锣鼓队鼓头老林头找了村主任老仁。老仁冲老董明说此事，老董见仁义堡锣鼓队热情程度高，便说："热闹一下这事是好事，我先替马校长感谢老仁和乡党这番美意。"

"虽说，锣鼓队出于祝贺学校取得成绩的目的来热闹，但是，校方要对锣鼓队有个简单的接待。"仁义堡主任老仁这么说。

老董说："那当然，乡党去祝贺了，不能热脸贴到冷板凳上，我回去给马校长说说，请他们好好吃顿羊肉泡馍。"老董很快与校长交换过意见，应承给锣鼓队管饭吃的事。

老仁与老董谈妥事情，趁着大伙兴致极高，便为学校送了一场锣鼓，而锣鼓队成员敲了鼓，吃过公家人管的一顿羊肉泡馍，自个儿落了肚儿圆就成为在乡党面前的谈资了。

刘秀英从邮递员的手中接到了儿子杨凌农校录取的通知书，起先，她想只要孩子考入中专学校就意味着他一生命运就要发生变化，因考学出去，他今后再也不用成为面朝黄土背朝天的农民。

而一张录取通知书让她顿觉又有了新的一层压力，她手头没有积蓄，娃娃上学需要花销一笔钱，又迫在眉睫，这如何是好？赵淮安察觉到母亲的忧愁。他让母亲坐在老藤椅上，一边给母亲捶背一边宽慰着说："妈，我学费的事，还早着呢，人说车到山前必有路，您可别为我上学这件事急坏了身体。"

刘秀英禁不住流下眼泪，赵淮安给她递过一团纸擦了眼泪，秀英忽然又想起赵忠民寄梦卤泊滩，便不想让孩子看到她的脆弱。她止住眼泪，调整好自己的心态，又一次去了老吉家，为自家孩子去杨凌农校上学凑学费。

刘秀英见老吉家门上挂了锁，便在他家附近打听，老吉对门人告诉她老吉去了渠堰，他婆娘上外村打麻将去了。

装有心事的刘秀英转而又去渠堰找人，老吉听到脚步声，扭过头一看，自己身后来了个女人，是刘秀英，他惊讶地说："秀英姐，是寻我来的吗？"

刘秀英喘过气，等舒缓了下来，才吐出言语来："兄弟，娃这回被杨凌农校录取了，报名学费我凑不齐，还要跟你开开口，这回是个大忙，你一定要帮姐姐啊！"刘秀英说。

老吉愣了一下，没有立马应承她，而是说了模棱两可的话，他说："秀英姐，侄子上学是件大事，我按说理应帮你，不过，学费给你凑少了，又解决不了问题，若是拿多了我要给赵玉娥说声，她娘家人盖房刚从我这借走了几千元钱，说实话我手头还是紧啊！"

刘秀英仍然说："老吉兄弟，你路子宽，给我帮衬下，我以后会感谢你的。"

老吉见推脱不掉，说："我回去跟玉娥商量商量，过两天给你个回音。"

刘秀英说我等你消息，就转身回了家。就在这天晚上，老吉对赵玉娥提说了刘秀英娃上学借钱的事，赵玉娥听了这话，说："寡妇家事，就你爱操心，你想打人家歪主意了，这钱不给借，我唱一回白脸。"

老吉辩解说："你瞎胡说些什么，我帮她，这也是应该的。"赵玉娥不客气地说："啥，啥，啥？你帮她是应该的？你想睡寡妇？"

老吉气得涨红了脸："你个赵玉娥，简直不可理喻，我帮她是有原因的。"

赵玉娥听到丈夫话中有话，便追问道："你有啥原因，讲出来我听听。"

老吉回忆起他小时候的事情，堡子里娃常去铁路玩，好动贪玩的他寻来铁丝在铁路上碾刀子，不一会儿，一列火车开来他却浑然不知，还在继续玩，在铁路旁挑蒿草的赵忠民一见不对，急忙三步并作两步从铁路上拽走了老吉，这才捡回来老吉一条命。

这事过去了好多年，老吉一直记在心里，说出这件事之后，赵玉娥谅解地说："既然是这个原因，借钱给她，我不反对，不过眼下，我娘家人盖房借走钱，我们手头给人家凑不来，你有法子的话，帮衬一下她娘俩。"此后，老吉从老仁处借来两千元钱，给了寡妇刘秀英，帮她渡过了眼下的难关。

- 07 -

范长安是县教育局办公室的宣传干事，多年来表现优秀却一直得不到提拔，他为自己的仕途煞费心机。教育局机关提拔无望，他心想走迂回线路，最终达到解决他科级待遇这一目的。

范长安早早就知道了向阳镇初级中学马校长将届满退二线的事，他为补这个缺没少找局长李育生。

以前，他找过多次却没有敞开谈自己的想法。他寻思他自己早告诉李局长一天，他也许会为自己早考虑一天，想到此处的他又一次来到李育生局长办公室。

与往常不同，李局长问他有啥想法，于是，他提出自己要去基层锻炼的诉求。

李育生一听这话，并未立刻表态，他心想这小子冲着向阳镇初级中学校长这缺来找，真叫人为难啊！通常按照惯例来说，各镇初中校长人选多为各自乡镇主管教育的镇长推荐，又经县教育局人事科调查摸底，确实可以胜任，再经过县教育局上会研究产生，他这番提出这个，分明要自己违背组织程序啊！但是，他这科级待遇一直没有解决，论说，他下了一场苦却看不到仕途，这对人家来说也不大公平，我该如何是好呢？我手头不能一直压人啊！要是换个角度来分析此事，他想下基层其实也未必是件坏事，我若是给他们空降范长安接替马校长，他们或许可以理解我县教育局对他们教育强镇的有力支持。

想到此处，他冲着久久等待的范长安说："长安啊，你小子，在我手头是耗了好多年头了，你很优秀，我也很赏识，说实话，我这些年也考虑过你的个人进步，但是，你是聪明人，我们这个县，一些事说来较为复杂，我要应对各方面的关系以及领导，往往就将自己人的事一直推在后面了，我没有给你进步的机会，这我也有责任啊！是这，向阳镇初级中学马校长很快就退休了，你去基层锻炼的诉求我答应，下去锻炼锻炼，这对你人生仕途是有帮助的，为了你这事，老哥我就不忌讳别人说我家长作风了。你的事，教育局宋书记那边我去做工作。只要有利于向教育强县的战略目标迈进，想必，以宋书记为人坦率的性格，他会理解我的一番用心的。"

"谢谢李局长器重，我不会给您丢人的。"范长安说。

李育生说他出去有应酬，叫范长安先在局里安心工作，等他做过宋书记工作之后给音讯。

范长安与李育生达成共识约一个礼拜之后，县教育局党委书记宋书记找他谈话。

宋书记说："长安，你在县教育局的工作，我们局党委是积极肯定的，局里考虑调你去基层工作，你要好好把握机会，局党委对你提出期望，你要努力探索农村初中教育科学发展的新路子。"

范长安感激地说："谢谢宋书记关心，我会做出努力，请宋书记放心，我决不辜负您对我的殷切期望。"

宋书记欣慰地说："好，这我就放心了。"

宋书记与范长安谈话之后，很快，县教育局将拟调范长安为向阳镇初级中学校长一职的红头文件下发至县上各个教育学区。

范长安的任何风吹草动，都逃离不了他校友冯明哲的察觉。冯明哲与范长安是一茬于蒲城师范毕业的，他俩也都因为喜好文学而长期保持着交流。

范长安因曾在县教育团委有过实习的经历这一优势，毕业之后直接进入县教育局工作。而同等学力一样喜好文学的冯明哲却被分配到远不如范长安工作环境的一所乡下小学任教。

范长安在县教育局工作之后，冯明哲心想自己与范长安是有差距的，便想尽可能减少与之往来，但是，范长安却经常联系冯明哲，也经常约他吃饭。

但凡吃饭，十有八九是范长安付钱，这都是为了对冯明哲进行心理上的一种安慰，冯明哲历来把他的买单也认为是一种义务，他常风趣地冲范长安开涮说："我这辈子，把你范长安的土豪打定了！"

冯明哲心想范长安去向阳镇当校长，他走了之后，县教育局就有了空位子，这样一来，势必自己就迎来一个好契机，趁机跑一下自己的工作，也许还会如愿以偿啊！

他将这一想法与范长安交换意见，范长安说他应该借此机会跑一跑，不过，这不是一件小事，谁能在李育生局长跟前搭上话呢？

冯明哲忽然间来了主意，他想起了向阳镇主管教育的房文进是他表哥，找他也许此事会迎刃而解的。

范长安心想他俩在工作上有协作关系，县教育局在当地所有的建校工程都离不开当地政府的有力配合，想到此处他说："既然你表哥是主管教育的镇长，他给李局长搭话，我猜想会顶用的。"

冯明哲祝贺了范长安当校长，便匆忙离开，去找向阳镇主管教育的表哥房文进。

有亲戚关系的冯明哲为了个人事情来找自己帮忙，房文进心想，他多少与县教育局的李局长能搭上个话，便冲心事重重的表弟说："我只能试试看，也不敢打包票这事能百分之百成。"

冯明哲说："表哥，只要我们路跑到了，事成不成，那是另外一回事。"

几日后，房文进亲自去了趟县上，约了李局长喝茶，提说自己表弟很有才气要推荐他来教育局工作，叫李局长想方设法调他来教育局工作。

李局长想起近年县上提出的教育强县的口号，教育局又离不开基层乡镇的配合支持，此外，先前他推荐给自己校长人选，却没有选用，驳了他一回面子，这番又将他打发，势必给今后的工作推行带来不必要的麻烦。既然是他房文进镇长的亲戚，文笔不错，我办公室又缺人，何不成全这件美事呢？他语气干脆地说："既然你过来寻我，我岂能怠慢，你表弟的事，我会上心的。"

房文进感激地说："李局长好人，感谢你帮我。"

李育生局长突然话锋一转说："我应承给你办，但是，我们也是党委负责制，因此，我建议，你不能忽视宋书记的态度啊！从客观上来讲，冯明哲调进局的事，有了他的表态我就不被动了。"

房文进一听这话，认为李局长说得有道理，与李局长谈过事之后，他托人从汉中捎回来两盒雀舌的明前茶亲自送给了宋书记，并提说了他表弟冯明哲想进城的事。

宋书记问询了冯明哲详细情况后，应允了此事。

之后，县教育局党委宋书记找李育生局长谈了他给办公室进人的事，李育生心里明白，这是自己为了给房文进镇长办事有意圆泛此事，他给出主意叫寻宋书记表态，这下，正好按照自己的意愿而来，但是，自己还得装着蒙在鼓里，他说："既然，宋书记物色的人才，我没得说，我要尊重党委领导的意见嘛！"

县教育局领导意见统一之后，县教育局进行了人事调整，冯明哲搭上了他师范校友范长安的一班顺风车。范长安又听说冯明哲老表不仅是向阳镇主管教育的镇长，还是向阳镇初级中学后勤董主任的学生，便在自己没有上任向阳镇初级中学校长之前，经冯明哲的牵线专程拜会了房镇长，又拜会了在向阳镇初级中学的老校长以及学校后勤处的董主任。

范长安走马上任校长后，教育局对学校的人事有了新的调整，老校长退休后被返聘为向阳镇学区的督导员，原来的副校长刘宏斌被提拔为支部书记，以前的教导主任晋升为主管教学的副校长，教导主任的缺由副主任杨新仓接替。

学校的团委书记徐义卫兼任着空缺下来的教导副主任一职。

范长安与教职工开过见面会，为了对教师的教学能力有所了解，他逐一听了教师的课，在充分掌握教师队伍的教学底子之后，他着手探索打破老校长传统思维模式的管理方法，积极推行切实可行的科学绩效管理办法。

在向阳镇街道突然间打麻将变得风靡一时，当地的驻镇企业员工，甚或贩夫走卒，无一不喜好打麻将这一娱乐，打麻将叫不少人茶饭不思，也夜不归宿。打得入迷的个别教师，去惯了麻将馆，日常教学工作受到了影响。有家长抱怨老师不专心投入教学，一气之下报了警。教师参与打麻将这芝麻事，按说是派出所八竿子打不着的，但向阳镇主管教育的房文进镇长为了支持学校正常工作，催促当地民警对教师贪牌一事给予威慑，当地民警迫于压力，抓了几名打牌教师并处以治安警告的处罚。

新官上任三把火，范长安担心不良之风日益蔓延，在周一的学校例会中痛批了教师打麻将这一现象，为了杜绝此类事情的继续发生，他采取了打卡考勤——坐班的管理措施。大多教师揣摩不来他的脾性，便多了一些顾忌，而后勤主任老董认为自己是老资格了，便不顾新来校长范长安的管理措施继续坚持着打麻将这一爱好。

范长安心想他老董违令不遵，让自己脸面何存呢？他也想过当面锣对面鼓规劝他罢手，但却摸不清自个儿会因此事招致多大的风险，如若这般，倒不如在打牌这个喜好上向他妥协。

他又心想老董是学校的事务主任，客观上来说他还要与校外的人沟通感情，要是考虑这一理由，他在外面打牌的事也就说得过去了。他觉得自己的这一推理也蛮有道理，于是，又一次的教师例会上，他还袒护了老董继续打牌的事。

不知情的人就会理解为老董在范长安校长跟前十分受宠，而知情的人则明白范长安的这一套法令在老董身上未必奏效，他之所以坚持打牌，也是给人暗示他是学校元老，不管是谁当校长，凡事都要给自己一个充足的面子。

双琴是仁义堡主任老仁的婆娘，经常招人来家里打牌。这日傍晚，老吉忙完他手头的事情，想来老仁家过把打牌瘾。老吉刚一进了老仁家门，还未开口，老仁就知道他来想摸摸麻将，他婆娘双琴也猜透了老吉的心思。老仁给来客泡了花茶喝，老仁家女人出门叫来了副主任宋新来。

她心想打牌三人是开不了锅的，她还想去叫人打牌。

老仁心想老董是好打家，叫他过来打牌才叫过瘾啊！想到此处，冲他婆娘和屋里其他人说，打电话叫老董来。又意识到老董的电话，他婆娘打不合适，他的电话要自己打才对，于是他掏出手机刚想给老董打过去，他婆娘像万事通一样，疑虑着说："老董学校来了新校长，听说做事很严肃，在这风头叫老董来，不是在挖坑害人家吗？"

老仁犹豫了片刻，忽然来了精神，冲他女人，也冲焦急等待的老吉和副主任宋新来说："管他呢，我给这老屄先去个电话。"

老仁对宋新来说："打，瞽乱一下歪老屄。"

双琴说："掌柜的，你这是非寻得老董骂你才心甘呀！"

老吉说："好嫂子，仁哥啥事不知道，他不叫人家老董，老董这人才犯病哩！"

宋新来也说："嫂子，我仁哥给老董戳个电话，也是对的。"

老仁看了看他的婆娘，略显厌烦地说："双琴，你烧水去。"

双琴心知肚明这是自家男人支走她，但仍很顺从地去了厨房。屋里女人走后，老仁才觉得敞开了许多，他自言自语道："我得骚扰一下这老董。"他给老董拨通电话并煽惑着说："董主任，范长安校长不叫老师打牌，我看你这货一下子就蔫蔫了，平常还说什么五马长枪，今儿老吉过来了，他说你这辈子没有打牌的命了。"

"屎，你说的屎话，我的水深浅，当然我清楚，他娃范长安管我还嫩着哩！"老董说。

老仁说："董主任，你今儿黑没事，过来热闹一下，我和老吉等你。"老董说："甭靠我，你先寻个腿子，你几个弄，我能来就来了。"

老任这才知道老董有事要忙，他没有再勉强，直到他婆娘又唤来邻居陈五，他家的打牌热闹声才从屋里传出去。

– 10 –

老董和老仁通话刚刚落音，电管站丁福禄就来叫他到街道饭店喝酒。他俩要了凉菜又喝光自带的一瓶西凤陈酿，热热闹闹的，快近子夜散了摊，老董这才忽然想起应承老仁去他家打牌的事。

他送丁福禄回到电管站的值班室，少了一份牵挂的他，这才放心地摇晃着身子去了老仁家。

老董哼唧着秦腔又卡了词，他的声音跑调就像是屠宰场待杀的猪一样，懂戏的人听了之后绝对会说他在糟蹋戏。

老董虽然枣核解板，唱不了几句，但却成天感觉良好，他喝酒就爱唱戏，老忘戏词的他红杠杠脸走进老仁家。老仁见老董进屋，最先开腔，说："我说曹操，曹操就到。"

老董说："哥我，放心不下弟兄们，喝酒，就是，再上头，也，也要看哥几个。"

大家冲他笑了笑，老吉有意讨好着说："董老师，牌有的打了！"

老仁却说："老董是老猫惦记鱼肉，看他来的这茬口，哥几个可别被他卷走。"老董嘿嘿一笑说："老仁你说对了，我，我就是来收倒倒麦的。"

双琴有意奉承他说："这董老师一来，老仁家蓬荜生辉，董老师先坐，弟妹我给你沏茶喝。"

老董说："还是我弟妹有心，等我上场给你搭个红。"

双琴盼不得他说这话，她听了老董搭红的事，心里乐滋滋的又是给老董递烟又是倒茶。老吉冲他说："大把式来了，这牌才有了打头了。"

老董虽然喝酒，但还能听来别人的阿谀奉承，他一改语气说："我大把式个尿，尿哩！我，我是宋，宋江，宋县衙，送光走。"陈五是仁东组组长，老董是他领导，也是他的老牌友，老仁家打牌，陈五几乎天天到，这天也是如期而至。见老哥几个都坐在牌场，老仁看了看老吉，也看了看对座的陈五，冲老董说："弟兄们爱整刺激的，你来打牌硬气，赢就赢个痛痛快快，输就输得干脆利索。"

连输几把的陈五听出老仁的弦外之意，心想我本来就怯场，既然你们多嫌我，早有退意的我，巴不得有人替换哩！他老董来得真是时候，这不是叫自己瞌睡遇到枕头了？

想到此处的他说："我看，董老师这大侠辈的来了，他上场无疑是炮子满天飞，我这骚软的，可真是没了胆量再打了。"

老董不想落下牌场老虎吃人的恶名，于是谦虚地说："我打牌其实也没屎本事，说真的，也纯粹是瞎子夹毡胡扑哩。"

论年龄，陈五与老董相差将近一轮，老董因此习惯叫他老侄，陈五称呼他为董老师，有时，也卖嘴乖叫他董叔。

这晚，陈五叫老董换他打牌，老董却有意谦让着说："老侄，你能弄，你弄，我醒醒酒，看你们打牌。"

陈五口气变得有求于对方，他说："好我的董叔，我充其量是个支腿子的，你来了，我就闪人了。"

老吉也在说："董老师快坐，甭叫场子凉了。"

双琴也在煽惑着说："董老师，你该上就上，别再谦让。"

老仁又接上说："娃给你让座，你老董要识人敬啊！"老董见众望所归，便说："好，我来弄。"

老董替换陈五上场与大家洗过牌，又揭牌垒在桌前，掷过一圈骰子，有了点数的大小之后，各自轮流着揭牌。

打了几局后，几个人因点小事起了争执。双琴见状说："天都蒙蒙亮了，真困死人了。"

听她说了这话，像是逐客令一样，老吉和老庄，以及陈五和老董心照不宣，跟老仁夫妻打了一声招呼，便带着怨气离开了老仁家各回了各家。老仁家收拾牌场的卫生之后，他俩这才补了一宿没睡的觉。

白驹

- 11 -

　　老董岳母突然病逝，有人给他家来报丧。他婆娘听到这一噩耗，简直像天塌下来一样，急忙回娘家去奔丧。人常说一个女婿半个儿，丈母娘辞世，老董没有丝毫的含糊，去学校请过假后便急促着赶到岳父家奔丧。见到没来得及装殓的母亲，老董女人守在一旁哭得几乎快要晕过去，娘家姐妹们搀扶她起来，劝她不要过度伤心，又安慰她说，娘去天国算是她老人家享福去了。老董女人一连多个昼夜在娘家守孝。

　　娘家有丧事，女方要抬饭，这一习俗讲究，从古至今在当地一直延续着。老董在岳母入殓守了一天灵堂，守了一天孝之后，他担心岳父家过丧需要花销，又在第二天一大早，主动给岳父家送了三千元钱。

　　此外，他还为岳母的灵前送去纸扎、金山、葡萄架以及孝顺人等，这样一来，他也认为自己履行了养老送终应尽的一份义务。尽管，如此繁多的项目都是他在承担，他却丝毫没有抱怨自己为丈母娘家掏腰包的事。渭北发丧时，女方抬饭要请来相逢为其代劳，老董三天吊唁回了家后，请来电管站上班休假的丁福禄给他当相逢，叫他代劳为自己抬饭。丁福禄应心这事，他打头天就来到了老董家。性格张扬的丁福禄一进老董家，便煽惑起了老董，叫他出门抬饭时打几发礼花弹。

　　老董经不起煽惑，丁福禄说抬饭要打礼花弹，他也就立马来劲，只要你丁福禄能折腾，买礼花弹你自己杠腿去。而丁福禄心想，借着给老董办事，骑他摩托车顺便去兴镇溜一圈，这也是很划算的事情。老董和丁福禄各自打起了自己的小算盘。

　　丁福禄去兴镇买礼花弹，老董借机睡了半天的懒觉。丁福禄虽替他买回了礼花弹，却寻不来发射筒，这叫事到临头的老董犯起难。有人打听来了消息，

/ 23 /

仁义堡的老仁家有礼花弹炮筒，而他又因打牌的事与对方闹了别扭，他去借人家的东西不大合适。

想了又想，他将借炮筒的事甩给了丁福禄，叫他去仁义堡老仁家借他家置办的"冷门兵器"。

毫不知情的丁福禄为了不耽搁抬饭，头天从兴镇回来，就来到仁义堡老仁家。他一进门，来不及喝茶，直截了当地提说了借炮筒的事，但却并未提及其用途。老仁一般不主张他家的炮筒外借出去，但是，电管站丁福禄来借，他想，日后保不住还能用别人，再说，炮筒也不是什么值钱东西，借也就借给他了。

但是，老仁心想，不管是谁，我理应给他丑话说在前边，这样对大家都好。老仁晓以利害地说："老丁，你来不是外人，炮筒子我借你，没得说，不过，我们丑话说在前面，放炮是个风险活路，我借给你，万一出啥状况，我有言在先，概不负责的啊！"

丁福禄心想，不过是借炮筒，就是一个芝麻事，你犯得着给我大道理讲上一大堆？他这人就是怪毛病，要是不揣他心思说话，这炮筒借不出来，索性，就顺他的意思来。丁福禄说："仁主任，生分话还是要说，我借炮筒，捅下啥娄子，都是我的。"老仁说："这我就放心了。话说回来，今天我得知老董丈母娘不在了，我也应该知道呀！"

丁福禄又解释着说："按说，我不该多嘴，但是，我想，我不给你说，你过后会怪罪我的。"

老仁说："好我的老丁哩！这事，不瞒我，这才对了。"

丁福禄说："你忙，仁主任，老董在家等，我要赶紧回去，他家抬饭还等着我哩！"

等来了丁福禄后，老董叫来了一辆学校拉运跑活的昌河车，拉着所需的物品出发了。

这日，老仁和老吉，包括校长范长安也来吊唁了他丈母娘，这给喜好面子的老董撑足了脸面。而正是老仁和老吉的及时出现，让他们与老董因打麻将而产生的纠结化干戈为玉帛。

– **12** –

尽管已是立秋时令了，渭北村落的热却依然持续着。天时好时坏，说变就变，一阵东北风刮来，最初乌云遮日，很快又笼罩整个天空，约有个把钟头，一场倾盆大雨说来就来。这是一周之内的第二次强降雨了。

在此之前，因浇地将渠水引入田间，浇灌一茬苞谷结束，但水口却没来得及堵塞，没想到一场大雨来了之后，雨水流入渠里，渠水又流入苞谷地。

自己田间多收了一茬水，这对庄稼是有百利而无一害的，按说还要承渠上的情，但是，这事摊在了老庄的头上，他非要跟他老吉理论个高低，明明旺长的庄稼他却要说溺死了一些，执意要老吉赔偿，他是明摆着给老吉难堪。

老庄心想，他老吉在渠上，多少跟国家沾些边，能要他几个是几个，如今这年份，不讲理亏不理亏，只要落下甜头，就是自己的本事。在整个仁义堡，大家都知道老庄是驰名的推趸车。

老吉受不了老庄的死缠硬磨，心想，给他认了这钱省得他唠叨，他给过老庄三百元钱，算是渠上赔付给他淹了庄稼的损失。有了前车之鉴的老吉，虽然下雨，他还要披挂着雨衣，沿线检查有无水漫庄稼的情况，他想尽可能地让他的八支渠不要因此而惹来不必要的麻烦。

老吉在八支渠沿线巡过了渠，他将渠里多余的水归纳到退水沟里，这才觉得心里踏实了许多，晚上也能睡上一个安稳觉了。

身穿雨披冒雨回仁义堡的老吉，路过寡妇刘秀英家门口，他撞见刘秀英慌里慌张着在自家门前掏水道，他主动搭手帮忙，给她家疏通了水道，排除了她家厦子房因排水不利而在天庭或者屋里积水的尴尬局面。

这头忙完屋里的排水，刘秀英又瞧见了她家后院的红苕窖也有水流了下去，担心水流过多浸泡了窖里的红苕，她又叫老吉冒雨下了红苕窖，帮她一笼一笼地吊上了红苕。老吉忙完她家又脏又累的活路，衣服已经完全被淋湿，刘秀英让他在屋里等雨过后再走。

刘秀英带他坐在她家的堂屋，见他衣服淋雨已经完全湿透了，她不忍心叫老吉穿身淋雨湿透的衣服，就主动开口叫老吉脱掉他的衬衫，又说自己再生火给他烤烤。刘秀英叫脱衣服，老吉心想自己光着膀子，又是一个人，这万一寡妇家来人，岂不成了百口难辩的事了嘛！他在犹豫，也在害羞着，刘秀英说："这有啥呢，我们是姐弟关系，再说，你给我来帮忙，淋湿了，我给你烤烤衣服，这合情合理的事情，你甭想歪了就成。"

刘秀英说得有道理，自己的想法也许太多余了。想到此处，老吉就脱掉了衬衫，刘秀英应心着拿进灶房，生着火给他烘烤衣服。

刘秀英把烤干的衣服拿给老吉穿，老吉顿时感觉到女人特有的温情，他忽然对她产生了好感，刘秀英也同时对老吉存有好感。在她屋里，在下雨天，她又是一个人面对一个男人，她主动走近老吉，老吉感觉到这女人的诱人的气息。

刘秀英说："老吉，外面雨大，你留在我屋里躲躲吧！"老吉见女人对自己这般体贴，忽然有些冲动，想占有她。但是，他思前想后，顾虑重重，几度产生的想法都被压制了下去。

忽然间，天上响起几声炸雷，老吉的耳旁似有声音回荡："老吉我的好兄弟，天又来了一场大雨，你嫂嫂在家，她需要你照看，我相信我兄弟始终是我的好兄弟。"

此外，老吉又想起了刘秀英她娃娃上学还借过自己钱，这番与她好上了，先前借给她的钱，也就指望不上她还了；暂且不说这个，我睡了她对不起九泉之下的赵忠民大哥。

想到此处他推开女人，匆忙穿上衣服，说："嫂子，你多保重，我这就回去。"尽管雨还在下，老吉仍冒雨从寡妇家走出，他没有回村里，而是又沿着八支渠惶惶不安地走着，他想要淋一场大雨，只有这种自虐才能让他得到良心上的安慰。

— 13 —

雨一连下了几天，时大时小，大地一直笼着茫茫的雾气，所有村庄变得阴沉沉的。村头巷尾很少有小商小贩们吆喝买卖，就连街镇几乎也见不到人的踪影。

向阳镇初级中学附近的宅基地和附近通往学校的一条公路逐年逐渐增高，使最初处于平行路面的向阳镇初级中学落入环绕的低洼之地。

多雨季节来临，防汛就成为历任校长最为揪心的事情了。因为下雨天稍有麻痹大意，学校就会沼泽一片。

鉴于此，马校长任职期间，主动筹措资金，设计施工方案，请来施工队，开挖铺设排水管道，他将困扰学校的生活用水以及雨水归纳至水井，并经管道引流至与学校一墙之隔的城壕，又经水泵抽取，循环流入一条荒芜闲置的水渠里，从而最终排泄至一条干枯的河流之中。

虽然向阳镇初级中学修通排水设施，但是大雨来临仍旧不能摆脱学校积水的现状，因此，继马校长之后的校长范长安对大雨天特别反感。

一场秋雨来势凶猛，学校的排水管道排水不够迅速，再加上暑假期间雨水浸泡，土木结构的师生灶轰然倒塌。

灾情发生的当天，向阳镇初级中学向上级领导报告，向阳镇和教育局的领导经实地查看，按照学校受灾规模的大小给予现场灾情评估。

此后，又经灾后重建的主管领导同意，上报各自单位一把手，敲定拨付修缮校舍的经费。

几经周折，向阳镇初级中学拿到双管单位给他们拨付的款项。

校长范长安虽然拿到上级单位拨付的经费，但是与校舍修缮、学生宿舍的加固改造等一系列的开支相比无疑是杯水车薪啊！如何修缮校舍，又如何重建师生灶，这一切对于他来说都是挑战。

在这重重压力面前，他思量着这事要寻找突破口。老董是个活心眼的人，找他出出主意，或许自己一直头疼的事就不用愁了。想到此处他就找来老董，老董说，叫学校借用社会力量办学，这样一来，学校眼前经费欠缺又需修缮校舍的困局也就迎刃而解了。

范长安一听老董给他出的这点子，心想，这办法新颖，县教育局既然叫自己探索乡村初中的教育新路子，这借助社会力量办学的尝试，无疑也是他探索过程中的一环。

范长安赞成老董的想法，同时他将向阳镇初级中学灾后重建，结合可行性以及可持续性发展进行规划，并聘请专家现场勘查，设计绘制了图纸；很快，又面对社会招标社会办学的项目。

老吉在渠上挣来了一些闲钱，他想，钱存入银行的话，生来的利息很少，存入基金会的话，势必会有一定的变数。而当前，向阳镇初级中学提出谁投资谁受益的经营理念，譬如新建学生公寓、修缮烧水房、包括师生灶重建等先后面向社会招标。

按说按照谁投资谁受益这一原则，学生宿舍改造工程，无疑是投资多，收益也就相应大，这项投资动辄就多达近百万。

老吉心想他卖了婆娘娃也拿不出那么多的钱，因此，他也只能眼红人家有钱人，大手笔，大气魄，他们投资多也挣得多。

老吉想找适合自己的投资项目，老董说师生灶要盖六间大瓦房，而这仅仅需要十万元就能盖起，到时候，房子一半归学校支配，用途是师生灶，另一半用来回报投资人——投资人可以在此处开办小卖部，合同期限为十五年，以后学校封闭管理的话，小卖部钱有得赚。

老吉心想这是好事，自己要好好把握，不能耽搁了这挣钱容易的买卖。

他有了这想法，老董带他来到范校长办公室，与校长范长安搭上茬。

见来人面相老实憨厚，又是老董带来的，工程也不易久拖，范校长应允了将师生灶的小型工程发包给老吉。

老吉与校长范长安谈拢工程后，老董找他商量说："老吉啊！我有个忙，想找你帮帮。"

老吉说:"咱哥俩,有啥只管说。"老董说:"是这,我大前年给街道的基金会存放了两万元钱,想吃个高利息,今年,我的钱到期了,我跑过好几次,他们就是没钱给我,我为这事头疼啊!"

老吉说:"老董,我能给你帮啥忙呢?"老董说:"街道基金会放贷给了木材厂老板,我要账,他们又将我的账划拨给木材厂,我找木材厂要账,他们说要钱确实拿不出,要是要木材这事好商量。"

老吉心想,自己要挣学校的钱,又要盖大瓦房,木料在谁跟前也是买。

既然老董提出这事,只要他木料材质不错,价格按照市场价,我在他那拉就是。借此机会,帮老董要回钱,也是送他一个顺水人情,何乐而不为呢?

想到此处的他说:"我盖房的木材不找别的,就按你说的来,董老师。"老董见老吉答应得干脆,用承情的口气说:"老吉兄弟,你果真是痛快人!"老吉继续爽快地说:"董老哥的事,我帮也是应该的。"

老董与老吉这天有了君子协定,老吉学校盖房的活拉开之后,他采用了木材厂的料,老董借着老吉盖师生灶的这茬口,收回了放在街道基金会的钱。老吉也赶在开学之前将学校发包给自己的六间大瓦房师生灶如期交工。

新学年到来,他盖好的六间大瓦房一半被学校支配了学生灶,他和学校履行合同,用学生灶的另一半办起了学校内唯一的小卖部。老吉还叫来匠人为他老婆做好柜台货架,帮她进了货摆放停当,学校小卖部的买卖交付给他的婆娘去做。

刘秀英听说老吉给他婆娘在学校开了小卖部,在学校生意有得赚,她眼红别人在外挣钱,心想,他们学校师生灶找妇女洗碗做饭,自己还有一手烹饪手艺,若是找老吉帮忙给学校说说,叫自己去灶上洗碗做饭,就能给娃娃挣来读书的生活费,也能早一天还了欠老吉的两千元钱。

刘秀英来找老吉,老吉心想她在家不如来学校有个事干,她有了收入对她家好,也能早一天还了自己借给她的两千元钱。

老吉这样想,于是,就替刘秀英跑腿找老董提说。刘秀英有一手烹饪手艺,老董见刘秀英是靠得住的人,就应承了她来灶上的事。

白驹

后来，刘秀英来了向阳镇初级中学师生灶做饭，为儿子赵淮安挣来了后续上学的学费及生活费。

— 14 —

这年初夏的一天，在学校做饭劳累了一天的刘秀英回到家里，亦如往常一样，洗过澡又看过一会儿电视，很快就上炕睡觉了。

这晚，她睡着之后，梦到了儿子赵淮安，她说："儿子，你回来了，娘我想你了。"

她儿子赵淮安说："娘，我也想您啊！"她问："淮安，你近来在学校读书，还用功吧？""娘，我一切安好，您在家没人照顾，您要多加保重啊！"赵淮安说。

她说："呵呵！你个傻小子，这几天不见，还学会心疼老娘了。"

赵淮安善解人意地说："娘，您在学校做饭，成天够累的，这都是因为我学校要花销，叫娘你没享上清福。"她说："我受苦受累没啥，我只等我娃学成归来，端上一碗公家饭吃就好了。"赵淮安遗憾地说："对了，娘，我不能耽搁了，这次坐我同学他爸的顺风车回来的，我看看娘，又要赶快走人了，过些天我再回来看您。"她说："娃，你吃娘做的一顿饭再走。"赵淮安说："不了，娘您多保重！"说罢，他匆忙离开。她见儿子离开自己，禁不住流下眼泪。

天明之后，她恍然明白原来是一场梦而已。她心想，有好多天没有娃的音信了，于是，她寄信给在杨凌上学的儿子，叫他周末回家一趟。

赵淮安读过母亲的来信，心想自己好久都没回家了，近来母亲在家一直挂念，说实话，真应该抽时间回去看看娘。他这样想，也这样做，刚到周末，赵淮安便收拾行李，搭车回到县城，又由县城转车至向阳镇，坐蹦蹦车回到了仁义堡。

见儿子回家，刘秀英替他卸下了背包，心疼地说："淮安，你受累了，先屋里坐，娘给你泡茶。"赵淮安说："娘，我不累，倒水我去，我回到咱家，娘，你可别当我是客人啊！"刘秀英说："你小子，别跟娘我抢来抢去的，你一回来，娘就想伺候你。"赵淮安娇气着说："好，我的娘哩，儿我老大不小了，今儿就再值钱一次吧！"刘秀英泡好了茶，递给儿子，赵淮安说了声谢谢，喝起茶，约有一会儿工夫，娘问他近来的学习情况如何，赵淮安一乐说："娘啊！我告诉你个好消息，我通过申请拿到学校的奖学金，我的学费花销有了着落，娘啊，你今后可不要为我成天拼命去挣钱，你累坏身体，儿子我吃罪不起呀！"刘秀英听到她儿子说的好消息，满脸堆笑着冲儿子说："我娃有出息，你拿到奖学金，这叫娘省心了许多。"赵淮安说："娘，你以后辞掉学校的差事吧！"她犹豫着说："不，你上学，花钱的路还在后边哩！"赵淮安听到这话，再也没有争辩他娘在学校师生灶做饭的事。

不一会儿，他娘话锋一转说："淮安，你等会儿去睡觉，你拿回来的脏衣服，娘给你摆洗去。"赵淮安体谅他娘，便说："娘，我带回来的脏衣服，还是我自己去洗吧！"刘秀英心里清楚，她的宝贝儿子哪会洗衣服，他冲自己说他来洗，不过是逗他娘开心一下而已。她说："娘不指望你去，这番你回来，好好休息才对，娘洗衣服比你洗得干净，你走，这几件衣服和床单还要带上的。"

她给儿子赵淮安去涝池洗衣服，回家又为儿子蒸包子吃。赵淮安在家待了半天，去了他曾经上学的小学、初中溜达，还与堡子里曾经的玩伴见了面。

一觉天亮之后，他准备等母亲熨烫好衣服，收拾好行李返回学校，临走前刘秀英给儿子带了一箱西甜瓜，叫他带去给班主任尝尝。

赵淮安心想，西甜瓜是家乡的特产，这两年班主任对自己挺照顾的，也该带去叫他尝尝啊！赵淮安背着行李又遵从娘的意思，给班主任蒲忠厚带去了一箱西甜瓜。

他老师尝过他带的西甜瓜说，这瓜果真好瓤口。蒲忠厚心想，他正好有甜瓜栽培课题研究，论说近来也该考虑找实验基地，既然赵淮安家乡是西甜瓜之乡，自己不妨考虑去他们那儿考察一次。如果条件成熟的话，科研基地就落户到他们那里吧！

又逢周末，蒲忠厚叫赵淮安带他去了向阳镇仁义堡。一进家门，赵淮安开门见山地说他老师要建西甜瓜科研基地，需要与他们村上谈谈基地用地的事。

刘秀英又听说这也算是承包用地，她心想自己去学校做饭了，家里的庄稼缺人手作务，他既然要地且出价还比一般的高，那就承包给他吧！于是便说："蒲老师，我家地用不着，给你们科研去用吧！"

蒲志厚说她给地是好事，但是，她一家面积太小了，且这事还要与村上谈。刘秀英心想他说得也有道理，招呼蒲忠厚喝过一壶茶水后，便带他来到仁义堡主任老仁家，他俩与老仁摊开说这事，老仁心想做甜瓜科研是好事，他表态支持，又说他家地给蒲忠厚用。此后，经过看地，谈价，又填过用地合同，蒲忠厚落实了他的项目用地。刘秀英家由此得到一笔土地承包款，生活也因此宽松了一些。

刘秀英见手头有了活泛钱，就还了借老吉家的两千元钱。

过了一个漫长难熬的夏天，很快又到农人收获的秋季。大多庄稼人忙着收完玉米，会趁着墒情，播种一茬下麦，之后，他们会发现，这一年又一年时间过得真快，这不忽而又到了严冬。

向阳镇初中按照惯例要给教职工分发炉子和蜂窝煤，在这个节点上，老董必然会在学校例行的教职工会议上统计教职工所需炉子的数量。

他经过核实，最终掌握全校所需的炉子以及配套所需的烟筒，他采购并落实生火炉子和烟筒之后，还要照例给每位教职工分发三百块无烟蜂窝煤。

向阳镇初中一年一度的煤球买卖，都是镇电管站站长李忠义的外甥刘新庄负责。刘新庄认为今年也是非自己莫属的。

他这样想，也一如往年一样赶在寒冬到来之前去谈买卖。他去向阳镇初级中学一见老董便开门见山提说他要送煤球的事，不料老董却说："老侄啊，今年叔我只能照顾你一半数量的买卖了，人家校长范长安的表兄来过学校多次找我，这事，我征求过范校长本人意见，他说亲戚来，自己也不能六亲不认，得给他面子，可是，你刘新庄又是学校老关系户了，我们也要照顾照顾，这样，多少算是一个平衡嘛！"老董这话，像是一盆冷水泼到了刘新庄的身上一样，他很难受，尽管十分意外，但是他却不能失去君子风度，便用不在乎的口气说："好叔哩，照顾我买卖，这事，叔你说咋弄就咋弄。"老董对刘新庄最清楚不过，他是嘴里不说心里话，他没做成全校煤球买卖，必然为此纠结，要是不给这小子说透彻，他没准会因此记恨范校长，这样一来势必彼此尴尬。

想到此处，他有意圆泛着说："老侄子，范校长人好，这回他老表来找他，按他以往脾性保准叫他老表开心而来，扫兴而归。但是这回却不同往常，范校长买房借过他老表万儿八千，这欠别人的人情不还又说不过去，也就是说，他老表这回做学校蜂窝煤的买卖，绝非范校长本意啊！"刘新庄心想，你老董分析得是有道理，我大度，不跟他计较，可是这回自己的买卖的确受到了冲击，这事窝火得很啊！我心里明白，他老董要我用长远眼光看事情，他的这番话出于好意，理应正确理解才对。想到此处，刘新庄顺应着说："董叔既然把话说到这份上，我也不能怨范校长，在今年蜂窝煤买卖的事上，老侄我卖给董叔一个大面子。"见刘新庄通情达理，老董嘿嘿一笑说："看来，老侄大气度啊！"刘新庄心想，既然谈拢送一半煤球，那就趁热打铁给学校送，也就了却了他挂在心头的这桩事。他想到此处冲老董说："董叔，你是大忙人，我就不打扰了。"第二天，醒来之后，他穿衣洗脸，去煤场派车派人给向阳镇初级中学送去了蜂窝煤。

做了一半煤球买卖的刘新庄，虽说生意有得赚，但较往年来说相差甚远。他心里一直平衡不下来，他想，我成天把持你董叔，为的是有个买卖赚，我自己有钱花。既然我这蜂窝煤的买卖，你卖给范校长亲戚一半，那我曾经给你董叔送的礼物，不就白搭了吗？我只是个赔本赚吆喝，不划算。董叔是聪明人，我找他，再要个买卖做，也许他还会照顾我的。

学校快要放寒假了，年终要给教职工置办福利，多半会考虑米油面等一些家庭必需品，刘新庄为了达到他心理上的安慰，又去找老董谈置办教职工福利的事。老董心里清楚，他刘新庄是做蜂窝煤买卖的，压根儿不是商店行当人，他钻这买卖，主因是考虑他过节送了自己礼物。老董又想，他是电管站站长外甥，这几层关系，我推不过去，他要做这买卖，那我给他提出些要求，送来的米油面除保证质量以外，价格也要随行就市，要是这些条件都能满足，叫谁做也是做，就给他做吧。

老董又想，虽然校长范长安放权给我，但是这置办年终福利的事，我还是要请示一下他，这样做事不留后遗症。想到此处，他说："董叔我为你老侄的事，还要看看校长范长安的脸去。"刘新庄听话听音，他接过话茬说："董叔，是这，老侄不叫你为难，我请范校长和你喝回酒，人说酒场好说事。"老董见刘新庄说出灵醒话，便说："好，我约范校长试试看，他去更好，他不去，我给他好好说说，叫这茬教职工福利买卖照顾给老侄你。"

范长安心想自己来校时间不长，他老董一些老关系还需要维持，他落别人的油水无非就是多抽人家两条烟，这事想开些利于自己在学校开展工作。

做成这桩买卖，老董了却一桩心事，他自言自语着，把刘新庄这神打发了，我终于与他两不相欠了。

冯明哲借调县教育局办公室近两年之久，他的组织关系却一直没能转入局里，他为此郁闷并多次去找领导，反馈回来的消息都是等时机，等合适时机。他想这究竟哪天是个头啊！担心自己年龄偏大丧失竞争力，日后在关系转入的事上就更加渺茫了，他为此事忧愁着。他家女人给出了主意，叫他也采用迂回办法，说不定就有预想不到的收效。

"主意倒好，可是，我心里还是没有个谱啊！"他对自家女人说。

他家女人精明，又给他出主意说寻范长安看看，也许他会帮你。冯明哲来了劲头，他信心满满地说："对，对，对，我呀，救星就是他范长安，我这就找他去！"他仔细去想，他家女人说的话是有道理的，他想自己即便下基层，去向阳镇初中也是最合适的地方，原因是，他范长安是自己的师范同学，这且不说，他俩因为学中文，彼此相互欣赏，也谈得来。

此外，向阳镇主管教育的副镇长又是自己的亲表哥，去他的地盘的话有一定优势啊！这事我不光找范长安，还要找局领导，也许他们不会为难自己。

他家女人给他生来的主意又叫他从失落之中重获了希望。

冯明哲寻范长安谈他在局里不顺心的事。听到冯明哲说他关系一直没有理顺，忽然又提出想回学校，明摆是想投奔自己而来。范长安心里一乐说："局里事不顺心，其实，下基层何尝不可呢？我支持你这想法。"冯明哲继续犹豫着说："自己从小学走了，这回又回到小学，只恐别人笑话我呀！"范长安直截了当地说："你呀！啥心思，我早就猜透了，想投奔我来，对不对？"冯明哲见对方猜透自己的来意，干脆挑明了说："我正有此意，只不过不知道仁兄接纳我这个没有名分的小人物不？"范长安急忙说："我说真的，求贤若渴，八抬大轿都愿意抬你过来啊！"冯明哲十分感激地说："承蒙范校长器重，我这就找李局敞开说这事。"范长安说："我等你好消息。"

冯明哲与范长安达成共识之后，他又一转身回到县教育局。

见到李育生局长，冯明哲二话没说，就敞开了他想下基层去的想法。李育生心想自己一直没有解决他的组织关系，在这事上我愧疚啊！他的关系至今还在乡下小学，说实话，他来局里给自己是出了力的，给自己出过力的人，他没有名分走了的话，岂不记恨我一辈子？

不如找个教育局的闲差给他，也算是给他身上镀镀金，他有了这个名堂，再下基层也能讨得支教的说法，何尝不是一件好事呢？再者，他下基层支教少说也得三年，到时候我也未必继续当这局长，也就没有我的事了。

想到此处他冲为自己仕途而来的冯明哲说："兄弟啊！你的工作能力，

教育局是肯定的，你想下基层，这想法很好，我支持你，但是，你即便是去，我也不能让你没个名堂去。"冯明哲听话里有话，忙问："李局，您的意思是？"李育生城府很深地笑了笑说："这事，我先不讲出，你静等好消息吧！"冯明哲猜不透局长给自己唱的哪出戏，虽然局长说给他好消息，但他仍然忐忑不安着。直到有一天，县教育局的每周例会上，人事科发下文来，冯明哲见白纸黑字印着他被调离某某小学，工作安排到了县教育局教研室，又经局党委会研究决定，下派他去向阳镇初级中学开展为期三年的支教工作。

教师们常将开学戏称进了老鼠笼笼了，暑假还没有彻底结束，向阳镇初级中学就通知教师们提前到校了。而此刻，贩来小道消息的人说某某某通过关系调离，谁又通过某某人的关系调走，他不仅调走，听说还进了政府口单位，这些话几乎占领了开学初的整个市场。

"这学期，学校来个上面派来的教师，大家听说过没有？"外号小辣椒的教师说。有人好奇地问："究竟派谁来了，你别说半截话呀！""是名叫冯明哲的人，他在教育局办公室待过，我估摸着他是有备而来。"小辣椒说。

老苏接过话茬又继续问："你小辣椒，咋知道这事的呢？"小辣椒说："我同学她爱人在教育局，听他说的。"她见大家不再追问，又继续说道："你们还不知道吧，新调来的冯明哲是范校长的师范学友，两人关系不一般啊！他来必然会得到重用的。"向来爱顶嘴的老苏，听到小辣椒的话，觉得与自己并无关联，他情绪满满地说："他来关我们屁事，我们该弄啥还弄啥，等过两天又要被监禁了。"

小辣椒说："你个老苏，冲啥哩，我说的是人话，你这爱听鬼话的人，我就懒得理你。"老苏心想，她小辣椒就是小辣椒，她也是个推趸车的人，我纵能耐再大，也不是她的对手，索性对她敬而远之。老苏离开小辣椒跟前一团人，忙自己的一摊子事去了。

开学第一次教师例会上，有教师在凑凑着家长里短的事，主持会议的刘书记见状，咳嗽两声示意大家安静，但是仍然有人继续在议论着别人调走或者升迁的事。

刘书记一脸严肃地说："请大家肃静，请大家肃静，我们开会的时间马上到了。"台下这才安静下来。大家见范长安带一个新面孔来到会场，他一进会议室，与大家寒暄两句之后，就开门见山介绍了冯明哲，他还不避讳着说冯明哲是他的师范学友，学历，包括他的才情及履历，无一隐瞒。他除过说了这些，还委托学校支部书记宣布了向阳镇初级中学对冯明哲的任命，别人听来也觉得合情合理。他老董年龄大了，范校长有他的长远考虑，而老董心里却毫无准备，听来这条消息他很意外，虽然来得意外，自己也不大情愿，但是他却必须要正面此事。他语气大度地说："我年龄大了，后勤上的事，需要年轻人帮衬，既然冯明哲老师协助我，我支持他的工作，也服从学校的安排。"冯明哲心里明白，向阳镇初中后勤主任是一份美差，他老董年龄越来越大，我干好副主任这角色的话，他退休之后，后勤主任的位子就给我腾下来了，到时候，我关系转不回局里的话，有这肥差也不是一件坏事啊！

自从冯明哲被学校宣布任命为后勤副主任之后，有人揣测范校长心思，私下议论说，这准是老董与范长安两人面和心不和，而范校长此招的用意实为弱化老董在学校的势力。

冯明哲被任命为向阳镇初中的后勤副主任，学校考虑他协助董主任工作很笼统，要给他有具体分工才更为合适一些。于是，范长安与老董商量，又经校委会一班人开会商讨，最终决定，将包括师生灶、小卖部、洗澡堂等经营相关的项目确定给他分管。冯明哲心想，来到向阳镇初中，自己虽然是范长安校长身边的红人，但是，他也要与学校的元老老董处好关系，说不定他在老董身上还能学来一些管理经验。

自从冯明哲来校，老董心里明白，后勤主任这把交椅，迟早也要他来坐。论说我应该给他冷脸，但是，这事要有个长远目光去看，他小子，我老董以后也许用得着。因此，他在后勤工作上，我还要给他帮衬帮衬。于是老董开始教冯明哲后勤业务，冯明哲一天比一天熟练起来，放下心来的老董，叫冯明哲管一些小事。

冯明哲见老董很器重自己，也就时常请老董喝酒，甚至抽空溜出学校跟老董学打牌，一回赢，二回输，他对打牌上了瘾，后来成为牌场上的名嘴子。

老董见他牌场手气不好，又想他毕竟是年轻教师，打牌对前程不好，于是劝他不要再打牌，要他多给学校操心。

冯明哲听老董话，此后再也没有去过牌场。冯明哲虽然不再去打牌，却打起了赚后勤油水的主意。冯明哲心想，师生灶既然是自己管的，油水丰厚，每周都有学生交来粮食，我趁机装走粮食，去粮庄换钱，也能捞一大笔。

但是，这事要做得神不知鬼不觉才行。一个周末，他见学校没有外人，就将灶上的几袋子小麦偷偷地装上一辆蹦蹦车，送去粮庄卖了粮。

他偷走粮食的事过后叫杨大厨察觉了，但杨大厨并没有张扬此事，他心想你偷走一些，我也不能不占点便宜，反正它是个公家摊子，有便宜不占才犯傻呢！杨大厨虽然想占便宜，但是他胆小怕事，此后，他除了偷装灶上的小麦换瓜换桃吃之外，顶多也就是再给自己换来点烟抽，但是时间一长，也是积少成多。前辙有冯明哲偷走了粮食，后辙又有杨大厨偷粮，一年到头，学校的会计算了师生灶的账，结果没有盈余不说，明面账还亏了近五千元钱。

事情败露，冯明哲很尴尬，他说自己辜负了范校长期望，没有管好学校的师生灶，一年到头学校还要倒贴钱去补助，他也让范校长挺没面子的。

他给校长范长安诚恳地道过歉，心想，范长安对自己既往不咎的话，他就改邪归正，好好在学校工作，为范校长挣回来脸面。没有不透风的墙，他跟着老董打牌的事，范长安也了解一些，冯明哲过来道歉，范长安心想，叫你来协助我工作，你倒好，来学校不安心工作，成天跟着老董钻进牌场，弄得成天惶惶不安，又打起师生灶的主意。这倒好，竟叫明显挣钱的师生灶成为一桩亏本的买卖。人都是有脸面的，有些事不便于挑明了说，尽管他做了有失我脸面的事，我该团结他还要照例去团结他。

想到此处，范长安说："你呀！明哲，在县教育局待了这几年，我看你一来基层工作，经验还是十分欠缺啊！今后，你要学会总结自己的不足，要加强自我学习才对。"冯明哲见校长范长安对自己也有一些成见，歉意地说："都怪我，成天疏于管理，这才叫师生灶赔了钱，我在这方面经验不足，辜负了范校长的器重。"

范长安说："你的事，我跟学校支部钱书记商量过了，下学期师生灶的事，还是继续叫老董管着，你的工作学校另有调整。"

范长安说调整冯明哲的工作，冯明哲似乎意识到了范长安对自己失去了信任，他想这都是打牌害了自己，他真想彻头彻尾地改变自己，也想通过自身努力，叫范长安重新赏识自己。

此后，他还在后勤继续工作，除过师生灶给了别人去管，他分管了学校小卖部、洗澡堂，以及学校的临时工等。

他虽然仍是后勤副主任，但是在外人的眼里又极像是一份闲差。学校购买粉笔、墨汁、本子、锨把、扫帚等洋火事都跟他半毛钱关系扯不上，他心里很窝火，很郁闷，借酒消愁，喝酒壮胆，他给自家女人倾诉自己的遭遇。

他家女人见他有悔过之意，就没有跟他为此闹火，而是给他宽心，叫他再去学校，要干出人模人样的事情，这样人家就会瞧得起。

冯明哲说他改，一定彻头彻尾戒掉打牌，好好在学校做事。

但是，他还是不知道咋样才能在学校树立起自己的威信，他家女人又给他出主意说："要在学校立威，你必须要仿效古人，譬如，商鞅变法徙木立信，你也可以借鉴古人的办法，给自己树立威信，变被动为主动，重新赢得范校长对你的信任。"

冯明哲说："还是我家女人主意多，我再去学校心里就有谱了。"

他回到学校，想方设法将处于被动的自己转向主动。

初春来了，他给学校的临时工派活浇花除草，除这些活之外，他又叫临时工将校史馆门前的一棵梧桐树移栽至学校后面的操场旁，他的理由是，校史馆没有必要遮阴，这树挪到操场的话，体育课受热的师生们可以在阴凉处凉快。

他有了充分的理由，便派临时工去挪树，但是，大多临时工听从老董惯了，他发号施令没有人理睬。他想这下自己徙木立信的机会来了，他说今天实行奖励措施，谁要是主动参与挪树，每人补助五十元。

几个临时工一听他说增发补助，个个来了精神头。他们下大力气，用了个把钟头将这棵梧桐从甲地挪到乙地。

他的这一举动，既没跟老董商量，也没征求校长范长安的意见，他只为树立个人威信而挪。

老董见校史馆门前好端端的一棵树，叫冯明哲挪到操场，便去找校长范长安理论，但范长安根本不知道冯明哲葫芦里卖的是啥药。

老董寻来，他说得有道理，这是一棵寄托乡愁的树，学校的老校友回校之后，参观校史馆，这棵树能勾起他们对校园生活的记忆。冯明哲却歪理一通，而且他移栽至操场的地方又是多年来学校运动会长跑比赛必经之地。

校长范长安经实地查看之后，觉得确实移栽不妥，又叫人将树恢复原位。冯明哲承诺的给临时工发的补助，学校一分不差地给了临时工。

虽然，挪树的事给冯明哲带来被动，但他挪树给临时工发奖金的事却叫他在学校里赢得了脸面。

— 17 —

好端端的天气忽然变得狂风大作，一场暴风雨说来就来，又来得十分凶猛，势不可当。向阳镇初中与城壕紧挨的一排围墙突然间轰然倒塌，学校值班领导慌忙去看，见围墙顺着风势倒向校外，好在没有伤及无辜。

虽然有惊无险，但是对于向阳镇初中来说，也是一场损失。面对这场天灾人祸，范长安叫人及时地上报了他的双管单位，他先去了趟县教育局，李育生局长见他来局里开口要灾后重建的经费，打心眼支持他，当即就叫计财科兑现给他一万元。虽然给他的经费少之又少，但是他觉得给多少，先拿多少，有关资金缺口的事，自己另想门路。

范长安跑来了县教育局的一万元灾后重建的款项，他想既然自己是双管单位，我何不在向阳镇政府上做做文章？冯明哲老表是主管教育的房文进，学校发生围墙倒塌的事，找镇上应该可以给解决一些经费，有了镇上积极支持的话，就不用再为围墙修复欠缺经费而发愁了。

范长安按照心中所想，带着冯明哲去找了向阳镇主管教育的房文进。果真如他所预料，他提出的这事房镇长很上心，当天，就上报了向阳镇党政领导。向阳镇党政领导说再穷不能穷教育，根据学校报来灾后重建的规模，并经相关人员的实地查看，镇上很快为镇初中拨付三万元。有了双管单位经费拨付，向阳镇初中请来施工队垒砌了围墙。

冯明哲心想，表兄给学校出了力，这力也不能白出呀，应该再叫他想想办法，让自己这个后勤副主任名副其实才对。于是他便去找了房文进，房文进由此得知范校长对他表弟有成见，但他也清楚范长安与他表弟根里没有毛病，这事要是经自己去说，估计他会叫自己脸上光彩的。

果不其然，经房文进镇长的一番思想工作，范校长又重新考虑给冯明哲学校分工。

此后，向阳镇初中的又一次例会上，校委会做出新的决定，从这天开始冯明哲又重新掌控了油水丰厚的师生灶。

冯明哲心想，表兄给自己帮了忙，自己虽说给他送过烟酒，但还应该再请他吃顿饭以表示感谢。自己寻思着，要是在街道吃饭，他需要花销，又很心疼。现如今，既然自己重新掌控师生灶，何不请表兄来师生灶吃饭，叫厨师给他做花样饭。对，对，对，我这就联系他。

他联系过好几次房文进镇长，房文进镇长却一再推托，直到他说要请房文进来师生灶吃，房文进这才兴致勃勃地说："既然你们灶办得好，我应该去看看。不过，即便去，周内也不大妥当，还是周末去吧。到时候我带几个朋友过去，你可要给我撑脸啊！"

冯明哲语气干脆地说："表哥，请放心，我不会给你丢人的。"冯明哲与房文进约好之后心想，表兄既然周末来学校，这事瞒过范校长最好，起码自己就不承别人的人情了。回到学校后，冯明哲就为周末招待客人的事去忙活了。

杨大厨正忙活他灶房的一套事，见有人进屋，细细一看，眼前这人不是别人，而是刚刚宣布分管自己的后勤副主任冯明哲，他见机行事地说："冯主任来了，是检查工作吧？"冯明哲对他说："我来看看杨大厨，顺便也来看看大家。"杨大厨受宠若惊地说："冯主任眼里真有弟兄们，谢了啊！"冯明哲对杨大厨说："我有个麻烦，想给你添。"杨大厨说："我们是兄弟，有啥需要我效劳的，尽管言传嘛！"

冯明哲见杨大厨话说到这份上，便说："周末我来几个朋友，想烦请杨大厨你给烧个菜。"

杨大厨豪爽地说："好说好说，我弄就是。"杨大厨应承冯明哲周末做饭的事，刘秀英听到后，她不大情愿，却不能说自己周末不来，她走近杨大厨牢骚着说："这周末加班，我们也不能白加，你在冯主任跟前，给下苦的要些补助什么的。"

杨大厨见刘秀英发牢骚，怕冯明哲听到或看见不开心，就冲刘秀英递过一个眼色，暗示自己会把握分寸的。他心想自己虽然应承给冯明哲帮忙，但这亏也不能白吃，我得给他提个醒，他心直口快地说："冯主任，人常说，用驴要给驴倒草料啊！这道理想必你很明白吧？！"

冯明哲明白他的话意，便解释着说："杨大厨，你就知道打自己的小算盘，庙里的和尚念过经就有他的斋饭吃。"杨大厨又担心自己话伤了别人，他又话锋一转："冯主任，我们是兄弟嘛！你朋友来，就等同是我的朋友，草料，我是随意的玩笑话，你别上心。"

冯明哲心想给他们算加班，这样也算是给他们堵嘴钱，他想到这儿语气坚决地说："你杨大厨苦下到了，我冯明哲可不想亏你。"

杨大厨继续说他的灵醒话："我们自家兄弟，不要那么生分，我咋说也不能在冯主任跟前抠门呀！"

冯明哲冲他又说："我表兄交代了一件事，你去给咱弄。"杨大厨迫切地问："啥事？""你替我在铁瓦寺灌两壶醋，到时候给客人带。"杨大厨明白，这是冯明哲有意叫他从灶上支出，这个花销不了多少，我按他的意思来。他说："这个请冯主任放心，我一切照办就是。"

他上街买菜买肉，又补充了炒菜需要的调料品。忙完这些他想起了冯明哲交代给自己的替他买米醋的事，他又细细一想，铁瓦寺距离向阳镇少说也有十多里的路程，我这一个来回既费时又费工，他冯明哲说给他表兄买醋，他对米醋不甚了解，我又何必舍近求远呢？索性投机一下。

他在就近的苏家堡灌回了冰酸醋，决定周末那天糊弄一下冯主任表兄了事。

杨大厨将周末待客的一切准备停当之后，又和秀英打扫了师生灶前前后后的卫生，心想，他会体体面面地替冯主任接待好他的客人。

周末这天中午，一辆八成新的北京吉普车开进学校，房文进带着一个女人、两个男人下了车。他跟他表弟介绍来客是县上国土局康局长，冯明哲先带客人在他办公室喝茶，大概有一个来钟头，他领着客人来到学校的师生灶。

饭罢，康局长临走前，房文进说给他带上两壶醋，并说这是向阳镇十里八乡有名的特产。康局长推托着说不带了。

杨大厨心里有鬼，他急忙说："康局长，这两壶醋，是我们冯主任替房文进买来的，你就带回去尝尝吧，这味道很纯正的。"冯明哲也急忙说："这份小礼，还请康局长笑纳啊！"房文进也说："这醋味道不错，康局长带上它吧。"康局长只好说："我呀！今天就恭敬不如从命了。"司机替他收下礼物。

康局长上车后，房文进镇长和冯主任异口同声地说："欢迎康局长常来！"康局长点了点头说："我给你们添麻烦了，以后来县上多来局里坐。"话毕，康局长的车缓缓地驶出学校，朝着县城的方向驶去。

– 18 –

房文进进县城开过一次教育强县主题座谈会，会议结束后，他想起一个礼拜之前的他在向阳镇初中请客的事，要说自己与县国土局康局长关系亲密起来，这都源于他俩曾经都有过当兵经历，并且他俩也有共同的爱好——打篮球。就这样，彼此交流增多。他心想自己能攀上康局长也是别人眼红的一件事。

这日，坐在自己办公室翻看报纸的康局长听到有人敲门，说："请进。"他一见是向阳镇主管教育的房文进镇长，立马来了火气，气愤地说道："好你个房文进，拿冰酸醋糊弄我，我交你这朋友，算是看走眼了。"

房文进最初对他的当头一棒很是莫名其妙，很快，他明白过来，他解释着说："这一定是个误会，一定是个误会。"

康局长不依不饶着说："甭谈理由，醋，我叫司机带过来了，你回去捎上，省得落下我吃你冰酸醋的段子。"

房文进想这如何是好啊！房文进不知所措，拿走不对，不拿走似乎又不合适，他在两者之间徘徊不定。康局长压根儿不是玩笑话，他果真叫司机提来两壶醋。房文进心情越发糟糕起来，康局长支走自己这且不说，还叫自己带走送给他的米醋，他这不是狠狠的一记耳光吗？

与他闹僵，对自己不好，但是，眼下又如此尴尬。自己认了吧！他叫带走，我就带走吧！时间长了，他会明白这是一场误会的。

康局长见房文进一头雾水，这才进一步把话说了明白："房镇长可能不知道吧，我家小姨子在工商局质检科，她打开醋壶一看，立马认定这是冰酸醋。"房文进接过了司机提来的醋。

康局长还说："你送我的日鬼烟，今天也带回去吧！"

房文进提醋带烟害臊地离开了康局长办公室。

而后，他悔不该请康局长吃饭并送烟，更悔不该叫表弟送他自己毫不知情的米醋。

回到向阳镇，房文进打了电话给他表弟，他冲冯明哲发火说："不吃则罢，这回吃了，送冰酸醋给人家，一头我们想务人，另一头又在得罪人，论说这样，倒不如这顿饭不张罗，老表啊，你成事不足，败事有余啊！"

冯明哲听到这话，气不打一处来，他想，这都是他杨大厨一手操办，唉，他这简直倒我牌子呀！我这就叫他领现成去。

心里憋火的冯明哲气冲冲地来到师生灶，他一见杨大厨黑脸一封，毫不避讳外人，他骂道："你真不是人，给我丢尽人了。"

杨大厨丈二和尚摸不着头脑，他莫名其妙地问："冯主任，我啥地方得罪你了，你这样骂我？"

冯明哲这才直奔主题说："杨大厨，你简直瞎闹，给我丢人，我和我表哥请人家康局长吃饭，叫你买醋送人家，你送别人的却不是正路货，这事让我表哥大煞风景，今后他在康局面前说不起话了。"

听了这话，来人兴师问罪是师出有名啊！杨大厨万万没有想到，他为了省钱，也为了少跑几步路，在苏家堡灌回来的冰酸醋，送给别人，竟又被别人弹嫌送了回来，这事说给谁都丢人，况且送的又是县国土局局长。唉！这事，叫自己给人家办砸了，但事已至此，自己也没有补救措施了，今天自认倒霉，认了他冯主任的一顿臭骂吧！

杨大厨愧疚地说："冯主任，怪我想事简单，给您丢了人。"冯明哲气愤地说："你害人不浅，你气煞我也。"

刘秀英见冯明哲为醋的事冲杨大厨兴师问罪，她替杨大厨开脱着说："冯主任，他杨大厨不是有意的，你还要原谅他才对。"尽管秀英替自己辩解，杨大厨却很反感，他说："男人家说事，你女人家犯不着多嘴。"

秀英心知肚明，这是杨大厨有意叫他冯明哲占上风，他毕竟是主管自己的后勤副主任。

既然女人出面开脱，自己也不想将事情弄得叫杨大厨下不了台，再者这件事毕竟也是背过校长做的，要是闹得沸沸扬扬就不好了，他说："你要引以为戒，今后，工作的事不要出岔子。"厨师赔着礼说："我的错，今后改，给您惹麻烦了。""好了，这事就到此为止。"冯明哲说了原谅的话，转身离开了。

一场争辩收场，路人甲议论说："我看，杨大厨得罪了冯主任，他今后有苦果子吃了。"路人乙说："不关咱的事，我们瞎操心啥呢，走，我们还是该忙啥忙啥。"杨大厨听到路人议论，怕这事传到校长范长安耳边，这样对他和冯主任都不好，他冲路人解释着说："别误会，这是我跟冯主任的私事，与学校无关。"杨大厨和刘秀英收了工，他们见没有外人之后，两人相视一笑，杨大厨说这回动下烂子了，周末加班的事也就白搭了。

刘秀英无奈地说："白搭就白搭了，吃一堑长一智嘛！"

临近腊月，老董又一次去仁义堡老仁家打牌，他坐在牌场，一连三圈没有停过口，他冲一桌的牌友牢骚着说："我老董人背了，这牌也跟着背。"老仁心里清楚，他老董是个喜好面子的人，便拣好听话说："老董你捉洋火事与不捉洋火事，在兄弟们跟前，始终是大哥。"老董听到老仁说奉承话，来了劲，说："老仁啊，给你娃说，董哥我，不缺钱，就喜欢朋友，船烂了还有一船的钉子在。"

老仁说："董老哥你瘦死的骆驼比马大啊！你是元老级别的，再说，你一圈朋友，只要你一声令下，他们能不听你的吗？"

老董说："好了好了，我们哥几个不扯咸淡话，打牌是正经事，打牌了，打牌了，谁赢谁请客。"

刚刚落下话音，老董摸到了一个杠后开花，心里一阵窃喜。这牌刚刚落在牌桌，老董顿感身体有些不适，但不想搅大家的兴致，又继续搓牌。老仁又继续说："老董这哪叫牌背，今天，我看他冲我们哥几个背水一战。""他赢他请客。"老仁婆娘起哄着说。

周旁其他人也煽火着说："老董赢了要请客。"

老仁婆娘继续说："老董哥装菜瓜，这回赢，我们吃他的。"

老董开心地说："不管输赢，请客，我啥时请都可以，管饱大家没问题。"

打着打着，老董突然一阵腹痛，老仁见时下不对，和一桌牌友急忙将老董送到向阳镇医院。经过检查，是阑尾炎发作，需要立刻手术。老仁联系来老董家人，老董家属办理住院手续后，向阳镇医院给老董进行了手术。

他住院期间，老吉、老仁在关照他，校长范长安和后勤副主任冯明哲带着礼物看过他，电管站、煤球场等一些人也陆续来医院看他。老董冲着守在病床前的家人及朋友诙谐地说："我老朽不朽，老朽不朽矣！"

　　向阳镇初中师生灶自开办起始终不见盈余，范长安从外地交流学习归来，和冯明哲商量，想借鉴外地的管理模式，对外承包师生灶，这样学校就可以获得相应的收入。

　　冯明哲心想，既然范校长有这种想法，自己必须跟着他的思路来。范长安提出这一想法，冯明哲立刻表示支持。

　　虽然包括冯明哲在内的校委会大多成员支持师生灶发包，但范长安认为这绝非一件小事，要发包的话必须要考虑周全，否则就会闹出笑话来。他和冯明哲商量说，老董的意见不能忽略。冯明哲尊重校长的想法，为此，他和范长安亲自去了趟老董家。老董经多见广处事圆滑，说："既然范校长学习别处的先进经验，教师灶发包的事我看定成，我和冯明哲全力支持！"冯明哲应和着："范校长，我们支持！"范长安感激地说："谢谢董主任支持我的工作，不知道你对这事有没有啥建议呢？"

　　老董见对方很尊重自己，便打开天窗说亮话："杨大厨与学校已是多年的老感情了，要是真的发包，你们应该优先考虑他。"

　　冯明哲说："董主任，这次发包的事我们尽量做到公平竞争，当然，杨大厨，我们会优先考虑。"

　　范长安说："老董，这点请你放心，我们尊重你的意见，杨大厨在我们的优先考虑之中。"

　　老董见范长安和冯明哲做了充分的准备，也不想将话说绝，他说："我只是提个建议，还要以学校的利益为重。"

　　范长安安慰着说："董主任，我们该考虑的还是要考虑。"

　　冯明哲却转变话题，问道："董主任，你康复得怎样呢？"

老董说:"这一天比一天强,过些天就拆线了。"

范长安听过这话,歉意地说:"我们来的不是时候,真对不起,打扰董老师了。"老董见范长安说客气话,便说:"范校长,这话说得我就不爱听了,你们来,我老董开心,我也欢迎你们常来。"

范长安一看时间差不多了,说:"董老,我们就不打扰您了。"

老董说:"好!我就不留你们了。"

他俩征求过老董的意见之后,心里变得更踏实一些。

范长安和冯明哲回到学校,起草师生灶的发包方案与实施办法,并经校委会讨论达成共识,于是,一张师生灶对外发包的布告贴出校外。

杨大厨心想,自己要利用好这次机会,只要师生灶承包到手,以后自个儿就能过上富余的日子。

杨大厨一心想要竞标成功,他以为承包费每年最多两三万元,结果却令他大为吃惊,人家承包起步价五万,超乎他的想象。杨大厨手头根本拿不出那么多钱,无奈打了退堂鼓。

杨大厨心想,既然这灶今后与自己没有干系,何不趁机捞个什么。

又逢周末,他趁人不备,偷走了师生灶的一套压面机。这样,他才感觉到心理上的一丁点平衡。他原以为,师生灶是公家摊子,这东西丢了,他们不会因此大动干戈的。

没几日,冯明哲发现师生灶的压面机不翼而飞,他觉得这与杨大厨逃脱不了干系。他问杨大厨压面机咋不见了,杨大厨支支吾吾说自己不知道。

冯明哲一看就觉得他心里有鬼,生气地说:"这是公共财物,任何人不能随意私吞。"

杨大厨听到冯明哲不依不饶冲自己而来,也跟着生了气,说:"你不能平白无故冤枉我,给我头上倒屎盆子,我可不答应。"

冯明哲见杨大厨与自己杠上了,心想你做了缺理事,竟然还嘴硬,我非要叫你知道我是个张王李胡子不可。他计较着说:"你偷没偷,我说了不算,你也说了不算,这事要司法部门介入,到时候你偷没偷,自有公论的。"

杨大厨丝毫不畏惧,他继续争执着说:"我给部队首长都做过饭,什么世面没见过，别拿什么警察吓唬人。"

冯明哲觉得之前的话说得有点重，便改变了语气说："杨大厨，论说，我弄的是公家事，没必要得罪你，不过，人凡事要把握个度，超过这度，可能就不好了。"

杨大厨辩解说："你冤枉我了，我才不稀罕压面机这破玩意儿。"

冯明哲见他心气一直很高，心想，杨大厨，你也太嚣张了，你做过缺理事，还公然顶嘴，我非要给你一点颜色瞧瞧，便说："杨大厨，你等着，我不找你，会有人来找你。"

杨大厨说："去，去，去，你个冯明哲，别拿大帽子扣我。"

冯明哲与杨大厨争论无济于事，他生气地离开了师生灶。

冯明哲回到自己办公室，心想，如果撕破脸，他家人闹火，我们到时候就不好收场了，但是，他偷走压面机，我不跟他计较，这势必会影响自己以后的工作，必须敲打敲打，这样做，范长安会高看自己，学校其他同事也会高看自己一眼的。

于是，他给当地派出所报警，警察立案调查，杨大厨是最大的嫌疑人，被警察带走询问。

杨大厨见过大世面，警察问了他，他说自己才不稀罕这些破玩意儿。

后来，民警也认为案值很小，犯不着继续纠结在这芝麻小事上，就虚晃一枪，很快让杨大厨拍屁股走人。这回确实叫杨大厨受到了惊吓，但是，他很快又觉得自己平安无事。

他想了又想，他冯明哲搞出了发包师生灶的主意，就是要排斥自己。这下，他们又叫来派出所民警，这招也够阴的。我不能任人宰割，我要让他明白，我不是一个省油的灯。

学校体育老师老彭担心杨大厨对校长和后勤副主任大打出手，劝他不要在学校胡闹，又给他讲道理，丢了压面机事小，你在学校要是有啥过分行为，再叫警察传唤，那你可是吃不起的。听了老彭这么一通道理，杨大厨有些怯场，他说："我今天先饶过他俩，不过，他俩不给我公开道歉的话，这事我不会善罢甘休的。"

白驹

主任老梁与向阳镇初中体育老师老彭是同学关系，开学之前老梁就托老彭给他外甥办借读，老彭说这事开学前领导不松口，不容易办，让老梁开学初自己找校长去，他多半会给面子的。

而这年刚刚开学，学校又因对外承包灶以及灶上压面机丢了的事而一团乱。老梁追问自个儿外甥转学报名的事，老彭冲他歉意地解释了一番。老梁一听是杨大厨，心想他这家伙与我同村的，早年入赘到村上，成天还巴结着自己想要一院沿着汽路的庄基，这家伙别人说话不顶用，他历来却吃自己的药。想到此处，老梁说："只要校长办了我外甥借读的事，我保准做通他杨大厨的工作。"

老梁这么打包票，老彭觉得这是对双方有百利而无一害的事，便说："只要你老梁有这能耐，外甥报名的事，我替校长范长安做主，这事百分之百地成了。"

老梁说："好，这事就这样定了。"老彭心里有谱之后，他找校长范长安谈到此事。范长安听老彭说了先决条件，说这是好事，他愿意用学生借读的条件置换老梁退去杨大厨的成天闹腾。

而后，老梁找到杨大厨，说："杨大厨，你在学校闹腾，这个影响不好。"

杨大厨说："他们欺人太甚，我就想给他们难堪。"

老梁说："人都是低头不见抬头见，没有必要将这事闹僵。"

杨大厨莫名其妙地问："你梁主任来替学校说情？"

老梁说："杨大厨，我来正有此意，人要有个台阶下才对嘛！"

杨大厨说："这回，他们事做得绝情，我想不通，我有意给他们难堪。"

老梁说："这事，你看在我的面子上，不要再去人家学校了。"

杨大厨心想，既然你老梁有求于我，我何不趁此机会提说要庄基的事，于是便说："我说老梁，我庄基要了好几年了，你也该给我兑现了。"

老梁说："只要你保证不再去学校闹腾，要庄基的事，我立马给你兑现。"

杨大厨心想，这事闹腾得好，有了这院向阳庄基的话，等盖好房子，以后可以办个餐馆赚钱，凭自己的一门好手艺，还愁过不上红火日子？

就这样，老梁出面平息了一场风波。

向阳镇初中师生灶发包，杨大厨背铺盖卷儿回了家，接着，刘秀英也无缘无故地被解雇了。

校长范长安见老吉家女人小卖部买卖成天红火，他想，他一家做也是做，再新增两家还是做。要是新增的话学校利润就会提高一些，这对学校来说有百利而无一害。既然可以提高学校的收入，这事就刻不容缓。他和冯明哲商量并主张推行这一工作。

冯明哲一听校长的想法，他觉得这是可行的路子，于是，由他酝酿的招标内容在校委会提出又经上会讨论通过。

这事很快由想法变为现实。

向阳镇初中新增了两家小卖部，这样一来，新开的两家小卖部与原来老吉家女人的买卖形成竞争局势。

此后，老吉家女人的小卖部买卖大不如以前，老吉始终认为他有老董这层关系，在学校不会吃亏的，而这回他却感觉到自己被耍了，他为此还找过老董。

老董见他说学校经营的事，颇有城府地说："学校征求过我的意见，我没有反对，学校自身还要发展嘛！再说，我养病在家，一些事，自己不该管的也就不管了，该放权给年轻人的，我决不揽在自己手中。老吉啊！现在时过境迁了，学校的经营情况，我不能过多地去干预。"

老吉听了这话，也没有了脾气，心想，他家女人耗在学校却挣不来几个钱，成天还要看学校领导的眼色，自己成本既然已经收回，不如将这不大赚钱的小卖部转让，也省得花双份心思。

老吉虽然说了一河滩的牢骚话，但老董给他说了其中的原委后，他打了退堂鼓。回到学校，同他的女人赵玉娥商量之后，将自己小卖部很快转手给一个老师家属。

老吉转让小卖部之后，他婆娘赵玉娥又做起从前的家庭主妇，老吉除过务弄自家地里的秋麦两料之外，其余时间几乎全身心地投入到他的八支渠的业务管理之中。

教育强县的推进座谈会召开了，县供电局的领导受邀参加了座谈，在征求各部门的发言中，出于安全考虑，县供电局李威局长针对学校线路老化的现实情况，提出了限令整改的新要求。

范长安将供电局李威局长议题发言的内容记在心里，他想自己在线路改造的事上先行一步，要是能达到全县示范学校的标准，也算给县教育局做了个撑脸面的事，局领导高兴的话，他回城和解决副科的希望就会早一天实现。

回到学校，范长安和他信任的冯明哲商量之后，结合学校的实际情况，制定出了一套电路整改方案，并为这一工程的推进做了一些准备工作。

范长安一连几天去县教育局争取工程的扶持资金，他临走前委托冯明哲就学校电改的问题与老董商榷给出回复来。

冯明哲买了礼品去了老董家，他看过老董，却并未提及电改的一摊子事，他心想老董病休在家，赶好自己来了包揽工程的机会，要是这事叫老董知道了，他不插手则罢，要是他眼红工程插手这事，自己岂不丧失捞上一笔的大好机会了。

冯明哲去了一趟老董家，范长安问他学校要电改，老董有没有回来看一看的想法，冯明哲说："老董说了，这些事他能不参与就不参与了，叫我转达校长您。"

范长安想老董也许说得很对，他不干预也算是对学校最大的支持。于是学校请来了施工队，学校的电改如火如荼地进行。

起初，老董主事，但凡学校的电改材料都要照顾电管站站长李忠义侄子的电料店的买卖，而冯明哲主事之后，学校的电料都是从县城购买的，就连电改工程队也是从县城请来的。这让李站长侄子电料店的买卖落了空。

在家养伤的老董得知校电改工程正在推行后顿时觉得心里不是滋味。他想我还没有从岗位上退下来，他们除过包师生灶征求过我意见之外，后续的事情都没有与我沟通，就擅自做主了。这让学校元老级别的老董心情变得愈加沉闷起来。

十天之后的这日晚自习，全校因突然停电而一片哗然，大家都不明原因，冯明哲急忙叫来学校的电工赵去查明原因。电工赵查找出了原因，说这是校外给学校输送电源的一台变压器无端跳闸导致的。

冯明哲说既然是学校外变压器的事，就抓紧时间联系电管站管片电工，这变压器接电的业务不归学校管，它是由专人负责的。

冯明哲叫电工赵联系镇电管站管片电工，人家回复说自己在外地，赶回来至少需要两个多小时，他回来了才能给学校送电。

这咋行呢？冯明哲认为定是电工赵脸面小，到紧要关头搬不动人家。他打过去电话，但对方给他的回复几乎与电工赵无二。

范长安见停电，担心学校出啥意外事故，就叫冯明哲与电管站尽快沟通送电，冯明哲对范长安说自己与电管站人关系不算密切，这事，估计要老董出面。

范长安心想，应该联系一下老董，老董与学校是多年的老感情不说，他从岗位上还没有退二线，只是在家休病假，他与电管站人熟悉，他也有这个义务。范长安想到这里，就给老董打电话说了学校停电的事，要老董联系电管站的管片电工，给学校推闸送电。老董见校长来搬自己，想即便对范长安和冯明哲都抱有成见，也不能在这事上一味较真，只要他心里明白，我老董尽管年龄大，但是在社会上关系依然管用。

老董冲范长安说："学校用电的事要紧，我不能耽搁。"

他匆忙来到学校，给镇电管站管片电工打去了电话，他说："福禄，你个狗屄今儿钻到哪儿去了？"丁福禄说："董哥，不瞒你说，我跟我战友今儿在渭南喝酒哩！"

老董生气地说："你喝屎哩，学校没电的事，给你打过电话了没有？"

丁福禄解释说："董哥，学校电工给我打过电话，我说回去得一个半钟头。"

老董施压说："娃娃上学是大事，没电动下烂子，咱俩担不起。"

丁福禄为难地说："董哥说得对，你看，我这老远，回去又不现实。""是这，你不方便了，老邢有杆子的话，叫他过去看下。""既然你董哥说了，你说咋弄就咋弄。"

这头电话落音，另一头老邢接到电话，征得丁福禄的同意，他来到学校外这台架在电线杆之上的变压器下，送上腿子之后，学校教室以及教师宿舍的灯又亮了。从这件事之后，校长范长安和后勤副主任冯明哲两人，又重新审视了

白驹

向阳镇初中元老级别的老师老董。

立冬过了好一阵了，天气依然与秋季没有两样，人们出行照例穿薄衣服。忽而一天，一股寒流袭来，冻落一片树叶。农田渠沿的荒草，甚或农人凌乱堆放的秸秆物，几乎都被一层雾霜严严实实罩住。晚上更是寒不可耐呀！钻进被窝的刘秀英觉得这个冬天虽然来得迟，但是她预感到这个冬天，比这么多年来的任何一个冬天都要严峻。

刘秀英惦记自己在杨凌农科城读书的孩子赵淮安，她想自己的娃娃在学校过冬一定是很冷的。她心疼孩子，想要为他做一床新被褥。这天正午，雾水已经消散，天气比早晨暖和许多，刘秀英先是从自家包袱里取出被里被面，然后将被里摊在炕上，接着从蛇皮袋子掏出刚从街道弹回来的绒棉花，一针一线为儿子做被褥。正午拉开活路，直到傍晚才结束。

她预感自己的孩子周末前要给家打电话，果不然，刘秀英听见电话铃声了，她拿起电话一听声，果然是儿子淮安。淮安问母亲身体如何？她说自己一切都好，嘱咐孩子多用心学习，不要太牵挂家里，还问儿子手中缺钱花吗，赵淮安说："钱我手里还有，自己上学省着花，够用。"

刘秀英又体贴地说："娘给娃你做了一床新被褥，这两天气温低一大截，你一定很冷吧？！娘给你寄新做的被褥过去，这样你晚上睡觉就暖和了。"

淮安说："娘，是这，这个周末，我打算回来一趟，被褥我来的时候捎上，这样，就不给娘添麻烦了。"

刘秀英心想自己孩子走了好一阵了，他回来看看老娘，也没错，他回来的话，我给他做一顿花样饭，给他改善改善生活。想到此处，她说："好我的娃哩，有一段时间娘没见你了，要说挺想你的，你周末没事的话，回来一趟也对呀！"

得知赵淮安要回来的消息，刘秀英心想自己不能闲着，趁早上镇上集市一趟，给娃买回毛衣毛裤，此外，再买些新鲜蔬菜，好给娃做花样饭，这样即便娃娃返回学校，自己也安心了。

刘秀英掐指一算，赶明儿就是向阳镇集会了，于是，后晌天，她又忙起打扫屋里屋外的活路来。

第二天吃过早饭后，她从自家炕席底下取出钱，揣进裤兜去了镇上集市。先是在供销社给娃买了毛衣毛裤，接着，上集贸市场购买了一些新鲜蔬菜，又称了猪肉。买了调料之后，她胳膊上挎着大包小包，正愁这大包小包一堆堆，回去自己腿脚走那么多路程，要说可真不是滋味呀！刘秀英想到此处，左顾右盼，希望有熟人车，捎自己回村里去。

赶巧，在这节骨眼上，老仁出现了，他开着一辆港田摩托车驶过来，她赶忙喊了老仁一嗓子，老仁见是刘秀英，又见她手提大包小包的东西，于是，主动提出捎刘秀英回村。就这样，刘秀英搭上堡子里老仁雇来的一辆港田摩托车，一路颠簸着摇摇晃晃回到了仁义堡。

回到堡子之后，刘秀英礼让老仁到自个儿屋里喝茶，老仁心想自己也没啥要紧事，便说："既然秀英妹妹礼让，我不去就见外了。"刘秀英说："老仁哥，你是好人，这多年，没少照顾我们娘俩。"

老仁说："这都是自己该做的事。"刘秀英将客人让进屋，她放好买回来的东西，麻麻利利地抹了桌椅和茶具以及方桌上的其他物件，便去给老仁沏茶。此间，老仁说："秀英，咱小子，有出息。"

刘秀英谦虚地说："淮安这娃，上学就慌，上的大学也一般。"老仁宽心地说："好妹妹，只要有大学读，就比凑牛勾子的强啊！"刘秀英说："那倒也是，他日后读完，还要他老仁伯，寻情钻研找份工作。"

老仁见刘秀英说娃娃上学出来，叫自己找关系安排娃工作，心想这女人家开口的事，非同小可呀！可应人事小，误人事大！想到此处，老仁岔开话题说："娃很聪明，他分配也许用不得大人操心。"刘秀英谦虚地说："还不是与别人家孩子没两样，咱娃就那点出息。"老仁话锋一转："秀英妹妹，咱小子不光学习好，他象棋也下得有水平。"刘秀英莫名其妙地问："他伯，你见过淮安下棋？"老仁说："我见过，咱娃跟老董下过棋，还甭说，董老师下棋老把式，下赢咱娃还够呛呢！"刘秀英心里暗喜，却谦虚地说："娃的心思没用正事上，净生蹧心眼了。"

老仁又揣心地说："秀英，这多年你一直含辛茹苦地拉扯孩子，使他一步一步成人，直到他考上大学，要说这真苦了你了。"刘秀英说："娃娃好歹考上了大学，我也算对得起他爹了。"老仁又关切地问："秀英，买这买那的，是不是咱小子回来呀？"刘秀英说："是呀！他周末回来。"老仁说："这回赶巧，我要雇一辆面包车去趟杨凌办事。"刘秀英急切地说："他伯，这太好了，你去的话，顺便捎淮安一程。"老仁说："这个是必须的。"

老仁与刘秀英拉了一阵闲话之后，他觉得时间差不多了，便对刘秀英说："秀英妹妹，时候不早了，我先回去了。"话毕，老仁起身，刘秀英说："他伯，你没事常来。"老仁心里明白，这是人家女人一句客套话，自己做事要讲究原则，否则，他在村里树立起来的威信就会轰然倒塌。终于到了礼拜六，刘秀英盼星星盼月亮一样盼回了自己的儿子。刘秀英心疼地说："淮安，你又瘦了，在学校，可别成天饿坏了呀。"

赵淮安说："妈，这是我个头长高了，你打眼一看，觉得我瘦，其实，我在我们班上不算最瘦小的一个。"刘秀英温柔地说："淮安，你离开这么多天，想娘我吗？"

赵淮安走近母亲，为她捶背，体贴地说："我成天惦念妈呢，这不，赶巧天冷了，我回来取被褥，找这个理由回来，其实，这是一举两得，既取被褥，又能跟娘团聚一次！"刘秀英心想，娃娃说话暖心窝呀，这一生自己抓拍娃，也算一场苦没白下。刘秀英又是沏茶，又是做饭，这一天好是忙活。虽然她也挺累，但是心里充满了喜悦。赵淮安吃了母亲亲手做的饭，他觉得这是自己几个月以来吃得最香的一顿。

饭罢，天已近傍晚，赵淮安在堡子里熟人家串门一阵，回到家又与母亲拉话，直到这晚子夜，他们娘俩才觉得有了困意。赵淮安陪着母亲，睡在自家屋里的热炕上头，很快进入梦乡。

第二天，刘秀英起得比往常要早，她一起身，先是将屋里屋外仔仔细细打扫一遍，又将屋里的桌椅板凳抹洗得干干净净，她舒展一下腿脚，自己泡了一壶茶喝。太阳钻出云雾有一阵工夫了，赵淮安才从睡梦中醒来。他见母亲在屋外忙活，意识到应该给娘做点什么。想到此处，他起身穿好衣服，洗漱之后，要替母亲干家务。刘秀英说："好娃哩，只要有心就行，其实，这进入冬季呀，田间没啥活，屋里屋外的零碎活，我干干等于锻炼身体，你呀，专心学习就好！娘只指望你大学毕业后能找份好工作。"

赵淮安明白娘始终都是恨铁不成钢。他心里感激母亲养育之恩，同时，也心疼母亲供自己上学受苦受累。想到此处，他主动帮母亲的忙，择菜，切菜，又搅拌豆腐肉馅，这日正午，他们娘俩吃上了热腾腾的水饺。又过一阵子，刘秀英一看外面日头偏西了，寻思着与老仁说好的，他也应该来了。当他们娘俩收拾停当行李之后，老仁果真按照先前给刘秀英说的时间准时来到她家。老仁说："淮安，你真有运气，这回返校，伯捎你一程。"

赵淮安说："伯呀，你是大好人，侄子谢谢你了！"刘秀英客气地说："老仁哥，娃给你添麻烦了。"老仁见刘秀英说出客套话，便说："秀英妹妹，你说这话就见外了，我不爱听呀！"刘秀英明白人家老仁说这话，是因为将自己当家里人一样，从来没有因为付出，要索取她家什么，这点自己一直挺感激人家的。刘秀英见老仁见怪，不好意思地一笑："老仁哥，妹妹不会说话，叫你见笑了。"赵淮安说："娘，我和我伯走了，天冷，你快回屋吧！"老仁也关切地说："秀英，天冷，你回去吧！"

刘秀英说："他伯，路上开车慢点。"赵淮安与老仁坐上车，又装上行李，开车师傅打着发动机，磨合五分钟之后，脚踩油门，车慢慢地出了村，朝着向阳镇的方向驶去……

赵淮安坐了一程顺风车回到了自己的学校，老仁在杨凌忙活自己该办的事情去了。

21

赵淮安参加全校的象棋大赛获得冠军，颁奖仪式上学校奖励他三百元钱。赵淮安心想有这笔奖励，足够自己几个月的生活费了。而与他从小学到初中，又一同报考杨凌农校的张文安见赵淮安拿到象棋大赛奖金，且数目不小，心想自己应该敲他一竹杠，让这家伙请客吃饭，最起码心里还能平衡一阵子。

张文安这么想，见到赵淮安就心直口快地说为庆祝一下他获奖，要他请一回客。赵淮安家境不好，按说，额外的花销舍不得，但他细细一想，张文安与自己是同窗好友，人家做事也从不吝啬，要说读书以来，自己没少沾人家的光。而今自己象棋大赛获奖得了这三百元钱，既然他提出请客，这事岂能含糊？想到此处，他冲张文安开玩笑地说："老张你呀真嘴馋。我不请别人都说得过去，可是，赵某人想来想去，这真要是不请你的话，你这家伙，那还不把我这笔老账记到阴司去了。"

张文安见他话很快奏效，呵呵一笑说："你个赵淮安，这回，在学校算得上名利双收，那是钱买不来的荣誉啊！我羡慕得不得了啊！"赵淮安心想这家伙捧人有一套，自己既然答应请他，这事不能落空，论说迟两天，还不如趁早了却此愿吧！想到此处，他豪爽地说："走，我今天请你。"张文安说："淮安，我肚子饿了，确实嘴也馋了。"

赵淮安说："今天是周末，换作往常我们出去不方便。"张文安说："有道理呀！"

话毕，赵淮安带张文安来到一家杨凌沾水面馆，他们要了凉菜，喝了两瓶啤酒，又吃过沾水面，两人酒足饭饱之后，一前一后嘴里哼哼着不着调的歌曲，又摇摇晃晃地回到杨凌农校。

校园的操场后面有一处土坡，土坡上种植着形态各异的花草绿植，尽管已经步入寒冬，而这块山坡地因光照充足，大多绿植依然十分翠绿。不管春夏秋冬，此处毫无疑问都是学生校内玩耍最常去的地方。

这天，赵淮安和张文安两人亦如往常一样来到操场后山坡地，这会儿一对学生情侣在背过人的地方拥抱亲吻。赵淮安嘴里哼哼"妹妹你大胆往前走"，张文安嘴里吹出尖利的口哨声，两人一惊一乍，使本来刚刚亲热起来的一对情侣落得个不欢而散。

搅黄了别人的好事，赵淮安觉得良心上不安，他对张文安说："咱俩戳人家鸳鸯锅，是不是做得有点过分了？"张文安摆出一副经多见广的样子，他不但不担心，反倒十分得意地说："咱过去，他俩惊觉了，要说，给他们留了足够的面子啦！"赵淮安心想你真好事，就追问道："你这家伙，难道还想上政教处告人家不成？"

张文安没正面回答，他说："刚那男生我认识，他是院校子弟，名叫肖战平，要说，今后我告不告他，还要视他行为而定！"

赵淮安心想人家谈恋爱，本与自己是八竿子打不着的事情，但肖战平在女朋友面前丢了脸面，他一定会因此与自己和张文安过不去的。

肖战平周日被赵淮安与张文安两人搅乱好事，心里一直觉得不爽，他寻思着找三五个朋友，想方设法教训一下他俩，为自己挽回丢掉的面子。

礼拜五最后一节课后，赵淮安和张文安要去校外吃饭，肖战平与两个朋友骑上自行车，朝他们迎面撞来。张文安见肖战平纯粹找碴，起火上头，想跟对方撕破脸斗一伙子，赵淮安却拦住他说："好汉不吃眼前亏，今天，人家人多势众，咱就认了吧！"

张文安不服气地说："肖战平，这回算你有种，不过，我给你记着哩！"

肖战平见他俩想跑，赶忙大吼道："今天想走，没门，伙计们，还不打这俩狗日的！"

赵淮安见对方步步紧逼，便给张文安暗示三十六计走为上策，他大声喊了一嗓子："杨老师，你来了！"肖战平与他伙伴都以为学校体育老师杨凌波来了，注意力一下子被分散开来。与此同时，赵淮安与张文安见机行事，撒腿就跑，终于化险为夷。

肖战平心想，这次叫他俩侥幸逃脱，等着吧！我和他们没完。张文安虽然也怕，但是他嘴里不说碎话，他说要是他们敢来，自己就上政教处告他们；而赵淮安心想多一事不如少一事，如果能够与肖战平化干戈为玉帛就好了，省得成天为这事忐忑不安。

事情后来之所以有了转机，因为赵淮安下象棋获得全校一等奖，肖战平的父亲肖福友痴迷象棋，他听说赵淮安象棋下得好，于是，课余时间常找赵淮安切磋棋艺，他甚至带赵淮安来自己的教师宿舍下棋。

肖战平回到父亲宿舍，他很是意外地发现父亲竟然与赵淮安是棋友，既然赵淮安这小子成天与老爷子在一起，看在这事分儿上我就饶他们一码吧！

此后，肖战平见到赵淮安和张文安，再不像往日那么水火不容，他冲赵淮安与张文安说："真是不好意思，以前的事，我做得有点过分。"

赵淮安与张文安异口同声地说："过去的事，不提了。"肖战平又说："这以后，你俩有啥困难，尽管跟我开口。"

赵淮安与张文安心里明白这是人家一句客套话，像他这样的学院子弟自己最好是敬而远之才对！但是，人家说出这话，自己又岂能不搭理呢？于是，赵淮安抢先一步说："战平，多谢你关心，我有困难就过来找你。"

张文安见赵淮安表态，他也缓和语气说："战平，以前我和淮安也不对，很不好意思！"

肖战平说："不说了，今天，我们化干戈为玉帛，我做东请你们吃饭。"

肖战平在校外请赵淮安和张文安下了一回馆子，就这样，他们之间的一场风波很快通过象棋消除了。

22

第二年盛夏到来，天气滚热，而此刻，从镇上开过一年一茬三干会的村干部又要忙活自己一年一茬的夏粮收购了。向阳镇对夏粮收购出台了有效的奖罚措施。仁义堡村主任老仁要是换作往年，他在全镇上的夏粮征收排名总在前面，他总是抢在前面完成任务，主要是考虑每年镇上会给他们五千元钱的奖励。

有了这笔钱，老仁想的第一件事就是犒劳村干部，这年，副主任庞改进卷入了一场风波，且愈演愈烈。这场风波搅乱了老仁的一切安排。

按说走村入户催促农户交粮的事，大多是要男人去完成的，而今年大不相同，村副主任庞改进卷入风波，镇上一再要求在十个工作日完成全镇的夏粮收购工作，且这是考量村干部的硬指标，逾期完成不了的就地免职，因此在这节骨眼上，他身边缺少一名主力干将。

老仁去过两三次钉子户家收夏粮，对方都因庞改进一事公然将他顶撞了回来。

老仁败下阵来，于是钉子户家公粮征收的事，他就叫村妇联主任王凤霞去试探。

王凤霞心里明白，老仁给自己派的活，难度再大，她也得去，他主要考虑女人去有弹性，也许这家人吃软不吃硬。

要催促白结实家交公粮，首先自己要有充分的思想准备，他必定要拿庞改进来说事。

庞改进究竟卷入什么风波呢？这要从两年前的夏收说起。夏收到来，农家人碾场过后的运堆要堆放场畔，等有风的时候扬场将麦糠与小麦有效地分离。

过夏这坎，大多的农家人要在场里搭建临时居所，农家人将简易的临时居所叫作场房或者场棚。

白结实割麦碾场折腾一天，临近傍晚时腿脚抽筋，风湿关节炎的老毛病又犯了，他婆娘叫他去看大夫，又叮嘱他看病回来回屋睡觉，她替自家男人看场守夜去。

白结实听从了他婆娘的安排，他看过大夫后便睡在家里。后半夜，天气骤变，开始刮风下雨，他婆娘李玉凤用塑料布盖好了自家的运堆和小麦，钻进她家在场里搭建的场棚里，躺在麦草堆上呼呼大睡起来。

暴风雨一阵又一阵袭来，与她家相邻的庞改进的场棚轰然倒塌，这糟糕的雨夜，回去不成，不回去又要淋雨，这如何是好呢？

他犯愁着，听到与之相邻的白结实家的场棚里有女人咳嗽，他这才明白，原来邻居家不是白结实看场，今晚换了他家女人在场棚守夜。

要是借她的宝地避避雨该多好啊！但是，他又觉得对方是一个女人家，自己去很不方便，他甚至想冒雨回家，不再继续看管场里的运堆和小麦，但是，这险不敢冒，有人常说雨天招贼，万一自己走后，倒霉事发生在自己头上，多不划算啊！

他想了又想，最后还是决定去李玉凤场棚里躲雨。于是，他抱起自己的被褥打开手电筒一脚泥一脚水地来到了李玉凤家的场棚跟前。

躺在场棚铺盖卷上的李玉凤听到有人走动，且声音距离自己越来越近，胆怯地问："谁，你来我这干啥？"庞改进见自己惊吓到了女人，歉意地说："别怕，是我，庞改进，结实媳妇，我借你场棚避一会儿雨。"

李玉凤一听是庞改进，心想，他要来避雨，我和他一村一院的，不叫他避雨，他会说我小气，叫他避雨，万一被人瞧见，这孤男寡女在一起，就成为道不清说不白的一件事情了，这事显然让她左右为难。

庞改进给李玉凤说明了来意，她却没有立刻叫进，庞改进心想，这准是她在穿衣服，他就继续等。李玉凤见庞改进继续在场棚外人站着，忽然心肠一软，揭开垂吊挡雨的草帘子，说："改进，外面雨大，你还是进来躲一躲吧！"

庞改进见女人叫他避雨，浑身淋雨的他像是寻到避风港一样兴奋与开心。

他走进李玉凤的场棚，尽管浑身湿透了，但却感觉暖融融的。他进门后一边放下抱着的泛起潮气的被褥，一边冲收容他的女人客气着说："谢谢你，玉凤。"然后便很拘谨地坐在一旁抽烟。孤男寡女同在一个场棚下守夜，李玉凤觉得极为尴尬，便主动与他拉话，问道："庞主任，你家麦子收成还不错吧！"

庞改进明白这是李玉凤嫌他一直傻坐，有意冲他拉话，就敷衍着说："还行，今年雨水多，产量比去年高。"

李玉凤问他一句，他答一句，要是不问他，他没有主动说一句话。

雨渐渐变小了，庞改进有走的意思，他刚想起身，棚外又一声巨雷响起，李玉凤打了一个寒战，受到惊吓的她惶惶不安地说："改进，你甭走，我害怕，你给我壮胆，好吗？"

他见女人留他不走，故意问："结实呢，他咋没看场，叫你个女人家在这儿煎熬。"李玉凤体贴地说："他风湿关节炎犯了，回去看大夫，黑来睡家里了。"庞改进见女人对自己并无戒备，用挑逗的口吻说："好妹妹，今晚我们孤男寡女，你不怕我打你主意吗？"

李玉凤毫不在乎地说："去，人家说兔子不吃窝边草嘛！"庞改进阴阴地一笑说："男人见了美色，很难把持自己啊！"李玉凤说："我这身子，你想要？"

庞改进见女人说出撩拨心弦的话来，忍不住说："我想，成天做梦都在想。"

李玉凤笑了笑说："你哄我，刚才进来，跟我半句话都不拉，现在又说想我。"

庞改进解释着说："我们都是一村一院的，我怕我存有想法，你又不买我的账，这日后传出去，对我村主任的名声不好。"

李玉凤说："看来，我错怪某人了。"又一声响雷，李玉凤扑到庞改进怀里，她说："改进哥，我怕！"

他感觉到这女人特有的柔软，他将扑到自己怀里的李玉凤紧紧地搂住，迫切地说："玉凤，哥，哥我想你！"

女人下雨天睡在场棚里，白结实始终放心不下，尽管已经是二更天了，他还是打着雨伞借着手电筒的光亮，忍着疼痛一瘸一拐来到他家麦场。

他家女人听到外面有人走动，连忙挣开庞改进，急促地说："改进你快离开，该是我丈夫放心不下这会儿看我来了。"

庞改进慌乱中离开。白结实见有男人从他家场棚出来，搭声问："你谁，半夜来我家场棚干啥？"

庞改进脚下抹油溜之大吉。但他心里却一直忐忑不安，尽管自己与李玉凤什么都没干，但这事又叫人祸福难辨，他这一走，也不知道李玉凤如何解释。

他越想越害怕起来，自己好歹是村上副主任，这事，叫他扬摆自己，猪尿泡打脸臊气难闻。

白结实见时下不对，他合拢雨伞，气势汹汹地揭开了他家场棚的草帘子，凶巴巴地走进，见自家女人神情慌张，预感到他家女人与别人苟且，便一把抓住女人的衣服兴师问罪："贱人，刚才谁来了，你跟谁私混了？"

李玉凤撒谎道："我没有啊！结实，你甭误解我。"

白结实说："你还哄我，那男人离开场棚，我都瞅见了，我没追上他，追上他的话，我要卸他的胳膊腿，也要挑了他的命根子。"

李玉凤很受委屈地哭泣起来说："结实，你误会我了，刚刚是庞改进，他来我们棚避雨，我们一点事儿没有。"

庞改进听到他家女人说了这话，他又抓住女人的领口，一巴掌打在她脸上说："臭不要脸，孤男寡女的，你让我怎么相信你说的话？"

李玉凤哭泣着说："结实，你甭闹腾好吗？"

"我要他狗日的庞改进知道，他今后都甭想过安宁日子。"白结实不依不饶地说。

李玉凤心想大不了豁出去，她理直气壮地说："这事，你大声嚷嚷，只会惹来别人看笑话。"

白结实听到这话，心想，自己再闹腾，只会对他和他老婆名声不好。他转变口气说："今晚的事，我就既往不咎了。"

李玉凤见自家男人不再发火，她这才来了胆量说："庞改进这会儿溜走，有理也说不清。何不借此，解决咱家庄基的事？"

白结实觉得自家女人说得有道理，他自言自语地说："舍不得婆娘，套不住狼。"

他不再纠缠他家女人和庞改进的事，他和他家女人倒在场棚麦秸草上一觉睡到大天亮。

夏收过后，李玉凤去找庞改进提及她家要庄基的事，她说归说，却始终没给买庄基的钱，李玉凤认为他庞改进应该给自己掏这笔钱。

买庄基不是小数目，我又不是摇钱树，她李玉凤长得好看归好看，我是一时冲动差点酿成大错，但是，他们也不该如此胃口啊！李玉凤又在催，庞改进见自己实在推脱不掉，心想，那就想方设法帮她买来一院庄基，办这事也算是堵她家的嘴。

23

为李玉凤要庄基的事，庞改进成天思来想去，他犯愁时想起了仁东组长陈五，这家伙打牌欠自己一笔债，他这人要钱耍赖不给，可是自己要庄基抵债的话，他未必反对啊！庞改进找陈五上话，提出用庄基来抵债，陈五一想他来回追账很泼烦，再者，他又是村上副主任，恐怕一直不给他一个说法也说不过去。只要不提钱的事，他要庄基就按他的意思来。

大概一月有余，陈五给庞改进兑现了一院庄基。

庞改进转手又给了急切等待庄基的李玉凤家。

李玉凤轻而易举要来一院庄基，她从未过问对方庄基证的事，她想既然有副主任庞改进担保，想必没有人给自己使难堪。

于是，她自己给自己壮胆，在庄基证没有落实之前，便择了良辰吉日破土动工了。她家盖房的活动弹没几天，县上国土局执法大队来了一拨人，现场叫停，其理由是她家没有庄基证。她对县上国土局执法大队人说自家的庄基是花钱买来的，县国土局执法大队人给她泼了冷水说她家买来的庄基是黑市交易。她知道别人说的黑市交易，意思是国家不承认。

等县国土局执法大队一拨人走后，她找庞改进去讨说法。一听说县国土局执法大队来了一拨人叫停了她家盖房，对方又一而再再而三地说她家庄基是黑市交易，庞改进的头就大了，却要装着自己啥世面也见过，他又给李玉凤许诺，她家庄基手续跑跑很快就可以到手。

李玉凤左等右等就是不见庞改进回音。李玉凤心急又去催问，庞改进回答说自己找过县国土局，人家说这事最近风声很紧，要想盖房还得再等等看。

李玉凤别无出路，也只能将唯一的希望寄托在庞改进身上。

心急如焚的白结实心想自己赔了夫人又折兵，这回定是叫别人要了，他冲他家女人说:"你李玉凤出面不成,我要告他去,我要出了这口窝囊气。"

李玉凤见自家男人来了火气,劝说道:"结实别耍性子,有事好好商量,闹僵了对谁都不好。"李玉凤越是劝他,他越是来劲,说自己这就去镇上告庞改进。

听了白结实添油加醋的一番话,镇上认为庞改进行为恶劣,镇党委书记陆海洋叫来老仁谈话,叫他劝说庞改进辞掉村上的事。

老仁本来就对庞改进怀有成见,听到镇党委书记陆海洋提出这样的要求,便回村上找庞改进谈话,劝说他辞掉村上的事。

老仁说不叫他干村上副主任,也是镇上的意思,庞改进听来很生气,他不愿意丢掉这九品芝麻官,但是,他又细细一想,发生那样的事也是百口莫辩,保不准就会成为县纪委的问题线索,那时候自己再反悔就来不及了。

既然胳膊拗不过大腿,自己也不能赖上副主任这职位,我这个瞎泥鳅只能是个烂泥命。庞改进迫于无奈辞掉了仁义堡副主任这一职务。

庞改进因这场风波在仁义堡暗淡了,前前后后的事交织在一起,他家女人觉得守在家里窝囊,一气之下撇下家,跟着她娘家姐妹去外县打工去了。

庞改进将他唯一的生命寄托——庞菲菲寄养在亲戚家,他别无选择只身一人进了县城做起苦力活来混日子。

白结实还在继续闹腾,夏粮征收,老仁见白结实家是难缠户,心想叫王凤霞去也许收效会更好一些。王凤霞心想他老仁信任自己,自己要是拿下了钉子户的公粮的话,这事就在全镇摇了铃。他庞改进辞去副主任,我工作出色的话,补上这缺也不是没有可能。

王凤霞又想,要拿下白结实家的公粮,自己就要学会对症下药,他家病既然害在这院庄基上,我得在这个上寻求突破口。她思来想去,想起了两年前,主管教育的房文进叫她给县国土局康局长介绍过保姆,后来,她介绍了她表妹柳巧巧去给康局长家当了保姆,柳巧巧又说过康局长家人待自己不错的,她这么一想,便觉得她唯一的希望只能寄托在她表妹柳巧巧身上了。

她亲自去了趟县城,找到她表妹提说她的来意,柳巧巧心想自己工作是表姐介绍的,她来找自己,这忙说啥也要帮,她表妹应承她,去求县国土局康局长为白结实家庄基的事网开一面。

王凤霞走过一遭县城，心里有了谱。

她一来到李玉凤家，还未来得及提说收缴公粮的事，白结实便说要收粮的话，叫他庞改进来，其他人我概不认账。妇联主任王凤霞一听这话就明白李玉凤男人是以此抵赖。

王凤霞生气地说："你个构木根，这事一码归一码，你种国家地，就该交公粮，你别给我推趸车。"

李玉凤见白结实死揪她与庞改进的事不放，怕王凤霞下不了台，就冲王凤霞解释着说："结实脾气不好，他这人就是这样。"

王凤霞不再理会白结实，她冲李玉凤说："妹妹，我知道你惦记你家那院庄基，我找县上人了，你家可以继续盖房了。"

李玉凤急着地问："凤霞姐，这是真的吗？"

"姐我说话算数，不哄你的。"王凤霞信心满满地说。

李玉凤见事情达到自己预期的效果，她冲自家男人使了一个眼色。白结实见王凤霞给自己带来好消息，他家盖房的事有指望了，变得顺从起来，他语气温和地说："好了，你凤霞姐来了，我就不掰扯啥了，公粮的事，我就认你了。"

白结实装粮去交公粮，李玉凤在家招呼王凤霞喝茶。

王凤霞喝过两口茶，说自己还有公事，转身离开李玉凤家又忙她的其他工作去了。

王凤霞收了钉子户白结实的公粮，老仁打心眼里佩服起了她。

庞改进裹着铺盖卷来到县城，在城乡接合部的一户人家租了房。自从只身一人来到县城的那一刻起，庞改进心里清楚自己已经不是昔日的仁义堡副主任了。

白驹

只有挣来钱才会被人瞧得起，等以后再回向阳镇仁义堡，定要重新赢得乡亲们的尊重。

初到县城的庞改进经过信息部介绍，寻找到一家工地当起装卸工，后来，他在工地认识小包工头，又钻进了建筑队当小工。

他在建筑队上班一个月之后，县安监局和县人防办对这家工地进行了突击检查，他做活的工地终因存在安全隐患而被叫停。

小包工头给他手下的大工小工放了假，庞改进闲来无事，在县城转悠着，听到有人搓麻将，循声寻去，来到了一户人家的院落。

牌场上一个名叫薛晓英的女人见来了陌生人，她将来人细细打量一番，觉得他可以恋成牌咀子，于是便冲着走进院子的庞改进说："喂，伙计，你来得可真是时候，我姐姐绒绒要接娃，你来接她的场子。"

名叫绒绒的女人说："是啊，我要接娃去，这谁，你替我一阵子，别叫他们场子凉了。"

庞改进见时髦女人叫他上场，他一摸口袋有钱，自己好长时间没摸过麻将了，手也怪痒痒的，既然美女叫打牌，我就恭敬不如从命了！

起先，三女一男的牌场，因为他接替了名叫绒绒的女人，男女比例变得均匀起来。

自从有过替补打牌的一次经历，一回生，二回熟，他与这家打麻将人慢慢熟悉起来。

他最初不知道他去的这处城中村叫啥名字，去的回数多了，他才知道这村叫庄北，这村的大多数人家都是吃轻生饭——靠对外出租门面以及招揽房客来养活自己。

他常去打麻将的这家女主人名叫张翠花，她与薛晓英认识好多年了，她俩最初都在县城学过裁剪烹饪。

此后，她俩又都去一个服装厂上班，在一个宿舍一张床上睡了几年。

自从这家服装厂因经营不善而倒闭，她俩为了各自生计各奔东西，薛晓英经熟人介绍，到红星乳品厂做了收购员，而张翠花却嫁给了县城庄北名叫黑子的人。

他俩结婚半年之后，张翠花叫他家男人盖房对外出租，黑子因借钱盖起了小洋楼欠下别人一屁股债。

黑子靠租房还钱需要很长周期，他一时半会儿给别人凑不来钱，他守在家面对来人讨账，成天心烦不是滋味，无奈之下，只身一人到铜川市的梅家坪去下煤矿讨生活。

他下井挖煤挣来的钱一边还账，一边给老婆娃生活花销。黑子在铜川梅家坪煤矿待了一年六个月，因一场突如其来的塌方事故丢了性命。煤矿除过给了埋葬费用之外，还给了他家一笔数目不小的赔偿金。

张翠花得到这笔钱，为自家男人发了丧，也还了因盖房欠下的一屁股外账。黑子下煤矿丢了性命，他的父母白发人送黑发人，相继也过了世。

张翠花为黑子守过孝之后，招赘了一个陕北后生，一家人过上了相对滋润的好日子。

薛晓英在一次县城国企的广场舞会上认识了老王，老王请她吃饭又请她唱歌，她从此与老王来往火热。老王没少给薛晓英零花钱，薛晓英与老王交往一段时间，才知道老王人脉很广，能与县国企单位搭上话。她心想自己攀上他这棵树，以后就有享不尽的荣华富贵了。她自从认识老王，就辞去了乳品厂的工作。她来城里找到张翠花家，说要租房住，张翠花念她与自己姐妹一场，便给薛晓英租房住却对她分文不取，还时不时地照顾薛晓英的生活。

时间久了，薛晓英过意不去，给老王百般示好，叫老王帮张翠花家的陕北后生找活干。老王见推脱不掉，为陕北后生找了国企一些修修补补的活去干。这样一来，张翠花在自家屋里除过打牌娱乐之外，另一个任务就是讨好老王和他的情人薛晓英。

常来张翠花家打牌的人心里都明白，老王和薛晓英是十分暧昧的情人关系。这天，喜欢说笑却从无恶意的绒绒见老王和薛晓英在牌场眉来眼去，她张嘴就来，说："老王啊，你这辈子，值啊！"

老王随意搭着话说："我，运气不差。"

绒绒毫不避讳地说："你在家红旗不倒，在外又是彩旗飘飘，别的男人羡慕你啊！"

老王自夸着说："我这辈子好人缘，我这辈子有女人缘。"

薛晓英瞥了他一眼，很快吐了舌头说："我呀，乡下姑娘，有老王成天疼爱，心满意足啊！"

绒绒羡慕地说："我和翠花成天羡慕你妹妹修来了好福气啊！"薛晓英冲绒绒开玩笑地说："我知道你嫉妒我，赶明儿你也缠上一个款爷去。"绒绒说："妹妹真坏，又拿姐姐开涮了。"

院子里传出了一阵阵爽朗的笑声。

庞改进常来这家麻将摊，他对老王好奇着，他心想，既然老王有来头，自己要是叫他扶持一下，肯定以后会过上好日子。

此后，老王包养情人的事，传到了他婆娘耳边，他婆娘与老王闹火过一阵，但很快她又不再明着闹腾了，她担心自己人老珠黄，万一老王提出与自己离婚，她后半辈子就更可怜了。她不明着与老王闹，但开始跟老王冷战。因为在家闹腾过，老王父亲高血压病犯了，又引发脑溢血，这一切让老王措手不及。

老王一直守在父亲病床前。多天没见老王，薛晓英有些疑惑，便给老王打去电话，老王没有隐瞒事实的真相，说出了他婆娘因他外面有人闹腾，也说了他家老爷子住院的事。

薛晓英又问他婆娘与他关系有没有和缓，他说自己与婆娘还在冷战，就连他家老爷子住了院，这女人也一直没有来过。薛晓英给老王说了些宽心话，并说需要自己帮忙，只管言传。老王这才说出了单位有急事叫他回去，但眼下，父亲病床前不能没人陪护，这事叫他一直犯愁着。

薛晓英跟老王说自己给老王联系陪护，老王就将找陪护的事托付给了他的情人薛晓英。

薛晓英心想庞改进成天无事可做，介绍他去当陪护，也许更为妥当。想到此处，她找庞改进说了这事，庞改进一听这话，觉得自己巴结老王的机会来了，他干脆地说："既然老王父亲住院，这忙我一定给帮。"薛晓英见他痛痛快快地答应，便说："只要你庞改进表现好，老王帮你的忙还在后面哩。"庞改进当然明白这个道理，他想薛晓英将伺候老王父亲的活给自己揽来，也等同她在间接帮自己搭上老王这层关系。

出于巴结老王的目的，庞改进很快就去了医院。他一来医院，就接下了伺候老王父亲的脏累活，直到老王父亲出院。

见父亲出了院，老王要付给庞改进一些报酬，庞改进却说他给朋友帮忙，决不谈钱。老王为此而颇为感动，也欠下了庞改进一个不小的人情。

– 25 –

在县城的村子里吃惯轻省饭的房东们，盼望着年关的到来，因为只有赶上这茬口，他们才能如期收取房客们的租金。除薛晓英以外，张翠花一年到头要收房客租金多达两三万元。

这年年关，张翠花除过收来房租外，她家的陕北后生在县国企单位修修补补也挣来万儿八千。张翠花心想借此自己也该笼络来兄弟姐妹下馆子撮一顿。

于是，她出面邀请老王、薛晓英、绒绒，以及包括庞改进在内的牌友们去一家名为诚净和蒸饺店的饭店聚餐。庞改进想通过老王承包县国企的招标工程，却因没有相应的施工资质而搁置。他又回想起薛晓英曾说老王帮他的地方还在后面，顿时来了心劲，为了能在县国企单位承包上工程，他找亲戚帮忙注册了公司。

庞改进申请注册的公司名称为向阳镇改进建筑工程公司，后期又申请办理了工商执照。他一套手续刚刚到手，张翠花就提出请客吃饭，庞改进心想借张翠花的饭局与老王好好叙叙，为自己以后赢得招标建筑工程做个铺垫。

张翠花在县城诚净和蒸饺店备好酒席，和她的陕北后生等候着客人。绒绒是个喜欢钻场子吃饭的人，她是到席最早的一位。

薛晓英和庞改进两人是一先一后到场的。

几人喝茶闲聊约莫半个小时后，老王才在薛晓英的催促下来到诚净和包间里。他是张翠花请来的重磅嘉宾，因此被让到了上座。

老王的右边是张翠花，左边是薛晓英，绒绒与张翠花相邻而坐，庞改进和陕北后生坐在偏下的位置。

庞改进见张翠花安排自己偏下位置，心有不悦。但是，他细细一想，老王是主轴戏，他坐贵宾位置是理所当然的。这回吃饭既然张翠花是东家，她坐在老王的右手边也合乎情理。

而喝酒之后，大家敞开着谈，彼此没有尊卑之分，他就觉得谁坐在高处，谁又坐在了低处，一切都是其次，他不应该过多计较这些。

张翠花给老王敬过酒后，庞改进见席间并无外人，便借着酒胆，向老王提说他注册公司的事。

老王想你庞改进注册了一家建筑公司，但这仅仅是你承包县国营单位工程的敲门砖，想真正拿到活还要靠自己的实力说话，念他伺候了老爷子一场，他的事我不能一拖再拖了。想到此处，他说："改进是自己人，我的好兄弟，上回帮我照顾老爷子的事，我真要好好谢谢你。"

庞改进见老王夸赞自己，他接着话茬说："王哥，这都是兄弟应该做的。"

老王继续回到主题说："是这，你说的事，我在心上呢，这回，人家宏达建筑公司中标了几栋库房活，我替你说说好话，叫他们将木工的活转包给你。"

庞改进心想我注册了公司，却不给我正儿八经的活，而要给我从别人手中转包木工活，这利润肯定薄。但他又转念一想：不管咋说这活也算是自己在县国企单位的敲门砖，不能错失机会呀。

想到此处，他说："承蒙王哥器重，在宏大建筑公司那边美言的事，我只能靠老哥你了。"

老王说："这事，包在我身上了。"

薛晓英听到他俩的对话，冲庞改进说："你个改进你还愣着干什么，快给王哥敬酒啊！"

张翠花也跟着说："对，对，对，改进，你赶紧给你老王哥敬酒。"

庞改进见两个女人劝他给老王敬酒，便端起酒杯走近老王，诚恳地说："王哥，兄弟我敬你一杯。"

老王冲他一笑说："既然改进兄弟敬酒，我老王要喝。"他两个对酒碰杯各自喝酒下肚。

接着，酒席上的其他人也一个接一个地给老王敬酒，老王又一个不落地回敬了对方的酒。

又过了一阵子，老王的手机响了，他接完电话，起身端酒又敬了一桌的人，歉意地说："真不好意思，我要失陪了，大家继续慢用。"

张翠花善解人意地说："既然老王要走，我们就不勉强他了。"

薛晓英见老王要走，她直截了当地说："肚子也都撑饱了，不如，今天酒席就到此为止吧！"

老王听薛晓英说散场的话，他内疚地说："不好意思，叫我搅乱了大家。"

庞改进说："王哥，我们今天聚得差不多了，天下没有不散的筵席嘛！"

薛晓英要走，庞改进也说他要回去，张翠花见此，歉意地说："今儿个，我张翠花没招呼好各位，请大家多多包涵。"

薛晓英见张翠花说了这话，便说："来日方长，我们以后再聚。"

她话落了音之后大家起身离开了酒桌，离开了诚净和蒸饺店。

初春以后，庞改进通过老王的牵线，从宏大建筑公司转包了木工活路，这是庞改进头回尝到做老板的滋味。他从宏大建筑公司承包来了木工活，一转手又包给四川木工去做，这一转手的买卖他就赚了两三万。

老王给庞改进木工活，没想到庞改进又转手包给四川木工。他和庞改进打了头回交道，便觉得他不大可靠。

也因如此，庞改进继续找他要活，老王却一直很犹豫。庞改进继续死缠他要活，老王想起库房废品要清仓处理的事，倒是可以照顾他，于是送他一个顺水人情。

此后，老王主动给庞改进透露信息，说等县国企仓库处理招标的时候，除过有他们向阳镇改进建筑公司以外，还要找个差额招标单位参与，这样，即便是自己照顾给了庞改进，也不会落下别人的口实。

庞改进按照老王的意思找来了差额竞标单位同他竞标，他到手招标项目后给人家付了酬谢。庞改进做成国企单位的头桩废品买卖就赚来了三万多，此后他陆续还做成几桩买卖，且都收入不菲。

他生意赚钱了，随之，在县上的外交半径也逐渐扩大，他与李玉凤的事发生之初，向阳镇镇政府的干部与他保持着一定距离，后来，他在县城废品买卖做得风生水起，镇上干部又重新与他有了往来。

他因攀上了老王才有了富裕日子，这事，他虽不给人明说，但与他有往来的人也都明白。

– 26 –

张翠花家的陕北后生名叫李栓牢，老王见他为人实诚又听使唤，给他推荐了不少修修补补的活路。李栓牢揽下小活多数是自己做，揽下了较大的活路，叫来雇工和他一起做。县国企单位修修补补活路历来有周期之说，一般来说前半年的活比较旺势，后半年的活路相对偏少一些。

而这年县国企因为工作原因，前半年的活路较往年偏少，多数的修补活路延时至后半年或是来年。尽管这样，李栓牢半年工夫就挣来了五万多元，他除过给雇工的开销以外，自己手头盈余多达三万元。

张翠花既有房租收入，又有李栓牢挣来的钱，在外人眼里也算是富得流油的人。张翠花有钱归有钱，但是别人议论她刻薄自家男人，甚至有人将这话吹到她耳边，她听了心里很不是滋味。

为了不落下刻薄自己男人的话柄，为了不被别人议论，她带李栓牢去县百货公司，找裁缝店给他量身做衣服，还给他买了一双铮亮的黑皮鞋。

李栓牢见自家女人对自己百般示好，心想这是自己前世修来的好福，认为张翠花在乎了自己，便冲当家女人说："翠花，眼下我做活，想买辆昌河面包车，用途大一些。"

张翠花心想买回昌河面包车，除过自己出门方便以外，以后做修补活，也省得为雇用港田摩托车而跑前跑后了。张翠花想到此处，语气干脆地说："好，栓牢，买车这事我答应。"李栓牢有了他家女人的垫底话，报了驾校，学车考驾照结束之后，他在渭南的燕兴公司买回来一辆昌河面包车。

　　宏达建筑工程公司的吴铁奎老板忙完工地一摊子事，刚刚回到宿舍，她的表妹柳金香给他打来电话，说自己想来临潼一趟，看场歌舞剧《长恨歌》，吴铁奎心想自己表妹虽说是一家旅游公司的业务员，但是她毕竟手头不如自己宽裕，她来临潼的话，自己要尽一下地主之谊。柳金香之所以给他打电话，其实就是想叫表哥为自己买单。

　　吴铁奎安排完工地上的事情，立刻开车奔赴临潼，热情招待他表妹柳金香。他请表妹柳金香参观秦始皇兵马俑，又请她看过歌舞剧《长恨歌》，柳金香见表哥为自己破费了不少，心里过意不去，于是，她从自己的小包里取出十多张山西乔家大院风景区的门票，递给她表哥吴铁奎，说："这是我的一点心意，不成敬意，请表兄笑纳。"

　　吴铁奎心想自己执意不收，肯定会伤及表妹的脸面，便说："既然是我表妹的心意，为兄收下了。"吴铁奎在临潼款待过表妹之后返回自己的工地。

　　回到工地的吴铁奎成天事忙，根本没有心思去逛山西，他心想老王一直很照顾自己，要是这票送他的话，肯定会念及自己的好。这样想着，他当即将表妹给自己的山西乔家大院风景区的一沓门票全部给了老王。

　　老王心想自己曾经去过乔家大院，这票他一转身送给单位领导六张，剩余的四张给了薛晓英和张翠花。

　　张翠花见老王给了山西乔家大院风景区门票，心想自家买回的昌河面包车派上用场了。她也认为讨好薛晓英，就等于讨好了老王，她煽惑薛晓英和绒绒去逛山西。薛晓英说自己恭敬不如从命，而绒绒生来就喜欢占便宜，她见老王给了风景区的门票，张翠花又叫她丈夫开她家车去，这事，几乎轮不到自己花销，便说："好事别落下我，我也去。"

　　李栓牢开昌河面包车来到农机加油站加过油，张翠花、薛晓英、绒绒三个女人坐着李栓牢的昌河面包车出发了。

— 27 —

　　庞改进和李玉凤两人扯上关系的事，叫白结实记恨了好长一段时间。白结实心想也没真的发现他俩有什么不当关系，本来就理亏，自己又是入赘的，他与李玉凤彻底闹翻，她狠了心的话，叫自己离开李家就麻烦了。

　　于是，他见好就收，不再与李玉凤为此事纠缠。日子久了，他俩关系逐渐地和缓了。

　　在堡里刘来运是个十里八乡有名的笼匠，老家是渭南市华阴县人。

　　早年，陕西黄河流域的三门峡库区人口大迁徙，他父母亲携家带口来到了渭南市临渭区官底乡高楼村。这年，父母亲因饥荒而死，他成家立业，娶进门的媳妇，虽然给他怀下娃，却成天饥肠辘辘。她向丈夫要吃的，丈夫为了他家女人，溜进供销社去偷白馍却被狗咬伤。他一瘸一拐地忍着疼痛回到家，找来膏药敷贴。他担心挣不来工分，病情未痊愈，就又去生产队饲养室上活了，他一瘸一拐走路的样子，明摆着干不成什么又苦又累的力气活，生产队饲养室的小组组长老王针对他的情况，将晚上睡饲养室看牲口的轻省活儿给了他。

　　被狗咬伤却换来了轻省活儿干，刘来运白天在饲养室转悠两圈，晚上睡在饲养室的牛槽边过夜。

　　有了晚上睡饲养室的活，刘来运没少从饲养室偷苜蓿，他家女人一天三顿地喝苜蓿糊，但汤水饭不养人，再说，他家女人怀有身孕，因为饥荒而一天比一天难受。

　　这晚，夜半二更天，睡在自家炕上的女人，终因饥饿撑不下去偷着来到田间。她见四处无人，用小铲给自己挖红薯吃。寂静的深夜里，听到了嚓嚓声，生产队的巡夜民兵发现有异常，迈着急促的脚步循声而去。他家女人见被人发现，担心被抓落下坏名声，于是，她撩起围裙，裹着一兜红薯慌忙离开。她冒了一身冷汗，跑了约有几丈开外，脚下被交织在一起的藤条绊住，只听女人，"哎哟"喊叫一声，紧接着扑通一声掉入一口井里。追撵的民兵一听有女人落入井中，心想这事闹大了，连夜叫来乡党打捞，直到第二天太阳升空之后，坠落井里的女人才被打捞了上来，大家这才发现，因偷红薯被撵而不慎坠落井下的是刘来运家女人。

为了安抚刘来运，生产队出钱埋葬了他家女人，又给他一担粮食作为补偿。刘来运虽然为没有女人而失落，也为没有了自己骨肉而心痛，但是，他因此换来了一担粮食吃。他想自己有了粮食，以后还会有女人，有了女人，她还会给自己怀娃的。

后来，刘来运为了寻个生计，跟着一个外路人学来了做笼的手艺活。刘家堡嫁给仁义堡一户人家的刘小翠中年丧夫，后来经人介绍，笼匠刘来运入赘到了她家，时隔几年后，与她同为一村的李玉凤家入赘了白结实，一村一院里，东头是李玉凤家，西头是刘小翠家，两家都是男人倒插门。虽然两家有相似之处，但是，两家女人的性格各不相同，李玉凤性格泼辣外向，而刘小翠是拘谨内向的性格，因此，她俩几乎不相往来。

而这两家男人却彼此之间多有往来。

这年夏天的一日，刘来运在自家旱地引水浇地，浇地的水流入地缝。而后，地缝张开口，地缝的一周随之下陷，最终一巴掌宽的地缝变成口袋状的一眼窟窿，浇地的水哗哗地流了进去。

刘来运意外地发现这幕，他心想此地必然隐藏着一个大玄机。

当地文史研究专家说向阳镇是较为密集的汉墓区，"要想富，挖古墓，一夜就成万元户"，这句顺口溜也在当地一直流传不衰，也因如此，向阳镇及其周围盗挖古墓风靡一时。虽然当地警方经常严打，但是盗挖古墓现象却屡禁不止。

刘来运在想自家旱地是不是古墓，要凭土质说话，要是勘探出地下土层是和土，这必是一座古墓。要是没有和土的话，它必是一条隐藏的地震带。要是古墓的话，这该是多好的一件事啊！他为了一探虚实，夜半三更扛着洛阳铲来到自家旱地。探过了土层之后，果然不出所料，地下果真是和土层，于是，他心中窃喜，心想，自己的苦难日子快要熬到头了。

尽管探出是古墓所在地，但是，仅凭他一个人来盗墓，这活可吃不消。

他必须要找人帮忙，找谁最为合适呢？这人必须要与他关系融洽，也要听他使唤，且还要口风紧又没有心计。他在脑子里寻思着，觉得白结实最为合适，他和自己同为外路人，在当地受人排斥，要是盗挖古墓，出了东西的话，两人分赃各占一半。

刘来运又想，两人挖古墓，一来可以壮胆，二来即便被人告密，来了警察，到时候自己还多个垫背的。

于是他便去找白结实将自己发现古墓的事悄悄地告诉给了他。

白结实一听这事，心想，自己要是和刘来运在这座古墓挖到文物，他俩穷汉子就会一转身变为财东家，这样一来今后他俩就成为仁义堡的人上人了。

他俩达成共识之后，立刻开始着手准备工作。

这晚，他俩挑出一条通往墓穴的道，为了不被人发现，赶在天亮之前，抱来了一堆秸秆物将其遮盖。

第二天子夜时分，他俩如约而至。白结实认为这古墓既在刘来运地里，又是他发现的，因此，只要是盗墓的脏活累活，自己都应抢在前面去干，于是白结实主动扛起了钻道的苦力活。

刘来运守在地面，白结实携带家什钻入了坑道，接着他点亮蜡烛，用小桃铲松土并盛进粪笼，又一声口哨响起，守在墓口的刘来运拽绳吊土，他俩重复着各自手中的活路。

约莫个把钟头过后，白结实感觉自己有点头晕，他意识到自己缺氧了，于是立刻停下手头的活路，爬出墓道，在墓口歇息了一阵，又抽了根烟，缓过来之后，再次下墓道之前，他和刘来运为输风机接上了电瓶线，又给输风机口上接好了白龙带。

他们把送气的那头扔下坑道，墓道底下终于可以换风了。

到了紧要处时，白结实起了贼心，想要欺哄刘来运离开，于是他吊高嗓门说："来运，我挖古墓，你去给咱把风。"

刘来运心想，你个白结实打小九九，墓里抛出来啥值钱东西，我若离开，你必会独吞的。要是自己守在墓口，万一别人来了，他却没有把风，被人抓住，自己盗墓的想法就鸡飞蛋打了。

他又想，这古墓究竟有没有东西，自己也吃不准，即便出了东西，他白结实也没能力卖出，到头来还得求自己。他盗他的古墓，这后夜天，他婆娘在玉米田间浇地，自己不如趁此机会去勾搭一下。

白结实点亮蜡烛在墓穴的明亭子里寻找着他极为迫切想得到的值钱的文物。

而刘来运却不再为白结实继续把风，他悄悄离开了盗墓现场。

他寻到李玉凤家苞谷地，李玉凤听到有脚步声，又见有人走近自己，她受惊着问："谁，来田间作甚？""我，是来运，过来看看弟妹。""你个来运，吓我一跳，你这家伙，不是跟结实去盗墓了，咋来我这？"刘来运哄她说："弟妹啊，我们哥俩费了九牛二虎之力，也没捞下啥宝贝，他早回去睡觉了，我想你胆小，又是独自一人浇地，就过来给你做个伴。"

李玉凤心想，你这家伙葫芦里卖的啥药，我岂能不知道？你这贼眉鼠眼的样子，一看就是想打我的主意。

她应变着说："你个花心贼，想打我主意，不知道你娃有没有本钱呢？"

刘来运走近李玉凤油腔滑调地说："哥要本钱没有，不过自己见女人容易把持不住呀！"

李玉凤听到他说这话，说："好娃哩，人常说舍不得孩子套不住狼，你不想花钱，老娘豆腐你是吃不上的。"

刘来运见这女人并非铁板一块，她摆明态度，只要自己花钱，一切都好商量。

刘来运说："李玉凤啊，你给我明说，我该给你做些什么你才依我呢？"

李玉凤见刘来运说靠谱话，便说："是这，我家赊农技站的三百元化肥钱，要是你替我认了，我这身子给你使唤。"

刘来运心想，这女人不是省油的灯，她这是狮子大开口呀！刘来运又想，自己不妨先将计就计，便说："这事没问题，明天我替你家还了供销社的赊账不就完了，不过，今晚你要叫我享受享受啊！"

李玉凤奉劝着说："你甭来这一套，我是不见兔子不撒鹰。"

刘来运见身边这女人根本不吃他这一套，他失去了耐心，便径直走到李玉凤身边，强迫着将她揽在怀里说："你个屄女人，哥我看得起你，要你，哥要是看不起你，你就是金镶玉，我也不想要。"

李玉凤推不开他，就告诫他说："你别胡来，你要是胡来我就喊人了。"

刘来运见自己搂抱在怀里的女人不肯就范，一脸严肃地说："你是敬酒不吃，吃罚酒，老实点，今晚你要是不听话，我就把你这狗婆娘踹到井里去。"说着就抱着李玉凤钻进了瓜棚里，在这间瓜棚里的一张床板上，他得到了白结实家女人李玉凤的身子。

他快活了，却万万没有想到，因为一窝黄鼠狼子乱窜，绊倒了电瓶接线的输风机，墓道深处的白结实因为缺氧窒息而亡。刘来运与李玉凤快活过后又回到盗墓现场，他喊叫白结实的名字，却没人应声，下墓道一看，白结实躺在墓道里一动不动，停止了呼吸。他见此撒腿逃出，他后悔自己糟贱了白结实家的靓婆娘，更后悔盗墓的事，没有盗得一件宝物反而丢了白结实的性命，这该如何收场？他心里没有一点谱。

自个儿回家却没见到男人踪影，李玉凤觉得不对劲，她急忙去刘来运家问明原因，刘来运故作镇定地说她男人去了县城。

李玉凤在家左等右等等不来她家白结实，她心想，没准是自家男人出事了。她有一种不祥的预感，于是她一气之下就将刘来运和自家男人盗墓的事报给当地派出所的民警，又说他家男人没了人影，刘来运在她家苞谷地强奸了她。接到报警，向阳镇派出所民警立刻出动，很快抓住了刘来运。办案民警在派出所的审讯室里对其进行审问，他如实说了白结实盗挖古墓因缺氧而死的事实，也如实说出了自己如何得手李玉凤的一桩事。

一场不该发生的悲剧发生了，堡子里的人私下议论着李玉凤是个扫把星，李玉凤见仁义堡的人对她说三道四，后来，一脚踏出门，跟了县城的离异老工程师过活她的下半生，她家唯一的女儿跟她一同进了城。

– **28** –

　　为了推动区域经济的健康有序发展，向阳镇企业办成立了大秦经贸实业有限公司，企业办主任吕振民名正言顺地兼任这家公司的总经理。

　　公司成立之初，企业办将自己管理的多家企业纳入了它所经营的旗下公司。吕振民心想，虽然自己旗下纳入不少企业，但是这毕竟是换汤不换药，要想真正做出有名堂的事，必须要依托刚成立的大秦经贸实业有限公司，办一家有造血功能的企业。他又在思考，向阳镇及其周围都是小麦主产区，要是将小麦秸秆变废为宝的话，自己就促成一件名利双收的事了。他去外地考察学习归来，立马请来专家设计运算出办厂所需的花销，做到了心中有数以后，开始为自己筹办造纸企业创造必要的条件。

　　吕振民在每周如期举行的例会上，向镇上领导汇报他想办一家造纸企业的想法。他的这个想法，一经提出，镇上领导一致认为，办好造纸企业有三点好处，其一，能解决剩余劳动力，其二，能为当地提高税收，此外，上马造纸企业可以为向阳镇在西洽会上填充没有经济项目落户的空缺。

　　基于以上理由，吕振民办造纸厂的想法得到镇上领导的肯定与支持。

　　一年一度的西安西洽会如期开展，向阳镇在西洽会上与大秦经贸有限公司签了投资协议，县上的报纸和电台还专门为向阳镇即将上马的造纸企业做了大篇幅的特稿宣传。

　　虽然向阳镇上马造纸企业的口号喊了出去，但是，办造纸厂终归需要找个落地的村子。在对全镇十五个村通盘考虑之后，镇上认为，仁义堡地处排水沟附近，办造纸厂的条件算是最为合适。

　　在西洽会之后，向阳镇企业办主任兼大秦经贸实业有限公司总经理吕振民想起的头件事，就是请仁义堡主任老仁吃饭。

最初，吕主任请老仁吃饭喝酒，老仁不明原因，吃过饭，又喝过了酒之后，他这才明白吕振民的用意。

老仁听到老吕新成立的公司要在自己村办造纸厂，心里颇为抵触，但吕振民是企业办主任，他来是代表镇上谈，自己要是不配合，只恐给上面不好交代，要是维持镇上的关系的话，势必就会得罪乡亲们，这事叫他不由得犯起难。

老仁迫于压力开了村民会。在会场他提出在村上办造纸厂的事，会场上的大多数人对此持有反对态度，老仁心想，无论如何自己也要做做群众工作，这样一来，明面上的事情好看一些。

老董是个经多见广之人，老仁心想自己有啥困惑找他说说，也许他能给自己拿出一个主意来。老仁去找老董说了镇上要办造纸厂征地的事，又说了村里群众不大乐意造纸厂建在村上，他对这事没有一个主见。老董见老仁叫自己拿主意，便说这事各有利弊，好处是可以安置剩余劳动力，不利之处在于对当地来说它是一个不折不扣的污染源。

镇上来做老仁的工作，他如何应对呢？唯一的办法就是说群众给镇上承包地要抢价，镇上见难度大，必会知难而退。

有老董给他支了招之后，老仁心里有了谱。当吕振民来寻老仁谈征地的事，他像背书一样，说自个儿村上群众不给口粮地，镇上要坚决征地的话，除非每亩每年赔偿八百元钱，这事，成的机会大一些。

吕主任心想，建纸厂有一定的污染，群众反对，这也是合情合理的事情，他老仁要高价，自己也就认了吧！

丁福禄虽然是向阳镇电管站老资格的电工了，但是他下过多年苦，要说手头有权也是最近几年的事。油坊的主家苏简易对丁福禄的了解超过常人，他丁福禄如何攀上一个有福的位置，堡子里的小队电工始终百思不得其解。

向阳镇的地形是东西走向的台塬状，这座镇南北的通身与东西走向相比，无疑就显得狭小一些。大致是这个原因，向阳镇电管站历来业务划分也就特点鲜明了许多。多年前，向阳镇电管站老站长李忠义在摊开的一张辖区平面图上，根据固有的地貌结构特征，用一根铅笔划分出了具有鲜明特征的电工业务区收费管理的板块儿，即西片区与东片区以及夹在其中的中片区，因为这样管理起来相对比较科学。后来，李忠义退休之后，他划定的区域业务一直被后来者所沿用。

在电工丁福禄的业务管辖范围之中，苏简易油坊算是最大的一家用户了。

丁福禄之前，这区域的电工是老权，老权比较固执，做事向来坚持原则，但是，要是让他开心起来，多少也会讲个人情冷暖。

老权知道虽然苏简易经营的油坊算镇办企业，却是个承包性质，因此，盈亏的事都是他自己的事，至于收取他家电费的贵与贱，与镇上也是八竿子打不着的一件事。

苏简易承包镇上油坊，唯一目的是挣轻松钱，体体面面地养活他家的婆娘娃。

苏简易承包到手镇办企业，成天起早贪黑，榨油是他和他家雇工伙计每天主要忙活的事情。苏简易当过多年的村上会计，他明白要经营油坊，自个儿少不了要与更多人打交道，自己也不能过于抠门，否则，对油坊未来发展有百害而无一利！

苏简易亲自登门拜访了电工老权。最初，老权无动于衷，但经他多次走动，疏通一番关系之后，老权终于为苏简易家调整了电价收费标准。每月抄表过后，老权收苏简易家油坊的电费时，采取的措施是甲乙电价——照顾他家一半涉农排灌标准电价，而另一半，还是照旧按经营企业用电来收取。

这样，一月下来，至少为苏简易节约开销五六百元。对苏简易来说这本是一件好事，没承想，时常去给老权家送鸡蛋的苏简易婆娘，竟然背地里跟老权好在一起。

没有不透风的墙，很快，老权与苏简易婆娘有一腿的事就在外界传了开来。苏简易是放着明白装糊涂，他没敢跟老权理论此事，更没有因此事跟他婆娘闹火，他怕自己闹腾，老权一气之下收回给自家优惠的电价，此外，一经闹腾，他家女人自己是吃不消的。人说多一事不如少一事，他也只能一忍再忍，哑巴吃黄连有苦说不出呀！

老权给老父亲过寿，照理来说，苏简易要过来祝寿，而这天，苏简易却迟迟未来。老权见到他家女人来，想这苏简易真是不知好歹，我给他帮了大忙，家父过寿人家周围罐罐窑的老板无一缺席，唯独他却不来，莫不是我与他家女人好上，他记恨上老权我了？

老权家女人心里明镜一样，苏简易家女人跟自家男人好在一起，她只能打掉了牙齿往肚子里咽，因为她娘家穷，老权家没少接济她娘家。

如今，她抓拍娃好几个，早已变得人老色衰了，她没资本跟自家男人闹腾这事。世间的事存在也许就是合理的，她常常这样安慰自己。

老权真想用电费的事敲打他苏简易一回，却怕因此得罪苏简易家婆娘。他纠结着，矛盾着，同时也无奈着。

此事不久，老权接到县上电管局培训学习的通知，向阳镇电管站于是暂时换机动电工丁福禄接替老权原先一摊子业务。

老权培训一个月后，突然心脏病发作，住院养病好长一段时间，这让丁福禄多了掌握实权的机会。后来，老权的病痊愈了，打算回向阳镇电管站继续他的老本行，但没想到，自己给老父亲过寿邀请客户祝寿的事情被人揭发告到局里，局里将他调离了电管站。

他尽可能揣测是谁点了自己的炮，他暗自哭泣并自言自语道："女人祸水真是害人不浅呀！我命背，这年头点也背，唉！没办法，只能听天由命了。"

丁福禄捉上洋火差事，他心里明白，要是没有苏简易的果断出马，他根本不可能唾手可得别人守得紧紧的一份美差！人要懂得饮水思源，自己在电费的收取上，除过不为难苏简易以外，还要特殊照顾他，丁福禄是这样想的，也是这样做的。苏简易没想到丁福禄会给自己办事，这事来得十分意外呀！因为，他虽然与人家老丁关系很要好，但是，毕竟他才刚刚走马上任，按说新官上任三把火，有些事，要从严立威，他刚接管到手差事，立马要改过去人家的旧令，这样，多多少少会造成一定的负面影响。

此后，苏简易成为丁福禄辖区之内唯一享受排灌标准电价的特殊客户。

丁福禄除过照顾关系户电价之外，其他工作都很出色，他管片区的头两年，连续被评为向阳镇电管站的年度优秀员工。

他做他的电工，务人的事有，得罪人的事也不少，因此背地里有人说他好话，也有人骂他不过是向阳镇电管站老站长李忠义手下的一条狗。丁福禄是个皮实人，别人说他好也罢，骂他坏也罢，自个儿都没将它当回事。

他认个死理，自己只要当片区电工一天，他自个儿就多一天实惠，自然而然也就多一天尊严！

老黑过去当兵出身，回家之后在别人窑场当过电工。后来寻情钻眼又钻进向阳镇乡办面粉厂继续当电工，一年半载因为财务纠纷，他被面粉厂辞退，再后来，待在家里务弄庄稼。他遇到向阳镇电管站临聘机动电工，因为有过去的业务基础，又搬人找关系，最后钻进向阳镇电管站当临时工一干就是两三年。

刘家庄老电工腿脚不大方便，他主动提出辞去村上电工的活。老黑与丁福禄交情深厚，他经丁福禄推荐成了向阳镇电管站承认的刘家庄电工。

有了这碗饭的他私下接些电路走线小工程，小日子过得也挺滋润。

丁福禄常去油坊苏简易家，老黑也跟着丁福禄去，他们三个时常聚在一起小酌。老黑最初当上村电工，做事勤快不端架子。后来，他跟丁福禄成天泡在一起，也给村里人时常摆架子，但凡谁家婚丧嫁娶没把他当回事的，他都会在用电接电这事上百般刁难。

又是一天早晨，丁福禄忙完自己工作上的事，他习惯地来到苏简易油坊找他扯闲话喝茶。

他一连好些天都没有排查辖区的用电安全了，村上电工没有监管约束便一天比一天松懈。

老黑不管刮风下雨，只要镇上逢集，他保准骑车来到镇上要冒一碗羊肉泡馍，这几乎是铁板钉钉的事情。

这回逢集，他却一直在家，他心想自己没猜错的话，一定会有人上门找自己办事。他果真料事如神，有人叩门进屋了。原来是周丰产，曾因偷盗被抓获刑十年。他服刑时表现积极，坐牢七年便被提前释放。

他一回来，除过亲戚给他凑钱，他过去结交的江湖朋友也给凑，几天出去，他盖房需要的三万多元花销就有了着落。

他盖房为的是有个窝，将来娶一房女人跟他过小家日子。

见来人有事，老黑这回一改往常拖泥带水的习惯，他冲请他过去接电的周丰产关切地说："老侄盖房是一件大事，当叔的我要过去帮忙。"

周丰产感激地说："老黑叔真是痛快人，老侄要好好请你喝酒哟！""给老侄过去接电，这还不是当叔的应该做的，你又没挣来钱，因此，酒就不喝了。"

周丰产急忙掏出香烟，抽出一根递给电工老黑说："老侄谢谢老黑叔了。"老黑见周丰产急切切的样子，抽过半根烟之后便说："走，给老侄接电去。"他带上脚扣与安全带以及其他工具，跟周丰产来到他家盖房的工地帮他家接好电。

村上压面的几个婆娘私下议论着："丰产家盖房，老黑殷勤得很，他眼里有水呀！"

接过电的老黑，出于好意说："老侄，是这，咱堡子这变压器功率小，像夏天这灌溉用电动力大，起不起就跳闸了，我看老侄又不是外人，就给你破例一回，我给你一把咱电房的钥匙，要是盖房这几天跳闸的话，你到电房推送一下闸刀，这样比较方便，也权当老黑叔我给你帮忙哩！"

周丰产心想，他老黑除过辈分比自己高以外，他就是有电工这门手艺，听别人说他成天在村里就爱摆臭架子，要是遇到一般人盖房，或婚丧嫁娶，敬不到他的话，他免不了给人家使绊子。

周丰产又想不管咋说他对自己不薄，因此，在自家盖房这事上自己不能不领情于别人，想到此处的他，顺手接过老黑递来的一把钥匙。

他再度感激地冲老黑说："老侄我谢谢老黑叔呀！黑叔爽快人一个啊！"

老黑见自己办事达到预期效果，于是，极有城府地笑了笑，对周丰产说："老侄你忙你的去吧！"

老黑离开了周丰产家工地，回家放下自己出门做活的一摊子工具。而后，他推出自己每天早上擦得铮明瓦亮的一款幸福125摩托车，朝着镇上方向一溜烟儿飞驰而去。

他潇洒地骑车去了镇上，守在屋里的婆娘嘟囔着说："你外货不过日子的，成天就知道花钱吃喝，紧嘴的没完没了，就撇下老娘我守家呀！你他妈真是没良心的男人。"

老黑婆娘怕老黑，尽管对他有成见，也没当面说过一次，每次都是自家男人走后，她这才背地里牢骚上几句。

老黑给过周丰产一把村上电房钥匙，他想推闸这个没技术含量的活，即便是粗人也一定能够做得来的。况且，周丰产又不是不开窍的闷人！他暂时带着电房钥匙，这样方便他家盖房用电，要说，这事不管对于自己，还是对于他周丰产而言都省事许多！

周丰产盖房从放线，开挖地基，装地槽，回填地基，砌墙，支壳子板建承重大梁，到水浇梁，再到最后完工都顺顺当当的。

白驹

— 32 —

这几天刚刚入伏，天热得像蒸笼一样，乡下人家里电风扇开着转，吹出的风隔了许久还是热风，路边蚂蚁排长队交织在草丛与路旁腐朽的瓜果堆之间。

付六娃自家买回一台十五马力可以用于运输的时风三轮车。付六娃买回车，像娶回家新媳妇一样，几乎天天擦车。他磨合车一毕，便置办了出门的手续，很快，就有人雇他的三轮车去外乡的鸡场拉粪。

付六娃做了这趟拉运活，未曾歇脚，又有砖厂送砖的活雇他。苏简易也经常联系他拉运油渣，他厂里加工油积攒油渣过盛，多次要找运输车辆转运火车站发运外地，这活都让给付六娃去做。

一连好几天热得要人命，乡下人恨不得钻入红薯窖避过热天再出来，但是，想归想，压根儿也没那么多的红薯窖叫人住上一夏再出来呀！付六娃婆娘遇到天热，也只能仰仗家里的摇头扇吹风，即便风扇一刻不停地吹着也无法挡住天气的炎热！付六娃见实在是热得招架不住，他灵机一动，心想人家油坊财东家，安装有一台空调，一天二十四小时不歇气，尽管他丁福禄常在，我过去蹭个凉快，他苏简易不看僧面看佛面，多少也不会撵我出门的。

付六娃这么想，也这么做了。于是，付六娃吃喝拉撒就都耗在苏简易油坊，而苏简易从来没有嫌弃他。有人眼红，带着几许酸味说，他付六娃会弄事，人家吃喝住都是苏简易承办了，他简直是住大使馆一样，好牛呀！也有人愤愤不平地骂他尿堆脸，不顾家里婆娘娃，成天住在人家苏简易油坊混吃混喝，好丢人呀！

付六娃心想，我攀上财东家的亲，这混吃混喝有条件，至于别人背地里说我啥，我都不在乎，任由他们说去吧！只要我自己不受罪这比啥都重要啊！

天不光出奇地炎热，又刮起一阵又一阵的狂风，忽而，天空乌云一片，骤然间下起大雨，雨又夹杂冰雹，噼里啪啦地落在地面上，地面到处飘散着土腥味儿。半晌工夫过去，终于雨过天晴了，农人开始忙活自家的庄稼灾后施救的事情了，大多数人下田，趁墒情还在逐一扶正自家田间的苞谷秆儿。

此刻，行当不同，也就操心不同，镇上农办以及镇上民政办的派人下村，他们下村之后，要及时准确地了解受灾面积，也要如实向上级反映受灾户灾情的轻重，上级根据掌握的资料，适当发放灾情补助金。

而让向阳镇电管站的片区电工最揪心的是，他们片区是否发生电杆倒塌或者引发停电突发事件。要是小事故，经过雨后排查自己动手检修则可罢了，要是有大事故，基层工作人员必须赶在第一时间，逐级上报，县电管局领导下乡了解实情之后，要针对灾情实际情况，认认真真开会研究救灾策略。

多数的大事故停电三至五天，小事故停电少则几个小时，多则一天至两天，对此，当地老百姓从不适应到后来变得适应。

这次冰雹下的时间不算过长，自然灾害属于基层应急处置级别。向阳镇西片区树木倒塌一处，压断树旁一根电线，此外，还有刘家庄变压器附近电线需要排查抢修。两处最终输送用电之后，供电系统的人才松下一口气。

向阳镇电管站西片区电工丁福禄心里清楚，平常自己再悠闲，都没人追问自己的不是，但凡遇到自然灾害导致电杆倒塌或者线路氧化不能及时给辖区居民送电，给村民生产生活造成不可低估的影响，这是万万不行的。自己作为一个基层电工，最起码的良知就是及时安全地为辖区居民送电。

向阳镇电管站西片区高压线产生了故障，为了及时有效地抢修好这一故障，丁福禄抽调基层村上电工到作业一线，老黑平常再摆谱，只要丁福禄一搭声，自个儿脚筋像转了一样，唯命是从地来到施工现场，他见丁福禄之后，活儿做得比谁都灵巧。

这日，丁福禄根据往常的作业要求，先检查自个儿村上电房的闸刀是否拉下，然后，来到发生故障的地方进行抢修工作。

经过他们一番努力，这电好不容易恢复正常。施工结束，丁福禄前脚离开，电路又因接触不良而跳闸，老黑觉得这事不用劳驾丁福禄再来，自己去抢修也一样能完成任务。

这回，他照例先检查过电房是否关闸，接着才去现场寻找故障原因，岂料，一场不该发生的安全事故在刘家庄发生了。

尽管天气很热，向阳镇的徐姐饭店买卖却照旧红火。丁福禄是这家羊肉泡馍馆的常客，他有个怪毛病，说是喜欢吃泡馍，有时可真是醉翁之意不在酒，他更多的想借机调侃这家泡馍馆的老板娘。徐姐饭店的徐姐虽然有一把年纪了，却余韵丰满，风骚招人。

这日，徐姐饭店里热热闹闹的，乡村砖场来了两个拖拉机司机，他们一进门就冲老板娘要雅间吃饭。徐姐经常以貌取人，她见来人穿得脏兮兮的不说，又听说他俩点菜单单两个素品，便用带有嫌弃的口气说："雅间有人订了，你们外面坐吧！"来人不大听话听音，其中一人冲老板娘说："咋了，你嫌我们消费不起？雅间不能光给当官的坐嘛！"一同进门的另一个也掺和着说："我们吃饭，喝酒，就是想寻个开心，这未曾动筷子，却遭老板娘一通气，真晦气呀！"老板娘见两人都对自己言语不当抱有成见，她立马变化说话的口气："老姐别人不别人都是其次，今天，既然我两个兄弟来了，当姐的做主了雅间就你们坐，别人来了我来周旋。""这还差不多，谁说我姐这人不行，看来，我弟兄今后吃饭就认你这了。"说罢，老板娘带他们进了雅间。

他俩前脚刚进雅间，板凳未曾暖热，后脚苏简易跟丁福禄和付六娃也进了泡馍馆。老板娘见苏简易和丁福禄进门，雅间没了位置，她觉得很为难，冲丁福禄和苏简易说："姐我今天没安排好，没给你们预留好雅间呀！真不好意思。"丁福禄面子挂不住，他与一路来的两人交换眼神，接着恼火地说："你个老姐啊，没把你兄弟当货，我看你嫌钱扎手了！"老板娘歉意地说："我叫雅间的两位客人调换一下位置，你兄弟来，我要尽让你们在先才对。"苏简易和付六娃说："这婆娘，转速挺快，是个弄事的料啊！""快别打你姐我的开花了，我给雅间客人说说，立马叫他俩把雅间让给你们。"外面说话声传到雅间，窑场的司机曾给油坊干过几天拉运活，他俩见来人是苏简易和丁福禄，其中一个便冲苏简易说："苏哥来了，你给我丁叔要说事，这雅间，我们挪出去。"

丁福禄见与苏简易说话的也是自己的熟人，便说："光辉，你咋跟宝岗也在这？""丁叔，你有要紧事，你和我苏叔来坐雅间，我俩还是外面将就一下。"名叫光辉的客气地说。苏简易察言观色，见丁福禄没将他俩当外人，便急忙自作主张地说："哎！这两兄弟，咱就拼在一起不就对了嘛，何须让来让去的。"宝岗看了看丁福禄，目光很快又收了回来，他灵机一动，说："我俩在，担心你和苏叔说话不大方便，我俩还是外面吃。"

丁福禄心想，自己这样做事，日后传出去，恐对名声不好。于是，他用迁就的口气说："宝岗，你和光辉又不是外人，既然苏老板说了，咱就别相互推让了，都甭客气，坐坐坐。"

几个人互相谦让，各自落座，重新又要过菜和泡馍，然后，喝酒划拳，谈谝见闻。见摊开话，宝岗心想，丁福禄既然在向阳镇电管站上班，他应该知道刘家庄的电工老黑被电击一事，于是问道："丁叔，刘家庄归你管不？"

"对！刘家庄有啥事，你给叔我言传，只要叔能办，老侄的事，那决不含糊啊！"宝岗话说出口，他很快又迟疑一下，他后悔自己抛出这话题，但要是立马半字不提，也不是自己的风格啊！他看了一眼邻座的光辉，暗示叫他接话茬，光辉很快心领神会，他就快人快语地说："丁叔，我早上给周丰产家送了趟砖，周丰产盖房动下了烂子。"

丁福禄一听这话，很是吃惊，急忙追问事情的原委。光辉将他所见所闻一一道来。

丁福禄是心里不爱装事的人，他再无心思喝酒吃饭了，他说这不是一件小事，吃饭，你们继续，一会儿买单，苏简易你来，等这茬泼烦事过后，我再在这请你们好好吃回酒。

他言毕，冲继续吃饭的苏简易和其他人言声告辞，急匆匆地走出泡馍馆，一边打手机一边朝向阳镇医院的方向走去。

丁福禄来到医院，他心里清楚，老黑身上发生的事，不是一件小事，要是事态不再扩散，无疑是再好不过的！自家盖房发生这事，周丰产觉得晦气，还

白驹

是赶到向阳镇医院探望老黑，他见老黑并无大碍，悬在自己心头的一块大石才终于落了地。

他没给老黑寒暄几句，丁福禄就进了病房，他一进来，就没给老黑好脸色，但又见老黑精神恢复得倒还可以，便说："你这货，就是砸的吃的东西，我看，这回的烂子真不小，不过，天塌下来有大个子扛着，你还是好好养伤吧！"老黑歉意地说："我，对不住丁老哥信任呀！"

丁福禄开导他说："没伤着你的命，其他事，都不是大事呀！"

周丰产接过话茬歉意地说："好我的老黑叔哩！我真不该擅自拿你电房这把钥匙，今天发生这事，我对不住老黑叔你呀！"

老黑心想，这事自己不按套路出牌在先，怨不得别人，他诙谐幽默地说道："老侄呀！这不能怪你，这没多大事，只是有惊无险！你看真是有啥闪失，你婶婶不就跟陕北蛋过火日子了嘛！"

周丰产听老黑到这节骨眼上竟然还跟自己开玩笑，压力减少许多。老黑住院，丁福禄同情归同情，也当面指责他太粗心："要是真的捅下麻烦，到时候，漫说我弄不好，就连电站领导都吃不了兜着走啊！"老黑心想，你方才还安慰我好好恢复，话才落点几分钟，你就得理不饶人了，但转念一想，他就这脾气，其实，他不骂我两句解恨，这也不是他的风格。老黑我皮实，他骂，早已习惯了，反正迟早都要过他这一关，自己不作声就是了，反正就是这回事了，自己烂车拉在雨地里了，听天由命吧！

老黑挨过骂，浑身觉得轻快许多，但是，他还揪心一点，自己始终不知道会不会因为自己疏忽，连累别人受处分。他出院回家，很快，就传来一个坏消息，因为他造成这次事故最终没能瞒过县供电局领导，后来局党委研究决定除处罚管片电工以及当事作业电工一年安全奖之外，每人处罚一千元钱，此外，又勒令他们各自认认真真写出一份书面检查，对于他俩的工作姑且保留以观后效。

多年前，电工老权因行为不检点被揭发，调到县供电局上班。虽然他由基层电工调进局机关工会工作，但是，对于自己被明升暗降的事也一直很憋气。老权一直自我宽慰，他始终相信迟早有一天会咸鱼翻身的。人往往就是这样，坏事里面有好事，他被临时调进局机关工会工作，与局领导见面的机会相比以前增多了。他陪县供电局李亚楠局长练习打乒乓球，这样，他在李亚楠局长跟前落下好感。

此后，局机关人事调整，李亚楠局长推荐老权进办公室，负责局机关办公室的日常接待，上局党委会研究时，县供电局党委书记成波对此提出异议。他说老权过去在基层，生活作风有问题，起用他的话难以服人之口啊！人要慎用才对呀！李亚楠局长听了成波书记的意见，他略有思考，很快，又提出叫他先进办公室，临时安排他负责办公室日常接待，暂且不行文。

丁福禄上一波事总算平息了，他觉得自己的苦难日子应该是到头了。当他从向阳镇电管站李忠义口中得知，老权成为县供电局李局长跟前的红人了时，他心想，看来自己难受的日子还在后哩。老权又重新得势了，他这人格局小，原先他与自己较劲的事，这下，有了掣肘的砝码了。既然别人洋起来了，这日后也只能任由他摆布了。

一年之后，逼近严冬季节，忽然有一天，向阳镇发生一件怪事，有人竟然神不知鬼不觉地偷走变压器油，使变压器沦为摆设。这事虽然被丁福禄和老黑发现及时抢修过来，但是他俩又一次被罚全年的安全奖。

丁福禄心想老权在向阳镇时，他在生活作风上有问题，也怨不得别人，我是我，苏简易是苏简易，事情一码归一码，要是有人从中调和一下我与他的紧张关系，也许我和他也就化干戈为玉帛了。想到此处，丁福禄去找向阳镇电管站的站长李忠义出面邀请，要在县城美食娱乐城请老权吃饭。于是，经过李站长的一番工作，丁福禄与老权在县城美食娱乐城吃过一顿饭喝过一场酒之后，两人之间这才总算消除了紧张对峙的局面。

然而，此事也并非丁福禄想象的那么简单，两人仅仅是暂时关系缓和。半年之后，向阳镇电管站接到上级单位通知，全县电工要实行目标考核，此外，还要通过一次技能考试，以优化职工队伍。上级单位的领导强调考核内容分为技能、服务质量，包括听授权给县统计局展开的第三者回访，综合诸多因素评选出优秀、优良、一般、较差等级。按说在业务上，丁福禄说得过去，但是他竟然屡次考评都在倒数，县供电局对连续三次考核不及格的通报批评。后来，李忠义站长想力保丁福禄继续留在镇上电管站当电工，而上级领导却要根据考核成绩实行末位淘汰制，丁福禄的向阳镇西片区电工职务就因考核成绩过不了关而被解除了。

李忠义见他没有保住丁福禄当电工的这碗饭，觉得自己对不住手下人，于是安抚他想开点。丁福禄遇到这事，他心想这都是自己命不好，怨不得别人呀！他只能无奈地接受被解聘这一事实。丁福禄被解聘之后，县供电局一直没有给向阳镇电管站配备接替丁福禄的片区电工的编制，无奈，李忠义又将过去一划为三的片区，重新一分为二，这样，他的用人之急才得以缓解。

苏简易在油坊经营过程中，曾经得到过丁福禄的帮助，学校供销社，以及多家村委会分别购买了他家的小包装菜籽油。按照惯例，他都是先送菜籽油给别人，多数都是事后算账，而这年半途中，丁福禄电工差事丢了之后，他曾经搭话的村委会和当地供销社欠下的油钱就一拖再拖，这样，影响到了苏简易油坊的日常资金周转，再加上当年承包期满，如果继续承办的话，镇上企业办又要重新调高油坊的每年承包费用，诸多原因所迫，苏简易就不再承包乡办企业老油坊了。

－ 33 －

过了一个漫长而难熬的夏天，秀英家的独生子赵淮安西农大毕业了。按说这是一件令人开心的事，她家娃娃只要从这所学校毕业，就意味着吃商品粮的希望即将来临，因为在那个年月，中专生、师范生，绝大多数人一毕业就被学校以及国企等录用，也有一些人，运气不错的话，会被行政部门聘用。

刘秀英心想自己儿子学习成绩比较优秀，他又是学农业知识的，要根据他学习内容分配工作，最多的考虑应是基层政府。然而，她听说，虽然娃娃很优秀，但这个社会是个人情社会，给娃找一份工作谈何容易呀！想到此处的刘秀英，为自己独生子大学毕业求一份工作发起愁来。

赵淮安毕业回家，说就业是迟早的事，老天爷不是睁眼瞎，他会给我机会的。赵淮安将这样的话重复地说给母亲听，无非就是担心母亲为自己工作上的事操心太多，伤了身体。

刘秀英心急，她找老吉商量儿子就业的事，老吉虽然有些社会关系，但是不足以替娃寻到一个理想的职业。

寡妇刘秀英有求于自己，尽管自己能力有限，但老吉并没有回绝为她家帮忙的这一场事。

他忽然想起自己的战友、棉花公司的党委副书记李国强，正好她家娃娃学的又是农业，棉花跟农业有着直接关系，我找他帮忙，也许，能寻到办事的一个路径呀！李国强对老吉说，自己单位自负盈亏，即便进来也是出息不大。他倒是有个同学邢军良是县人事局办公室主任，他捕捉娃娃就业方面的信息要比常人多得多，不如向他打探打探。

邢军良透露说县上要为基层招聘农业方面的技术干部，赵淮安条件比较符合，但是，只有顺顺当当通过考试和面试等环节，才能被录用。

即将到来的事业干部招考，对赵淮安来说是一次机会，他买来了相关的辅导书，下了狠势连轴转地疯狂阅读。这一切的付出，没有付诸东流。考试成绩揭晓，他竟然名列榜首，寒门出才子这句话，再一次得到印证。

最终，不出所料，在大家的期待中，寡妇刘秀英家的儿子赵淮安面试通过并收到要求即刻到向阳镇农校报到的信函。

这条消息的到来，让秀英母子忍不住抱头大哭了一回。周末，为了庆祝，他们母子上街买菜，做了花样饭请来老吉，以及李国强、邢军良，以表达对他们的谢意。

赵淮安虽然学习农业方面的知识，但是眼下，司法系统缺员。最初司法系统配备三个干部，老王在司法系统多年，但是这几年老王身体老出毛病，一会儿颈椎病，一会儿又是血糖高。他经常请假在家养病，务弄花草，一直不理会镇上的事。他又是镇上元老级别的人物，镇上领导对他也只能睁一只眼闭一只眼，默认他的这种行为！

另一个司法干部名叫陆晓焕，自从老王走后，她是既当兵来又当帅，一个人挑起了司法所的一摊事。就在赵淮安即将报到之际，她生了孩子休了产假。因此，司法办进人就成了相当紧迫的事。领导班子经过通盘考虑，暂时将学农业本应到农办工作的赵淮安安排到了向阳镇司法所。面对一个陌生的行当，赵淮安也只好一边学习一边适应着办公，但凡自己能力范围之外的司法业务，他都移交上级处理，或者交由派出所办理，这样裁决不管孰轻孰重，别人也不怪罪自己办事缺乏公允。

初来乍到的赵淮安通过一段时间自学，逐渐适应了自己的这个岗位，而且在这个岗位一干就是两年。

- 34 -

在堡子里，丁福禄没事做，立马就有些人背地里笑话他凤凰落架不如鸡。丁福禄成天在家里大门不出二门不迈的，他家女人接受这已既成的事实，她见自家男人心里憋屈，怕他为此而气坏身子，就劝他想开点。婆娘出于好意劝他，给他做足工作，丁福禄终于想开了，他决定放下身段，凭手艺找一份临时工作来干，多多少少补贴家用，也能尽到他一家之主的一份责任！

此后，他托关系，钻进了一家县城建筑公司当电工，有了这份差事，养活婆娘娃就有指望了。丁福禄有了主事，而苏简易自从油坊停办之后，名叫侯月花的他家女人开始嫌弃他，见他无所事事，整天就知道嘴里叼个烟袋锅，噗哄噗哄地抽个没完没了，侯月花骂骂咧咧道："我嫁给你，成天给你当奴来了，这一天福没享。外人眼里，还以为我幸福！我给你简直羞人哩！人哪！唉！各人的命只有各人知道，其中的滋味啊，只有自己知道呀！"

见自家女人乱发脾气，苏简易给她递纸，示意自家女人擦眼泪，侯月花不但不接他家男人递来的纸团，还一把将他推开又骂道："你个臭男人，给老娘我滚远点，别有事没事在我眼前晃！"

这女人，我忍够了，我真想豁出去，跟她干一仗啊！苏简易想归想，他话到嘴边，却又咽了下去。他怕自家女人不讲理，他惹下人家之后，她母老虎脾气上来，自己家倒也罢，要是闹火被邻里知道的话，是多丢人的一件事，这日后，自个儿如何在堡子里说起话呢？！于是，面对无理取闹的女人，他只能一再忍让。

他又想自家屋里的疯女人，我惹不起还躲不起嘛！他一边出门一边惧怕地说："我怕你，给你服输，还不行吗！"

"别说没用的，老娘跟你过够了，你滚，快滚，滚，滚，老娘见你都烦，给老娘滚远点！"侯月花继续不依不饶地骂。

半晌工夫苏简易嘴里终于蹦出字眼："我，苏简易这辈子倒霉透顶了，娶你进门，我简直太窝囊了。"

侯月花听自家男人顶撞自己，便更来劲了："我知道你嫌弃我家花没有野花香，哦！我知道我没寡妇刘秀英长得好看，也没人家会在你面前骚情。怪不得你喝醉酒去寻人家，揭人家裙子，还被人家打了一巴掌，我都替你害羞。"

苏简易当着他家女人的面自扇一个耳光，接着又气愤地说："哪壶不开提哪壶，我真服气你了。"

侯月花继续说："我说到你娃痛处了吧！你心虚了，我看，你揭人家裙子，活该，这是遇上人家刘秀英了，要是我，你乱动手，我非要挖破你的皮脸。"

苏简易心想自家女人倔得很，而且尽扯些没用的，于是，他用认输的口气说："你呀！不可理喻，我说不过你，我走，给你把路腾宽，你在屋里爱咋咋地。"

他忍气走出屋子，听到自家女人在继续哭，他觉得此时此刻逃避就是一种幸福。他走出门后，没有回头看一眼屋里的女人，便朝向阳镇过往汽车的地方走去。

– 35 –

　　苏简易在街道游荡一会儿，觉得很是无聊，于是，他又转悠到小镇的火车站。他漫无目的地买了一张由小镇通往西安的火车票。为了图一时的清净，他撇下家里婆娘娃，买票坐车去了西安。

　　他上了列车之后，坐他对面的小伙子见他眼熟，问他家在哪儿？他回答对方自己家在向阳镇。小伙自我介绍说我叫赵淮安，刚分到咱向阳镇工作一年多，说具体点是向阳镇司法所的一名干部。听自己对面坐着的小伙介绍，苏简易说自己一言难尽，过去，红火日子过过几年，现在境况越来越差，当年的企业家，现在成了无所事事的游转户了。

　　赵淮安见他吞吞吐吐不大情愿说的样子，机灵地说："既然老哥不便于说自己的事，我看还是暂且不说为妥，坐火车撞见熟人也是缘分啊！老哥，别想那些烦人的事了。"

　　苏简易见小伙子说开导话，便说："小赵，你说得对，老哥不提烦心事的好，既然出来就是潇洒来的。"赵淮安嘿嘿一笑说："这就对了嘛！"

　　言毕，赵淮安觉得这一路去西安，两个人干坐着，挺尴尬的，他买来了瓜子、花生米、饼干以及饮料一类的东西，递给苏简易叫他跟自己一块吃。

　　苏简易不想落下蹭吃别人零食的嫌疑，也做出自己认为仗义的举动，他买来两瓶宝鸡冰镇啤酒，陡增了自己的底气，这才与坐在自己对面的赵淮安又吃又喝起来。

　　酒喝尽兴，赵淮安试探地问："苏哥，兄弟始终不明白你有啥隐情，不敢当面说出来。""唉！说起来一言难尽，既然兄弟小赵你不当我是外人，我也就不再隐瞒了。"他将自己油坊经营欠账拖垮自己的事，一五一十地告诉了赵淮安。赵淮安听了这话，关切地说："当初，欠账用户有凭证收据吗？"苏简易说："这个有，一直保管着。"听他这么一说，赵淮安宽慰他说："只要你有收据这就好说，要是抛开人情层面，与人家对簿公堂，有收款收据这东西，赢他是铁板钉钉的事！"苏简易一听这话，感觉收回自己在外欠账就有指望了，他重燃信心："老哥我生来愚钝，看来这事，你要帮老哥我一把才行。"赵淮安心想自己既然是向阳镇司法干部，苏简易经济纠纷的事又在自己辖区，按说，这事对于自己来说也不算什么有难度的事，于是就语气干脆地说："老哥的事就是兄弟的事，你这忙，兄弟我帮定了。"听了赵淮安的宽心话，苏简易心想自己真是撞了个好运气，觉得自己好日子有盼头了。

苏简易感激地说："事办成办不成，只要有兄弟一番宽心话，我就万分感谢了。"两人又谈了些向阳镇的所见所闻，很快，火车就到了西安。赵淮安下车之后，去陕西师大看自己中学时一个同学。苏简易下火车之后，并无任何目的地，他便在西安城墙根乱转。

苏简易从火车站城墙洞穿进去来到尚勤路，他心想这大城市真是大世面呀！他见到小镇上压根儿见不到的一栋栋高楼，也见到来往穿梭的车辆与人群，他还见到各式穿着打扮的女人们。

各类商铺的买卖人采用不同招揽策略，以此来吸引不同的消费人群。穿过街头巷尾，岐山油泼面的葱花香，清真味的羊肉泡馍，地地道道的吃食没有一样不叫人嘴馋的。苏简易转悠半晌，觉得自个儿肚子已经饿得咕咕响了，他想吃一碗葫芦头泡馍，心中一盘算葫芦头泡馍一碗十五元，而一碗岐山油泼面才七块钱，要说吃岐山油泼面很划算。苏简易为了省钱吃过一碗岐山油泼面，之后继续转悠着。

走街过巷，他看了好一阵子稀奇，顿时，心里空荡荡的。他觉得自己很孤单，城市始终是城市，而自己却一直归于农村，游走来游走去又不能改变自己什么。想到此处，他不想在城市继续游荡了，径直来到五路口以西的市体育场停车场。他上了通往向阳镇的长途车，坐在座位上这才松下一口气，心想进城这趟花花世事自己该见的都见了，要说来趟西安挺过瘾，别人都说西安贼城，我逛街，也没撞上别人讹诈我呀！这可能是我有洪福，菩萨保佑我遇事顺畅。

苏简易抽了一根烟后，乘客已经满员，司机根据时间到点开始发车了。苏

白驹

简易觉得自己很累，他眼睛眯瞪起来。路途颠簸，两个钟头过后，一觉醒来，长途客车已经到了向阳镇。

回到镇上，时间还很早，他怯火自家婆娘冲他继续撒泼，无奈，在向阳镇贸易货栈附近的象棋摊凑热闹。

直到晚上，他才带水果进屋。一进门他给女人好话服软话说了一箩筐，听他说要账的事有人肯出面帮忙，一直处于气头的侯月花才心情舒畅起来。

第三天清早，赵淮安像往常一样到单位上班，他冲好一杯茶，坐在办公椅上一目十行地浏览手中的《秦岭日报》。他之所以悠闲地坐看报纸又品茶，是因为司法办的事没有农办企业办等部门的事繁多。

他悠闲一会儿，忽而想起他答应给苏简易帮忙的事，得给人家兑现。想到此处，他寻思着苏简易也该来找他了。

同天上午，苏简易来镇上寻赵淮安，他却被门卫拦在门外，苏简易说他找熟人，门卫问他找谁，他回答找赵淮安。门卫说自己按规章制度办事，不管他找谁，都要联系之后才能进去，要不然就是自己失职。苏简易说他是街道上人，以前来这都不讲究这些，没想到过了几年，成了这般模样！真是不可理解啊！门卫见他说怪话，于是冲他说，电话拨通的话，你进去办你该办的事，不然，我只能坚持原则办事。苏简易说你个看大门的，这分明是刁难我哩，我告诉你，我苏简易想进，你娃挡不住。门卫说你试试看，我在这，你还逞能不成？苏简易有点面子上挂不住，他青筋一暴，气愤地抓住对方的领口撕扯起来。门卫经多见广，丝毫不惧怕他高喉咙大嗓门与粗暴，向阳镇主管教育的房文进听到办公室外有人吵架，出门探头一看，是门卫与别人吵闹起来了。

房文进担心两人争吵影响不好，急忙走出办公室去劝架。他走近一看，这与门卫撕扯打闹的不正是自己的老熟人苏简易嘛，他急忙喊："简易呀，别闹腾呀！"苏简易见房文进劝他罢手，这才见好就收，松手不再闹腾了。

门卫见房文进劝架，狐假虎威地说："今天多亏房镇长给你讲情，要不是这，我非要让你知道闯着进去啥后果。"

房文进冲门卫使一个眼色，暗示他不要多说话，要给他几分面子才对呀！门卫心领神会，不再计较了。

苏简易不想耽搁，因此就转变口气说："说老实话，我也懒得跟你计较。跟你闹腾，我嫌坏自己的名声。"房文进知道苏简易已经不承包油坊了，他纯粹为了让其安心，仍然称呼苏简易为苏老板，尽管这仅是个虚名，但是房文进的这句话却为苏简易在门卫面前撑回了脸面。

房文进提出叫苏简易去自己办公室喝茶，这事也为苏简易撑足了面子，他故意调高嗓门说："房镇长，您请喝茶，我不能不去呀！"

他扭过头不屑地看了门卫一眼，这才底气十足地跟着房文进进了他的办公室。

苏简易与房文进来到办公室，喝过一杯茶，发过两句牢骚，他很快说出自己的来意。房文进说："没想到你遇到这景况，这样，小赵就在我楼上，我带你上去，顺便叫他在你这事上重视一些。"

赵淮安听到有脚步声走近并有敲门声，他打开门见房文进带着一个人，这人正是自己前几日在火车上见到的苏简易。赵淮安没弄明白，他来咋是房文进带过来的。赵淮安急忙招呼客人落座，他冲房文进笑了笑，收回目光又冲苏简易一笑，冲他说："老哥你面子好大呀，过来找我，竟不想还是房镇长带过来的！"

没等苏简易开腔言语，房文进抢先说："小赵呀，这苏老哥跟我是熟人，他人不错，过来有求于你，你要把他当回事。"

赵淮安说："一定一定。"

苏简易冲房文进感激地说："谢谢您。"

房文进说这都是小事，再者政府就是给百姓办事的，况且你涉及的纠纷，赶好又是小赵业务范畴的事嘛！他帮你也是理所应当的。是这，我还有其他事要忙，你们先聊。

苏简易说："房镇长您忙，我跟小赵再聊会儿。"

房文进离开后，苏简易将自己妥善保管的几家欠款条子递给赵淮安，火气十足地说："这，不瞒你兄弟啊，他们都认为你老哥我好欺负似的，明明送给他们油，我偏不偏，妙不妙，又遇到电工的事被黄了。唉！我再去要账，他们死活不给我，这叫我咋整，成天叫自己心堵，头疼啊！"

白驹

接过苏简易递给自己的几张欠条，赵淮安心想，自己刚来当地不久，要干事就得干出点名堂来，自己作为向阳镇司法干部，有义务为乡民排忧解难呀！

他说："老哥，这事你放心，我这两天就给你操办。"苏简易听赵淮安答应得很干脆，心想，自己求人办事，也要表示一番诚意，他来办公室，又不便带啥礼物，想到此处，便邀请赵淮安一起吃饭，赵淮安说这倒不必了，苏简易见赵淮安不搭他吃饭的话茬，又考虑，八字还没一撇哩，人家不去有人家不去的考量，这事强求不得，于是说："是这，今天吃饭，我就不勉强了，以后有的是机会。"赵淮安解释说："对呀！这日后我们从长计议的好！"

苏简易见事情说到辙里，又见自己邀请之后，赵淮安根本没有赴约吃饭的一层意思，就说这事拜托兄弟你了，我就不坐了，怕耽搁兄弟的其他工作。

赵淮安一看表，说："时候真的不早了，是这，老哥，我手头还有些其他工作，就不留你了，回去给嫂子做做工作，别叫她为这事上心，我很快给咱办这事去。"

苏简易说："给兄弟你添麻烦了。"

赵淮安说："好老哥，你只管回去等消息吧！"苏简易走后，赵淮安又仔细地翻看欠条，他从衣兜里掏出一包软延安，抽出一根点燃吸了两口，他略有停顿，思考面对苏简易的一桩粘牙事，自己如何给他帮这场忙呢？

赵淮安虽然年轻，思路却很清晰，心想，这事牵扯多家单位，看来不少人法律意识淡薄，自己莫不如结合这个，拿出一个培训方案，将欠苏简易家钱的村委会、籽棉厂、学校等单位纳入培训之列。这样，借培训这势，自己可以给欠苏简易钱的单位负责人晓以利害，说说这事的严重性。

此后，赵淮安策划出首届向阳镇法律培训活动方案，为了稳妥起见，他先找房文进镇长商量，再上报主管向阳镇司法的刘镇长，最后上报至向来遇事沉稳的向阳镇党委书记陆海洋。

拿到培训班活动方案的陆海洋仔细看了看内容，又听赵淮安汇报苏简易被欠条拖垮的事，陆海洋说："这培训班要办，强化有些人的法律意识，这是好事，我不光要支持，这个活动我还要参加，给你坐一下台。"

陆海洋表态之后，赵淮安心中有数了，他说："如果陆书记赞成的话，我回去就针对活动的具体细节以及讲座内容做个准备！"

赵淮安征得镇党委书记陆海洋的支持之后，他一回办公室，就从书柜里寻找有用的普法书籍，自己从中寻章摘句，除此之外，他还打开电脑，从网上查找法律方面的知识。

1992年，首届渭城县向阳镇普法培训班开班，按照往年培训会要求，镇上下通知各村村主任和驻镇企业一把手。此外，又要求相关的业务干部到会参加培训。

在这次向阳镇普法宣传培训班开班典礼上，镇党委书记陆海洋致开班辞，赵淮安作为主讲，对与会的讲了许多法律基本知识。

讲座结束，他留住几家与苏简易有经济纠纷的单位，劝说他们尽快归还欠款。欠款的村上担心因为这个影响到自己每年一度的优秀村的评选成绩，籽棉厂和供销社两家参加培训的领导，也担心自己三年一度优秀单位的评定因此而受到影响，于是，当天责令财务人员还了拖欠苏简易的欠款。

这日，赵淮安巧妙借力，为苏简易追回他多日想追却一直苦苦无方的几笔外账。

苏简易有了这笔钱，生活再也没有以前那样窘迫了，他家女人对他态度也相比以前有所转变。

虽然有了这笔钱后，短暂时间内他无须为生活花销发愁，但并不是长远之计呀！有句老话说得好，人不可一日无事嘛！苏简易因此一直在思考自己下一步要干什么事。

老成林老汉早年是做山货买卖的，过了好多年，他手头赚来钱，又改了行当，在自家旱地箍起一座罐罐窑，雇来外村伙计娃，做生坯砖，装窑烧窑，如此循环着卖砖。他做一行，专一行，干一行，也成一行，外人见他生意赚钱，打心眼里羡慕他。

自从发生一件不该发生的事之后，老成林确确实实改变了自己的初衷。原来是，他家雇工伙计生产土坯时，需要就地取土，砖机跟前土被吃空，没辙，要异地取土。土要从崖上破，这个活路是个体力活，也有一定技术含量。崖下取土，要用镢头挖空下层土，崖上的人使劲晃上一晃，接着，土崖就会轰然倒塌。老成林雇来伙计老罗放崖，他未曾躲闪，扑通倒在地上，浑身抽搐。而此刻没人敢奋不顾身地去救他，因为就在他昏倒的一刹那，土崖即将崩塌，要是救他不及，被救者与他都会被埋入倒塌的土崖里。

其他雇工伙计见土崖崩塌下来，慌忙叫来主家老成林。自己开罐罐窑以来，从来没有发生过如此吓人的事情，见老罗在地上口吐白沫，又浑身抽搐，老成林这才意识到，老罗这家伙犯了癫痫病。幸运的是他倒得离土崖比较远，否则我窑场要变成他娃的葬场了。

主家老成林急忙叫周旁不知所措的伙计们将老罗抬上架子车，送到镇上医院之后，经过医生抢救，老罗终于清醒过来。

老成林自从经历这桩事，也病了一场，此后，他想自己不能再撑着了，毕竟已经六十多岁的人了，也该享几天清福了。但转念一想罐罐窑是自己一手经营起来的，说停就停，这真叫人于心不忍啊！给别人吧，这不是把财富拱手送人了？他想给他的儿子焦成娃来经营，又担心儿子成天迷狗撵兔。

这个罐罐窑是关是开的事叫老成林煞费苦心了好一阵子。老成林忽然想起一个人，他就是过去经营油坊，时下却没做啥营生的苏简易。老成林心想，自己窑场即便转包给别人，这话也不能由自己说。他左思右想，最终托付老吉将自己想转包窑场给别人的消息说在了苏简易当面。苏简易对老成林和他的窑场很熟悉，他以前去过多回，还找老成林老汉喝过几回酒。他喝酒都是因为自己给老成林窑场介绍买主，喝酒算是老成林对他表达感谢之情。

苏简易一听老吉说老成林的窑场想转包，他心想虽然手中要回外账，有些积蓄，但是人常说，死水怕瓢舀啊！自己老干耗着，守在家里，又没个营生，恐怕不是长法呀！

于是他去找老成林谈了这事，又与他家女人做了商量，最终决定承包老成林家的窑场。老成林窑场经过老吉从中说话，和苏简易写了承包合约，每年两千元、五年一万元的承包费用。苏简易根本凑不来这么多钱，因此几个人合计一下，苏简易承包费每年一交，他和老成林成了发包商与承包商的关系。

接管窑场的苏简易心里有着自己的一套打算，他压根儿不想小打小闹，靠罐罐窑来赚几个小钱。接过老成林窑场，他最初经营半年天气罐罐窑，后来见卖砖生意红火，很快，在他承包的窑场箍起轮窑。箍轮窑的事，他不能瞒着老成林，他说自己虽然承办这事，但也是瞎子夹毡哩，没个准信可以挣钱，扑成了则罢，要是扑到火里去了也只有认命了。

老成林见他做事不容易，心想，我只认你一年两千元的承包费，至于你苏简易想成什么变化，与我都是无关紧要的。

他冲苏简易宽心地说："兄弟，我这窑场承包给你了，至于你想成多大精，这是你自己的事，老哥我呀，绝对不能干预你不说，我从心里支持兄弟你有这想法。"

老吉见老成林态度很积极，用欣赏的眼光看了他一眼，接着，富有城府地冲苏简易说："我就说，老成林哥做事没得说，这不，你听听人家，就没啥怪心眼。"

老成林听到老吉说夸赞自己的话，越听越来劲，没等到苏简易说出一句感谢话，他倒自己表扬起了自己："我这人就爱帮穷娃忙，像我兄弟苏简易这号人，实诚，他日子过得挺艰难，但是，他人真是好，我没理由不帮他！"

老吉与苏简易相视一笑说："你瞧瞧，成林哥多么义气，有他帮你，你轮窑要箍好，也要经营好，否则，你小子就对不住成林老哥对你的期望了。"

苏简易感激地说："这回，我打内心感激成林哥帮我，当然，也要感谢老吉哥为我的事上心呀！"老成林开玩笑地说："既然兄弟口口声声说感谢我和人家老吉，有心的话，请我哥俩喝回酒咋样？"

苏简易见老成林给自己递话，又主动提出要喝酒，他想自己也不是吝啬之人，赶好正有此意，他接过老成林话茬，鼓动老吉和老成林说："走，没得说，咱喝他一盅去。"

老吉见苏简易有了姿态，他说话也变得底气十足了，他嗓门调高着说："成林哥，既然苏简易兄弟有心，你和我不能再谦让了。"老成林嘿嘿一笑说："老吉说得对，既然咱简易兄弟有话在前，我和你俩有一阵子没聚了，今天也是个机会，没事喝酒热闹一回去。"

苏简易征求他俩意见，老成林说这还用问，老地方，去徐姐饭店吃。

三人骑摩托车很快来到街道，三人坐在雅间，要来凉菜与酒，接着，热热闹闹地喝酒划拳起来。

这天，老吉出马为苏简易撮合成了在老成林窑场建轮窑的事，苏简易自从这天开始欠下了老吉一个人情。

苏简易自从想把罐罐窑场扩建成为轮窑场，他心里清楚，这与自己接手罐罐窑绝非一个概念。要在罐罐窑场扩建轮窑，自己要有充分的准备与勇气才能胜任这一工作。未曾启动之前的几个月，苏简易俨然一副猎人的打扮，他成天牵狗出门走场子，不知情人说他不务正业，承办人家老成林罐罐窑，这头不忙挣钱的事，倒一天一天不沾家。婆娘嫌弃他不卫生，骂他，他照旧出他的远门，而他婆娘却很少操心他窑场的事，他俩几乎各忙各的。苏简易出门撵兔，他婆娘十有八九钻麻将馆打牌，而老吉和老成林心里明白，他苏简易出门牵狗撵兔不过是给人虚晃一枪，他其实，醉翁之意不在酒啊！他跑场子只是借口，走一处，见一处轮窑，他是逢窑必然歇息，要跟各地窑工伙计拉话，要听雇工伙计的开窑技术，以及经营策略等。

而正是他经常出门牵狗撵兔，才学到了别人家的箍窑技术与管理经验。在办窑这事上，苏简易婆娘见他要办正事，就没有过多阻拦，因为她也想等自家男人赚来钱自己好穿金戴银。

苏简易在罐罐窑扩建轮窑的事上几乎胸有成竹了，这才在罐罐窑的周旁一处土崖跟前借势而建，开挖土层夯实并从中拱形鼓起方砖，然后用火纸封口又用泥巴裹面，等轮窑装满生坯砖头，或麦秸烧，或炭火烧，大致十天半个月之后，窑场既可循环出砖又可循环装砖，办窑场的人只要细心经管，他们大多都会成为方圆百里有名的万元户啊！苏简易从这年夏天启动，经过漫长的冬季，又熬过半年之久，轮窑终于彻底竣工。有了轮窑生产之后，苏简易顿时精神抖擞起来，过去，他见顾客来发烟多半都是金丝猴，自从他家新箍的轮窑生火出砖之后，他哪天身上都别的大重九。

轮窑建成之后，窑场烧砖伙计任峰是花钱从山东雇来的。他最初做事踏实，没想到，轮窑经营大致半年之后，这阵子，连阴雨，窑场停了火，住在窑场的伙计任峰因看录像被警察传唤，经过了解他除过看黄带之外，还与村上李寡妇在场房有过一两次苟且之事。后来，在堡子里传了开来，而李寡妇又是老成林已故侄子的媳妇。这事败露之后，任峰撇下行李，着急忙慌地离开窑场，赶上列车返回他的老家去了。

苏简易本来就是门外汉，这走了窑场掌握最关键技术的伙计任峰，一时半会儿到哪里找合适的技术烧砖伙计呢？这叫他犯难起来。雨后天晴，砖场买卖要做，窑场烧砖的事又要启动了，而谁来当火工呢？！

这的确令主家很头疼，无奈之下，苏简易自言自语地说，没有任峰，窑场烧砖的事也不能停，我不妨试试看，啥事都是从不会到会的。

苏简易烧砖不能十分准确地把握用火的轻重，他起早贪黑干，大致十天之后，循环出窑竟发现一半砖被烧成火头砖，一半砖因为用火不到半生半熟。窑场没向阳货，铁头砖和生砖却一直无人问津，起板就撞见这怪事，的确令苏简易尴尬。

窑场起板本来就艰难，生砖铁头砖又寻不到买家，除此之外，这年秋天又遭遇白雨来袭，窑场倒出来的二十万生坯砖被白水浸泡毁于一旦。窑场周转不灵，还要交拖欠电管站的电费，不然的话，是要拉闸停电的，这样一来，用电的手续再办就没有以前那么简单顺畅了。

苏简易箍窑花销五千元，再加上雇工的工资、水电费等，很快，苏简易欠别人一屁股债。他借老吉家的，还借老成林的，就连在向阳镇上班的赵淮安也借了，苏简易为了窑场的周转几乎借遍了周围的朋友，但最终还是叫电费和雇工工资拖垮了。

尤其，逼近年关，送煤的要煤钱，借钱主到茬口也来要账，而雇工们要账考虑的是早早回家过年。苏简易想找当地信用社贷款渡过难关，但是，信用社却因资金收口的原因始终没有放款给他。而这一现实，苏简易不想面对，他家婆娘娃更不想面对，但既然发生了，成天哭哭啼啼又不顶用，无奈，苏简易一下狠心，决定携家带口离家出走。没想到他说走，他婆娘竟然支持他的想法，说苏简易带他娘俩去外地没准以后还能过上好日子。苏简易背过堡子人，携家带口背井离乡，开始了他较为艰难的打工之路。

苏简易丢下烂摊子消失了，而老成林也没过多责怪。这真是叫人哭笑不得，世上的事真是叫人难以预料啊！老成林在自家院落里自言自语着。

－ 37 －

向阳镇老司法干部老王在街道上开了家麻将馆，作为基层乡镇必须有个处理态度，否则这事无法交代。

老王因这事被向阳镇主要领导叫去诫勉谈话，他撞上这事，觉得自己点背，他也怨不得别人，眼下，他心想只要顺顺当当地平息纪委的调查，这比啥都重要，他不想因为自己的错误连累到镇上领导。他除过停办自己的麻将馆以外，还写了深刻检查递交给了县纪委和当地镇党委，鉴于他认错态度积极，他开麻将馆的事，也没造成更为严重的社会影响，向阳镇党委经过研究，继续保留老王公职，叫他继续来镇上司法所上班。早前休产假未能上班的陆晓婷几乎与老王同档期上了班，赵淮安一个人坐着办公的地方，很快变成三人坐在一起办公。

照理来说部门进了新人，上班就会比以前轻松许多，赵淮安心想工作的事不忙的话，自己可以报班好好学习，提升一下个人的文化素养。

事情并非如他所想的那样，老王和陆晓婷归位之后，镇上领导又考虑赵淮安是学农业出身的，于是，又调他到镇上农办上班。

赵淮安心想自己本来就是学农业的，眼下能被向阳镇领导调到农办工作，对自己而言是天大的好事。

农办主任陈保仓见到刚来报到的赵淮安说："小伙子，挺精神啊！你是农校毕业的，来咱这算来对了。"赵淮安说："我才疏学浅，来农办，今后要跟陈主任和大家多学习。"

陈保仓说："好，你来了，我叫小乔带你。"

赵淮安从这天开始就到农办上班了。最初，他主要负责各村的农业统计数据，上传下达一些有关"三农"方面的执行政策。

赵淮安在向阳镇上班已经第三个年头了，镇上与他年龄一般大的多数已经处上朋友，他却一直没有处上个女朋友。寡妇刘秀英不止一次催促儿子尽快处对象，每次她开口冲儿子说处对象的事，赵淮安理由都是自己年龄还小，等缓几年再说。他话虽这么说，自己却想这事真的不能一拖再拖了，像他这样，虽然是商品粮户口，却是在城里的穷小子，恐怕城里女孩相不中自己，要说能在向阳镇相上个女教师那多好啊！万一相不上的话，退一步，考虑西安户口以外的地区，譬如渭南市临渭区的也行，反正自己条件不能太高。

最初，每年秋季开学这茬口，按照惯例，向阳镇教育组接纳新教师参加工作，一般都会考虑将优秀的教师分配到向阳镇中心小学。

家住西梁里的刘蕊草读完三年西安师范后，被分配到了向阳镇。刘蕊草刚刚分配到向阳镇中心小学，学校校长王秉义了解她读西安师范时，当过音乐学科的课代表，而向阳镇中心小学正好缺少一位专职的音乐教师，刚好补上空缺。

刘蕊草家庭条件较好，穿衣时尚，带课头一学期，她门上就来了好几个同乡不同级的男教师寻她处对象，都被刘蕊草一一拒绝了。其原因很简单，刘蕊草不想在同行里处对象，她想让自己以后的生活更加色彩斑斓一些。

赵淮安听说向阳镇中心小学新分配来了一位女教师特别漂亮，他不想错失良机，每天下班之后，他都揣上一盒好烟，找向阳镇中心小学体育教师刘伟民下棋。其实，刘伟民心里清楚，他赵淮安来学校找自己下棋，仅仅是借口，他心里念的啥经，明眼人一看就明白。

赵淮安借与体育教师刘伟民下棋，遇见隔壁的音乐教师刘蕊草之后，主动搭讪："仙女，可以给我倒杯水吗？先生我口渴。"刘蕊草听到有人主动搭话，而且听口气来者不凡，自己虽然不认识，但这又不是第一次找刘伟民老师下棋，他要说也是刘伟民的朋友，别人与自己攀谈，我不理人家，怕是会落得个清高的嫌疑。想到此处，刘蕊草接他的话茬说："这好像没有仙女，就本村姑一个，你是刘老师客人，口渴，按理应由他来招呼你，不过，我替刘老师招待你吧！"刘伟民见她竟然接赵淮安的搭讪，而且还小幽默一把，认为赵淮安有戏。刘伟民对赵淮安说："淮安，我没白抽你的烟，这不，你要人家仙女倒水，人家仙女就应了你，要说你可要知足了。"

赵淮安与刘伟民相视一笑，开心地说："我这回下棋赚了，认识了个仙女。"

刘蕊草说："哈哈！我没你说的那么动人吧！"

赵淮安说："别人可都说我极具审美眼光！"

刘蕊草说："那我就当自己是个仙女吧！"

她抿嘴一笑进了自己房间，烧好开水之后给赵淮安和刘伟民冲了茶。

在体育教师刘伟民的搭线下，赵淮安与刘蕊草认识，到后来的熟悉，再到后来，他俩确立了恋爱关系。

镇上农办方田建设开发项目已经全面启动，赵淮安被派到方田建设项目上当甲方技术员，按说这与自己是八竿子打不着的事，谈恋爱初级阶段却落在自己的头上。虽然自己是学农业出身，但是过去书本里的知识多数都是农业生产相关内容，至于方田建设项目管理上的事，自己也是个门外汉。赵淮安心想既然组织信任自己，做事就不能含糊，于是他不分昼夜地加紧学习，此外，又起早贪黑跟着施工队伍。在他的监督下施工人员不敢有半点儿的松懈。

他忙过好一阵子，始终放心不下，心想，要抽空去向阳镇中心小学一趟，看看与自己确立恋爱关系的女教师刘蕊草。因为他不想自己好不容易到手的鸽子飞走了。他这样想，买来东西去学校看望刘蕊草，这回，他万万没有想到，他送去礼物却被刘蕊草拒接，他又发现在刘蕊草的宿舍，竟然多了一架价格不菲的古筝。他疑惑不解，他与刘蕊草之间究竟发生了什么事？仅仅个把月没来，她就不理会自己了。他将没有送出的礼物放在刘伟民宿舍，自己郁闷着来到学校操场，他试图找到在学校操场上课的刘伟民，想从他那打探最近刘蕊草因何给自己耍性子。刘伟民见他诚心实意而来，便道出自己隐隐约约听到的一些内容。

县城有个叫贾大亮的人，部队转业之后进了县土地局上班。贾大亮有车也有房，但是，他挑女朋友挑花了眼，多年来一直没有交上合适的女朋友。

贾大亮的父母托人给自己娃寻对象，这消息很快在县城传开，刘蕊叶听到这事，她立马就想到她妹妹。

刘蕊叶起初对妹妹刘蕊草提说这事，刘蕊草说这事使不得，她与赵淮安正在处对象，这样显得自己太急功近利了。刘蕊叶见妹妹不动心，便说："蕊草啊，生活是现实的，它容不得你浪漫，我也了解你的处境。但是，常言说得好，过了这个村，也就没了这个店，找个家庭条件好的，你岂不是一步登天了，这都是别人想攀攀不来的福。你要是与贾大亮成了姻缘，以后，咱村的姑娘，还有你学校的同事，谁不羡慕你呀！"刘蕊叶这么一说，刘蕊草终于动心了，她心想，人往高处走，水往低处流，趁自己与赵淮安交情并不算太深，在赵淮安与贾大亮之间，要立马抉择才对，否则，自己以后会后悔万分的。

刘蕊草最终听取姐姐刘蕊叶的意见，与贾大亮彼此熟悉之后又确立了恋爱关系。贾大亮见刘蕊草长得很漂亮，要个头有个头，且歌又唱得好，方方面面都站得住，他心想自己命真好，这么美丽的女人是自己攀不来的福。他开车去了趟西安，为刘蕊草买了一架古筝。

了解了事情经过，赵淮安仍不心甘被刘蕊草甩掉，他再一次来到刘蕊草宿舍，他想听刘蕊草的解释。刘蕊草见赵淮安继续找自己，心想自己当断则断，不然以后更麻烦，于是直截了当地冲赵淮安说："淮安，你人真好，说真的，我挺喜欢，很感谢我们有段感情，不过我不能瞒你，我处上男朋友了。"

赵淮安生气地说："刘蕊草，你这是耍我呀！"

刘蕊草解释道："我，我想婚姻，是一件大事，我不能想得太单纯了，这个你懂的。"

赵淮安接过话茬说："你金枝玉叶，我这穷小子，高攀不上呀！"

刘蕊草继续解释道："我们处不成夫妻，以后也可以做个朋友嘛！"

赵淮安心想你负我的事都能做出来，我没脸没皮的还与你做朋友，这以后传出去，得叫同事们用沟子笑话我哩。

想到此处他态度坚决地说："既然这样，以前算我张某人看走眼了，我自认倒霉，我也不是什么癞皮狗，不会打扰你金枝玉叶的贵妇人生活的。"他说了一声告辞，转身离开学校这个叫他产生甜蜜很快又留下伤痛的地方。

刘秀英听说他儿子与女朋友告吹的事，安慰赵淮安说别伤心，这以后好姑娘多得是，别为此而气坏自己身体，这样不划算。赵淮安当然明白母亲这么说的用意，他甚至也清楚，母亲为自己找对象的事成天也揪心着，但他不想与刘蕊草告吹之后，立马又去找对象，他想调整一下自己，等过上一年半载再考虑找女朋友的事。

寡妇刘秀英怕自己说要儿子找女朋友的事，会刺痛刚刚经受了这场风波的儿子。好多次快到嘴边的话，又收了回去。

向阳镇机关工会孙平安主任也听说了赵淮安处对象却被人挖了墙脚的事。孙平安心想自己作为赵淮安这边的领导，责无旁贷要做赵淮安的思想工作。他摊开这个话题，赵淮安听出孙平安的话意，他不想更多人为自己老揪心此事，便说："孙主任，我经历这场风波，又成长许多，所谓吃一堑长一智嘛！其实，真的也没啥，这不，还有老哥你关心我，我看自己女朋友今后也不愁找。"

孙平安说："这话说得对，留得青山在不怕没柴烧，你小子有出息，我老孙自愧不如啊！"

赵淮安心知肚明，孙平安拣好听话说就是怕他在处对象这事上想不开，有意给他平衡一下心态而已。

同样这天，赵淮安忙着统计各村方田建设的修路数据，他汇总之后装订成册，寻思着赶在下午呈送主管领导过目。

他忙完手头紧要活，镇机关灶堂已没有人卖饭了，他肚子饿得咕咕响，忽然想起了逢集的话，这向阳镇小吃羊蹄便宜量大且有嚼头，想到此处，他走出向阳镇机关大院，急匆匆赶到市场卖羊蹄的摊位前。事情也真凑巧，这刚到卖羊蹄摊位，就撞见了向阳镇中心小学体育教师刘伟民，他俩坐在羊蹄摊前一边吃羊蹄一边拉着闲话。

赵淮安从刘伟民口中得知，刘蕊草调进县一中当音乐教师了，且她已经与贾大亮买房又领取了结婚证书，她很快就成为有钱有地位人家的阔太太了。

赵淮安自言自语地说："我没福分，这辈子，相不中个女人，苦命一辈子呀！"

正在这时，刘伟民来了其他同事，他冲赵淮安表达了歉意，而后便和同事离开了热热闹闹的向阳镇集贸市场。

向阳镇是渭北农业大镇，为了促进当地"三农"产业发展，镇党委政府从镇上实情出发，由农办与乡镇企业办联合成立一家农资经营中心——向阳镇农资服务中心，经营这家农资服务中心的人叫庄保民，庄保民起先是镇上打井队的支部书记，后来，乡办企业承包给个人之后，庄保民就在镇上公路班上班。并考虑高家庄老支书高选民千金高翠萍在镇上农技服务中心当售货员。

又快到这年冬季了，八支渠的斗长老吉仍像往常一样，赶在冬季这茬行水前，组织沿线的村民清理渠道杂物，此外，对沿途障碍物进行彻底的打扫清理。

渠堰也在他们维修加固之列。好几天之前，老吉已经忙完他每年入冬之前最为揪心的活路。高家村高支书在农田灌溉季节没少给他帮忙，老吉心想自己要好好与高选民热闹一回，有此想法的他给高选民打电话说他想跟老高唠嗑。

徐姐饭店里热热闹闹，老吉这样有派的只要带人吃饭，徐姐都会考虑给他安排个雅间。但凡老吉来，很少在她的店里只吃主食而不点炒菜的，即便有这种情况，那都是个例，徐姐也心甘情愿地叫老吉与他领来的顾客坐在雅间吃饭。

老吉叫来老董陪高选民喝酒，徐姐见老吉请来的客人都是自己的熟人，她给老吉雅间里上过几道炒菜之后，借这摆好的席面，她冲老吉请来的客人高选民和老董微微一笑，又给他们各自敬过酒。此刻，高选民千金高翠萍得知父亲在老杨家吃饭，她买了一件衬衫来老杨家雅间送给她父亲。大伙见高选民姑娘进屋，急忙给她让座又招呼她吃饭，高翠萍说服务中心的买卖需要她过去打理，她向大家问好之后一转身又离开了徐姐饭店。徐姐见高翠萍长得漂亮，再者还在镇上农技服务中心上班，就问丫头处对象没有，得到的回答是还没处男朋友。提到女儿寻男朋友的事，高选民的气就不打一处来。原来，早前，不知多少人提亲，臭丫头心气高竟然没一个相中，如今，她都是老大不小的人了，如果再耽搁，就真成了没人要的大龄疯丫头了！

老董见高选民说生气话，他换了角度为高选民宽心说："我侄女，论身材有身材，论模样有模样，而且还知书达理，很懂事，因此，老高呀，人要知足，我有这么懂事的丫头，早偷着笑了，不是有句话说得好，家有凤凰不愁嫁呀！我牙齿磨得尖尖的，就等日后有席坐。"

老吉也掺和着说："老董的话在理，我支持他这观点。"

徐姐见高选民与老董、老吉，话题都扯到他女儿找男朋友这事上，就说："老高哥，娃的媒，有我在，你别愁。"

老吉听了徐姐的话，赶忙说："这事，徐姐最通路子了，她是咱镇上出了名的媒婆娘，老高，以后她说成媒的话，千万要记住，抹嘴的时候，别忘了我们哥俩就好了！"

高选民见大家好心好意为他家姑娘操心，他想不能给大伙继续泼冷水，再者说高翠萍又是自己姑娘，她虽淘气，但也不能全部说给外人来听，尽管，老董和老吉不算外人，但是，自己不管啥时候都要多个心眼，不然保不准会吃亏的。

他想到此处，话锋一转冲徐姐说："姐姐人好，今后你侄女的媒就托付你介绍了。"

徐姐像是受到一种奖励，她立马来了劲说："高支书派的活，我保证完成任务。"

老吉忽然生来主意，他没有立马说出，而是略有思忖之后，拽徐姐至没人的地方，在徐姐耳边言语道："徐姐，高选民老哥对闺女的事一直挺上心，我这儿倒有个人选，你给撮合撮合。"徐姐心想老吉不就是给高选民姑娘找个意中人的事，你当面说给人家不就得了，还整这一招，拽我出来，又没说出说哪门子亲，瞧！这又在给我卖关子了。

看见徐姐不耐烦，老吉说："徐姐，高选民支书千金说给秀英家小子，你看成不？"

徐姐听了这话，她理解老吉的良苦用心，用赞同的语气说："兄弟，这事，你出面不如我出面，说媒，你外头人，不懂这些。"

老吉见徐姐回答很干脆，他激动地拥抱了冲他表态的丰韵犹存的胖女人。

徐姐说："我人老珠黄的女人，你这大兄弟呀，甭成天憨想老姐我的豆腐了！"

老吉回归主题："姐，我们开玩笑归开玩笑，正事你可别耽搁呀！我等你好消息。"

徐姐说："大兄弟，我上心这事，你就喝你的酒去吧，我过后给你音信。"

老吉见徐姐答应说媒的事，这才回到酒桌前。酒桌前杯子晃动起来，三个人轮番猜拳喝酒，整整喝了一个中午。酒足饭饱之后，他们离开了徐姐饭店。

仁义堡的简易公路与汽路交叉的地方住了一户人家，这屋女人名叫姚淑倩。她很勤快，几年前，在自家屋前置办一套饸饹床子，之后她便一年四季守着自个儿认为挣钱罐罐的压饸饹的小买卖。她家男人在附近白灰窑做苦力。

姚淑倩门上有压饸饹这摊，她这人来人往的成天很热闹。最初，寡妇刘秀英跟老吉产生暧昧关系的事别人私下议论，姚淑倩管不好自己的一张嘴，她又说给别人听。前一阵子，刘秀英家小子赵淮安处了对象，没热火几天，姑娘却攀了高枝，这个打击叫刘秀英母子痛苦了一段时日。姚淑倩在村里嚼舌头，别人明面跟她说说笑笑，背后恨她的人不在少数，但恨归恨，她压饸饹买卖却始终与从前没有两样。姚淑倩觉得自己做了亏欠事，一直想给刘秀英解释这事，但好几回话到嘴边又咽了下去。

徐姐饭店的徐姐与她都是一个娘家人，两人见面像和睦相处的妯娌一样亲。

堡子里婆娘在姚淑倩饸饹摊扯闲话说，徐姐有一阵子没来了。

姚淑倩见堡子里婆娘提说徐姐，她一边忙活手头事情，一边接过堡子里婆娘们的话茬说："徐姐有些日子没来了，我这当妹妹的挺惦记她的。"

她话音刚落，端了瓢和面的徐姐就来到她饸饹摊跟前，姚淑倩高兴地说：

"你看，我姐，她呀，来得真及时！"名叫刘颖的妇女套过她家的饸饹，嘿嘿一笑冲徐姐说："方才说曹操，曹操就到。"

徐姐说："我呀，就爱没事跟姐妹们唠嗑，成天店里事缠着，我都快累死了。"姚淑倩说："姐姐挣钱多，我和姐妹们眼红你啊！"

刘颖煽惑着说："就是，她款婆一个，我们日子过得揭不开锅，要寻徐姐开口借钱，到时候不要被徐姐拒之门外啊！"

徐姐说："我这一来，就被你们围上来欺负。"大家皆笑。姚淑倩继续贫嘴说："岂敢岂敢，我姐姐来，谁敢欺负你，有我护着哩。"

饸饹摊前，姚淑倩一边说笑一边务弄手中活路，很快，压毕饸饹的妇女们各自端盆回了家。打发走了围了一圈的压饸饹的顾客之后，姚淑倩接过徐姐的面盆，问："姐你这回压饸饹没以往多呀！"徐姐说："我压饸饹是借口，这不，想过来看妹妹是真。"姚淑倩接过徐姐的面压好一床饸饹后，礼让徐姐到她家喝茶，徐姐却说自己不渴，拽姚淑倩来到背过人的地方，给她说了一件事。姚淑倩这才明白，她徐姐过来真正的目的是要给寡妇家小子赵淮安提亲。过去，自己说寡妇的不是，人家听说之后，过来寻我，好在大家劝说，事情最后不了了之。有了以前的事，姚淑倩觉得她与秀英之间的结始终没有打开。

想到此处，姚淑倩示意徐姐放下压好的一床饸饹，她要带徐姐到刘秀英家提亲。徐姐心想他们一村一院的彼此熟悉，到时候好当面说事。姚淑倩领着徐姐进屋，刘秀英见不得姚淑倩，却心想自己有理不撵上门客，她带名叫徐姐的女人来，会是说啥事呢？

刘秀英礼让座位，还给客人泡了茶水。刘秀英猜测她俩十有八九是受人之托来提亲的，因为这件事她听老吉说过一次，自己也一直上着心。姚淑倩见刘秀英之后，很内疚地说："秀英姐，以前的事，我做得不对，我怪不好意思的，今儿个，我来，当我徐姐的面，先给秀英姐赔个不是。"

徐姐诧异，她俩竟然有误会，自己却蒙在鼓里，还拽她为伴过来说亲。唉！既然她俩误会在先，说正事之前化解她俩的矛盾又何尝不是一件好事啊！于是徐姐劝和着说："一村一院的，过去有啥不开心的，今儿个，既然彼此坦诚，事情能过去就过去吧，不要老记那些陈芝麻烂谷子的事了。"刘秀英见姚淑倩赔过不是，再者还有徐姐说和，她细细一想，这日后，谁还不用谁，既然住在一起了，跟她计较太多也没意思，所以过去的事就到此为止吧！她笑了笑说："瞧你们说的，我就不能宽宏大量了吗？"

姚淑倩听刘秀英说原谅自己的话，借势拉起刘秀英的手说："秀英姐，妹妹家你得空过去坐，我给你做好吃的。"

刘秀英当然知道姚淑倩说的是客套话，其用意是讨自己开心而已，她接过话茬说："妹妹的饭，我以后吃定了。"徐姐见刘秀英不计前嫌，她也开心一乐，然后，话锋一转，冲刘秀英说出给他儿子提亲的事。刘秀英听了这话，说："只怕我家家境不好，高攀不起人家高支书的金枝玉叶呀！"姚淑倩说："来提这门亲，我姐她征求过人家女方的意见的，不论是高选民，还是他千金，都不反对这门亲事。"

徐姐也用肯定的语气说："女方的事，我能拿住，这边只要秀英你同意，另外，就是赵淮安给个态度，我们后面的事就好办了。"

刘秀英说："既然女方态度明朗了，我自己表明态度，不反对这门亲，不过我与娃得商量之后才能给个准话。"徐姐知道是媒得要跑三回，她说："我就不打扰了，回去静候回音了！"姚淑倩也说："秀英姐，你跟侄子商量好了尽快回个音信。"

徐姐和姚淑倩言声告辞，离开刘秀英家以后，她俩很快各回各家，各忙其事了。

赵淮安在向阳镇上班之后，一直保持一个好习惯，无论多忙，每周都要回家一趟，看看成天守着地转又独守一份寂寞的母亲。这个周末，是他觉得最应该回家的一个周末——他翻看日历，这个周末是阴历三月初九，这天正是母亲的生日。他提早在街道给母亲预订了蛋糕，回到家里，又翻新花样地把工作上的好消息说给母亲听，叫她开心。

与母亲吃过生日蛋糕之后，母亲说："娃呀！今天娘有事要告诉你。"

他问母亲啥事，刘秀英说："是这，几天前，徐姐饭店老板娘跟你淑倩婶过来给你说媒，她们给你介绍人家高家庄村支书的千金高翠萍，我见过人家娃，灵里灵性不说，她也靓鼓豆豆的。"

赵淮安一听乡下媒婆给自己提亲，他母亲又仅从个头长相衡量女娃的好与坏，这也真够草率的！他不大情愿地说："噢！高翠萍，我见过，要说长相，说得过去，不过，我好不容易上学出来，寻媳妇还是找个农村的，这样，没准日后会叫别人笑话的。"刘秀英冲她儿子赵淮安说："我知道你不急，可是妈在家成天想你啥时有个家呀！我们现成啥条件你又不是不知道，别眼高手低了，万一自己找不来商品粮户口的，这一头又错过了高翠萍，这多不划算呀！"

赵淮安听他妈这么一通分析，又从自信变得不够自信了。他思考再三说："娘，我可能太不知事了，还是您说得对，我娶到高翠萍已经不错了，不应该挑肥拣瘦的才对呀！"刘秀英见儿子同意与高选民千金见面定亲的事，这才松了一口气说："傻小子，这就对了，记住，这事，既然人家同意，我觉得不宜迟缓，省得夜长梦多啊！"

赵淮安说："瞧娘说的，没那么悬吧！"

刘秀英说："傻孩子，真正娶回家了那才是咱家媳妇呀！"过了周末，刘秀英便急急地跟姚淑倩说了这事，又给姚淑倩和徐姐送去礼物。

赵淮安心里明白自己与高翠萍定亲归定亲，但这并不代表爱情，爱情是需要自己用心去经营的，他虽然吃商品粮，但是家境远不如高翠萍家，再者，人家高翠萍除了是农村户口外，也是像模像样的女娃，因此，自己不应忽略她的存在。而作为一个男的，自己更应主动一些。

初夏季节，向阳镇农技服务中心买卖处于淡季，高翠萍每月有四天假期，她不休假继续上班每月工资能多拿二百元。早在一周之前，赵淮安见过高翠萍一面，他约高翠萍下个周末逛趟县城。高翠萍一算，这个周末赶好是自己休假，于是就应承赵淮安周末去县城逛。

礼拜天这日中午，按照以往，向阳镇通往县城的汽车至少每半个小时发一趟，而这天却奇怪，赵淮安与高翠萍等了半天工夫，就是不见一辆车过往与发出。

赵淮安觉得挺失面子的，但是，他又觉得很无奈，为了缓解尴尬，他看了看手表说："时间可真快呀！"高翠萍说："可不是嘛！车真叫人久等呀！"赵淮安怪不好意思地说："是这，翠萍，既然我们来了，车，我想它会来的，咱再耐心等它就是了。"高翠萍说："没事，这就是等待嘛！"赵淮安见眼前女人冲自己小幽默一把，他乐呵呵地说："小高，我看，你还真懂什么是幽默。"高翠萍说："过奖，我在你面前，仅是学生。"赵淮安说："谦虚啊！我的小高同志啊！"他们又等了很久，仍然不见车辆进出，其他乘客都失去耐心，在向阳镇汽车站以外坐了一辆三轮车进了城。

赵淮安心想，自己好歹是位乡镇干部，要是与刚才那一伙人坐在三轮车上摇摇晃晃进城无疑挺没面子的。经过打听，他终于弄明白了向阳镇这日之所以没车往来，是因为周末又是三六九的好日子，据说几家娶亲的包了向阳镇跑县城的所有公交车，所以他们左等右等也等不来进城的一辆车。他担心高翠萍心烦，于是说，我们路上走走，说不定还能碰上熟人的车，有的话，叫熟人车捎一程，我们也能省省路费。高翠萍心想，你个赵淮安，头回跟我出门，竟然谈省钱，唉！真被我小看，但也许他是有意这么说，让我知道他是食人间烟火的人。想到这里，她说："出门了，赵哥叫咋，我就咋，我跟你走。"他俩走出车站，沿着通往县城的公路边走边瞅。高翠萍见半天工夫都没一辆车的影子，便说："淮安，实在没车的话，我看今天县城就不去了。"

赵淮安听高翠萍打了退堂鼓，心想这哪行，这明摆着是自己出师不利啊！

白驹

他说："翠萍啊,再等十分钟,要是路上再没车过来,今天我们就不去县城了。"赵淮安话虽这么说,但心里咋能不急呀!他仍然四处张望,盼望着有车路过,哪怕给别人掏钱坐车也成,这起码能挽回自己的颜面啊!不多时,一辆白色伏尔加小轿车从向阳镇方向缓缓驶出,坐在小轿车上的女人显得非常娇贵,她探头看了看车窗外,看到了路边的赵淮安,旁边还有个时髦的农村姑娘跟随。车上女人正是赵淮安曾经苦苦追求最终成为别人的新娘的刘蕊草。

刘蕊草瞅见路上有熟人,正好是当年分道扬镳的男朋友,急忙叫司机在赵淮安和高翠萍跟前停下车,她主动下车说:"淮安,你这是等车去县城吧?!"

赵淮安仔细一瞅,呀!这不是负了自己的刘蕊草吗?这女人也真好意思与我搭话,但她既然不计前嫌,我要是冷场,显得自己没气度,想到此处他说:"哦!是刘蕊草老师,现在调城里工作,一下子比以前神气了,现在的刘老师,是富甲一方的阔太太了。"

刘蕊草嘿嘿一笑说:"城市、农村各有利弊,其实我进城这些年,反而觉得没有农村好,农村生活既简单也悠闲!"

赵淮安与刘蕊草在寒暄,他怕冷落了高翠萍,就介绍道:"刘老师,这位是我现在处的女朋友,她名叫高翠萍,你们认识一下吧!"

高翠萍觉得眼前的女人与赵淮安似有隐情,可又不知道他们是什么样一种关系,心里产生一种莫名其妙的嫉妒。她虽然嫉妒,但是在别人面前自己也不能有失体面,于是礼貌地跟刘蕊草打了声招呼。

刘蕊草问:"淮安,你女朋友叫啥名字来着?"

"她叫高翠萍,你看她长得不错吧!"赵淮安一边介绍一边开玩笑说。

高翠萍禁不住一笑说:"在人家城里人面前,我算不了什么,更不是凤啊花啊的,我就不娇贵了。"

刘蕊草主动伸出手示意要与高翠萍握手,高翠萍就大方地与刘蕊草握了手。

刘蕊草问道:"你俩这是等车进城去?"

赵淮安回道:"是呀,车不好等,今天倒是坏运气中撞上好运气,你说巧不巧,竟碰到了你刘蕊草!"

这天,赵淮安与高翠萍顺势坐刘蕊草的车进了一趟县城。

在乡下，高翠萍是见过世面的一个女娃，而进了城，她却像变了个人似的，因为，她土生土长的农村虽然很广阔但一直以来是个小天地。

高翠萍单从长相上来说与城里姑娘并无多大差距，但她只要一张嘴说话，立马与城里女娃产生区别。她羡慕城里人会说一口流利的普通话。

赵淮安不知道该带与自己刚刚确立关系的女人逛县城的啥地方，他拿不来主意，犹豫了一会儿之后，竟然直截了当地问紧跟在他后面的高家千金："翠萍，你想逛哪去？"

高翠萍觉得莫名其妙，这人也真怪，带我出来，却没个具体规划，进城半天了还不知道该去哪儿，简直是书呆子一个呀！她虽然对赵淮安的提问很抵触，但是，也不想因为一两句话的不大妥当，使他下不了台面。想到此处，高翠萍接过赵淮安的话茬说："我呀！很少出远门，既然来县城了，逛趟公园挺有意思的，你说呢？"

高翠萍提出要逛公园，赵淮安心想公园是个好去处，会非常的惬意！这天已过正午，他俩随着人群朝公园深处走去。越过一片小丛林，又路过弯弯曲曲的盘石小道儿，来到一处敞亮的空地，这里占据有利地形的买卖人各自经营着他们的小天地——迷宫、鬼宫、水晶宫，经营门类可谓五花八门。赵淮安脏腑软，他上学时，曾经来县城公园玩过，他很好奇地钻进过一两次鬼宫，里面的鬼神既威猛又叫人惧怕。他最初觉得挺好玩，但是从里面出来就立马呕吐，找大夫看，大夫说他脏腑软，容易反胃，此后，赵淮安再去公园，就没有胆量进鬼宫玩了。这天，他与高翠萍路过鬼宫门前，脚步比其他地方迈得快了许多。

两人继续朝公园深处走，他俩穿过又一片小丛林之后，在一处空地上，看到套圈的摊前竟然围着里三层外三层的人在看热闹。

赵淮安心想这玩两下也花不了几个钱，带女朋友来县城逛，得叫她开心才对，再者自己也想试一试手气，于是，他干脆地说："我们不如也挤进去，试试手气。"高翠萍说："成。"他俩挤进圈内，听到买卖人吆喝："走一走，瞧一瞧，五元十个，套啥拿啥，谁来套，谁走运啊！"赵淮安说："翠萍，你先试试看。"

高翠萍怕别人说自己逞能，说："淮安，你试试看。"

赵淮安接过老板数的一摞圈子，像哪吒三太子一样把所有的圈儿扔了出去，却无一命中。

高翠萍笑话他草包一个，赵淮安说："莫非你有两下子？我想开开眼界。"

高翠萍说："我的确有两下子，我来试一下手气。"赵淮安以为高翠萍是在与自己斗嘴，压根儿没想到高翠萍一出手，十个圈竟然命中半数以上，为他套来烟和打火机。赵淮安心想高支书千金真不简单啊！他冲高翠萍赞誉道："高翠萍，果真乃豪杰也，吾乡之巾帼英雄也！"高翠萍冲一旁目瞪口呆的看客抱拳说："小女子高翠萍，今在贵地献丑了，各位父老乡亲，在下告辞！"

话音刚落，她和赵淮安就离开了人群。

赵淮安与高翠萍继续朝公园深处走去，他俩路过竹林时，发现一对小情侣在拥抱亲吻。赵淮安读过大学，见到这一幕，已经见怪不怪了，高翠萍却不大习惯，她冲跟在身旁的赵淮安说："瞧，城里娃，弄的尽是日眼事。"

赵淮安说："这很正常嘛！人家叫公园，来的人找一把浪漫，也是合情合理的。"

高翠萍说："没想到，你个赵淮安，思想还这么开放啊！"

他冲高翠萍笑了笑，说："我带你来，也想跟他们一样来一把电，咋样？"

高翠萍见四处无人，主动递手给赵淮安，赵淮安见高翠萍很迎合，拉她手到自己胸脯，很快，又一把用力将高翠萍软软的身子揽在怀里，动手摸她硕大的奶子，很快，高翠萍拒绝了他继续的骚动："别得寸进尺，摸摸倒可以，你想那个，我给不得。"

赵淮安见女人拒绝自己，他想县公园毕竟是公众场合，自己行为粗暴，若是被人瞧见，的确有失体面，想到此处的他意犹未尽地与高翠萍离开小竹林，走出公园，朝市区方向继续漫步着。

赵淮安想，既然进了县城，就给她买一件礼物，这样显得自己很懂事，也更绅士一些。于是他带高翠萍来到百货大厦，给她买了一身连衣裙，又买了一束花。

太阳快要下山时，他请肚子早已饿得咕咕响的高翠萍吃了一顿羊肉泡馍。饭后，返回向阳镇的车早已收了班，他俩雇了一辆面包车回了家。

– 41 –

　　向阳镇方田建设工程已经如火如荼地拉开，仁义堡在向阳镇方田建设规划的首期工程之外。向阳镇曾经考虑在早前的仁义堡建设一家造纸厂，但因镇上土地复垦任务落后连累了该镇后继投资项目用地划拨。

　　为这事向阳镇多次跟县领导进行周旋，县土地局领导很为难，无奈，对向阳镇两年一度的复垦警告过后，为他们村办造纸厂的土地政策松了绑。

　　届时，向阳镇考虑更多的是，他们到征地动员村民的时候，给当地村民方田建设项目政策，也许做群众的征地工作的收效就会更好一些。

　　镇上领导有镇上领导的通盘考虑，而老仁却有自己的小算盘，老仁目光没那么长远，主要考虑自己现阶段该咋办，特别是即将到届的三年一任的村主任改选。自己是否继续留任，很重要的一个硬指标就是他给当地群众办了什么实事。当地村民衡量干部优劣，很大一方面看其能否为村上争取到镇上的方田建设开发项目。

　　他老仁心中所想，无非就是将他们村方田建设项目争取纳入首期规划，这样为他在村干部留任上取得成绩，为连任争取到一个有利局面。向阳镇主管农业的镇长惠新庄为老仁出了个主意，建议他以镇人大代表身份向镇党委提出书面意见，然后，这件事肯定是农办来出面答复，到时候，被动局面就有可能被扭转啊！老仁一听惠新庄生来的主意，觉得是个好法子，立马去照做。

　　果真事如所愿，仁义堡原先的被动局面很快得到扭转，其实，老仁心里也明白，向阳镇后来之所以调整工作思路，无非是考虑到他们村即将开展的换届工作。

　　老仁按照农业主管镇长惠新庄的意见，以镇人大代表名义送提案给镇党委。向阳镇在镇人大开过之后，对过去没有充分考虑的工作思路又做了修订调整。一连好多天，赵淮安都要彻夜加班来绘制图纸并且核算项目花销等。

镇上要拆旧盖新，这个消息是赵淮安加班时，值班领导陆海洋书记给他透露的。得知这个消息的赵淮安心想，镇上既然拆旧盖新，肯定会拆下老木料以及老砖等，如果借此机会，自己向领导开口，花小钱买回拆房的旧木料与老砖，这日后，自己家盖房就会节省很多钱的。

他这样想，立马向陆海洋书记开口提出这事。陆海洋书记心想，赵淮安是自己的农业干部，他开口的事，自己动动嘴就能办到，这个顺水人情不妨送给他，况且这又不是什么敏感事。向阳镇拆旧的活动弹了，老仁为了催促赵淮安为自己早早绘制方田项目的规划图纸，派来雇工伙计与三轮车为赵淮安家送回老木料和老砖头。寡妇刘秀英见可以派上用场的老木料与老砖头拉回家且听说还半毛钱没花，心想娃在镇上真是弄出名堂了。

老仁为自己村长连任没少忙活，最终，毫无悬念地继续担任仁义堡村主任。唯一有区别的是，过去他当村主任务虚，现在，他做事比以前踏实许多，堡子里的后生没有人不打心眼里服气他。

向阳镇政府接到县上红头文件，要求棉花种植按照去年上报的任务标准来完成。向阳镇政府通过油补、财补的优惠措施积极推动每年刚性的棉花种植，除镇上出台相应的补贴措施之外，当地籽棉厂也采取相应的激励措施，他们对棉花销售工作起到表率作用的先进组织、单位和个人给予物质奖励。高家庄高选民因为超指标出色完成去年的棉花交售任务，向阳镇籽棉厂奖励高选民一辆摩托车。

高选民推回这辆摩托车，自然很开心，寻思着既然是因村上工作奖励得来的，要是以后村上干部或者关系好的群众借车，自己都应该大方地给他们使用，我老高年纪也大了，已过了骑它的年龄。而他家千金高翠萍却对这辆摩托车的用途另有其他的想法。

高选民推回摩托车的当日，跟他自家门里叔侄们，还有村上搭班的几位干部喝高酒之后夸下海口，说，这车虽然奖励给我个人，但其实是大家的功劳，以后有谁想用车只管言传，我高选民决不是吝啬鬼。但自从女儿当面说出她的想法，高选民过去给别人应承骑车的话便不再放了。

　　母亲节这日，赵淮安撇下单位上自己手头的一些事，为守在农家院的母亲带回一碗羊肉泡馍。他一进门，刘秀英瞅见说："娘没白抓拍我娃，我娃还真不是白眼狼。"赵淮安说："你娃够孝敬妈吧！"刘秀英刚好肚子饿得咕咕响，她说："我娃有出息，这会儿娘的确想娃，更紧的是，家里没顾上蒸馍，我这晌没吃啥，肚子老闹着慌！"赵淮安用炉子火颠了颠他端回家的泡馍，然后又亲手盛给母亲，说："娘，这个你趁热吃。"

　　刘秀英接过碗筷，说："好，我尝尝我娃有心给娘端回的这碗泡馍。"赵淮安烧好一壶开水，给母亲泡了杯花茶，晾在老木桌上，等浓茶散发出香味之后，他递茶杯给娘，腾出手之后，自己也泡了一杯煎茶喝。刘秀英吃过热气腾腾、香喷喷的羊肉泡馍，又喝过娃给她泡好的浓茶后，感觉心里美滋滋的，她说娘享福了，享我娃的福了。

　　这句话像提醒了赵淮安，他笑眯眯地看了眼母亲之后，说："娘啊！孩儿有个工作要向母亲大人汇报。"

　　刘秀英疑惑不解，说："娃，你别在老娘跟前卖关子了，有话就说，别扯些没用的。"

　　刘秀英继续喝茶，她闭目养神一会儿，见赵淮安从屋外自行车车筐取出皮包，拿出一双布鞋，且这双鞋的尺码与自己的脚刚刚吻合。

　　刘秀英重新打量她的儿子，既开心又诧异地说："我娃真心疼娘，都知道买鞋回来给我了。"

　　赵淮安说："娘，这个不是孩儿为你买的，是你没过门的儿媳尽心的。"

　　刘秀英满足地说："哦！你看看，人家翠萍多懂事呀！当初，我们定这门亲，算定对了。"

　　赵淮安笑了笑说："我娘叫人家翠萍一双鞋给俘虏了，看来她娃这白眼狼没指望翻身当好人呀！"

　　刘秀英嘿嘿一笑，用手指戳了戳赵淮安的额头说："你个挨刀子的，就没见有个正形，好了，困了的话，炕上躺会儿歇乏去。"

　　刘秀英试穿鞋，赵淮安躺在炕上哼哼几句，很快就打呼噜睡着了。

– 42 –

赵淮安迷迷糊糊间，听到母亲拾掇屋外杂物的响声，他翻身下炕主动殷勤地帮母亲扫地。刘秀英急切切地说："我都没问你，我的娃呀，人家翠萍就是好，这多天你给人家联系多不多呢？"赵淮安说："娘，孩儿的事，你就甭操心了，她那，我过后多联系不就得了嘛！"

"好，有我儿这句话，老娘放心了。"刘秀英满意地对她儿子说。

赵淮安说："娘，还有件事，孩儿忘了告诉你，我岳父家籽棉厂奖了一辆摩托车，翠萍说她爹年龄大腿脚不好也不敢骑，叫我过一阵子推车去。"

刘秀英一听，说："你听听，找个有钱丈人就是不一样，我看，你定她家千金，算是定对了啊！"赵淮安说："她翠萍跟我，这分明是我吃大亏嘛！""傻小子，人家家庭好，娃也好，我们穷汉人，不图啥，娶个好媳妇，这才是最重要的。"刘秀英世故地说。

赵淮安做了个鬼脸，嬉皮笑脸地说："孩儿只是与娘开个玩笑，像翠萍那么会讨婆婆开心的媳妇，我岂敢弹嫌人家呀，娘多虑了！"

刘秀英说："别贫嘴了，你个没正形的家伙。"

赵淮安又说："母亲保重，时候不早了，我要回镇上加班做个材料，孩儿告退。"刘秀英说："忙，成天忙，回家多会儿工夫，这就走。不过我娃成公家人了，沾家就好！"

赵淮安嘿嘿一笑说："翠萍她人好！在婚事上我没挑剔的。"

"娘就爱听你说这掏心窝的话，你这样说娘心里就踏实了。"刘秀英饱含深情地看了一眼儿子赵淮安说，"你去吧！别没事老牵挂娘。"

赵淮安推自行车出了门，朝通往镇上的汽路而去。

最初，向阳镇籽棉厂奖励一辆摩托车，这对高选民来说是备受鼓舞的，尽管自己年龄大很少骑车，但是不骑归不骑，一天到头，在堡子里，熟悉他的人却没少见他在人面前擦车。

老吉在背地里说他的不是，但当他的面却算顶能恭维他的。这天，老吉一进高选民家门见他在擦摩托车，就奉承地说："老哥你骑上这车去兜风，出门不比他年轻人差。"

高选民一边擦车，一边搭老吉的话茬："兄弟啊！老哥我几斤几两，我心中有数啊！用不着你来上洋汤。"

老吉说："你看看你老哥，兄弟一片好心，你却当成了驴肝肺。唉！这年头好人难当！"

高选民婆娘乔凤莲说："兄弟，你是啥货，这能瞒过你高哥吗？"来高家串门的老董也说他老吉是阴人。

高选民说："你看你嫂子、老董，他俩看你多透彻啊！我成天都被你蒙晕了。"老董一拍老吉的肩膀："哥我开玩笑，你嫂子也是，你别太当真。"老吉听了这话，有了台阶下，心想我是老吉，被老哥几个开涮，都习以为常了。

老董说："老高咱哥俩，联个嘴子，今天打牌，咱打他这老吉。"这边刚提打牌凑人，高家庄粮庄老板李成弟进门，他也是近来生意消停，过来打牌寻个消遣。高选民见自己家很快凑够一桌牌友，就草草擦了车，几个人围坐一摊打起麻将。四个人牌转过两圈，高选民几个炸和，忽然，他想起一件事，镇上要村上报棉花种植新户，这个自己去吧，打牌赢了走人很不地道，要是坚持打吧，这毕竟是政府安排的一项工作，他左右为难，于是，打电话给镇上说自己家来人了，他托付村上刘社育送表，问这事顶用吗？对方说，这当然行，管数据的不是别人，收表的正是你姑爷啊！高选民一听这话让婆娘叫来村上刘社育，打发他骑着自己铮明瓦亮的摩托车去镇上给他姑爷送趟表。

赵淮安手头工作刚刚忙过一阵子，听到门外有脚步声走近，敲门走进来的中年男子他觉得面熟，起身招呼，又问他家在哪。来人说自己是高家庄的，是村上会计，姓刘，奉高选民之命，来镇上为他送报表。既然是岳父派来的人，我急慢不得。赵淮安这么想着，急忙掏出烟递给刘社育抽。

赵淮安请刘社育在徐姐饭店吃了饭，刘社育临走前，赵淮安买了副食和肉托刘社育捎给他老丈人家。

　　刘社育骑摩托车回到仁义堡虽然天色已晚，但是，高选民家打牌的响动声依然持续着。刘社育前脚送车，高支书的侄子高占军后脚就来借车。高选民心里明白，自己侄子借车不给，是得罪人的事，给他，他从来没有一次给车加油的。他这么晚骑车又不知去啥地方。

　　刘社育见高选民两口子有些为难，便说："他伯，车就是奴才东西，既然有娃要骑，叫他长长威风也好，娃不拉扯你，他又能拉扯谁？再者，他出门迎人的话，别人都会理解这是高支书的脸气嘛！"高选民见刘社育在老董和老吉面前扯出这话，即便心里难受，也要掩饰，否则别人会说自己没气度。

　　想到此处，他故意提高了姿态，说："我侄子借车，我就没含糊过。"乔凤莲见机行事，也摆明姿态："我和他伯，娃只要用车，从来没为难过他。"老吉和老董异口同声地说："你俩这态度，就对了。"

　　刘社育见乔凤莲开言，他一转话锋说："嫂子，我都忘记了，桌上这袋子东西，是翠萍女婿叫我捎回来的，这是娃孝敬他岳父岳母的。"

　　乔凤莲说："淮安他真有心。"

　　接着，他们一同笑了起来。

　　打麻将已经结束，其他人离开高家，乔凤莲在高选民跟前嘟囔："你侄子真讨厌，他没迟没早地借车，咱借车给他，没一回不给他贴油的，我看这样下去，你侄子这无底洞，迟早要拖垮咱家的。"

　　高选民说："凤莲你说得有道理，我侄子确实太过分了，我们以后得想个法子嘛！"高凤莲说："翠萍女婿经常骑自行车下乡，不如把这摩托叫女婿推走，省得我们还要为这操心。"

　　高选民心想他家女人说得在理。他寻思着过上几天叫女婿过来推走摩托车，这样，他和凤莲可以省心一些，也算我们老高家接济女婿娃一次嘛！三天之后，翠萍打来电话，要赵淮安工作不忙的时候过去推车。

　　赵淮安心想自己下乡着实很辛苦，要是有一辆摩托车，今后下乡去既体面又省事，简直太好了。他与翠萍通话完毕，买了礼物上丈人家推回了他憨想多日的铮明瓦亮的摩托车。

　　为了秋麦两料庄稼两不误，向阳镇农办在试验田做科技实验。很快，技术人员就掌握了麦田套种棉花的一套科学技术。

　　技术人员传经送宝，麦田套种棉花很快在全镇推广与普及。刘秀英家仅仅她一人户口在农村，又没有劳动力，可将耕地承包给甜瓜种植的外来户，她家的公粮任务与棉花交售任务多数都是花钱买别人家超份额指标而完成的。

　　庄稼人要赶在麦黄水之前，为夏季播种的棉花做好充分的准备工作。此时，多数的庄稼人要提前挑仓育苗，等小苗顶破土一周工夫，各家各户开始上劳上工，在麦田行距之间，弯腰窝身移栽棉花幼苗。

　　高选民是高家庄村支书，他经常提在嘴边的话是民以食为天。他在农业生产和管理上身先士卒，使高家庄在棉花种植上保持着向阳镇的先进村。

　　高选民家的棉花从育苗到移栽，他和老伴在家忙不过来，女儿高翠萍心疼父母，便提前休假回家，帮父母移栽棉花幼苗。

　　赵淮安寻思着自己老大不小了，婚事不能一拖再拖，要是自己托介绍人徐姐说要人的事，按照当地的行情，自己少说也得准备万儿八千的礼钱。

　　眼下又要考虑家里有几头子花钱，不说结婚的事，只说自家翻新一下房子，没个两三万根本就动不了工。他忽然又想到麦黄水灌溉前后，多半的庄稼人就要忙活拾砍麦田移栽棉花幼苗的事，他明白，自己老丈人是村支书，更应该在棉花种植上表现得身先士卒一些。他觉得他应该找个下乡的借口搪塞一下主管领导，溜去帮老丈人家栽棉花，这样一来，不仅可以对老丈人送给自己一辆摩托车表示感谢，还能多在老丈人面前表现，等真的谈到娶亲这事的时候，说不定会达到事半功倍的效果！基于此，赵淮安向主管领导打招呼说自己有事下乡去一趟。乡镇干部下乡是常有的事，主管领导要忙自己手头一杆子事，压根儿顾不上别的事，他见办公室也没啥要紧事，于是冲赵淮安一挥手说你去忙。

赵淮安走出领导办公室，很快推出自己停在向阳镇政府大院的摩托车，骑车朝高家庄的方向一溜风蹿去。

清晨，下地做活要蹚露水，庄稼人要做活，多数考虑等雾气收了才下地。这日，起得老早的高选民出门转悠两圈，回到屋里，既想喝茶又不想亲自动手，他打开半导体在听，自己又跟着半导体的节奏哼哼着秦腔。睡在炕上的乔凤莲五点多醒来一次，她复二觉被老头吵醒了，便牢骚着说："你这没瞌睡，我想再眯会儿，你就知道吵吵吵！"高选民说："你个女人家，太阳都一杆高了，你都不害羞，快起来，烧水热馍去，吃过后，咱们抓紧时间下地去。"睡在被窝里的乔凤莲虽然嘴里嘟囔乏字，但听到老汉使唤，还是立马穿好衣服起来了。她烧水泡茶递给高选民喝，自己又忙打扫卫生的事，她按照往常的规律端着铝盆来到后院，走进羊圈里挤奶又饮羊之后，心里才踏实一些。换作往常，她会毫不犹豫地端盆奶到村口卖，而赶上自家人要下地干活这茬口，她寻思着喝奶可以补补身子，便将羊奶拿给自家屋里人喝，用这来补补身子，拾坎活路也会有个精神头。高翠萍回了家叫了一声爹，又问我娘呢？高选民说你娘在后院。她迈着轻盈的步子来到后院。乔凤莲听到身后有动静，回过头一看，高兴地说："娘做梦都梦到你，你回来得真及时，赶上咱家麦田栽棉花。"

女儿有眼色，说："就是冲这活回来的，没想到吧，我的娘！""贫嘴，你小时候，娘和你爹惯坏了你啊！"翠萍调皮地说："娘说错了，古人有句话说得好，有其母必有其女，我娇气这跟你一样。"乔凤莲说："时候不早了，你来挤奶，我回屋热几个馍，等会儿热奶，吃过抓紧时间下地劳动去。"高翠萍替母亲挤奶，乔凤莲回屋围上围裙，开始忙活起来。

高选民坐在屋里继续喝自己的煎火茶，他听到有摩托车声传来，好奇地朝门外瞅了瞅，见走进一个人，仔细一看是赵淮安。

他心想他咋来了，要是他进门耽搁太久的话，势必影响自己一家人下田干活。但是，有理不撵上门客，他想到此处，喊叫正在厨房忙活的他家女人说：

"凤莲，你女婿来了，快给娃拾掇吃的。"

乔凤莲在厨房应声："唉！他爹。"高选民说："你女婿来了，招呼一下他。"凤莲从厨房出来说："淮安来了，我该多拾掇饭菜才对！""姨不忙，我来时吃过早餐。"凤莲说："姨给你倒茶，你先坐。"

赵淮安喝过两杯茶，问道："姨夫，你和我姨身体好吧？""我老毛病，是风湿病。"凤莲抢先一步回答。高选民说："我呀！身体倒硬朗，就是晚上瞌睡少，另外，老觉得血压略偏高。"

赵淮安说："姨的病要看中医，姨夫好好健身锻炼，保准会一天好过一天的。"凤莲问赵淮安："你娘身体咋样呢？""我娘她老样子，颈椎病老犯，好在我带他到富平张大夫处看过几回，这段时间她轻松许多。""哦！你娘的病，你上心才对！"凤莲嘱咐说。"我会的。"赵淮安回她。

高选民没有与女婿交谈。赵淮安给他递烟抽，问道："姨夫，村上的事不忙吗？"高选民说："这几天顾不上村上的事，我要和你姨趁雨过天晴墒情较好，抓紧时间栽棉花去。"

赵淮安说："姨夫你和我姨歇息吧！栽棉花的事有我，我专门过来帮忙的。"高选民说："地里活既脏又累，你吃不了这苦。"

很快，有脚步声从后院传来，凤莲说："淮安你来得真巧，翠萍也回来了。她刚才在后院挤奶，你俩也有些日子没见了，没事在屋里拉拉话，我等会儿跟你姨夫下地去。"

赵淮安还没来得及应话，高翠萍就端着一盆奶进了屋，她先是一惊，然后乐滋滋地说："淮安来了，爹娘，地里活该你们省心了，到时候我俩去就行了。"

凤莲接过女儿端进屋的一盆奶，进厨房去温奶。

赵淮安迎合着高翠萍的话说，饭后自己跟翠萍下地，他还是不主张岳父岳母下地。

高选民心想，娃说归说，麦黄水前后，作为一个农民守在家，不顾地里的活，于情于理说不过去。他婆娘凤莲更是这个想法，要吃过早饭跟她女婿女儿一块下田去。凤莲收拾一桌饭菜，也热了羊奶，高翠萍帮母亲将饭端到桌上。

赵淮安虽然吃过早餐，但骑摩托从街道到高家庄，他又犯馋了，在翠萍和他父母的盛情邀请下，他坐在饭桌前又吃上饭菜，喝了一碗煎火的羊奶。

赵淮安和高翠萍吃过饭后，与高选民和乔凤莲一同下了地。

虽然是雨过天晴第三天，太阳很捻火，但田间活路拉开一个钟头，赵淮安这个很少劳作的脱产干部还是浑身冒了汗。尽管很苦很累，赵淮安的心里却美滋滋的。他下田，在棉花移栽的活路上，主要是携笼运输带营养胚的棉花苗。这活路是一般劳力吃不消的力气活，多数都是年富力强的小伙才能胜任。

刘社育夫妻笨鸟先飞，雨过天晴头天就蹚露水栽了自家麦地棉花，高支书家栽棉花时，他两口子就撵到地里搭手帮忙。高选民家八分地，晌午就栽过了七分。

下晌时，刘社育两口子说后半天也没啥活路了，有翠萍和女婿来要不了半晌就完事了用不着老将出马了。

高选民两口子一想，自己抓拍娃，不就是图娃孝顺嘛！想到此处，他说："凤莲啊，刘社育说得对呀，咱俩后晌天就不下田了。"

凤莲看了高翠萍一眼，又瞅了瞅赵淮安，还没来得及表明态度，赵淮安就抢先一步说："姨和姨夫后晌天就不要来了，这点活，就交给翠萍和我来干吧！"刘社育说："你看看，娃多懂事。"刘社育婆娘也说要放权，年轻人迟早要接班的。

高选民说："刘社育说得对，是该享娃福了，我和她娘，后晌就不来了，扫尾活，翠萍跟他女婿来就成。"

高选民瞅了赵淮安一眼，见赵淮安面带笑容，这才放下心来。

后晌天，太阳仍然很火辣，但刮起柔柔的风，田间的麦香味道扑面而来。庄稼人下田，这日的后晌天，相比晌午天气显得饶人许多。

吃过午饭，喝过两壶茶的赵淮安与高翠萍很快就下了田。赵淮安尽管是脱产干部，但他给丈人家做活很卖力，高翠萍打心眼里感激他。她见携笼来回运送花苗的赵淮安头上冒着热汗，搁下手中的活路，从口袋掏出手帕，说："淮安，你真受苦了，我来给你擦把汗。"赵淮安放下携来盛满棉花幼苗的草笼，冲高翠萍笑了笑说："这点苦算不了什么，再说自己也是穷家娃出身呀！"高翠萍心疼地说："淮安你才半天工夫就晒黑了，跟我遭罪了。"赵淮安见她说心疼自己的话，又看麦田周围再无别人，他说："翠萍，说真的，今天我来苦点累点都在其次，能见到你，时时刻刻瞅见你，我就知足了。"他话撵到这，高翠萍冲他温柔一笑说："我有你说得那么好吗？你呀，在政府机关上班没多久，却学得油嘴滑舌的。"

赵淮安说："这是我的肺腑之言，没想到却被你奚落。"高翠萍见赵淮安生气，在他冒过汗的脸上亲了一口。

赵淮安像触电一样，他说："翠萍，你，我可不可以……""你究竟想咋？别想入非非，我还是黄花闺女。"高翠萍推他，他却一把将她揽在怀里说："傻丫头，你迟早都是我的人。"

话毕他将翠萍搂得更紧，翠萍闭上眼睛，依从了他。赵淮安在麦田里偷尝禁果之后，做完了后晌活，他和高翠萍这才回到高家庄。赶在喝汤茬口，高选民问赵淮安，家里有没有筹划着盖房，若是盖房的话，他一定要帮衬的。

— 44 —

来年的三月，县上开过两会之后，很快传出消息，向阳镇主管教育的房文进在县委组织部的干部考察之列，他要调回县里的消息开始在向阳镇疯传。

有人私下议论着，房文进能力强，他应该进县城里洋火部门，有的人却说房文进虽然八面玲珑但是资历尚浅，洋火单位即便缺领导也轮不上他去。

房文进被调进县城气象局任副书记的消息一锤定音了。他调走的事在向阳镇立马传了开来。据说他下周一就要到新单位报到，而按照惯例，向阳镇要为离开自己单位的同志开一次欢送座谈会。

一般人调走都是机关工会主席主持欢送会，而房文进因是为陆海洋书记出了力的得力干部，所以这周礼拜五，房文进调离欢送座谈会由向阳镇党委书记陆海洋主持。在欢送会上，陆海洋充分肯定了房文进多年来在向阳镇的工作成绩，他还强调调走房文进，那是组织经过深思熟虑了的，当然也是在基层民意走访的结果，他被调走，待遇由副处提升为正处。

陆海洋在欢送座谈会上的致辞结束，现场响起一阵掌声。

房文进谈到自己与这片土地的感情，也谈到与乡镇干部、村组干部，包括教师等各类群体的深厚友谊，他内心不忍离开自己的家乡。他饱含泪水与大家在座谈会上说了自己推心置腹的话。

他调进县城工作之后，不少人认为房文进虽然进城当了气象局副书记，却没有实权，不过是解决正处待遇的闲差罢了。

因此，只有与他关系亲近的村上干部与乡镇干部请他吃饭，送东西。仁义堡的老仁心想自己年龄大了，村上的事最多干一届，因此在房文进调走这事上，他在村上装着浑然不知的样子，始终没有理睬此事。

小学楼房化工程在全镇拉开，村办学校的主体工程由村委会牵头发包，楼房建设资金来源分三级负责，即当地筹资、乡镇财政补贴、县教育局补助。

消息灵通人士庞改进一举拿下了高家庄的小学楼房化工程。

出于工作需要，他要与甲方代表高选民处好关系。掌握主体工程三分之一项目资金的高家庄有着绝对发言权，庞改进拿下工程合同，他心里明白自己对付不好高选民的话，他这个角色随时可以给自己使绊子。

高选民见庞改进依附自己，他想不如借建校这机会向庞改进开口，叫他人力支援帮女婿家翻新一下老房，于是他向庞改进开了口。庞改进心想派人给赵淮安家翻新旧房，不过是多出点力，自己虽吃亏在前，但楼房化工程启动之后，高选民就不会随意发难自己了。

听老丈人谈及此事，赵淮安很快为自家旧房翻新备好所需的沙石、白灰等材料。他找村上干部，暂时将母亲搬到了村委会闲置的房子，他自个儿住在自家屋前一处临时帐篷。腾出老屋子的家具之后，叫来亲朋好友拆下旧房。

铲平放线，挖地基，填灰土，这些不大有技术含量的体力活都是赵淮安帮忙完成的。三间大瓦房主体工程由庞改进支援的匠人操刀。

赵淮安家旧房翻新，从启动到主体成型，再到完全粉刷完毕，用匠人说的行话——扫地出门总共用了八九天时间。

赵淮安家建瓦房之后，一串鞭炮响起，赵淮安雇了堡子里的厨师杨大厨，烧菜做饭请了给自家帮忙出力的匠人亲朋和他岳父以及工头庞改进。

庞改进办妥这件事，他此后的校建工程自然较为顺畅。

– 45 –

眼看进入腊月天了，田间路旁散发出腥味，坑洼池塘里的积水已经结出一层薄薄的冰，周家庄没有主家看管的狗在凝结不甚牢固的冰面上乱窜。扑通一声，狗掉入冰窟里，挣扎几下就淹死在臭水池里。主家见自家狗不见了踪影，四处寻找。正午，冰面消融，臭水池漂浮起一只肚子胀鼓鼓的狗。

主家伤心悲痛，用竹竿将自家已经毙命的狗打捞上来。打捞狗的主家名叫焦成娃，他早前是个过日子主，娶了富农成分的王盛茂的独生女王凤霞。娶过门的女人给他生娃月余，在回娘家路上，路过废弃的罐罐窑解手时，被流里流气的光棍二愣子强奸。这事过后，二愣子对外人说她奶子很软活，自己摸过她。焦成娃见自己婆娘被二愣子强奸，不顾理智，扛起一把老辈人传下来的关山刀，了却了二愣子的性命，焦成娃杀人之后异常恐慌，于是投案自首争取宽大处理。

十年之后，他刑满释放回家，当年婆娘已经改嫁了别人，她家娃娃被当地孤儿院收养。焦成娃回家之后去了铜川店挖了几年煤矿，手里挣来几个钱后，娶了邻村的寡妇过活。他想叫寡妇为他生娃，寡妇却一直怀不上，后来，他寻中医给寡妇看，寡妇为他怀了娃，而他却听了些闲言闲语，说寡妇背过自己另结新欢。他恨恨地打了寡妇一耳光，叫她做了孩子，滚远点。寡妇忍着疼

白驹

痛找私人诊所打了胎，又回到她原来的住处。他在家很寂寞，便常跟没正事的乡村野夫去撵兔。他花钱在渭南南七给自己买回来了一只灵缇狗，听说圈养狗很笨，且又不长技能，焦成娃心想既然放养狗有好处，狗这虫虫也并非什么稀罕物，放养它也给自己省事不小，就将狗放养起来。真没想到，自己放养狗过了夏，熬过秋，却没挺过这个残酷无情的冬季！打捞浸泡胀得鼓鼓的灵缇狗上岸之后，他找来推车将狗拉回家。他虽然与狗有感情，但是根本没想到找个地方埋葬它，他寻思着打听来狗贩子把狗换来几个零钱花。做买卖的人自然消息很灵通，孝义村朱加良是狗贩子，听说焦成娃的狗死了，又被水泡过，心想要是高压处理狗肉仍然可卖钱。焦成娃刚前脚拉回狗，朱加良后脚就进了门。焦成娃说自己狗肉肥，低于八十元不给，朱加良却坚持只给三十元，再多半毛钱也不出。焦成娃说你做生意死板，给我再加一点，我再让一点这桩买卖就成了。

朱加良不声不哈，焦成娃担心这样僵持搅黄买卖，他掏出一包红豆香烟，拆开抽出一支递给朱加良说："来先抽一口，至于买卖，我看，咱俩说不到辙里，我过后另想法子。"

朱加良担心这桩买卖搅黄，他抽了一口香烟之后，说："是这，我看，哥你这人是善人，我不是外人，是与你一步邻近的华阳镇铁门村的，我叫朱加良，兄弟我吃点亏也没事，我再给你加些，这狗我带走。"焦成娃问他多出多少，朱加良说："一口价五十块钱，这没挣头，说实话，就是个捎脚买卖。"

焦成娃犹豫一下说："老哥认了，今把兄弟脸搁住，你看，哥这人咋样？""你老哥，痛快人，兄弟权当交个朋友。"焦成娃心里明白这不过是买卖人的说辞罢了。

朱加良给焦成娃付过钱，将狗装上自己的破旧五菱摩托车，捆绑结实之后，刚要推出门，谁料有人闯进来，给他亮明证件说自己是县农牧局的，这狗不能带走，因为他俩涉嫌非检疫动物交易，要进行行政处罚。焦成娃愣在一旁，朱加良赶紧撑稳当车，说服软话求来人网开一面，来人并不买账，要扣车，还要带人回局做问讯笔录。

焦成娃见时下不妙，声称回后院解手，一转身蹿出后院，左顾右盼等人来给自己声援。来周家庄安排行水业务的老吉见焦成娃装有心事在村口等人。他主动问焦成娃，在这干啥？焦成娃见是老吉就立马求老吉帮他忙。老吉问啥事，他将自己卖狗，被县农牧局执法人员抓现行的事给老吉复述了一遍。老吉说自己出面，人家未必给面子，这事要是找镇上农办赵淮安出面，应该相对容易一些。老吉这么一说，焦成娃又亲自去了趟向阳镇，求赵淮安帮他忙。

县农牧局动物检疫站干部见焦成娃不见了踪影，立马兵分两路开展工作。两个人将朱加良堵在焦成娃院落，做相关的问讯笔录，另一路人到村里村外寻找借机逃走的焦成娃。

赵淮安见与自己一步临近的人来找，他想这事自己应该上心一些，于是撇下手头的工作，骑摩托车带来人去了周家庄。

按规定，农牧局干部要处罚朱加良，朱加良却说自己身上只有百八十块，只能联系朋友过来送钱。朱加良正与农牧局的工作人员沟通，焦成娃带赵淮安进了屋，赵淮安一看，来人是农牧局动物检疫站的秦科长，他说："秦科长，你下乡来了？既然来了，过我那边喝口茶。"秦科长说："手头有事，我改天去你办公室坐坐。"赵淮安说："秦科长，借一步说话。"避开其他人，他俩相互交谈起来。

赵淮安说："秦科长，实不相瞒，我是替成娃的事，过来求您的。"秦科长很为难地说："这，你啊！简直给我出难题。"赵淮安继续冲秦科长求情："我的秦科长，成娃与我一步近邻的，他不懂这个，收狗的外货，也是咱跟前人，老同学给我卖个面子，这事，就网开一面吧！"秦科长说："老同学呀！你这高才生，今天给我出难题呀！我接群众举报，既然来了，又没动静，这回去不好说事啊！事情既已经发生了，就必须有个交代，问讯流程不能少，罚款也照交，叫他们长个记性你看咋样呢？""就按你说的标准处罚吧！"赵淮安主动与秦科长握手说。焦成娃和朱加良有赵淮安出面讲情，秦科长没有为难他们。从这天起，焦成娃和朱加良都欠下了赵淮安的人情。

收狗的买卖小受挫折，朱加良寻思着收狗买卖在外人眼里，是个下三烂行当，他想到此处，下了狠心，转了另一个行当，收狗改成了收羊，他的买卖由一个领域跨入另一个领域。朱加良收羊的买卖要走村串户来做，交通工具还是沿用过去的五菱摩托车。他走东串西收羊，虽然赚不来大钱，但是只要勤恳，小钱还是经常赚得来的。下雨天，朱加良收羊的买卖歇息，也就惦记起了一件事，他想，他收狗那时，人家县农牧局一伙人给自己发难，多亏焦成娃寻来赵淮安出手相助，这才没受多大为难。想到此处，他便去找焦成娃，两人商量请赵淮安吃顿饭。

赵淮安心想都是老乡，就应承了跟焦成娃和朱加良一同出去吃饭的事。焦成娃和朱加良两人在农办喝茶，等赵淮安下班便拽上他来到了徐姐饭店。

焦成娃与赵淮安比较熟悉，他说："淮安兄弟啊，上回，我和朱加良大哥的事，幸亏有你出面，因此，我们哥俩今天拽你过来吃饭没别的目的，就是为了感谢兄弟你的。"

朱加良说："他说得一点没错，你是咱的好兄弟，我经历上回挫折之后，现在已经彻底改了行当，我已经做起收羊的营生了。"

赵淮安说："兄弟不过尽了微薄之力，没想到两位老哥如此上心，兄弟我怪不好意思的。"

朱加良说："我们哥俩请你，就觉得你这兄弟挺义气，只要你今后用得着我哥俩，就说一声，我们随叫随到。"

赵淮安心想自己虽然在镇上上班，多两个穷哥们也是一件好事，于是说："今天两位老哥既然话说到这份上，那么兄弟只能恭敬不如从命了。我这有用得着两位老哥的地方，会主动给两位老哥开口的。"

徐姐忙完后厨里的活，来到雅间说："淮安啊，我刚才忙，没顾上好好招呼你，真有点不好意思。"

焦成娃和朱加良见赵淮安与老板娘很熟悉，异口同声地说："兄弟，你混得不错，老板娘都认识呀！"

老板娘说："你俩别奇怪，他认识我，是老吉介绍的。"

赵淮安解释说："徐姐说得对，你俩有所不知，按辈分我应该叫她徐婶，不过我们是江湖辈分，胡乱安顿，我叫她姐，她呀，就喜欢这调调。"

焦成娃笑了笑，说："徐姐盼你叫她姐，你叫她婶，这样你叫老了她，她才不乐意哩！"

徐姐说："我呀，就喜欢小赵称呼我姐，这样显得年轻。"

赵淮安给徐姐倒上酒，说："既然大家都以兄弟姐妹相称，来我们干一杯。"

徐姐与雅间客人连喝三杯，红着脸说："淮安呀，我看，你娶亲的事，也该考虑了。"

朱加良和焦成娃迎合着说就是，也该有个响动了。赵淮安说："徐姐提醒我了，我是该提亲了，这事还要徐姐跑路，给兄弟我撮合撮合。"

徐姐说："这事我当然要出马，包在姐身上，我给你一竿子插到底。"

赵淮安说："有徐姐这话，我就放心许多。是这，兄弟这事给你添麻烦了，我再敬你一杯酒。"

徐姐说："姐我头晕，确实不敢喝了，好了，我得忙厨房的事，你们几个接着喝，我就不打扰了。"

徐姐走后，朱加良说："兄弟啊！结婚是大事，到时候要告诉我，我过来给兄弟助兴呀！"焦成娃也说同样的话。赵淮安说："有两个老哥上心，我确实很感激，不过，兄弟就怕给你们添麻烦啊！"焦成娃骂道："淮安，你说的狗屁话，真没把我和你朱加良哥当回事。你以后有事就吭气，我俩只要能办得到的就决不含糊。"朱加良也表了态。

赵淮安打了一下饱嗝，他忽然想起一件事，说："成娃哥，我眼下确实有个事，不知道你能帮不？"

焦成娃问啥事，赵淮安说："自家盖好了房，过了夏，现如今需要吊顶，这事不知道老哥能帮上不？"

朱加良抢先一步回答："哦！就是打仰棚，这个我会。"焦成娃也说："这个我也会，你看，啥时间动手呢？"

赵淮安说:"这个得看两个老哥啥时有空,我好安排自己的时间,给老哥们回去打个下手。"

焦成娃征求过朱加良意见,两人说自己下周随时都有时间。赵淮安说:"兄弟我谢谢两位老哥的热心帮忙!"

三人酒足饭饱,朱加良买过单,他们说说笑笑离开徐姐的饭店。

赵淮安心想这世间,你敬别人一尺,别人就会敬你一丈,既然他俩说有心帮自己,这事就趁热打铁吧!于是,他来到向阳镇的生产资料门市部,购买自家屋里扎仰棚所需的苇子杆和扎丝。

事隔两日,他家隔房的吊顶活路动弹了,焦成娃和朱加良看似粗犷,两人绑仰棚的技术活做起来倒是一把好手。

他俩两天结束了赵淮安家迫在眉睫的绑仰棚这个活路。刘秀英见来人给她家绑完仰棚,她临时起锅灶,绑仰棚工程竣工这天,特意多炒了菜,还煮过一壶酒,和儿子赵淮安款待了热心为自己家帮忙的焦成娃与朱加良。

这茬活路结束,刘秀英又催促赵淮安请匠人进门。她家娃娃娶亲,要睡新炕才行。

母亲成天催自己,赵淮安心想,眼前,即便活路再苦点累点,都是为了自己以后住着舒适,为了自己娶媳妇进门。想到生活的甜蜜,赵淮安在繁忙的工作之余挤出时间,亲自动手拆掉了他家的旧炕面,并清理出了他家老炕土墙裙下的一些杂物。

刘秀英听赵淮安说他见过徐姐一面,徐姐还提了自己娶亲的事。刘秀英说:"既然徐姐很用心,我们家也要有个主动姿态啊!眼下,换炕面的活要紧,忙完这些,就叫来媒人商议你结婚娶亲这门大事。"

朱加良听说赵淮安娶亲的日子定在这年元旦,就又一回找到镇上来。赵淮安见朱加良找自己,又是晌午,断定他是有事过来的,便问道:"加良兄,这早过来想必一定有事吧?!"

朱加良说:"淮安,我想向你说个事。"

赵淮安问:"啥事?"

朱加良反问道:"听说你马上要结婚?"赵淮安说:"想不到自己结婚这风吹

得还真快呀! 感谢老哥你惦记。"

朱加良说: "咱自家人, 不说两家话, 我过来想说啥哩, 北岸有个卖炮的跟我很熟悉, 你娶亲, 路上响炮, 需要的一定多, 我心想, 我带你去趟北岸, 买些批发价的炮, 这也能给咱家省点钱。"

赵淮安见朱加良好心好意说这事, 他寻思自己总要买炮回来, 既然他有这层关系, 赶好跟他去一趟, 反正自己结婚这事, 能省几个省几个, 谁叫自个儿是穷汉娃呢!

赵淮安从工作时间里挤出空, 骑摩托带着朱加良去了蒲城兴镇买炮。他俩骑车来到兴镇找到一个名叫赵守信的人, 赵守信原来在蒲城县开过几年饭店, 那几年, 朱加良给他家饭店送过狗肉也送过羊肉, 后来, 两人成为朋友关系, 有时, 赵守信这边有忙, 叫他过来帮, 而他家有事, 赵守信只要自己能办到的, 也都极力支持他。赵守信在蒲城县城饭店买卖因为经营不善赔钱了, 于是他将饭店转让给别人, 回到兴镇老家, 因地制宜在老家开办爆竹加工厂, 这行当虽然存在一定风险, 但是赚起钱来快得很。虽说赚钱容易, 但赵守信办好厂不容易, 办消防手续、安检手续、供销社手续, 以及县公安局治安科的手续, 都要亲临现场考察验收, 又要层层上报。

年初盖好厂房, 多半年之久他家生产烟花爆竹的各家手续才到手。赵守信专门从湖南浏阳镇请来爆竹生产的技术工人。他给自己炮厂买来黄板纸, 以及做炮用的卷纸, 浏阳技术工进厂之后, 根据蒲城县兴镇烟花爆竹的市场需要, 主要生产了麦秆炮, 火树银花等。

他家厂房在果园区域, 而铺子处在蒲城县兴镇大街西关的位置, 向阳镇方向的只要来到兴镇买炮, 他家铺子最好找。

赵淮安被朱加良拽来, 瞅见赵守信门市里这样那样的烟花爆竹, 简直看花了眼。原本打算过来买百十块钱的炮, 朱加良说既然来了买少了不划算, 摩托车带上方便, 这一路回去拖上两箱炮吧! 最后合计一下, 他买了二百三十元的炮。赵守信说既然是朱加良兄弟带来的朋友, 我就不赚钱了, 收个一百八够成本就行了, 朱加良听赵守信给赵淮安便宜那么多, 用邀功的口气说: "兄弟, 我叫你来, 来对了吧!" 赵淮安说: "对了, 还是老哥面子大。"

赵淮安掏钱递给赵守信说："老哥你痛快人，没说的，我既然来兴镇了，家数那么多，就相中了你一家，主要是关系。另外，我发现老哥人好，说实话，我掏钱买炮，愿意有钱叫老哥赚呀！"赵守信接过赵淮安递过来的钱后，又帮朱加良和赵淮安将炮装进了蛇皮袋子，然后用绳子牢牢地绑在摩托车后架上。赵淮安一看时候不早了，冲赵守信说了声告辞，就骑车拖着炮带着朱加良返回了向阳镇。

— 47 —

向阳镇做干菜买卖的老黑见寡妇家娃要成家，过事日子都敲定了，便想托关系做成这笔送干菜的赚钱买卖。他想来想去，觉得老吉比较合适，他和寡妇家有交情，这事，自己要找老吉帮忙。他心想自己过去，得有个啥礼物送人家老吉，表示自己的一番诚意。他思来想去，决定给老吉送一盒干菜、一小壶金龙鱼菜籽油。老吉见老黑来求自己的事也不是多大的事，反正寡妇家给娃娃娶亲，少不了用干菜什么的，她家用谁的都是用，既然老黑有心给自己拿来好处，这事，我过寡妇家说和下成全老黑这笔买卖，也算自己还个人情，何乐而不为呢？想到此处，老吉满口应承此事。

老黑说："这事，只有你出面，管用，别人腿跑断都不顶用。"老吉嘿嘿一笑，说："老黑你呀，不是老哥夸你，你眼里有水啊！我这人爱遍闲传，今儿个就给你兄弟跑一趟路去，省得你说我不应心你的事。""看来老吉哥真是豪爽人啊！"

很快，老吉来到刘秀英家，刘秀英见老吉带干菜店老板老黑来，心想老吉保准是给她家过事介绍送菜的来的。刘秀英给老吉和老黑倒上水，说开正事之后，刘秀英心想果真如此，老吉又不是外人，他过来说事，得领他个人情才行，否则，搁不住他脸面。想到此处，刘秀英说："既然老黑搬你老吉来谈送菜的事，买卖都是个做，今天我替淮安做回主，只要老黑家菜好价格合理，这回过事需用的菜就定他家的。"

老吉冲老黑一笑，邀功似的说："老黑啊，你看，哥我出马，效果咋样呢？"老黑说："老吉哥，我知道你实力派的，我嫂子就认你啊！"寡妇刘秀英听这话似乎怪怪的，便接口道："老黑啊！我就念他老吉浇地照顾过我家，他与我没啥特殊关系，你甭想歪了。"

老黑说："嫂子不要见怪，我是开个玩笑而已。"

老吉也敲打老黑说话要靠谱，不要有的也说，没有的也添盐加醋地说。

老黑说了道歉的话，老吉没有继续见怪他的意思，刘秀英也察言观色，她见老吉对老黑态度缓和，就又转变态度说："咱这人，说归说，事归事，菜给咱按日子送。"

老黑见自己的事说到了辙里，就说还有事要忙借口离开了寡妇家。

老吉见老黑出门，他也寻思着寡妇门前是非多，自己既然给他老黑说成事，还是趁早回去的好，省得叫别人瞧见还要给人解释自己的来意。

老吉说："嫂子，事就是这事，没别的事我就回去了。"话毕，他一身轻松地离开寡妇刘秀英家。

高选民与徐姐说定了女儿高翠萍婚嫁的事，他掐指一算距离这年的元旦也没多少日子了。他择了良日，自家备好酒席，呼来亲朋好友与周围的乡里乡亲，烧菜煮酒，忙活半晌工夫，才算将发媒这道手续过了关。

女方为嫁女的事都有过响动，作为男方，刘秀英催促儿子赵淮安赶紧定过事的厨师。赵淮安听说自个儿村里的杨大厨日子定了出去，有人给他生来主意叫他请向阳镇过去做饭的赵平安来主勺，他炒菜可口，人也干净，再说赵淮安又在向阳镇上班，他多少也会给一些情面的。赵平安在向阳镇做饭十多年，要说他在镇上认识不少老老少少。赵淮安虽然家在西梁里，但上学时在镇上租房子住，而他租住的房与向阳镇政府仅仅一墙之隔。赵淮安上学偷着在向阳镇政府后院摘核桃，曾被厨师赵平安抓住过，批评教育过后放了他。

赵平安见赵淮安来请自己，他立马想起这娃读中学时的事情，感叹过得可真快，这小子都来镇上上班了！娃真比过去有出息。赵淮安起初并未产生联想，一见人恍然清醒过来，他挠了挠头，不好意思地说没想到我请的赵厨师就是你。

"小子，念过去我们有过特殊的交情，我这人也是善人，你娶亲炒菜的事，我包了，叔保证不收你一分钱。"

赵淮安说："这哪成，我过来请叔，没想白占叔的便宜，到时候，你帮忙之后，我多少也得给，不然，大伙会说我不懂事呀！""叔只图个热闹，说真的我娃娃参加工作，每月都给我寄钱回来，我啥都不缺，你来叫我说明看得起叔，叔就当锻炼一回，这理由也很充分，你就别不好意思了。"

赵淮安心想他不要钱，我过事之后送他烟茶什么的，也算是自己的心意。

于是他说："叔，我的事是元旦，你最迟也要十二月二十九进门来下菜单。"

赵平安按照约定时间，十二月二十九这天早早进了秀英家的门。他这天来主要是看场地、下菜单，再者就是盘锅灶，等过事这天到来，自己能够从容应对。

早在数月以前，寡妇秀英已经为他的独生子赵淮安装好一床新花被褥，还为赵淮安结婚要用的新洞房墙壁糊了一层报纸，为炕墙买来了墙围子挂定。

此外，每隔一两天，她要从前到后将自家屋子的卫生彻彻底底地打扫一遍。娃娃娶亲日子尚未来临，她每天东瞅瞅，西看看，要是发现自己屋里缺啥，置办东西决不吝啬。包括女方开口的嫁妆钱，她这当婆婆的也决不含糊。作为女方也得随行就市，高选民与他婆娘心想自己即便多要，这些钱买来的嫁妆还是要照单陪送过去。

作为屋里的独生女，翠萍认为自己出嫁，自己家没个表示说不过去，况且她爹还是高家庄村支书哩！高选民接过介绍人送来的嫁妆钱，买回了大彩电、电冰箱、自行车、缝纫机等。除此之外，高选民还倒贴五千元，给女儿家买了一台联想电脑。高选民为女儿出嫁拿出的高姿态成为十里八乡摇铃的一件事。

高选民家接到男方相客送来的请帖以及大肉、点心、红糖与鸡蛋等。

高翠萍为自己结婚当天穿什么衣服感到很纠结，村里的姑娘给她参谋，她最后挑选出了手感好、色泽沉稳的浅红色旗袍。高家人一切准备停当之后，就等女儿结婚的这天来临，他们好通知自家亲戚去坐席。

– **48** –

赵淮安心想自己过事就在眼前，结婚这个喜庆事要烘托气氛的话，还得借别人家的高音喇叭，这玩意儿很少有谁家里有，要用的话村委会有，镇上广播站有，另外就是镇上电管站有。

赵淮安决定去镇上电管站借。其实借大喇叭只是借口，趁此机会告诉他们门户多好啊！

向阳镇电管站站长李忠义得知他要结婚的事，心想赵淮安是镇上年轻干部，是高学历的大学生，以后人家保不准会被提拔的，他提出借走高音喇叭的事，我肯定要借给他，但是弦外之音，也有告诉我他门户的意思。李忠义想到这儿便问他结婚啥日子，自己好过去祝贺祝贺。

赵淮安说他是元旦结婚，喇叭借他就行了，门户不门户的不要太刻意。

这头借来喇叭，另一头要借录音机、功放机，他打听好了几个同事，有人告诉他有个人磁带多，他问谁有磁带，回答是向阳镇初级中学烧水老汉方建国，他磁带多归多，但脾性不好，不熟悉他的人未必能借出来。

赵淮安细细打听之后才知道这老汉爱别人奉承他，不了解他脾性的人，即便张嘴借他磁带与录音机，他都会说自己心疼家具而推诿的。

赵淮安找到向阳镇初级中学教师孙小威，说明来意之后，孙小威说这事不难办，不过这老汉脾性不好，切不可说他这不好那不好，否则，我们就是再做工作也会无济于事的。

赵淮安被孙小威带进向阳镇水灶锅炉房，孙小威给方建国介绍说这是他朋友，又说他来有一事相求。赵淮安接过话头说："方叔啊！我家住西梁里，过来找你有一事相求，还望你能帮我回忙。"

方建国问啥忙，他说家里过事，想借他磁带、功放机和录音机用用。方建国犹豫一下，他想既然孙小威带他过来，自己要是不给有驳别人的面子，因此就暂且答应了他。

方建国说："叔的磁带、录音机与这台功放机，要说外人我是不借给的，侄子你是孙小威带过来的，叔我也只能破例一回了，借归借，不过，谁来放？说老实话，叔这设备，不放心他们用。"

孙小威听了这话，紧忙给赵淮安递话说："建国叔人好，你的事是元旦，正好学校放假，他闲着也没事，不妨请他过去，这样岂不省心许多呀！"

赵淮安心想孙小威说得对，他机灵地说："建国叔，你若元旦没事，能抽开身的话，老侄我请你过来，你看咋样？"

方建国语气干脆地说："成，既然是老侄的忙，我过去帮你。"

赵淮安心里清楚，方建国老汉无非是借帮忙这个理由，吃他家的席面，挣几根烟抽抽，而这对自己家过事而言，都是不足挂齿的小事。谈妥此事，赵淮安言声告辞，离开向阳镇初级中学回到让他忙得不可开交的西梁里。

过事的前天傍晚，赵淮安请相逢进了门，刘秀英系好围裙，亲自上厨，为刚进门的相逢手脚麻利地收拾出一桌饭菜。农村人把过事头天吃的饭一概叫喝汤。

老梁是西梁里的老村长，他对过红白喜事经验丰富，自个儿村里人过事多数会考虑请他当相逢头，当地人也将这个角色称呼为执事。

相逢喝汤这晚，老梁见寡妇家过事，本来考虑过细发事，但是自己细细一想，人家亲家是自己的老同仁，他高选民性子洋，自己不能私自做主，过事抠门，这也不是老高的脸气啊！况且，赵淮安做的又是公家事，人家借来高音喇叭不说，和朱加良还专门去了趟兴镇买炮，这所有一切，都说明寡妇秀英不想在娃娃娶亲这事上省钱。

不管谁家过事，请老梁做相逢都靠得住。他会根据请来相逢素质的高低，因人而异地给他们分派过事当天的活路。堡子里的婆娘们说她们早早就磨尖了牙，就等着刘秀英给娃娶亲，她们好来吃一回蛮上娃的酒席。

老梁叫机动相逢将赵淮安借来的高音喇叭架上了三米多高的老院墙。然后又接电连接了方建国抱来的功放机和录音机。一切停当之后，老梁这才松下一口气说，我这回应心力争给嫂子家过个体面事。

刘秀英和赵淮安打内心感激老梁。

向阳镇政府有个不成文的规定，机关单位的年轻干部结婚，镇上都会派车以示助兴，赵淮安结婚也不例外，镇上派来唯一一辆北京吉普车。

过事当天清晨，方建国最先进门，他一进屋，顾不上喝一口茶，就调试他的一套设备。此后，厨师、相逢、村妇等陆续而来。渭北红白喜事，大多讲究清晨第一泡待相逢，而这泡待客，主家会叫来自家亲戚帮忙端盘。

赵淮安一起身，他既当新郎，又当少掌柜，还要招呼着自家进门的相逢与其他客人。这早，相逢吃过席面，稍作歇息之后，便各司其职了。

待朋客的鞭炮有了响声之后，最初，堡子里婆娘们最先到场，接着，老吉、老董、焦成娃、朱加良、向阳镇电管站的丁福禄等陆续而来。向阳镇党委办公室还专门送来同仁们的祝贺礼金，赵淮安家朋客从八点待到十点半才彻底结束。

刘秀英心想家里过事不能不告诉淮安爹，虽然淮安爹与他们母子已是阴阳两界了，但他的灵位前今天要生起香火，自己要给他亲手做好饭菜，再由儿子呈上桌面，然后，烧香一炷，以示对他的敬意。

赵淮安祭拜过爹的灵位之后，他又回到梳妆镜前，捯饬发型。十一点钟之后，相逢头安排迎亲车队的顺序，一辆五征三轮车要将一对木箱子较早送至媳妇娘家，这一对木箱用于装过门媳妇的梳妆等零碎物品。

接着，一辆五十铃拖拉机，拉好热闹的锣鼓队去助兴，刘秀英与赵淮安心想叫锣鼓家伙来热闹，就是图个过事吉庆开心。北京吉普车被装饰成彩车，算是迎亲车队最体面的行头了。

赵淮安还专门雇来一辆面包车，紧跟在彩车的后面，其实也是迎亲车队的殿后车辆。迎亲车队启程，焦成娃和朱加良上了锣鼓车去看热闹，老董的外甥代安卫被赵淮安拽上车，临时客串一把伴郎的角色。车队缓缓地出了村口，而后朝着高家庄的方向驶去。

高翠萍在闺蜜高歌的陪同下，早早动身在向阳镇化过妆，穿上婚礼服装。高翠萍事到跟前，并没有决定谁做自己的伴娘。

白驹

高翠萍冲跟她一路回来的高歌说："我看，今天伴娘的事非你莫属啊！"高歌说："啊！这种苦差事，我担心自己做不来呀！"高翠萍说："就算姐求你了，再说姐我今生就这一次，你不当这角色，谁堪当此任呢？！""好你个高翠萍给妹妹我挖坑，我好赖也是你闺蜜呀！我不想叫姐姐出嫁没个称职的伴娘，过后却把我记恨到阴司去啊！"高翠萍见伴娘的事已经稳妥，原本紧张的情绪终于放松下来。

当地风俗，嫁女要吃娘亲亲手煮的荷包蛋长寿面，高翠萍母亲催促她女儿与高歌抓紧吃荷包蛋煮长寿面。高翠萍说："饿了吧！咱俩都忙活一早上了，先不顾别人，吃了饭人就有精气神了，到时候你也能与小伙子们周旋。"

两人吃过荷包蛋煮长寿面，又亲手把嫁妆零碎装进包袱，然后坐在炕上说说笑笑，等待幸福时刻的到来。高选民与老伴两人招呼着进门的亲戚吃饭喝茶。

正午时分，村外传来了一阵又一阵的锣鼓声，鞭炮声也一阵又一阵地响起，堡子里胖婆娘说接翠萍的花车到了，她家亲戚今天可有得吃了，胖姐我憨想别人家的汤水席啊！"要羡慕，你胖姐给咱娘家客送女去，到时叫你娃吃个饱。"女方的相逢头老孔煽惑着说。

胖姐说："我这就去，给他高选民脸上抹黑去。"胖姐扭着屁股进了高选民家，她直接进了厨房，自己在锅台下一撩手举起一手窝锅黑，然后说道："高选民在哪？胖姐我今天给他点便宜。"高选民见女人要要闹自己，尽管他不愿意被要笑，但是自己娃娃出嫁的事又不能给人揽不起。胖姐过来抹黑，他躲闪两下也并没有给别人要脸色。他想自己平常再不喜欢胖姐，但人家今天过来闹这是抬举自己，自己可不能有啥负面情绪被人瞧见。

胖姐不光给高选民夫妇抹黑，还给高家自家人脸上也抹了黑。

屋子里说说笑笑一阵过后，胖姐像立了功一样，冲女方的相逢头老孔说："老孔，姐我这回咋样？没让你们失望吧！"

女方的相逢头说："胖姐，你真行啊！我服你了。"

"光嘴上服顶屁用啊！快给姐我夹个肉夹馍去。"

相逢头老孔说："你吃多少没人嫌弃你，我伺候你，这搁在往常，我乐意，不过你今天没眼色啊！人家锣鼓车都来了，我得招呼客人，你吃肉夹馍只有自个儿来。"

胖姐见老孔要忙别人事，她顺势来到厨房，填饱肚子之后，自言自语道，别耽搁看翠萍女婿娃的事，而后扭着屁股朝屋外走去。

– 49 –

娶亲车队进了高家庄，车稳稳当当停在高选民家门前。临时客串相客的代安卫心想自己按说是个粗人，相客这角色都是斯文人干的差事，他赵淮安临时抱佛脚叫我来当相客，我呀，只能是凑合着吧！女方主事相逢见男方花车停在门前，赶紧来到跟前，主动为迎亲花车开了车门，接女婿和相客进屋。

蛮上婆娘也起哄着跟了进来，她嚷嚷着要男方来人给自己发红包。簇拥而进的小伙子却不搭理她，他们要跟着新郎的脚步，瞅一眼新娘的模样。

新娘的房门紧关，闺房的姑娘们牢牢坚守，任凭外面如何甜言蜜语，她们就是不给开门。代安卫好话几乎说了一箩筐，姑娘们只认死理，她们不见兔子不撒鹰，无计可施的代安卫乖乖地从门缝递进红包。高歌觉得要闹要把握个度，切不可不着边际，她给其他姑娘递了眼色，屋里门口姑娘心领神会，立马打开房门，闺房里忽然闯进来一群小伙子。

高歌打探一眼，说："来势汹汹，却没见女婿。"代安卫牵着脸上含羞的西装革履的小伙赵淮安的手，冲发问的伴娘说："你眼瞎，这么大的活人，你都没瞅见！"高歌嘿嘿一笑，说："好个赵淮安，你来了，就没个表示！"赵淮安说："瞧你高歌说的，我就是过来娶翠萍的，要说给她，我带来的是心啊！""你咋样表示爱心呢？！我看一下！"高歌说。

赵淮安手捧一束玫瑰花走到高翠萍跟前，扑通跪在地上将捧花递给高翠萍。起初，高翠萍并未理睬，她又觉得自己不能过于为难赵淮安，再说，高歌和她的姐妹们没少要闹，自己再没完没了，这样显得高家人姿态不高。高翠萍开口说，别跪了，看把你可怜的。代安卫说："你看看，淮安老哥，你娶了个好老婆，这没过门就知道心疼你了，我羡慕啊！"高歌说："甭说你羡慕，我也羡慕人家翠萍寻了好男人。""快别取笑俺，我瞎撞，撞到一个高翠萍，咋，你们嫉妒我了？"赵淮安玩笑道。高歌说："他代安卫心里嫉妒你赵淮安。"赵淮安说："就是，我真庆幸相中了高翠萍。"

高歌说："新娘好归好，就看你娶回家，心诚不诚。"代安卫向赵淮安递了个眼色，他心领神会，说我来抱你。高翠萍被赵淮安一把揽在怀里，而后说走，翠萍，哥娶你回去做我的新娘。高翠萍两眼一闭说，走，我这辈子，跟你。

她被赵淮安抱在怀里，上了花车。高选民家的亲戚也上了车，此间，有人点燃鞭炮，锣鼓喧天，高选民家门前热热闹闹，蛮上婆娘簇拥在一旁看热闹。

高歌跟着新娘高翠萍一同上了花车。高选民与他的老伴此时既激动也难受，自己身边的大姑娘从这天起就意味着成为别人家的人了。但女大婚嫁，这个天经地义的事，谁也改变不了。他俩怀着十分复杂的心情与亲戚坐上同一辆车。而后，迎亲车队缓缓地驶向村外。

路过一处空旷的田野时，迎面也过来一列娶亲车队，且他们还套着马车。车队互不相让，双方敲鼓角逐。

焦成娃与朱加良见自己一方锣鼓虽然多，敲得却不够声威，他俩跳下拖拉机，点燃一挂子麦秆鞭炮，噼里啪啦的鞭炮声响起。他俩还嫌不够过瘾，又点燃几支双响炮发出震耳声响，惊吓得对方牲口高叫几声。焦成娃和朱加良压根儿也没想到，对方娶亲车辆竟然跳下来几个好事的，拽住他俩领口不问青红皂白拳打脚踢起来。

代安卫见自己一方人被打，急忙出言相劝说，我们都是喜庆事，何必两不相让又大打出手呢？！对方说欺人太甚，我们教训他狗日的解解恨。对方骂归骂，焦成娃和朱加良虽然吃了明面亏，却没有继续吱声，担心事态愈发不可收拾。高选民见发生如此意外，就劝自己的一方说服软话尽快解决问题走人。

代安卫将对方主事的拽到一边，给他手里塞了两百元钱说这个就算赔个不是。对方主事的改变了他们僵持的态度。

此后，赵淮安娶亲车队礼让了对方，焦成娃和朱加良忍着被别人拳打脚踢的疼痛上了车，他俩压了事态，不想给赵淮安结婚增添太多的晦气。

这天正午，刘秀英终于盼回了她家体体面面的迎亲车队。

高翠萍透过车窗向外瞅了一眼，堡子里看热闹的婆娘将她坐的车围得严严实实。

有人问相逢头老梁，赵淮安媳妇长啥样？老梁说淮安有模有样的，他娶进门的媳妇能不漂亮？站在车旁的刘秀英听到老梁夸她媳妇好看，也自负地说，我娃娶回来的媳妇就是百里挑一的靓姑娘，不信，一会儿，大家瞧瞧。

见锣鼓家伙响声不断，老梁心想要迎新娘进门，按照常理，伴娘这角色会使出各种伎俩，刁难主家，而此刻，需要主家与女方周旋，鉴于此，老梁冲锣鼓队一摆手，暗示他们稍作歇息，锣鼓队的鼓头见老梁摆手，领会到了老梁的意思，很快，锣鼓家伙不再有响动了，敲鼓的庄稼汉们圪蹴在一旁喝茶并过着烟瘾。

此后，老梁见伴郎代安卫和新郎赵淮安两人先下了媳妇轿车，他冲新郎赵淮安一笑说，淮安呀！这媳妇接回咱家门，剩下的戏就看你和伴郎的本事了。

赵淮安说，老梁叔，老侄也不是没本事的人。他拽了身边的代安卫说，你还愣着干啥？代安卫这才反应过来该自己挂帅上场了。代安卫说，新娘呀，见证你幸福的时刻马上到来！高翠萍心想虽然自己家境很好，但自己毕竟是镇上农技服务中心的合同工，与赵淮安相比还是有天壤之别呀！她这桩媒是徐姐保来的，要说也是自己前世修来的福啊！她想到此处，听到代安卫的飨客套词，她冲窗外含羞地笑了笑。高歌说翠萍姐这嫁人之后，姐妹们见面没以前方便了，我都不忍心你下轿子。高翠萍说傻妹妹，我不嫁人这辈子住娘家哪成，这以后还不被人笑话死。

高歌说，不管咋说他们红包没拿来，证明他们诚心不到，我守在这就是不让你下车，今天，我高歌白脸当定了。

高翠萍知道这是要闹事，她只是想向男方刷一下自己的存在感而已，估计她也是点到为止！想到此处她说，今天一切都是你做主，我下不下轿，妹妹高歌说了算。外面的人继续嚷嚷，高歌打开车窗，丝毫也不畏惧小伙子的一波又一波的语言骚扰。

她说不管你们说东道西，红包没拿来，新娘下轿车的事就免谈。代安卫说这事还由了你了？我就不信猫不吃糯子。他用力拉开车门，此刻，轿车司机觉得他动静有些大，劝他说这是公家车，自己接一趟亲，弄坏车在领导跟前不好交差啊！代安卫心想人家有人家的原则，要是自己与别人换角度考虑问题，他说的话也不无道理呀！他又见自己这干指头蘸盐，过不了伴娘高歌这道关，为了不继续尴尬，他说伴娘啊！哦！方才淮安叫你什么来着，对，我想起来了，你叫高歌，高声唱歌，你绝对有副好嗓子。

姐我就爱唱歌，不过今天不给你扯闲话，没那个，我是不见兔子不撒鹰，高歌说。

代安卫嘿嘿一笑，打车窗递给了高歌红包，高歌看了一眼高翠萍，说，等久了吧，我的高家大小姐！

高歌冲车外一直等待的代安卫和新郎赵淮安说，看把娃可怜的，今天，我就姑且饶恕你们。她说完话，主动打开车门。

赵淮安说，新娘子啊，我盼你可总算盼到头了，我接你回屋吧！说着他就去牵高翠萍的手，高翠萍扭捏不下车。高歌说你个赵淮安，我姐一生只有这一次，她身子金贵，你没拿出诚意，她不会跟你走的。代安卫也赞成高歌的这个看法，他鼓动赵淮安抱新娘。赵淮安心想遇到结婚这开心事，自己也顾不得斯文了，就说，来，我的好新娘，我抱你回家。

高翠萍见赵淮安拿出诚心迎接自己回家，见好就收，挪动脚步到车门跟前，赵淮安一把将她柔软的身子搂在怀里，腿脚与胳膊一用力，将心仪已久的女人抱回自家的新房。

方建国见新郎官将新娘抱进屋，他富有经验地将《十送红军》改放成《纤夫的爱》。

相逢头与焦成娃和朱加良忙前忙后，招呼女方客人就座。高选民和他老伴、徐姐、刘秀英以及赵淮安单位领导坐在主宾位置。其他客人根据自己辈分各自坐在相应的席口上。相逢们见女方宾朋已经就位了，他们端盘的端盘，倒茶的倒茶，满酒的满酒，各忙各的手头事。

　　胖姐爱吃别人席面，她是刘秀英家不请自到的人。上午吃了一桌二十元门户的朋客席，下午，她竟然混到女方席口又坐。别人问她怎么又坐二荏席口，胖姐说她既是男方的亲朋，也是女方的远方亲戚。她坐二荏席口，这回是送翠萍过来的，算是女方客。过事，过个开心，相逢们不过是寻她说个开心，也没人向女方求证真伪。

　　代安卫既是飨客也兼顾司仪这一角色。

　　代安卫见大家已经落座就绪，他试了试方建国接好的音响，听到传播出来的声音较为理想，他很快进入角色，自个儿请上了新郎新娘也拽伴娘来到台前，他根据结婚议程逐步进行着，席口上的宾朋等结婚议程彻底告尾之后这才动了席面，而胖姐却根本不顾其他，吃在先走在后。有人看不惯她，也只能背地里说她有失得体，要是与她当面理论，她准会又理气强地说她吃谁就是看得起谁。

　　赵淮安与高翠萍走完飨客预设的结婚程序，出于礼貌又给吃酒席的客人们挨个敬酒。

　　高选民冲亲家母说，我一直娇生惯养这个独生女，没让她吃过什么苦，这一脚跨进门，她这就成为张家人了，今后，我就将女儿托付给你了。刘秀英说，翠萍既然过门，我会把她当女儿的，亲家请放心。

　　焦成娃和朱加良在后厨里吃过汤肉泡馍之后，他俩心想自己已经完成当天的使命，于是，在婚礼席面上给主家打了招呼之后，离开了热热闹闹的赵淮安家。高歌吃过酒席，与高翠萍紧紧拥抱说，翠萍，我祝福你，过后我会常来看你的。高翠萍说，妹妹啊，姐我一有空也会过去看你，我们永远都是好姐妹。

　　高歌与高翠萍说了一些知心话后，一看时候不早了，就搭乘高家送亲车离开了西梁里。

　　等送女客都离了席，告了辞，劳累一天的刘秀英回了自个儿屋子休息。赵淮安打发走客人，也招呼屋里相逢吃过谢承饭，才终于走进自己期盼已久的洞房。

同在向阳镇政府上班的代安卫心想，自己年龄论说与赵淮安是一般大，人家已经成家立业，自己能不急吗？他的父母也为他找对象的事上心着，四处托人打听，想给儿子找个合适的对象。

徐姐见代安卫母亲王玉凤找上门来，要自己为代安卫找个般配的姑娘。

徐姐说，她玉凤婶，你来找我，算你找对了！我这，娃娃媒有的说。

代安卫母亲对徐姐说，我这人眼里有水，遇到咱娃这事，没找别人，头一个就想起徐姐你能耐大，这事难不倒你呀！徐姐嘿嘿一笑说，实不相瞒我这确实有个意向，人家娃也是常来我这吃饭认识的，我打眼一看，这娃水灵劲呀！我就稀罕这娃。她每次见我，徐姨、徐姨地叫，听起来亲切得很！代安卫母亲提出自己的想法：徐姐认为这姑娘与我娃般配，我倒是先瞄上一眼，她长得真如徐姐说的模样的话，你就给咱娃说和这事，你觉得咋样呢？徐姐说你玉凤不是外人，我你还不知道吗，有名的热心人一个，难道你没听说，寡妇秀英家小子赵淮安的婚事，就是我撮合的？如今，你看看，人家娃要说有多般配就有多般配啊！徐姐说出这话，更加让王玉凤信服。

王玉凤说，既如此，还请徐姐跑个腿，给你侄子代安卫跑成这桩媒。徐姐说，你就等好消息吧！我忙完手头的事情之后，就去找这娃，给她提说老侄的这桩媒事。

从这天开始，王玉凤就在家等待徐姐传来好消息。

代安卫早先也去向阳镇中心小学找对象，结果却令他很失落。最初，他相中一个姓柳的音乐教师，自己没少往学校跑，后来，柳老师被她父亲调进县城一中任教，很快，别人嘴风里传来消息，由县教育局李育生局长牵线，她跟县风湿病医院院长的公子，也是这家医院的主治大夫谈在了一起。

他在向阳镇范围内几乎找遍所有学校，而他寻到的女教师，有对象的有对象，没对象的人家要考研，不考虑早早谈对象。再或者，他这人不符合人家的审美标准。总而言之，找对象的事令他一度大伤脑筋。

徐姐给他提说的是向阳镇医院的一名护士，叫梁晓慧，过去读过卫校，毕业后被分配在了当地乡镇的医院当护士。

梁晓慧听徐姐给她提说一桩媒事，她想自己虽然上班没几年，但也是自己该考虑的事情了。

梁晓慧见过代安卫一面之后，同意跟代安卫处对象。梁晓慧父母在女儿的婚事上，也支持她家姑娘的想法。代安卫想，人家模样俊俏，既然没弹嫌自己，自己就不能让这到手的鸭子飞走了。他自从认识梁晓慧之后，三天两头请梁晓慧在徐姐的饭店吃饭。

此外，他几乎每个礼拜天都带他新处的女朋友去电影院看电影，花钱给她买衣服买首饰等。梁晓慧这才意识到，原来被爱，的确像知音姐姐描述的一样美好与幸福！过了大半年，梁晓慧父母发现女儿肚子一天比一天大了起来，他们一下就明白了是怎么回事。

这不是未婚先育吗？唉！羞人啊！但是，他们一味怪罪女儿似乎又解决不了问题，后来，梁晓慧父母催促媒婆徐姐与男方上话，叫他家抓紧办娶亲这桩迫在眉睫的紧手事。

代安卫见木已成舟，便推辞说手头工作忙，将婚事一拖再拖，直到梁晓慧十月怀胎生了一个千金之后，娃娃满月，他这才大摆了一次宴席，请来亲朋好友在徐姐饭店聚餐。这既是自己的结婚宴席，也是他家给娃娃过的满月宴。堡子里的人纷纷骂他臭流氓，睡了人家医院护士梁晓慧却不负责任。

渭南抽水站每月都要按时开一次例会，老吉每月这天一大早准会来到向阳镇红霞发廊给自己捯饬捯饬发型。红霞发廊老板娘历来是照客下面，遇到一般顾客，会在理发或者洗过头发之后征求顾客的意见才打发蜡、喷上发胶，但遇到老吉这样有钱顾客，就会拣最贵的发胶给他头上打，老吉心想，自己再抠门，出门迎风上也不能输给人。

白驹

按说老吉都是一把年龄的人了，却成天留着背式发型再加上他平常西装革履，那简直就像向阳镇的一个周润发。老吉理过发，骑摩托车去渭南抽水站。他开完每月一次的例会，在单位的灶上吃过一顿蒸肉后，鼓着肚子骑车返回向阳镇仁义堡。他前脚刚回到屋，老董后脚就进门了，老吉见天气不错，就在自家院落招呼客人，一边喝茶一边沐浴阳光。

老吉扯起闲话，问老董这两天忙啥。老董说，老吉呀，我外甥代安卫，真是怪人一个，徐姐给他说成对象，家人催促他跟人家娃定亲，结婚，他只说工作上的事忙，我就问啥事有婆娘生娃要紧？

老吉感到莫名其妙，说，老哥，你说的我没弄明白呀。老吉啊！我外甥简直不是人，这货给我们丢人呀，他没结婚竟然把人家女娃肚子搞大，这回，他既定亲又娶亲，连给娃过满月宴，真是三事踏一事过。

老吉说，这样多省事，要说你外甥也是大本事的人呀！老董说，这货简直气死人呀！作为舅父我不管他，别人笑话我。管他，又着实没有法子啊！老吉宽慰他说，人家既然成家立业了，我看，这事你就别管了。老董无奈地说，对，对，对，我听你老吉的话，不管了。

老吉话锋一转说，老董啊，要说你外甥代安卫除过名声不好听以外，其他事都叫咱家人省心啊！秀英那娃，赵淮安跟高翠萍结婚都两年了，他们至今没生下娃娃，这才叫人真正不省心，秀英为这都不知道要忧愁到什么时候是个头！老董说，是啊，这两个娃，也该给秀英生个孙子抱了，不然，她秀英成天想起这事心里不好受啊！

老吉和老董又闲聊半天工夫，四点多钟的样子，老董突然想起一件事，于是冲老吉说，老吉，我就不停留了，得去学校一趟，有事要办。老吉说既然董哥有正事，兄弟我就不留你了，等啥时有空，你再过来叙。老董告辞之后，老吉觉得自己乏困，于是上炕，很快就打起了呼噜。

　　赵玉娥娘家在红荆堡，早前，她的祖父携家带口从河南逃荒，落户陕西渭北平原，一家人凭转乡来做一些小买卖养家糊口，后来转乡的一些小买卖赚不来钱，一家人的生计难以为继，她的祖父赵济民靠在红荆堡一家醋坊做伙计来勉强维持家用。

　　一次，醋坊老板家遭遇土匪来劫，赵济民铤而走险，挥动铡刀退走持刀抢劫的渭南塬土匪，为醋坊老板家保住牲畜与钱财。后来醋坊老板心里过意不去，将自己置办的灌溉条件差的五亩田地救济给了赵济民一家。有几亩地之后，他家人在红荆堡扎稳了脚跟。

　　赵济民生下的一儿一女长大成人，女儿名叫赵月仙，她年满十八岁就嫁给铜川市梅家坪附近的一个煤矿工人，自从出嫁以后她很少与家里有音信往来。赵济民儿子赵保仓，最初子承父业当过几年醋坊伙计，后来的农业社时期，他当过红荆堡生产队保管多年。

　　赵玉娥是赵保仓的二丫头。赵保仓的长女就近嫁给一个兽医，他的三女儿嫁给高家庄一位懂匠人手艺的人。他二女儿赵玉娥嫁给距离自家不远的仁义堡主管交口抽渭八支渠行水业务的老吉。

　　赵玉娥自从跟老吉过日子，家里历来是没有大钱，却始终不缺小钱。赵玉娥心里明白，也听过自家男人背过自己行为不检点，这事别人说归说，自己却无凭无据，也从来不敢与自家男人理论此事，但她隐隐约约感觉到自家男人与寡妇家似有隐情。

　　堡子里的人还说老吉曾被寡妇刘秀英家男人救过一命，赵玉娥心想，既然有这层关系在先，别人背地里议论自家男人睡过寡妇刘秀英的事不足为信。她时常安慰自己，她是最幸福的女人。赵玉娥听老董与自家男人说老董外甥结婚晚却早早生了孩子，而刘秀英家孩子结婚早却一直没要个娃。这事，赵玉娥觉得很蹊跷，她想借此机会，找刘秀英聊几句心里话，也关心一下她家媳妇一直不怀娃的事，这样一来，她刘秀英以后就不把自己当外人了。

赵玉娥找准机会，与刘秀英提及她娃娶过门媳妇快两年却至今没怀娃的事。刘秀英心想人家赵玉娥说出这话，也是出于关心，并无恶意，再者，赵玉娥不仅没有听信村里流传的自己与老吉的风言风语，而且如此善解人意，这不由得让自己很愧疚，也很感激对方。

赵玉娥说她家娶进门媳妇快两年了没怀上娃，这话一直在刘秀英耳边回荡，她心想，别人都为此忧心，自己怎会不为此事犯愁呢？我不能一直保留态度，应该在这事上给娃好好开导开导。周末时赵淮安和高翠萍两人都回了家，她便对儿子与儿媳摊开了此话。

赵淮安当下给母亲作了解释，娘，你娃和你儿媳，没让你早早抱上孙子，确实是儿子和儿媳的错。起初，我这边考虑更多的是工作，你儿媳也是为多干几年以后再要孩子，没想到这两年不到，娘就着急了。刘秀英说，你和翠萍趁早要娃，我还能帮你们拉扯，要是我年龄大了，哄娃都成问题。高翠萍心想婆婆说得也是，既然已经成家了，生娃是迟早的事，过去考虑工作上的事，现如今，不能一拖再拖了。她看了看赵淮安笑了笑，说，我看，咱俩也该听娘的话了。

赵淮安说，既然娘和你态度都这样坚决，我也只能少数服从多数。听了娃们表态，刘秀英心里别提多高兴了。

向阳镇的贤才们聚在仁义堡的老庙堂前，说要在保护地域文化上大做文章。老先生们虽然满怀热情，想给向阳镇修志，然而此事又谈何容易？每个人都清楚，修志是一个文化工程，耗时耗力，又要花销相当数量的费用才能达到自己预期目的。参与讨论的贤才们将这一想法委托本镇政协学习小组提交县政协提案。很快提案得到向阳镇党委政府的重视与答复。贤才们得到消息，向阳镇党委政府很快要为本镇修志一事召开一次可行性分析座谈会。

向阳镇进行了有关修志的讨论。此后，向阳镇党委政府召开专题会议。最终，向阳镇以本镇政协学习小组为单位，又吸纳贤才们积极参与，启动了修志的事。

－52－

　　早前，老陈是向阳镇的一名教育专干，他退居二线之后被镇上抽调参与编撰向阳镇志，参加这项工作的老陈自然也加入了向阳镇政协学习小组。老陈参与编撰向阳镇志，从家里到镇上不大方便，镇上领导考虑这个因素，将原来向阳镇民兵连一间办公室给他腾了出来。老陈自从搬进这间宿舍，与赵淮安成了邻居关系。

　　赵淮安喜欢看书学习，而老陈参与编撰镇志，有些事与老同志商量，有时也会与年轻人进行交流。赵淮安与老陈成了莫逆之交。老陈对编撰镇志极为认真，赵淮安钦佩老陈的敬业精神。老陈忙完文史线索的整理工作，凑巧是个小雨天，赵淮安心想自己手头也没啥要紧事，他老陈人不错，既然下雨天没事，我花钱请客，跟老陈去徐姐饭店好好喝一盅去。

　　赵淮安提出下馆子喝酒，老陈一想自己手头事情不忙，就应承下来，但他不想叫赵淮安多花钱。老陈带了一瓶老西凤来到徐姐饭店，他说这酒市面买不到，自己喝惯了这个，所以酒就自带了。赵淮安心里明白老陈是在替自己着想。

　　来到徐姐饭店，赵淮安点了素品，要了牛肉，他俩喝酒都上了头。老陈虽然头晕，但头脑很清醒，他说，老侄，叔我见你不是外人，今儿个当你面说你两句。赵淮安疑惑不解，问，叔，我咋了？老侄，我不是说你，干工作要有干工作的样子，譬如叔，干啥事都要敬业还要思考与钻研，你不要有事没事跟代安卫泡在一起，这样下去，你会毁掉自己的！老陈话虽然不好听，但是并无恶意。赵淮安理解老陈的用意，沉思良久后说，陈叔，你说得在理，我近来确实很浮躁，这样下去，无疑是自毁前程，多亏陈叔提醒，我今后要阳光地面对生活。老陈起身，拍了拍赵淮安肩膀说，老侄，既然你捉上公家饭，就要干好公家事，否则咱对不起公家发的工资，也对不住自己的良心。

白驹

赵淮安说，叔，你为我好，老侄领你这个好意。老陈嘿嘿一笑说，我没看走眼，老侄以后会大有作为的。赵淮安心想，老陈是自己的莫逆之交，朋友是一面镜子，镜子既能照出光彩，同样，它也可以照出你的丑陋，这一切，自己要学会适应。喝过这回酒的赵淮安顿悟，他要想干一番事业，除了敬业之外，学习业务，也是至关重要的一环。这个醒是老陈提的，此后，他一直记着老陈对他的鼓励与帮助。

朱加良做了一两年收羊买卖，见这行当不仅赚钱慢，而且又被人瞧不起，便想再改个行当。他眼红别人细狗和灵缇狗，因这类犬物除了看家护院之外，还有一技之长，那就是猎获野兔。于是朱加良又打起了养狗的主意。

在渭北平原有个名叫南七镇的地方，是方圆百十里地最大的狗交易市场，但凡在撵兔行当混出名气的人，没有不在南七镇赶集买狗卖狗的。

朱加良骑着五菱摩托车朝着渭南市临渭区南七镇的方向而去。他在狗市里转悠了好一阵子，仔细看狗的牙口、舌苔，以及狗的腿脚，经过综合考虑，他从一个胡须花白的老者手中买到了名叫花脸的灵缇狗。朱加良又务弄起狗来，还将细狗换成了灵缇狗，这下，狗行当人高看他，他立马觉得自己威风八面起来。他一天到晚不沾家，成天操持着狗撵兔场面上的事。

他一钻这行当，他家婆娘娃没了生活费，管他要，他不给，甚至火爆脾气上来还要冲婆娘拳脚相向。他婆娘名叫周艳茹，是距离他家不远的周家庄人，周艳茹心想自己跟他过日子，没少受气，他整天不务正业不说，动不动还打人，要不是看在娃不能没有亲爹的分儿上，我早跟他分道扬镳了。

周艳茹见指望不上自家男人，想撇下他们父子一走了之，但是又细细一想，自己抓拍大娃多不容易，要是撒手不管，这无疑毁了孩子的前程。

周艳茹又担心这样下去，自己没人养活，她想，自家男人既然靠不住，自己就不能不考虑寻个挣钱的门路。她听别人说去新疆拾棉花挣得来钱，于是，她将娃托付给公公婆婆看管，决心去新疆拾棉花。

很快，她跟外堡子的婆娘结伴去了新疆。一季下来，她挣了四五千元，有了这笔收入，解了她家眼下揭不开锅的这个围。

　　周艳茹拾棉花虽然挣来钱，她却一直没心情跟朱加良过下去。她还听街坊邻居们议论她家男人在村上财信跟前靠贷款过日子，这又增添了周艳茹对他的失望和记恨。周艳茹成天闹得不可开交。朱加良心想，已尴尬到这种境地，也无须遮羞捂住，他索性叫焦成娃出面，帮助做做他家女人的工作。毕竟是外人，婆娘她好歹顾及脸面一些。

　　他亲自求上了焦成娃家的门，并说明自己来意。焦成娃意识到这事非同小可，绝非自己可以胜任。他想了又想，提出找赵淮安说和这事，估计十有八九可以将事说到辙里。

　　经过他这么一推荐，朱加良头脑一下子清醒过来，说道："我竟忘记赵淮安老弟了，他出马，成功概率岂不更大一些？"

　　朱加良当即去向阳镇政府找赵淮安，并对他说明自己的来意。赵淮安略有所思后说，既然加良哥专门过来寻我，我再为难，也要为这事跑一回。但是，兄弟我不敢保证能劝动嫂子，反正我会尽力的。朱加良说，我要的就是兄弟你这句话，看来，当哥的我没看走眼，淮安果真是我的好兄弟啊！赵淮安最初觉得自己出马，成功概率会很大，没想到他道理讲过一大堆，朱加良又好话说了一箩筐，周艳茹态度始终没有改变。赵淮安无功而返。

　　周艳茹心想，只要你朱加良养狗一天不收心，我就一天不跟你继续过没栏杆的苦日子。朱加良说看来自己真是无可救药了，父母亲骂他不争气，婆娘又成天弹嫌他，一连几天，他心情十分郁闷，甚至想卧火车轨道了却自己的一生。但是，他又觉得这样轻生离开人世，父母亲、儿子以及口口声声想要离弃自己的女人谁来照顾呢？！想到这儿的朱加良又自言自语地说人要自强不息，人要学会从哪儿跌倒从哪儿爬起来，否则，自己这辈子不知要叫婆娘踩在脚下多久才能彻底翻起身来啊！他想到华阳镇有个赌狗的黑市场面，自己反正都是落水狗一个了，猛赌一把，要是赢了的话，就洗手不干，从此退出狗行当，好好跟屋里人过日子。

　　朱加良心想，知己知彼百战百胜，要想赌狗弄出名堂，自己得潜心研究赌狗场面中的学问。他经过一连三天的对赌狗场的实地观察，发现西岸的灵缇狗短跑总是毫无悬念地赢东岸的细狗。这回，他以自家的田地作为抵押条件，在

白驹

村上财信手中贷款一万块钱，旁人压西岸灵缇，他压东岸细狗，这回他撞来鸡毛运气，一把竟赢了两万。朱加良见好就收，说自己还有别的事情要忙，暂且失陪。他将赢来的几沓钱装进裤兜之后，像出征将军打下一座城池一样美滋滋地回到了向阳镇。

虽然他在赌狗上打了翻身仗，但是他婆娘周艳茹照例与他闹别扭。听说朱加良要卖狗，改正当营生来干，赵淮安赞成他的想法。为了说和朱加良和他婆娘的僵持关系，赵淮安决定叫他媳妇高翠萍出面，因为只有女人才会更懂女人一些，她去的话兴许比爷们管用得多啊！高翠萍借自己工作之余，买了水果去看周艳茹。周艳茹见高翠萍来屋，她心想自己这多年所受的苦连个倾诉对象都没有，借势抱头大哭起来，给高翠萍说了朱加良一连串的不是。

高翠萍说，家家都有一本难念的经，千错万错都是他的错，他虽然行当走错了，但是总归心地好，要不然，赵淮安和你弟妹我，绝对不会交他这个朋友的，再说，他这回还了过去旧账，手里还有万儿八千的，这以后做个什么好买卖，你们过日子就有希望了。

周艳茹见好就收，立马停止哭泣，高翠萍递过纸巾，她擦过眼泪，这才意识到自己怠慢了客人，急忙起身给高翠萍倒水。高翠萍说嫂子不忙，我过来就是寻嫂子说说话，又寻思想让朱加良哥给你赔个不是，过去的事就叫它过去吧！她嗯了一声，高翠萍心里明白这等同女主人原谅朱加良了。后来朱加良在徐姐饭店大摆宴席，其目的很明确，就是为了感谢焦成娃、赵淮安和他媳妇说和他们夫妻关系。

向阳镇农办主任犯了颈椎病，一直处于休假状态，向阳镇党委政府暂时安排赵淮安负责农办的一摊子工作。过去，水利办是独立办公单位，因为向阳镇计生办抽调走了几名干部，向阳镇党委政府又考虑人手短缺，便将早前从农办单列出去的水利办与镇农办合二为一了。赵淮安临时负责农办的工作，有人相当嫉妒，而今他业务增多，又主管镇上水利办，无疑在有些人眼里，他做上了油水丰厚的一份美差。

孝义堡的村主任李孝义心想，眼下自己村的群众吃水面临困难，听说通过农办可以申请项目资金，如今给自个儿村上争取饮水工程，他赵淮安是个相当关键的人物，而自己与赵淮安仅是认识，要说单凭现在这层关系找他办事，他未必照顾自己村。

李孝义正在为此事犯难，他婆娘见他愁眉不展的，问他想什么呢？

他说自己想给村上办点实事，但是苦于不知如何做通人家赵淮安的工作。他婆娘说按说你李孝义当村长，有你自己的一套班子，不是我秋艳瞧不起你们，就凭你们在一起寻思这个，我看从晚上坐到天明，也想不出什么招来。

女人说自己和班子一杆人马个个是草包，要是换作平常，李孝义保准要给女人难堪，而这回却大不一样，他要女人帮自己出主意。李孝义一改往常的倔强劲说，人说我夫人足智多谋，夫君我，的确是想不出如何能拿下他赵淮安的招来，因此，这个主意还要夫人给出啊！秋艳心想他李孝义态度还算温和，我不能为难他。她略有所思之后说，所谓知己知彼百战百胜，赵淮安这道关确实不好说，但是如果找人做通他的工作的话，这事估计就成了一半了。

李孝义疑惑不解，他说夫人你倒是说谁能帮我，我这就去找。他家女人见他很着急，说，这事你去不顶用，老吉去比你去管用得多啊！女人这么一说李孝义像是明白过来，他说多谢夫人提醒，我找老吉，然后通过他寻寡妇刘秀英。他婆娘献媚地笑了笑说，看来，我家夫君有出息了。李孝义说这事真的办成了的话，我少不了回来犒劳夫人你呀！他婆娘说，我给夫君你出主意，也是应该的，毕竟你是我老汉嘛！他抱了婆娘亲了她的脸蛋之后，急匆匆离开自家院子去寻老吉去了。

李孝义急促着脚步来到仁义堡。听见屋外有人走动，坐在自家大瓦房下端着杯子品茶的老吉探头朝外瞅去，见来人竟然是李孝义。老吉说，李主任，不知啥风把你吹来了，快请进，兄弟给你看茶。李孝义说我是来借东风的，兄弟这回要帮我忙。老吉说先喝茶，有事慢慢说来。

李孝义稳住情绪，喝过一杯热茶之后说，兄弟成天好悠闲，哥我着实羡慕你啊！老吉说，老哥手下管一方百姓，我算捉了个尿事嘛！李孝义迟疑了一阵，说，今天，老哥过来，不为别的，就是想通过你钻一下镇农办主任赵淮安这层关系，要是他高兴，给咱堡子拽项目的事就有指望了。

老吉说，项目都是大领导说了算，他赵淮安不过是个镇上芝麻小的官，这事找他顶屁用。

兄弟，这个你糊涂了，他赵淮安是经办之人，他有建议权，再说人家领导既然用他，也是指望他干事，在工作上的事，他提出想法，领导一定会支持的，再说饮水工程落在哪个村都是镇上政绩工程嘛！老吉心想他李孝义说得有道理啊！我都小瞧寡妇家娃娃了。

老吉寻思，李孝义找自己，这件事要是办妥了，日后自己北片行水业务，有他照应着，会比较容易开展一些。

老吉应承帮这个忙，李孝义连声道谢之后起身离开了老吉家。

过了霜降，渭北平原已经逐渐开始变冷，刘秀英想给赵淮安与他媳妇添两床新被褥，她一边寻思这个，一边收拾自己眼前的针线活路。

她隔窗听到自家门前的喜鹊叫个不停，预感家里要来什么要紧客人。她正寻思着，屋外有脚步声走近。她探头朝外瞅去，屋外来人叫了一声嫂子，在吗？刘秀英听声音熟悉，仔细一瞅，说道，原来是弟妹过来了，我就说我家门前喜鹊咋叫个不停。赵玉娥开玩笑地说："我过来，你家喜鹊都知道报信了，看来，我这回来对了。"刘秀英问她："弟妹，这段时间过得咋样？""我还是过去的老样子，说实话，有些日子没过来看嫂子，总觉得自己心里不踏实，今天闲着无事，这不，转过来看看嫂子你！""弟妹真有心，嫂子我谢谢你了！"刘秀英承情地说。

刘秀英一边和赵玉娥说话，一边收拾她的针线活，赵玉娥问："嫂子这是给自己缝衣服？"刘秀英说："我闲着也是闲着，想拆洗这些旧衣服，然后用这个做袼褙，冬季没事，给儿子儿媳装两双窝窝。"

赵玉娥说，嫂子真是勤快人，高翠萍有你这婆婆，真是她前世修来的福分啊！她赵玉娥说的尽是不计前嫌的话，按说，自己以前与她有些瓜葛，但是她却没有当回事，人家赵玉娥宰相肚里能撑船，我也不能小肚鸡肠。想到此处，刘秀英立马放下手中活路，她拉住赵玉娥的手说，你来嫂子这，嫂子真的挺开心，我这就给你泡茶喝。她接待赵玉娥的热情明显高过此前。

赵玉娥说，嫂子，我来，不耽搁你做活吧？刘秀英说，没事，我的活也不是要紧活。赵玉娥喝过刘秀英泡好的一杯花茶之后，刘秀英说，嫂子今年没务棉花，我怕媳妇怀上娃，我要尽婆婆的心嘛！要是今年镇上刚性任务下达的话，我都不知道找谁给我家帮忙完成指标呢！赵玉娥安慰她说，车到山前必有路，咱家忙，我找人帮，要说那都不是事呀！刘秀英见话撂到这里，便说自己还想找点好棉花，弹一弹，然后给娃添两床被褥。赵玉娥说，嫂子这事都不是大事，包在弟妹身上了。

这年冬季，棉花任务收购仍像往年一样，下达刚性指标，而没令寡妇刘秀英一家人犯愁的是，她家的交售指标是赵玉娥找的孝义堡的村主任李孝义完成的，刘秀英为她家儿子与儿媳装被褥的棉花也是李孝义给她家无偿送来的。

技术人员在李孝义家场畔勘察施工现场，选址考虑到自家田地，李孝义更多考虑是想叫孝义堡人畜饮水工程顺当地落在他们村上，日后群众能喝上方便水，这也是他为朝夕相处的老百姓办了一件大事。庞改进消息比谁都灵通，他的施工队过去在县城承办过一些活路，可是这些年，县城工程招标竞争很激烈，他实力要比别人差一截，于是自己由城市转战农村，他心想自己是向阳镇人，向阳镇就是自己的大本营，在这里他不能放弃任何工程的争取机会。

庞改进心里明白，像十万元以上的大工程，没有镇上主管领导首肯的话，没人敢将工程应承给他们。庞改进来到向阳镇党委书记陆海洋的办公室，一进门就说，陆书记，我来没打扰您吧！我来，就是想借借党的暖风，自己也好有一碗饭吃。

陆海洋说，兄弟你来喝茶，老哥我不反对，但要是冲着孝义堡项目来的话，暂时免谈，兄弟你要理解老哥我的难处呀！庞改进心想，他之所以说难，八成是县上有人也想捞这工程，估计人家跑工程比自己先到一步，如果这点排除在外，那就是人家陆书记故意给自己摆谱哩！想到此处，他灵机一动，说，我过来主要是看看书记您。陆海洋心想，你过来想揽活，却给我打马虎眼，该不是对我抱有成见吧！为了缓和尴尬气氛，陆海洋书记说，你来了，先喝茶，至于工程的事，我不能一个人说了算，那需要招标，是根据施工单位投标来决定的。庞改进见陆海洋书记没有说自己八竿子打不着的话，听口气可以参加施工单位的招标，他很快对自己承包孝义堡工程抱了一定希望。

他从陆海洋书记办公室离开那一刻，暗暗下决心：我一定要想方设法拿到这项目。

庞改进本身是具有施工实力的，再加上他是向阳镇人，对镇上实情了解深入，最终也就承包到了李孝义的人畜饮水工程。焦成娃和朱加良成天在堡子里转悠，他俩找过一次赵淮安，想找个下苦活做，赵淮安心想，他庞改进不是有工程动弹了，正好需要人手，这回自己就来个顺水人情，将他俩介绍给庞改进，这不管咋说也是自己给朋友帮了回忙。

过了一个漫长的冬季之后，春天，孝义堡人等来了他们村人畜饮水工程的施工队伍。从这一刻起，孝义堡人心想自己距离摆脱在老村口老面坊挑水的日子不远了。

施工队伍先是请来打井队，在早前勘探好的一处位置钻了一眼深水井，用了三五天工夫。

放羊老汉老成发见到村长李孝义，开心地一捋自己的胡须笑眯眯地说，我说孝义啊，你这回给咱堡子办了实事，是不是有水抽了，我们的人畜饮水问题马上就要解决了？李孝义说，伯，这是大工程，没您说得那么轻松，俗语说得好，老鼠拉锨把，大头还在后晌里。听村主任李孝义这么说，老成发接道，说的是这个理呢。不管咋地，你这年轻娃，这回是给咱老几辈办了实事呀！李孝义谦虚地说，给当地群众办事是应该的。

施工队伍打井过后，很快，在水井不远的一处空地又确立了建水塔的施工位置，接着又画线并开挖地基，经过回填，装地槽，再到砌墙，历经满满一月时间，水塔主体施工才算结束。

此后，陆续安装了通水管道，又经反复调试，直到引水进户，孝义堡的人畜饮水工程才算彻底告尾。

　　试水开通这日，孝义堡的一方百姓敲锣打鼓，又响了好几挂子鞭炮，妇女们还扭秧歌庆贺了这一激动时刻的到来。

— 54 —

　　这年的夏天特别难熬，还没到正午，火热的太阳就已把田间苞谷苗晒得像麻花一样打起弯。

　　堡子里老成林见到村长李孝义就说，咱屯子庄稼晒蔫成甚样子，你没找老吉，给咱村子要水下来？

　　好我的成林叔哩，老侄在这事上肯定着急，寻过人家老吉多回，老吉说有心让咱先放水，可是，别人说近水楼台先得月，他们上游要水，凭理也轮不到下游，尤其，把人畜饮水工程给咱们孝义堡镇了，好事不能样样都叫咱们占去。

　　老成林说，哎呀！要不来渠水，庄稼还不旱死哩！李孝义说，咱堡子有几口井，眼下，渠水指望不上的话，抓紧安排有泵的户，下泵浇地给咱缓解一下旱情。

　　其实，老成林在李孝义面前说这话，初衷也并非为要不来渠水发急，他只是想套一下李孝义的话，假如渠水下来，多半会抢走他儿子井水灌溉的买卖，因此从个人收入来说，老成林盼着庄稼有个被旱局面，这样一来他家井水买卖才有做头。

　　这年亦如往年一样，三夏刚刚过了不久，老成林的大儿子刘武州便给自家水井撒下水泵，因为他觉得，只要水泵开闸，他家就有源源不断的外财进账。

　　刘武州说只有这时，堡子里给他发烟的人才多，他抽烟也不用自己买了。有了水泵撒井里，自己不掏钱也能过饱烟瘾，像这样的好事打着灯笼也找不

白狗

到啊！

刘武州见旱情持续，他家水井水位下降不说，自己用同往年一样功率的水泵，抽上来仅仅半管水。但他又发现尽管天气这么干旱，镇上投资搭在水塔旁用于人畜饮水的一眼水泵却丝毫没有受到影响。刘武州心里发贼，自己田间的水井水位下降莫不是受到镇上饮水工程搭进深水泵的影响？

刘武州见状，寻见村主任李孝义论理，并想讨个说法，他说照此下去自己浇地买卖受到影响，他镇农办得赔偿自己一些费用。

李孝义说："兄弟，天旱我承认，但是，村上落成人畜饮水工程也是大家的福利，拿这说事，老哥小看兄弟你呀！"

刘武州说："不要富了庙，穷了和尚，我不管什么大家福利一些大道理，只要谁叫我受到损失，我就得叫他赔偿我，既然当哥的不给我主持公道，甭说兄弟找他农办没给你打招呼。"

"这撑话，我不吃你这套，娃，你有本事，爱告不告，我没做亏心事，怕个屎哩！"李孝义说。

刘武州说："等着啊！李孝义，好戏还在后头。"

李孝义担心他闯下祸端，急忙又安抚地说："兄弟，不要胡来，你要学会冷静。"

刘武州继续说："老哥啊，不要拣好听的说，只要我得不到好处，这事就没完。"刘武州软硬不吃。李孝义无奈地说："你狗日的胡来，别以为没人治你。"刘武州更来劲了，他不屑地说："我刘武州这辈子，什么世面没见过，我怕的人还没生出来哩，简直好笑呀！简直好笑呀！"言毕，他扬长而去。

见自家男人回屋，刘武州婆娘问："武州，你跟李孝义谈得咋样，我看你回来蔫屎子哩。"

刘武州自信地说："你男人是谁你不是不知道，街坊邻居都叫我难缠娃。"

他婆娘说："你小子别在我跟前逞能，说实话，你在我跟前耍嘴劲，屎用都不顶，你有本事去找镇上给咱赔钱。"

赵淮安沉浸在喜悦之中，他认为自己刚刚负责农办就出了成绩，正寻思着如何向更高一级领导及时准确地上报呢。

正在这时，有人敲门，他搭声请进，见是孝义堡的人，他问，乡党，你过来反映什么情况吗？刘武州说，张主任，你像算命的一样，猜得倒真准，我过来找你，不为别的，你们在孝义堡的人畜饮水工程，好事归好事，但是办好事，不能建立在损人利己的基础上啊！赵淮安见来人似有委屈，便追问究竟是咋回事。刘武州说，你们在水塔跟前钻了一眼深水井，这口井只要一抽水，我那口井的水就没以前旺势了，这样耽搁我许多事，镇上要考虑给我赔上几个钱。

赵淮安心里没有准备，他想这办好事，竟也有人过来找碴，且他说得又是那么出奇。不管吧，这的确是件事，管吧，自己又没经验。一时间不知道如何是好，他犯愁地说，是这，乡党你反映的事，我实地了解一下，然后咱们商量解决的办法。

刘武州说，好！我相信你赵主任，等你有空，来村上了解一下情况，给我一个准确的答复。堡子里人也议论着他刘武州是枸木根，说话不踏犁沟，他去镇上找农办负责人赵淮安，这回真够赵淮安喝一壶的。

刘武州走后，赵淮安心想，这事要叫村上领导李孝义好好了解一下，等与别人商量之后，再做打算也不迟。

他寻孝义堡村主任李孝义了解此事，李孝义说天旱，地里井都是一个样，他来找，纯粹是胡搅蛮缠，这货，他能成精叫他成去，反正，我们没做亏心事。李孝义是这个态度，来李孝义家做客的老吉听了这事也是这个主意。此后，对刘武州这件事，赵淮安称自己工作忙，采取一拖再拖的战略，他认为时间久了，他刘武州干耗在这儿也不是办法，最终会无功而退的。

刘武州多次来找，赵淮安好言相劝，刘武州却根本不买他的账。刘武州继续闹腾，赵淮安上班时不时被干扰着，他为此大伤脑筋。他想代安卫处世圆滑，找他商量一下，也许他能给自己出个好主意。

于是，赵淮安来寻代安卫，说了事情的前因后果。代安卫说这事包在我身上了，我给你解了围的话，过后别忘了请客就好！赵淮安说那当然，没这事，你说叫我请客，我也不含糊啊！

白驹

赵淮安等了又等，始终没见代安卫在刘武州这事上周旋。

这些天，尽管下过一场雨，孝义堡井水的水位都有所上涨，苞谷苗的旱情也有所缓解，但是，刘武州找向阳镇农办要补偿的事却一直继续着。这回，他又来到镇上找赵淮安理论，而赵淮安还是说等上面研究之后再说。

磨蹭半晌工夫，刘武州没有等到个准信，就离开镇政府，回到自个儿村上去了，未等进门，有人走近他，拍他肩膀说，武州哥，我有事找你。刘武州看了看来人，说，兄弟，我好像不认识你呀！

哎！你看看，武州哥真是贵人多忘事啊！我你都没印象了，我们过去都在力帆水泥厂干过活，我叫丁来运，你把我忘了？名叫丁来运的人说。经他这么一提醒，刘武州反应过来，他说你这么一说，我有印象，你舅过去是咱派出所老所长，你在力帆水泥厂开货车，我做装卸工，你一捣鼓很轻松，我们这些下苦的不羡慕是假的。丁来运说大车司机成天也受罪，你老哥不知道就是了，咱都是受苦人啊！来人说这话拉近了他与刘武州的距离。

刘武州一见来人，早已将自己找镇上农办要赔偿的事，忘记得一干二净。他好奇地问，你个丁来运，这年头发啥财，也没见你提携一下老哥我。

丁来运看了一下四周，见并无外人，说，老哥我这几年给外地一老板开车，我老板爱收藏，你看能找个汉绳纹罐不，能找下兄弟不亏老哥你。刘武州心想，这东西，过去平整土地自己挖出过好几个，别人都说这东西值不了几个钱，所以，自己挖出的几个罐，一直在后院柴房扔着。想到此处，刘武州对丁来运说，这事不难，只要给价，东西，我这就有。

丁来运惊讶地说，没开玩笑吧！你这有？那我这回来对了，老哥给兄弟算是帮忙了。刘武州带他看过货，两人也谈妥钱，很快，一手交钱一手交货。

刘武州万万没有想到，这桩买卖，竟然给他惹下祸端。

丁来运前脚刚走，后脚向阳镇公安员老赤找上门来，说他涉嫌倒卖文物，要传唤他到向阳镇公安局办公室。

他恨丁来运，埋怨说没他买走汉绳纹瓦罐，就惹不下这么大的事。他俩被公安员老赤分头审讯，做了案卷笔录。又分别让他俩摁过指印。老赤说，你俩这事不小，今天别存侥幸心理，谁过来说情都行不通。刘武州见老赤说得很严重，又要刑事拘留，立马吓得瘫坐在地上哭泣起来，他指责丁来运害了他。丁来运也惧怕起来，他歉意地对刘武州说，老哥，我也没办法，这回栽了，对不住你老哥。刘武州见丁来运胆怯起来，也就不再责怪他，说道，事已至此，只能听天由命了！老赤见他俩又是掐仗又是和好，顿时骂道，你俩狗日的，把这当戏台子了。

代安卫碰巧到局里办事，听到老赤在骂人，便走向老赤办公室想看个究竟。看到刘武州在老赤办公室他吃了一惊，说，你个老赤哥，我武州叔犯啥法了，被你弄到这来了？

他这回烂子动大了，要刑事拘留他。丁来运心怀侥幸地说我被误抓，赶快放我出去。老赤严厉地骂道，你狗日吱哇尿哩，刘武州关几天，你娃就得陪几天，我放走你，你娃敲爷我的饭碗呀！代安卫说老赤哥，刘武州上有老下有小，他被关，家里人谁照顾？

刘武州见代安卫给自己求情，他也央求说，老赤哥，我错了，我家上有老下有小，家里真是离不开我，你大人不记小人过，饶了我这回吧！

武州啊，你的事，不敢见抖一抖，前几天，你还有个涉嫌滋事罪，若是两罪并罚，这事性质挺严重！娃，你看守所送定了。代安卫见老赤态度很坚决，也就不敢再劝说。

虽然刘武州仍被送去了看守所，但他心中依然感谢代安卫替自己求情。

三年一次的区县领导换届到来，孝义县领导班子被重新调整。主管文化的副县长是新来的，他名叫宋建国，原先是岐凤县委办副主任，在最新一届的人事变动之后，他被市委组织部以异地交流干部形式派到孝义县。初到孝义县的宋县长可谓新官上任三把火！他来孝义县几乎跑遍了辖区所有的学校，通过调研了解了全县教育的现实情况。此后，他结合孝义县教育现状草拟了实施孝义县教育强区的计划，县常委办公会上，他提出的想法当即就得到了县委主要领导的高度认可与支持，孝义县教育强区战役很快打响。他又提出全县在教育上要向全省教育先进县岐凤县积极学习。

这边副县长宋建国提出学习口号，另一头，县教育局李育生局长立马就召开全县教育系统学习讨论座谈会，各校老师结合自己本职工作互动交流。孝义县教育局经过一波又一波讨论会，很快，以片区为单位组团赴岐凤县交流学习。

两年后，孝义县的教育强区计划已经初见成效。孝义县教育局李育生局长心想，趁自己还当局长，编撰全县教育志很有意义。他逐级上报，提案在县常委会上被通过，孝义县列出专门财政预算，孝义教育局启动全县教育志的编撰工作。之后，冯明哲又被调回局里，他一头是县教研室副主任，另一头兼任县教育志编撰委员会副主任。他被调进城里不说，又解决了待遇问题，在外人眼里，他从过去的背背头，立马变成了别人羡慕的一个吃香人。

孝义县新一轮的人事变动来了，原先县教育局计财科科长薛新柱被调到向阳镇任副镇长，他来新单位报道，但向阳镇党委政府并没有具体安排他的分工。

外面一直传着，向阳镇党委书记陆海洋要调到城里去，有人说他要调到县教育局当局长，也有人说他要调县经贸局当一把手。根据这些外来的消息，陆海洋书记也认为自己进城的事已近在咫尺。

但是，他没想到，正处于关键茬口时，市上突然因为向阳镇计划生育工作不力，对其亮出黄牌。陆海洋心想本是木已成舟的事，却因为向阳镇计划生育考核不过关拖了后腿。这都怪自己前两年，把过多精力用在阵地建设上去了，没有足够重视向阳镇计划生育这场硬仗。

向阳镇党委政府对领导班子的分工又进行了一次重新调整，主管农业的副镇长刘升平这回分管起了计划生育与乡村卫生工作。而从县教育局计财科调来的薛新柱起先分配主管教育又改为农业。其他空缺也各有替补干部上任。

此前，向阳镇在计划生育工作上获得过先进乡镇殊荣，向阳镇党委政府召开计划生育工作专题会，陆海洋作为向阳镇党政一把手，主抓这项工作，是计划生育工作组组长，李保成作为政府一把手担任副组长，副镇长刘升平落实具体工作，成立一支带有攻坚力量的计划生育工作组。

刘武州寻向阳镇农办的事，被代安卫使用计谋退走，这事之后，代安卫在镇党委政府领导跟前名声大震，成了领导赏识的大红人。

代安卫被向阳镇领导赏识，抽调至向阳镇计划生育工作组工作。镇上成立计划生育工作组，一般都会考虑抽调村上的社员协助他们工作。代安卫来到计划生育工作组之后，他想，干这份工作，如果没有得力人协助的话，就会受到阻碍。而在给镇上计划生育工作组物色临时工的事，镇上放权给他。

朱加良和焦成娃两人眼红这份活路，他俩听说代安卫在向阳镇计划生育工作组是实权派一个，就寻思着找赵淮安替自己打通关系，若是办成，他俩定是一连手做事，拾到辙里，绝对不会给任何人丢人。

赵淮安介绍来了朱加良和焦成娃，代安卫心想用谁都是用，这两人长得结实又显得气派，与计划生育钉子户沟通起来，气势不能输。

想到这，代安卫送赵淮安顺水人情，把焦成娃和朱加良临聘了进来。副镇长刘升平主管计划生育事项，他将向阳镇划分为西片、中片和东片。代安卫负责东片区的计划生育户的摸底摸排工作。

向阳镇把籽棉厂闲置的库房作为临时计生服务站，计划生育工作组深入各村，动员超生户来镇上做绝育手术。

西梁里老梁见镇上计划生育工作组派代安卫下了村，他心里清楚，代安卫的话，放在以往可以不听，可是今天就不一样了，自己违令不遵的话，绝对是一件吃不了兜着走的事。

代安卫在西梁里大队部见到老梁，他说，梁主任，咱村计划生育工作的事，你可要多支持我才对呀！

老梁听他说出的话很怪异，心想，我也是见过世面的，便冲代安卫说，老哥我在基层，镇上派下来的活，就没偷过懒，兄弟你的枪指哪，老哥我就打哪，老哥我在正事上决不含糊！代安卫见老梁态度认真，说出配合自己的话，开心地笑了笑说，既然梁老哥支持我，看来，我工作上的事，今后就不愁做不来成绩啊！代安卫问他堡子超生户的底子，老梁无一疏漏地给代安卫汇报上来。

老梁说，咱们村一个名叫王怀礼的人，听到风声，一家人在外躲咱计划工作组。代安卫说，他一直躲在外面，我们有啥对策呀！这样被动下去，恐怕不是个法子呀！他言语带有几分责怪的口气。老梁听话听音，解释说，王怀礼婆娘生过二胎，她倒是回来过，那阵我应该点他家的炮，把这消息一五一十告诉你，可是，我当初有顾虑，真没想到会给现在工作带来被动啊！代安卫一听这话，他怕老梁为此内疚，给他解心宽说，过去我们工作都没做好，大家都麻痹了，这怨不得你一个人啊！过去的就叫他过去了，眼下我们就事论事，研究一下，王怀礼这户该咋办呢？老梁心想，他们一家人不见了踪影，找吧，这不等同大海捞针一样难？不找又给组织上交不了差。犹豫片刻，他忽然有了主意。他走近代安卫在他耳边嘀咕几句，代安卫说这办法成，示意他立马去办。

谈完工作上的事，老梁带代安卫来到他家，使唤自家婆娘做了一桌拿手饭菜，热情招待了代安卫。

村上通过王怀礼亲戚终于打听来他的住地，派人捎话给他说堡子里春灌小麦，要他赶在明天下午回来浇地。王怀礼心里明白，庄稼一年之计在于春，这春灌麦子只有渠水浇产量高。他心想，天大的事没有庄稼大。他回到村径直去了地里，个把钟头浇地就告了尾声。他回家歇息，刚刚烧好一壶茶，喝过了两杯不到，前门有脚步声走近，他仔细一瞅，是向阳镇工作组进门了。王怀礼自言自语道，糟糕，我他妈命真背。话毕，他急匆匆起身蹿到自家后院，又纵身一跃翻墙而逃。代安卫命令道：撵外㞞！

焦成娃和朱加良两人像子弹一样被代安卫打了出去，他俩毫不含糊，同样翻墙沿他家后院麦田追撵起了王怀礼。王怀礼认为自己脚力好，跑得快，但相比过去是狗撵兔出身的焦成娃和朱加良来说，他的腿脚耐力就逊色了。

王怀礼一边气喘吁吁地跑，一边回头看来追的人。焦成娃大声言道：“你别跑，这是违抗法律，你懂吗？”王怀礼紧喘气之后，气愤地说，我不多生娃，到老了谁养我呀！你们站着说话不腰疼。朱加良恐吓着说，娃，你再跑，罪加一等。焦成娃也表情严肃地这样说。

王怀礼胆怯起来，意志立马崩溃，瘫了一样扑通一声跪在麦地里，求饶说，老哥啊，我不跑了，我认输，求两位哥网开一面，不要给我罪加一等，我这就跟你们走。

王怀礼的婆娘杳无音信。代安卫心想，他婆娘不在，送他男的做了手术也算交差。于是，他一声令下，焦成娃与朱加良强扭他来到镇上，王怀礼在恐惧中被送到向阳镇计划生育服务站，在向阳镇工作组工作人员的反复劝导下同意了做结扎手术。

— 56 —

仁义堡仁安义家头生子是女娃，书房先生给她取名叫仁引弟，用意是希望他家再生孩子，呱呱坠地的是男娃。事情如其所愿，他家二生子果真是男娃。为了表示重视，家人请耀州药王山的一老贤模样的占卦摆摊老者起名，这老者观了仁安义的面相，结合娃娃的生辰八字，为仁安义小子取名仁平安。

仁安义婆娘给他生了男娃，他家人为此开心，为娃娃摆过一次满月宴，余兴未散，他家超生的消息就被向阳镇计划生育工作组摸排得知。

代安卫心想，既然陆海洋书记器重自己，自己也该在工作上起到表率作用，否则，就辜负陆书记的殷切期望了。只有自己下硬茬拿下仁安义这个超生户，才能给往后的事情开个好头。

另一头的仁安义婆娘蔡莹莹娃娃满月过后没多久，她一场噩梦醒来，预感到要发生什么不测，扑到她男人的怀里失声痛哭。

仁安义见自己婆娘受到惊吓，赶紧安慰说，莹莹，你这是咋了，别吓着娃娃。蔡莹莹说，我怕，我怕工作组抓走我。仁安义这才明白过来，他说，我的好婆娘，听说这两天风声紧，我也担心计划生育工作组人敲门"拿"人。要不这两天你到外面躲一躲，我在家顶着，你看咋样？蔡莹莹止住眼泪，点了点头。

向阳镇计划生育工作组根据早前排查，了解其他户也有类似情况，于是，

白驹

代安卫决定多管齐下，突击完成近期镇上下达的相关任务。

代安卫发过号令，朱加良和焦成娃就身先士卒开三轮车来到仁义堡，代安卫也骑摩托车跟了过来，这回政策仍然是只要结扎不罚钱。有几户女人思想工作被做通，她们顺从代安卫一伙人的意思，自己主动上了镇上开来的三轮车，去做绝育手术。

向阳镇计划生育工作组找蔡莹莹，仁安义说他婆娘出了远门，有事和自己讲。朱加良心想人家刚生娃娃不久，在这节骨眼上，我们强扭人家上手术台，势必不太仁义。但是，这事又由不得他。想到此处，他黑脸一封，表情严肃地说，安义，你给我老实点，你要据实招来，婆娘在哪？仁安义心想，这要是告诉他们，自己心疼的女人岂不要被他们带走？他态度坚决地说，求你们了，放过我家女人，有事冲我来。

代安卫见男人开口央求，他想，他们夫妻俩，只要有一个结扎，也是顶任务了，既然他仁安义这样护着他屋里人，这回，就送他去手术也一样。想到此处，代安卫说，老仁，你老婆没在，结扎这任务，你给担着，我们兄弟们也好交差呀！我扛就我扛，反正今后又不再要娃了，顶多日后被人说闲话，我仁安义就豁出去了，我替婆娘去结扎。

他表态后，主动跟他们走出自家屋子，和堡子里的几个婆娘一同坐进三轮车。

代安卫见人都上了车，他说自己先走一步，叫焦成娃和朱加良把超生户们送到镇上。

见镇上拿事的计生干部已经离开，车上婆娘们说话口畅了。婆娘们见仁安义这个大老爷们同她们一起上了三轮车，一个婆娘冲仁安义嘲讽地说，安义啊，你个大老爷们被拽去，你这回被挑了的话，回来就是李莲英一样的大太监。

仁安义听了这话，像麦芒扎心一样难受，他说，我，我认了，做不成男人做女人呗！其他人哈哈大笑，仁安义说，这有什么好笑的，你们跟我一样，去了都是要遭罪，笑话我，真是不应该啊！有妇女说，仁安义呀！女人被收拾了，除了要不了孩子，其他啥也不少，你可不一样，你是大老爷们，为蔡莹莹挨刀子，这日后传出去，你丢仁家的脸哟！朱加良听见婆娘说搅是非的话，宽慰仁安义说，爷们被结扎的多了去了，挨刀不是要命，别听她们乱叨叨。

仁安义说，等一下，我回屋取一件衣服，很快回来。焦成娃与朱加良交换眼色，他俩觉得仁安义是老实人，他没准真是回去拿衣服。焦成娃说，我俩就信你一回，你别耽搁太久，因为这一车人都在这等你。

仁安义强忍着被别人挖苦之痛，跳下三轮车一路小跑着回到家。焦成娃和朱加良见他迟迟没有返回，心生疑惑，心想他莫不是借机逃走？焦成娃说，朱加良你去催他，我看车。朱加良说，他妈的，仁安义看起来老实，没想到，跟爷我还耍起了心眼，我这回非得教育他一回。

朱加良跳下车，火急火燎地闯门而入，气恼地骂道，你个仁安义，狗日的还磨蹭锤子哩！他没见仁安义回音，穿过屋里来到后院，顿时大吃一惊，呀！大事不好，仁安义竟然不堪重负，在后院喝农药。朱加良见时下不对，一个飞腿上去将仁安义手里颤抖的农药瓶子踢出一丈开外。他见仁安义跌倒在地，心想这事迟上半步都会出人命。躺在地上左右翻滚的仁安义被他连踹三脚，喝进嘴里的半瓶子农药立刻又从嘴里喷了出来。

救人要紧，朱加良急忙叫来焦成娃，连同堡子里村主任老仁将仁安义送医院抢救，此后，又将仁义堡要结扎的妇女接到镇上做了手术。

幸亏朱加良及时三脚，再加上抢救及时，这才捡回仁安义一条命。朱加良心想，这是吃不消的一件事！因此，要赶紧向代安卫汇报，省得他日后知道怪罪自己。朱加良跟老仁交过押金之后，急切切地给镇上计生工作组打电话，告诉代安卫事情的原委。

大夫问喝药原因，村主任老仁并不知道详情，朱加良心想对大夫没有必要隐瞒实情，于是，他如实相告。

经过紧急抢救，仁安义清醒过来，他瞅见朱加良立马气愤地说，我既然生不如死，你们何不成全我，叫我死了算了，为啥这么折磨我呢？

朱加良说，安义啊，别有事没事就说死，你没听说好死不如赖活着吗！焦成娃也随声附和着说，可不是！你还年轻，别做傻事，希望你能理解我们的工作。

老仁走近床前，他说安义啊，别做傻事了，听见了吗？仁安义听声很熟悉，仔细一瞅，他惊讶地说，老仁叔，你咋来了呢？老仁关切地说，你顺从别人结扎的事，我就不用来镇上这趟，你可倒好，偏想不通这事，竟然鲁莽起来，多亏人家朱加良及时发现，要不，我们叔侄就阴阳两隔！仁安义说，我，唉！人丢大了，这今后没脸见人了。

老仁说，别犯傻，蔡莹莹给咱生出来一儿一女，娃都长得俊样，你不要光顾自己，一拍屁股走人，你这一走，他们孤儿寡母，又如何安生呢？仁安义哭泣几声，他觉得老仁说得对，自己不能说走就走，要活着，为了他的儿女和他的婆娘。

这不是一件小事，代安卫接到朱家良的报告后马上赶到医院看望仁安义。虽然，仁安义并无大碍，但自己要是瞒着不报，这日后万一被领导怪罪下来，自己可吃罪不起呀！

晚汇报不如早汇报，于是，他将仁义堡发生的事一五一十地向贺治平镇长做了汇报。贺治平心想计划生育是大事，这事一旦有失，必然有不可推卸的责任，虽然没造成什么严重后果，但是也对镇上计划生育工作的开展起到一定的警示作用。于是，贺治平镇长带着计生干部代安卫，专程来医院看望了仁安义。他的情绪较以前稳定了许多。

蔡莹莹心想自己离开家有一阵子了，估计自己心里恐惧的事情也应该过去了！她要回家，娘家哥放心不下，送她和她的娃娃回了家。

她回来，很吃惊，自家男人睡在炕上，面色苍白。她急切切地问发生了什么事，仁安义说自己这回给老仁家丢人了。他当着妻哥的面，也当着他家两个娃娃的面，向蔡莹莹讲了她离开家之后，自己身上发生的诸多事情。

蔡莹莹心想自己逃过一劫，但是，这回叫自家男人遭罪了。

她当着哥哥与娃娃面，上炕搂抱着自家男人哭泣起来。他看见他家娃娃也在哭，便说我娃不哭，爹死不了，爹还要照顾家，照顾你们娘仨。娘家妻哥见状，安慰他们一家说，妹夫，你和我妹不容易，过去不愉快的事情就叫他过去吧！今后有啥困难，主动给我说，你家的事，我决不含糊。仁安义一听这话，心里暖融融的，他说自己这事叫亲戚们操心了，自己真是个没出息的人呀！他妻哥又说，妹夫呀！你要乐观面对人生，千万不敢做傻事，人说好死不如赖活着。

蔡莹莹也说，安义，你要活着，我们娘仨不能没有你啊！仁安义这才止住泪水，坚定地说，我今后好好活，放心吧！蔡莹莹点了点头。娘家妻哥见妹夫情绪已经变得稳定，便说，安义，你好好休息，莹莹，你哄哄娃，这几天伺候好我妹夫，哥我要走了。

过了几天，仁安义身体虽然恢复过来了，但是心里的阴影始终挥之不去。他时常在想，这场手术之后，背地里别人少不了说闲话。

蔡莹莹回家之后，比以前更懂得体贴仁安义了，仁安义觉得自己在外面受到委屈也值了，渐渐地，他的内心恢复了平静。

— 57 —

朱加良家里积攒了一堆脏衣服，他的婆娘王秋会见来了好天气，便赶紧收拾一包袱脏衣服放进洗衣盆，迈着碎步朝荆家屯涝池方向走去。

涝池是婆娘扎堆的地方，也是各类消息传播的地方。老正财家儿媳妇名叫郑殷霞，她家男人是泥瓦匠，外出务工与照料自家庄稼地，两者不能兼顾，于是，她与自家男人商量后将她家的三亩六分田地承包给了别人。此后，她过上逍遥自在的好日子，俨然成为别人羡慕的脱产农民一个。

她很悠闲，一天两晌，大多时间泡在男人堆里看打麻将。她是百事通，谁家老汉外面有人了，谁家女人给别人戴绿帽子，谁家姑娘老大不小又嫁不出，谁家奶牛一年给家挣很多钱，谁家娃娃考上名牌大学……几乎没有她不知道的事。别人奉承她是小喇叭。

这日，王秋会来到涝池，选好容自己蹲下身子的一处位置，解开裹在包袱里的脏衣服扔在洗衣盆，又倒入皂角水泡了一会儿。她刚正式拉开洗衣服架势，郑殷霞也裹一包衣服凑了过来，她一来为了洗衣服，二来就是找婆娘说说闲话。

王秋会见郑殷霞来到自己身旁，打了一声招呼，自己又忙活起来。郑殷霞拉开洗衣服的活，揉搓衣服的空当儿说，秋会啊，人家东彦媳妇赵春阳以前是双女户，这下人家又偷着生过三胎，我真服气她的勇气啊！王秋会说，人家娃年轻，抓拍娃有力气。郑殷霞说，嫂子，人说三十如狼，四十如虎，像你四十刚过，现在要娃来得及。

王秋会嘿嘿一笑说，这哪成，你哥忙计划生育的事，我再超生一个，这不是打人家的脸嘛！郑殷霞见话不投机，她歉意地说，我都没想这么多，这话伤着姐姐你了。王秋会说，我理解妹妹好意，她话锋一转说，妹妹啥时做的这身衣服，面料真不错，我发现妹妹买东西特有眼光。郑殷霞谦虚地说，我穿的都是低档货，不过，穿着舒坦就成。王秋会说，妹妹你好眼光，赶明咱这有集会，你帮我也在集市瞅瞅面料。

姐姐嘱咐的事，妹妹一定当事。这天，她俩说说笑笑，不知不觉半晌工夫过去，洗衣服结束之后，两人端着洗罢的衣服回了家。

郑殷霞与王秋会说到人家东彦媳妇赵春阳怀三胎这件事，王秋会又将这事告诉朱加良。朱加良心想赵春阳本身就是双女户，她这胆也太大了吧！自己岂能置若罔闻？他殷勤地将这事反映给代安卫。

代安卫心想计划生育无小事，于是他派人下村摸底，假如情况属实，除要做结扎手术以外，他家还要接受处罚。郑殷霞对自己和王秋会谈到赵春阳超生的事感到十分懊悔，这事若惹来计划生育一摊人，人家东彦媳妇赵春阳岂不麻烦了？她想，事情发展到这步，自己真是够缺德了。郑殷霞觉得良心上过不去，于是，她主动到东彦家去了趟。她见到东彦媳妇说，春阳，殷霞姐我过来想给你说个事。赵春阳问，啥事？

我听别人说，镇上计划生育工作组又开始闹腾了，我过来给你透个风，想叫你一家人没事到外面躲躲，等风头过了再回来。赵春阳承情地说，多亏殷霞姐姐过来提醒我，要不然我保准会撞到别人的枪口上去。郑殷霞说了正事，赵春阳要留她喝茶，她说自己地里有草要去锄，等日后风声过了，她再过来专门讨茶喝。赵春阳送走客人后，寻思着如何周旋此事。此刻，她的心怦怦地乱跳，她预感将有不测发生。她将郑殿霞找她说的事给丈夫复述一遍。他家男人一听，顿时觉得不妙，心想事不宜迟，须趁早去外地躲躲。

想到此处他立刻催促婆娘收拾行李，收拾停当后，他开着自家农用三轮车载着婆娘娃出村之后朝着张桥滩的方向开去，准备到他的远房亲戚那里住上一年半载。

代安卫心想陆海洋书记待自己不薄，他在计划生育这项工作上必须要下狠手，即使是与自己关系较近的人，也要按政策来，任何人都不能网开一面。

一掌握可靠消息之后，朱加良心想，他东彦是与自己较近的人，自己出面只恐影响不好，因此，在抓东彦家典型的事上自己回避一下比较妥当。

他提出这想法，代安卫觉得有一定的道理，应允了他。

代安卫带着焦成娃以及其他计生干部早早就来到孝义堡，但东彦和他婆娘早已不见了踪影。

计划生育工作组来人见东彦家门上挂锁，代安卫心想这不是被别人晃尿子了吗？这家人能躲在哪呢？他越想越生气，于是嘴里飙出脏话。

焦成娃见他生气，宽慰他说，我看，他驴式的，跑了和尚跑不了庙，即使今天他不回来，等个十天半月，他终究要回家的。但古人有句话说得好，开弓没有回头箭，既然我们来了，岂能示弱？

说罢，焦成娃从来的车上翻出铁锤与撬杠，寻思着先撬开门锁再说。他刚拉开架势，路过此处开三轮车的房大锤见到此状停下车，气愤不过地说，喂！伙计，人家人没在，你凭啥撬人家门呢？焦成娃见路人插话，他并不听劝地说，伙计，这没你事，你该忙啥忙啥去。

焦成娃继续撬锁，东彦自家门里的人与铁匠房大锤看不惯这幕，走到焦成娃身边一把夺下铁锤，房大锤气愤地说，你们胡来，我今儿就教教你们什么叫讲理。言毕，他将铁锤扔到一口距离此处不远的旱井里去了。

代安卫见来人茬口硬，便想离开还没来得及抬脚，就被铁匠房大锤一脚踹倒。焦成娃吓得不敢言语，铁匠房大锤骂道，滚！他们几个人丢掉面子，开车离开了仁义堡。

　　代安卫和焦成娃灰溜溜地回到镇上之后，心想自己这口气不能忍，但是上报镇党委又是一件丢人事，不上报这下乡回来的工作简报又没办法去写。既然这事瞒不过领导，还不如早早汇报，叫陆海洋书记给定夺一下。于是，代安卫将孝义堡发生的事情一五一十汇报给陆海洋书记听。陆海洋听了汇报勃然大怒，我们去执法，树典型，最重要的是从群众出发，以德服人，没想到你们用这种方式！

　　代安卫说这都怪自己管教不严，手下人给自己㧅蹶子了。陆海洋心想尽管代安卫他们执法不当，孝义堡铁匠房大锤也有不当言行。他立马叫代安卫叫来公安员老赤。老赤到场，代安卫给他提到自己仁义堡执法受阻的事，要求老赤给他主持公道。老赤说自己会尽力弄清楚事情原委。

　　老赤给陆海洋书记表过态，一转身离开向阳镇，骑了一辆八成新的幸福125来到孝义堡，他寻铁匠房大锤家，敲门进屋，见一妇女开门，问房大锤去哪了，这女人回答他去河南造纸厂上班了，估计一两个月回不来。老赤心想他这是有意躲在外面，自己等他吧，案子扯得太久，不了案子吧，这有陆书记过问，自己在这事上一时间没了主意。他想了又想，既然自己没有谱，先回去等有消息了再说也不迟。

　　西梁里的老民兵田黑牛媳妇肚里怀了三胎，听说这回是镇上计划生育给他家女人动了手术，结果却很失败，他家女人又有了。据说她肚子里怀下的娃娃快生了，田黑牛母亲坐着她老汉赶的皮轱辘马车来到康桥菩萨坡娘娘庙，为他即将出生的孙子烧一炷高香求个平安。

　　田黑牛婆娘名叫孙绒花，她生过前两胎都是女娃，自己一直寻思想再添个男娃，自从被计生站人叫去做了绝育手术，她想再生男娃的事只能搁浅了。

孙绒花为田家再怀一胎，又听别人说她肚子里的娃是男娃，同住一个屋檐下的田家二小子田春牛媳妇杨仙草如同针扎一样难受。她心想自己虽生了一个小子，在田家较为得宠，但孙绒花要是再生下男娃，自己在田家受宠的位置就会因此削弱许多。于是杨仙草便将自己妯娌怀娃的事悄悄地告诉给了镇上计生干部代安卫。

代安卫一听这消息来了劲，他寻思要在孙绒花这事上大做文章一次。这事要想稳妥，知道的人越少越好，自己这回暂时先不上报房文进。他又想自己这段时日冷落了朱加良，这回，自己不能没有得力帮手。于是他托人捎话给朱加良叫他来镇有事相商。朱加良见代安卫给自己捎来话，他寻思着自己要想吃得开，要巴结好代安卫才行，否则，镇上计划生育工作组裁人的话，自己来之不易的工作可能就没了。

他一见代安卫，还没等代安卫给他安排工作，就主动殷勤地提出要请代安卫吃饭。代安卫心想，等吃饭时在席面上说事，这样的话吃饭说事两不误。

朱加良请客，代安卫仍然拽来赵淮安，照例在徐姐饭店。同样，朱加良见焦成娃不是外人，也将他叫了来。徐姐见都是老熟人，便让他们坐进了自己刚收拾完的雅间里，并主动给他们泡上铁观音。

可口饭菜上了桌，吃饭喝酒，他们很快就热闹起来。吃饭间隙，代安卫说，加良啊，兄弟没看走眼，我这辈子交定你了。

朱加良说，兄弟待我不薄，做人嘛，要懂得知恩图报，今天，我和焦成娃兄弟请代安卫兄弟，借此也请我的赵淮安兄弟。焦成娃见朱加良说灵醒话，他也灵机一动说，今天，我加良哥请，改天，我焦成娃也不含糊，我也跟加良哥一样在这徐姐饭店请客。

代安卫与赵淮安相视一笑说，淮安啊，我们两个老哥人都不错，他们也都很能干，说实话，有了他俩，这计划生育再大活路我都没怵过场。赵淮安邀功似的说，我给你介绍的人，当然不丢人。赵淮安又冲朱加良和焦成娃说，我想叮嘱一点，你俩今后工作要懂得掌握分寸，切不可不着实际。

朱加良说，兄弟，人常说吃一堑长一智嘛！我过去不成熟，经多见广，自然而然就有经验了，请兄弟放心。焦成娃说，兄弟，哥我懂得该如何去做，这点你放心!

代安卫知道他们说的都是客套话，他虽然已经喝得迷迷糊糊，却忽然想起一件事，于是说，淮安啊，你不是外人，我有啥话就不藏不掖了，是这，我有个工作上的事，要跟朱加良和焦成娃沟通。

赵淮安说，安卫，若是我在这不方便的话，我回避一下，你们谈。代安卫说，瞧你说的，我好像撺客一样，这日后传出去的话，我代某人还有活路吗？朱加良与焦成娃弄不明白代安卫葫芦里卖的究竟是啥药。后来他一开口，焦成娃与朱加良方才得知西梁里孙绒花过去做过绝育手术，没承想早前手术失败，她又怀上了，且据说很快要生了。代安卫又说，她十月怀胎，只要没生下来，向阳镇计划生育工作组就有责任催促她引产掉娃娃，以免镇上计划生育在市上撞黄线。

隔窗有耳，其中的些许内容叫给徐姐饭店送羊肉的杨生财听见，孙绒花是杨生财外甥女，他心里清楚自己外甥女怀上这胎是男娃，她给老田家生了这胎，这日后，在老田家也就是说了算的一个人。他们要拿自己外甥女开刀，我这个当舅舅的岂能置若罔闻？他想即便买卖再赚钱，也要将自己无意中听来的消息透露给自己外甥女孙绒花。

杨生财火急火燎地来到外甥女家，他拽外甥女至没人的地方，对她关切地说，绒，大事不好，你怀三胎的事，被计生站人知道了，他们要过来找事，幸亏我在徐姐饭店听到了，这不连饭也没顾上吃就过来给你报信。

孙绒花听了这话，头嗡地一下，就乱了方寸，她不知道这下该咋办，只是一味地哭。杨生财说出息点，我们有事说事，别像小孩子一样，但凡有困难就哭鼻子。

她这下才止住眼泪，心想舅舅报信没顾上吃饭，就说煮面给舅舅吃。他舅舅说你抓紧时间收拾自己行李跟田黑牛到外面躲躲风头，找个地方先生下孩子，至于以后的事情，再做打算也不迟。

孙绒花心想舅舅说得对，她送走舅舅之后，急切切地将这事告诉婆婆冯贵英与她的家人。冯贵英让媳妇去北山她姐家躲一躲，就是把孩子生在她姐家也无大碍。冯贵英叫他儿子田黑牛收拾行李赶紧开车拉老婆逃难去。他们前脚出门，代安卫、朱加良和焦成娃后脚就进门了，朱加良问家里人孙绒花在吗？冯贵英回答说没在，不知道她弄啥去了。

他们在屋里前前后后找了个遍，也没见孙绒花的踪影，代安卫心想这事在婆婆口中不容易打听出来，要想弄清其中原委，还要找她二儿媳妇杨仙草问问。

此刻，又不能当冯贵英面找杨仙草问她妯娌孙绒花的下落，这得想方设法背过她家人找见杨仙草才对。代安卫犯愁着，焦成娃拽了拽他的衣袖，然后在他耳边嘀咕几句，他说好，找不到孙绒花，我们暂且先回去吧！这波人走后，冯贵英心想总算把瘟神们送走了。

在堡子口见到代安卫一行人之后，杨仙草用手一指说，她妯娌往北山方向曹村去了。

要说向阳镇到北山曹村有两条路径，其一是，从向阳镇出发经康桥古镇到刘集之后，经过流曲邮电沟最终到达曹村北山。其二为，从向阳镇出发经过华阳镇又经卤泊滩盐碱地，再经道县最终到达目的地。

代安卫心想，走西路人多车多，他们车又不常上路，因此会多有顾虑。而走华阳镇的卤泊滩却是荒草野地，的确算是一个人烟稀少的地方，他断定，田黑牛这小子开车走的是这条道。

代安卫说事不宜迟，快追。焦成娃说我发车，咱去追。焦成娃急忙上车，只听轰的一声车响之后，车的尾部冒出一股黑烟。焦成娃开着八成新的一辆车载着代安卫和朱加良沿着卤泊滩这条道追去。

田黑牛驾驶着自装的一辆柴油三轮车走一截朝后看一次，他开车过了华阳镇，下了南坪坡之后就是视线敞亮的卤泊滩。

田黑牛又一次回头，吓得出了一身冷汗，竟然有人开车在追自己。

孙绒花心想自己好不容易怀了娃，且又是男娃，此番被他们抓住，引产无疑是铁板钉钉的事。想到此处，她急切切地说，黑牛哥，车开快，我不想没有孩子。

田黑牛说我加个速度，但是他们车速快，显然甩不掉，为了稳妥起见，我们兵分两路，我从东路走引开追车，你朝西路跑找个地方躲一躲，等与他们周旋结束，我再过来寻你，接你上车。

孙绒花见来人穷追不舍，已经别无选择，她说成。田黑牛慢了车，她小心翼翼地从车上跳到草丛里。此后，她又气喘吁吁地朝西边一直跑去。田黑牛开车朝东边一直跑去。后面追来的车见田黑牛经过岔道改变方向，他们一边开车一边喊，田黑牛，你不要侥幸，等我们抓住，你罪加一等。

田黑牛心想，好小子，我跑了是利狐，跑不了是蹩狐，他说罪加一等，这是吓唬人，我才不怕他呢！见后面的人继续在追，田黑牛嘿嘿一笑说，有本事你们追，我要钱没有，要命有一条。

朱加良骂道，你狗日的别张狂，爷我今天来，就是教育你娃的。田黑牛的车黑烟滚滚，他被追得无路可逃，于是将车熄火，自己圪蹴在车前抽起烟来。朱加良跑近跟前一把抓住他领口问，你婆娘跑哪去了？焦成娃也恐吓他说，不说，今天要法办你。田黑牛说，我也不知道我老婆去哪了。

朱加良一把将他搋起说，你说谎，老实点，要不然今天叫你吃不了兜着走。代安卫说，我们哥几个今天叫这小子要了，不用问，他婆娘朝西边跑了，我们调头追。

朱加良松开了手说，便宜你狗日的了。田黑牛暗自开心起来，他心想，自己女人早已跑得不见踪影，你们追，追到猴年马月去呀！代安卫心想他家女人挺着大肚子，即便跑也跑不了多远，今天追不上这女人誓不罢休。

孙绒花裹了一身热汗气喘吁吁地来到住有十来户人家的小村庄，不知道什么勇气使然，她竟然翻进一户人家的后院。

听到后院有动静，睡在自家炕上的屋里女人吕秀梅穿好衣服下炕，她出了屋子见后院草堆里躺着一个大肚子的女人。

吕秀梅走到孙绒花跟前问她发生了什么事，她冲吕秀梅说，姐，我有苦衷，一两句话说不清。

吕秀梅说，别怕，姐不会出卖你的。孙绒花说自己是超生户，方才之所以翻墙进了这处后院，实在是没有出路才出此下策啊！哦！我明白了，他们也真是的，一个快要生的女人，他们追来追去，也太不讲人性了！这时屋外传来狗叫声，吕秀梅嘘了一声，示意不要发声，她悄悄地将孙绒花搀进屋里。

吕秀梅为孙绒花收拾好一间屋子，又铺上暖和的被褥。

代安卫与朱加良以及焦成娃开车进了村庄，找遍了每条巷道，都没寻见孙绒花，他们想挨家挨户找，又怕惹得当地人厌烦。代安卫心想，这女人挺着个大肚子，谁家敢收留她呢？保不住，她又迂回回去了，要是与他家田黑牛会合，他们没准这会儿早到了北山曹村了，真后悔刚才放走田黑牛。

代安卫想到此处，一挥手说去曹村找找，再没结果，这就是天意如此。

向阳镇计生干部走了之后，田黑牛忍着饥饿找了自家女人一天一夜，后来碰上这村赶集回家的刘婶，好心好意地告诉他吕秀梅家收留了一个女人。

田黑牛寻见他的婆娘时，惊喜地发现婆娘竟已为他生下了一个男娃，模样俊秀。孙绒花与田黑牛商量，给娃取名叫田落生，说从这天开始吕秀梅是她儿子干妈了，后来，两家人因此而走起亲来。田黑牛接走婆娘娃在富平北山住了些时日，后来托人说话，交过镇上计划生育超生罚款之后，这才回到孝义堡。

这年初夏，朱加良家女人在家翻不出一件体面时尚的衣服，她抱怨朱加良不用心思哄她开心。朱加良见女人在家嘟囔，他心想，反正与她处在一块儿了，有些事也只能忍让。他听自家女人说要赶集去，朱加良寻思，这女人去就去呗，她花钱买这买那都是小事，这事，自己推脱不得。反正，他惹不过自己女人，于是朱加良说，好婆娘哩！我预热一下车，在院外等你就是了。

白驹

女人听她男人痛痛快快地答应赶集去，便在屋里精心打扮一番，听到外面农用三轮车有了响动声，挎起小包，款款走出屋子。

朱加良平常心粗，这回却心细起来，他担心女人坐车脏了衣服，早早地给她铺上了刚买不久的凉席坐垫。他家女人说今儿个呀，朱加良算是有出息了。

朱加良憨憨地一笑说，我还不是有名的婆娘孝子嘛！今天这不专门侍奉老婆您的。他家女人说别贫嘴了，我要的不是你的甜言蜜语，是你挣来的真金白银，明白了吗？朱加良心想她不懂得浪漫，当初，自己眼光真是差，唉！如今我这个浪荡客，也没底气跟人家说不跟她不过日子了，再说老夫老妻了，日子也只能将就过。

他见自己女人上了车，便一踩油门，将车稳稳当当地开出了村子。他家女人一路上嘴里不断哼哼着秦腔。朱加良说，你唱戏简直像农业社杀猪一样，太刺耳也太难听，这别人一瞅你是俺朱加良婆娘，背地里准会笑话我哩！我喜欢唱，我就想唱，嘴长在我自己脸上，谁也管不住他奶奶我，你小子别挑刺，继续开好车吧！

他家女人又继续唱起她的戏。自家女人咋咋呼呼的，简直有失体面呀！朱加良过去是做收狗买卖的，这些，他都能接受，而今，自己比以前神气了，他家女人的这一套，他担心被乡镇干部或者哪个村上干部瞅见，人家在背地里笑话自己。

他越是想这些，越觉得这女人与自己不甚般配。

他想，你个屋里人，再不把我当回事，我哪根神经不对劲，换个别人进门，到时候你娃后悔都来不及啊！人说心无二用，他一边开车一边想这些，思想抛锚，车摇摇晃晃起来。他女人紧张起来喊，朱加良，你开车往阴沟里开，要老娘我命呀！这时，眼看一列火车朝这边驶来，但车子的方向盘却完全不听使唤。朱加良骂道，臭婆娘，你别嚷嚷，这车方向盘失灵，你快跳车，快跳，不然就撞火车了！他家女人说我怕，朱加良说快，你不跳会没命的。她家女人没来得及跳下，车子就撞上了西韩线的一列火车，他俩与车都被撞出几十丈开外。

当地庄稼人见有人被撞，来到跟前发现一男一女因失血过多已经没了性命，有人报警，铁路警察赶到拉起一圈警戒线，很快，警察勘查现场，了解死者身份，最终确认死者为孝义堡人，两者系夫妻关系。

紧接着，铁路警察与当地村上取得联系，在村干部的陪同下将这一飞来横祸通知了他家父母亲。老两口听到这一噩耗，悲痛欲绝，晕过去好几次。

铁路警察根据铁路系统的赔付标准，赔偿朱加良父母七千二百元，作为朱加良和他媳妇的埋葬费。孝义堡村上出面，为朱加良家操办丧事。噩耗传来，向阳镇党委政府派人送来花圈，代安卫、焦成娃以及赵淮安也为朱加良和他婆娘突然遭遇不幸而一度伤心。朱加良与他家女人下葬之后，朱加良姐姐见父母亲与自己亲侄日子没有了着落，和丈夫商量过后除接父母亲来她家住以外，还抚养了她上小学六年级的侄子。

又逢周一了，按照惯例，礼拜一上午向阳镇党委政府是要开例会的。

开会时，企业办、经发办、农业办、司法办，以及计划生育办各自汇报了一周来的工作情况。

计划生育办代安卫汇报说，东彦与他婆娘至今没有回家，此外，铁匠房大锤也一直不见踪影，因此这事也只能等一等再说。

陆海洋很严肃地说，这事不能一直耗下去，我想看到事情进度与结果，不能再被市上计划生育工作亮黄牌了，算我陆某人拜托各位了。见陆书记话说到这份上，刘升平副镇长说，我们会在这事上认真地考虑，尽快拿出一套比较科学又可行的办法。开过这周例会的刘升平与代安卫两人压力剧增，又不知道该如何是好，领导过问得紧，虽然跑的回数不少，但是却等不来任何值得开心的消息。此后，陆海洋提议向阳镇党委政府召开一次孝义堡计划生育专题会议，主要讨论如何解决孝义堡计划生育遗留问题。这次召集来开会的成员分别有刘升平副镇长、李保成镇长、代安卫、公安员老赤，以及孝义堡村干部。陆海洋逐一听取汇报之后，结合实际综合考虑一下说出自己的想法。刘升平副镇长表态按照李保成镇长与陆书记两人的意思来办。此后，镇上放出风来，东彦听别人说镇上罚钱并非狮子大张口，顶多三千块钱他超生的事就可以解决，原因是自家超生与镇上计划生育结扎工作失败有直接关系，这个责任要共同承担。

他打电话给村干部证实酌情处理他的事。东彦交过婆娘三胎超生罚款之后，和婆娘过上了一直期盼的正常日子。

老赤心里明白，听话听音，陆海洋书记在铁匠房大锤、东彦自家人等滋事的处理意见虽然没有明确给出法子，但是，他给自己暗示了要低调处理计划生育相关的事。我既然是向阳镇的公安员，自己工作上的事得听镇党委书记的，经过与村上协商，由村上给铁匠房大锤做工作。最终，除要求房大锤写一份检查之外，又要他和东彦家人，合出费用，为孝义堡群众放一次电影。给村上放了一场电影《蓝色档案》之后，房大锤与东彦家人又给镇上公安员写了一份悔过书，这事算是有了个了结。铁匠房大锤回家之后，又忙活起了他的铁匠买卖。

— 61 —

仁义堡的五婶听说寡妇刘秀英家儿媳高翠萍拾了娃，想寡妇抓拍娃不容易，自己在这事上不能含糊，于是携了一篮子鸡蛋赶头茬来刘秀英家看月子。她一进门，刘秀英说，她五婶，你真有心，过来就过来吧，还提鸡蛋。

五婶说，瞧她婶说的，我过来看娃，这空着手多不好啊！再说，自己过来看月婆，得有个表示才对嘛！刘秀英带五婶进儿媳屋子，她冲给娃喂奶的高翠萍说，翠萍啊，你五婶过来看你来了。

高翠萍冲五婶一笑，说，五婶过来了，大夫不叫我下床，我不能亲自招呼五婶，五婶你多包涵。看我娃说的，我又不是外人，你下床不下床，我咋能见外哩！五婶亲近地说。刘秀英让五婶坐板凳上，五婶说，我坐炕边吧！她一盘腿坐到炕边，伸出胳膊开心地说，叫奶奶看看娃，今天过来抱抱咱家福娃娃。高翠萍将孩子递给五婶说，娃是丑八怪，奶奶见一下这丑八怪孙女。

五婶接过高翠萍递过来的娃说，谁说我娃丑八怪，靓鼓嘟嘟的娃，我看，翠萍这回，娃生到向上了，我秀英姐孙女孙女的，这回顺她心了。刘秀英见五婶说这话，说道，瞧你五婶说的，儿媳生男生女都一样，我不能干预这么具体啊！五婶话锋一转说，像我姐这样的好婆婆，是打着灯笼也找不到。

刘秀英见五婶当媳妇面夸自己，说道，你五婶就爱拣好听话说。刘秀英给客人泡了茶说，娃我来抱，她五婶，先喝口茶。五婶顺势将娃递给秀英，她喝过一杯茶之后，从自己怀里掏出二十元钱，塞给高翠萍说，这是五婶我给娃的瞌睡钱。高翠萍心想发钱这是个讲究，她给钱，来回推让，也不是事，于是，她接过五婶给娃的瞌睡钱，而后承情地说我替娃说声谢谢了！

五婶一看时间，说时候不早了，我得回去给屋里人做饭。见客人起身，刘秀英挽留五婶吃过饭再走。五婶说秀英姐别忙活，我得回去伺候你兄弟呀！刘秀英听她要忙家务，也不再强求。

刘秀英送客人到门外，她暗自开心儿媳为她争了一口气。

自从高翠萍生了娃，赵淮安只要忙完手头工作，就回家照顾自己的婆娘娃。但他没给单位任何人透露自己女人生了娃的事。

焦成娃见他回家次数增多，猜想一定是他婆娘生了娃，便问道，兄弟，我看你面色喜悦，定是有啥喜事了吧！赵淮安说实不相瞒，你弟妹生了个千金。

焦成娃说，兄弟，你不能这样呀！我不问，你都不想给我说，你这没把我当自己人啊！我要批评你，不对，要强烈批评你。赵淮安解释说，老哥不要见怪，我低调处世，堡子里人却嚷嚷叫给娃过满月，这回，自己得好好出水一回了。

焦成娃说，撞上喜事，要舍得花，别叫堡子人瞧不起咱。赵淮安说过事花钱都是小事，主要这很累人啊！话撵到这儿之后，焦成娃说，兄弟呀，我们关系一场，只要有用得着哥哥的地方，你只管言传就是了，当哥的我决不含糊。赵淮安说给娃操办满月宴，这事少不了拉扯老哥你呀！

赶在娃娃出生前，寡妇刘秀英就做好了棉衣棉裤，也扯了尿布之类的东西。高选民两口心想女儿怀孕自己不能没有表示，于是他们送来各类营养品。

寡妇刘秀英家给孙女过满月宴这天，请来相逢各尽其责。他家屋外妇女扭起秧歌，男人们敲打起锣鼓，这热闹劲，丝毫不输给过年街道上的社火。

过事的炒菜，葱花香一阵又一阵地飘出屋外。五婶最先进门，她边走边说，我牙早就磨尖了，只能今天过来吃大席呀！主事的相逢头刘保义见客人进屋，给客人看座之后，又嘱咐招呼茶水的相逢给客人看茶。他安顿好了五婶，继续忙活迎客的工作。

徐姐、高选民与他婆娘、仁义堡仁主任、老吉、房文进、代安卫，还有其他村的村干部陆续到来。焦成娃既是客人又是相逢，他一来就赶上头茬待客，换作往常喝酒的话，他历来是不醉誓不罢休，而这回则不同，他想自己既是相逢，便不能敞开喝酒了，代安卫、房文进、仁义堡主任老仁，以及高选民等人也大都斯文起来。

开席之后，赵淮安逐一敬酒，大多客人出于礼节喝了一两杯，之后，席面上的酒就再也没人动了。

五婶和老吉婆娘却不管男人们这边如何斯文，她们放开肚皮吃也放开肚子喝。她俩喝酒喝出胆量，摇摇晃晃离开席面，来到后厨在锅底抹了一把黑，她们最先给寡妇刘秀英脸上抹了黑，接着，又给高选民与他婆娘脸上抹了黑。寡妇秀英和高选民夫妇都明白抹黑风俗是耍闹事，别人再闹腾，自己也只有配合的份，且不可为这事与别人红脸给人家难堪。五婶与老吉老婆见赢了彩头，见好就收，很快又回到原座吃起酒席。

高选民婆娘被别人耍笑闹腾之后，她家闺女抱娃出了屋，她也想看看外面热闹，也想跟父母亲拉拉话。

她出屋见婆婆与自己娘家父母都被抹成花脸，忍不住笑了笑，冲抱在怀里娃说小家伙，你瞧见没有，你奶奶，外婆外公，都被别人抹成黑人了，你看，他们好看不好看？

高选民夫妇一对黑脸凑过来逗外孙女乐，小家伙见到高选民夫妇的模样却哇哇大哭起来。高翠萍一边哄娃一边说，娘，你和我爹吃好。

姑娘，你要照顾好自己身体，今后有啥需要我和你爹帮忙的，你只管言传就是了。高翠萍说，我有淮安和婆婆照顾，一切挺好的，过段日子我抱娃回咱家待几天。高选民婆娘掏出五百元钱说这是自己与娃她外爷给的瞌睡钱。这个份子在高翠萍的意料之中，她接过钱，冲父母亲说了感谢的话。

快到后响天，客人大多已经散去，高翠萍觉得困乏，抱娃进屋歇息，刘秀英帮后厨妇女洗刷锅碗瓢盆。

赵淮安正忙着收拾院子，眼前忽然出现一个穿着时髦的女人，她斯斯文文地冲他说，赵淮安，没想到我会来吧！赵淮安仔细一瞅，呀！自己当年没追上的女朋友咋来了，真令人诧异啊！女人说我回了趟娘家，路过听说你添了娃，便过来道贺。我来得匆忙，就不进屋里见你老婆和娃了。她递给赵淮安五百元钱说这是自己的一点心意。

赵淮安心想这女人进门得鼓多大勇气呀！不收她的礼，势必驳了她的面子，便说你的心意我就收下了。

女人说，淮安，祝贺你当爹了，我坐顺风车过来的，不能耽搁。她言声告辞之后，便急匆匆地离开了寡妇刘秀英家。

高翠萍自从生了孩子，就辞去了向阳镇农技服务中心的工作，在家里一心一意地照看娃。

赵淮安给娃过满月后，一直苦恼给娃起个啥名字。后来，他寻思着自己娃娃生在秋天，赶好又是收获季节，于是取名为赵秋萍。家里人又给娃起了个乳名叫妞妞。

张翠花在孝义县开办麻将馆买卖有些年了，起先，她的买卖红火，后来，别人眼红她的买卖，在她家附近，也开了麻将馆。张翠花心想，自己与过去一样耗时间与精力，买卖却大不如以前了，得尽快想法子盘活麻将馆！谁能帮自己介绍来打牌的新腿子呢？很快，她想起一个人——县城百货公司大裁缝程秀英。程秀英认识许多阔太太，要是她能介绍一些人来打牌，这样自然就能救活自己的麻将馆了。

程秀英人不错，去找她帮忙想必一定管用的。张翠花想到找百货公司大裁缝程秀英是有原因的，她俩过去同为华阳镇人，年龄也一般大。她俩还是姑娘的时候，张翠花在舅舅家在孝义县开办的农药店当销售员，每月挣百八十块钱。程秀英家境贫寒，姐妹多，她好胜心强，一直抱有个想法，想学一门手艺改变自己面朝黄土背朝天的命运。后来，她想到学裁缝，但是，家里却拿不出来学费，她就找到在县城舅舅家打工的张翠花借了钱。

张翠花去县百货公司见过程秀英，说明来意，程秀英想当年自己家贫，多亏人家张翠花借钱，自己才学来裁缝手艺，后来她找熟人介绍又进了县百货公司当裁缝，没想到一晃十来年过去，自己日子过红火了，现如今已经成家立业好几年了，而张翠花谈了个铁路工人，她家那一口听说爱好吃喝嫖赌，亏空家之后，张翠花与她男人离了婚，后来一个人开麻将馆过日子。

背弃她的男人因为染上毒瘾之后被当地看守所收监。以前，程秀英与张翠花有联系，但是当程秀英听说张翠花男人抽大烟，就有了顾虑，便与张翠花保持了一定距离。后来，张翠花听说程秀英离婚了，便去看望她、安慰她，此后，她俩开始了走动，久而久之，关系又恢复如初了。

程秀英答应为张翠花恋打牌的人，最近一两天给她消息。

程秀英生意场面认识不少人，她起先认识刘蕊草婆婆，她婆婆又介绍她认识了刘蕊草，刘蕊草见程秀英是大裁缝，人除了细发以外，平常也热情大方，她送过去衣服熨烫或者裁边子之类的小活，程秀英大多都是人情活，不收她钱的。

程秀英见刘蕊草婆婆好些日子没来她这了，便问来裁剪衣服的刘蕊草，你婆婆咋好长时间没来了？刘蕊草说，她公公单位财务出现些情况，老头子被上面的人叫过好几回，这回，虽然有老领导保他，但是，以后的事没人打包票啊！

刘蕊草又说自己成天围着锅台转闷得慌，真想找个地方散心去。

她话撺到这里，程秀英心想，她刘蕊草不缺钱花，要说也算是阔太太一个，她不就是现成咀子吗？自己介绍给张翠花，这边为刘蕊草解闷，另一头为张翠花恋成一个咀子，她还记自己一个人情。

程秀英说，妹妹在家闲着也是闲着，出去打个牌寻个开心多好呀，我有个好姐妹，她开了个麻将馆，你要是想打牌可以去她那里。刘蕊草说，你瞧你，咱都是好姊妹，人说肥水不流外人田，我一早总在别人家打牌，早知道你对向处有场子，我上你对向处打嘛！

程秀英将刘蕊草拽到张翠花这头之后，刘蕊草便成为照顾张翠花生意的一个常客了。

这年仲夏，张翠花麻将馆买卖做得正顺畅时，她接到片区民警的通知，说有领导来检查工作，要求沿街麻将馆，包括娱乐场所都要关门歇业几天，有了这个通知之后，没有人敢顶风作案，私自招呼客人打麻将了。

刘蕊草没等麻将馆主家叫她，竟然主动给主家打来电话，她问今天几点恋人打牌，张翠花说，唉，人家警察说上面来人检查，要求我们歇业几天。这窝了你妹妹打牌的兴了。

刘蕊草说，就是，他们也真是的，迟不查，早不查，我这两天手兴，他就查真是郁闷。

张翠花为了不让刘蕊草与其他客人外流，想趁歇业这几天，请他们吃饭唱歌，这样，能为自己稳住客源。

— 63 —

翌日，杨社教回到家，见屋里冰锅冷灶，就冲没迟没早在麻将馆耗着的婆娘大发雷霆，骂道，懒婆娘一个，要是你继续打麻将，今后，别怪我给你难堪。

刘蕊草一听这话，反倒来了劲，你有多大本事，老娘我不是没领教过。杨社教，我刘蕊草给你留脸面，就你那些事，我没兜，这都是我宽容你，你要是逼急我，我会让你吃不了兜着走的。杨社教见自己不能扳回胜局，立马服软地说，好婆娘，我是开玩笑的，你打牌，又不是聚众赌博，我干吗想不开呢！刘蕊草见好就收，她说，这还差不多，咱俩要搞内部团结，你好，我好，大家好，皆大欢喜。再说，打牌也是小打小闹，我即便去也是打发时间罢了。杨社教很无奈，他说，你想打，你打吧！我没饭吃，下馆子去。

杨社教出门吃饭，刘蕊草却上炕一头捂在被窝里睡起大觉来。一觉醒来就到了后晌天了，她一翻身起来，想出去透透气，于是，梳妆打扮一番，出门到街上溜达，习惯性地走到张翠花麻将馆附近。她听到别人搓牌的响动声，手便不由得痒痒起来。

这时，肚子咕噜咕噜叫了起来，心想找个饭馆临时将就吃点东西，然后再去与大家凑热闹。一家小饭店忽然走进一位气质不凡的女人，引来了正在点菜的老申的一番细细端详。他说我没认错的话，你是蕊草老师，对吧！刘蕊草莫名其妙地问，我们认识吗？

老申说，你瞧瞧，我过去蹬三轮车，给你家还搬过东西，你记不起来了？在张翠花麻将馆，我们还打过一两次牌，你真是贵人多忘事呀。经过眼前男人自我介绍之后，刘蕊草忽然有了印象，她说我想起来了，大家叫你什么来着，我咋记不起来，哈哈！我想起来了，你叫老婆嘴，对吧！老申很丢面子，他却不能给女人脸色，于是，他冲刘蕊草一脸严肃地说这都是崽怪们嘲弄我，他们叫，你不能叫，好妹妹哩！刘蕊草灵机一动说，我称呼你申哥吧！老申说这就对了，好妹妹，你过来吃啥，今天我来结账。她说谢谢申哥了，我要一碗米线，再来一个菜夹馍就可以了。

老申礼让刘蕊草坐在自己对面，他们要来饭菜，一边吃一边聊。老申问，刘老师，你吃饭之后准备去哪？刘蕊草说，你明知故问，我去张翠花家打牌嘛！老申摇了摇头说，妹妹你不是外人，张翠花家场子去不得。刘蕊草觉得莫名其妙，她好奇地追问道，申哥此话咋讲？我还不解其意啊！老申说实不相瞒，张翠花家最近场子邪得很，我去过两回，输了两场，后来，我才发现她家来了轱辘子客。大场子，抽老千多数是男的，而小麻将馆来的轱辘子客，有男有女，一般人很难辨别出谁是轱辘子客，但是，他们只要坐在牌场，谁是啥货，一眼就辨别出来了。刘蕊草听了这话，她感激地说，申哥是好人，妹妹我谢谢你的提醒。

听了老申的劝说，刘蕊草不再继续打牌，后来，她觉得成天在家太无聊了，便应聘到一家补课学校当临时老师，这份工作让她得到一时安慰。

老申消息灵通，他不仅知道刘蕊草娘家在向阳镇，甚至还知道，刘蕊草曾经与赵淮安处过对象，阴差阳错，他俩最终没有在一起。

老申与刘蕊草熟悉之后，有一次闲谈，他兜出了自己所了解到的刘蕊草与赵淮安的老旧文。

其实，老申说这些，有他的打算，他觉得自己成天耗在麻将馆，毕竟不是长法，人要有个正经营生。正在发愁之际，他在蒲城县尧北水泥厂的老表求上门来，说自己是单位电工，上班一年六个月，单位半毛钱工资没发，工人要得急，厂家给了每人三十吨水泥顶账，自己没有交际圈，想请老申将水泥变现。

老申心想既然老表来找自己，那就找关系帮他消化这些水泥，要是这门路行得通的话，自己以后可以做倒卖水泥的营生，这样也算有个稳当生意做，总比成天耗在麻将馆里踏实得多。早前，他就听说向阳镇搞农田开发，修路修渠，又加上翻新老电房，这些工程都需要水泥，不过，自己与当地人不认识，自儿个去，人家未必买账，这中间要是经过熟人介绍，想必就多了一些成功的把握。老申心想唯一可以给自己买卖穿针引线的人就是刘蕊草，于是他找刘蕊草言明来意，刘蕊草见老申人缘好，立刻应承说找赵淮安问问这事，但是没有绝对把握说成这事。老申说，这事只要路跑到，成不成，是两码事，你不要有啥压力，你给我们介绍已经算是帮忙了。

刘蕊草应承帮忙之后，带老申去向阳镇找赵淮安商议此事，赵淮安见刘蕊草带人来找自己，况且此事自己完全可以办到，便答应老申，只要水泥质量过关就选用老申家的水泥。

有了这个跳板的老申不仅消化了老表抵债的水泥，还借此机会拓展了自己的生意渠道，买卖由小渐渐做大，以至于后来变成孝义县商混站的大老板一个。

- **64** -

每年的七月下旬，是孝义县行政干部休假密集的高峰期。赵淮安也随大流，赶在这个茬口休了假。

这年休假，赵淮安回家看望过家人之后，高翠萍说没事的话，找个地方出去转转。赵淮安心想，既然高翠萍提出要去旅游，赶好自己几年没与杨凌农校老师蒲忠厚联系了，这回，既然出门游玩就顺便去看望一下蒲忠厚老师，一举两得。

他虽然这样想，但是他不清楚这时间节点恩师在不在杨凌农校。为了稳妥起见，自己必须提前与他联系。于是，他与高翠萍商量过后，给杨凌农校蒲忠厚老师打去电话说自己要去看老师一趟，蒲忠厚说，赶好我西安过来客人，你来正好给我陪陪客人。

赵淮安跟蒲忠厚老师说自己这回是与媳妇娃一起来的，蒲忠厚说，你们一家来，那太好了，我这边给你安排一下，你们在农科城住上一个晚上，我跟你们也能好好聊聊。赵淮安还进一步了解到，蒲忠厚老师在杨凌农校定点技术扶贫彬县花卉基地，他想，彬县虽然路程遥远，但是那个地方有山有水，要说景色比杨凌好多了。赵淮安与他家女人收拾过行李，赵淮安提行李包，高翠萍抱娃，一家三口去向阳镇乘车到孝义县，接着再由孝义县乘车至西安，然后坐上西安至咸阳彬县的长途汽车。时间还早，蒲忠厚从车站将采访自己的一名叫侯波的秦岭日报社会新闻部记者，接回自己的花卉基地，见时间差不多了，又亲自去了趟彬县汽车站，接赵淮安一家人到花卉基地。

赵淮安一到花卉基地，便从自己行李包里取出一包紫阳毛尖和一瓶西凤特曲递给蒲忠厚说，蒲老师，学生我过来看您，这份薄礼，您收下。蒲忠厚嘿嘿一笑，他瞅了一眼记者侯波说，你看我这学生，过来看我，他还有心得不行，我不收这礼，显然有驳他的面子，收下吧，又显得老师俗气，你瞧瞧，他这一出，真为难老师我了。

侯波说，他是学生，打老远过来看您，这也充分体现我们这个社会还是尊师重教嘛！赵淮安说就是，我孝敬您老是应该的，这个您要收，不能含糊。高翠萍也强调蒲老师要收。蒲忠厚说既然盛情难却，我就不客气了。蒲忠厚与他家女人招呼赵淮安一家人与记者同坐在临时搭建的钢构玻璃客厅里。

赵淮安和高翠萍抱着娃好奇地参观蒲忠厚老师办公室的一些绿植盆景，蒲忠厚老师说，淮安，老师这地方很简陋，你和家人来，只能在这先坐坐，委屈你们了，当然，也委屈了西安来的记者侯波。他是记者？赵淮安好奇地问。蒲忠厚说，瞧我，忘了给你们介绍了！淮安，这位是西安秦岭日报社会新闻部记者侯波。侯记者，您身边这位是我的学生，他是孝义县向阳镇农办主任，名叫赵淮安，跟他来的是他的太太高翠萍。

赵淮安听蒲忠厚介绍对方是记者，心想自己日后一定有用得着的地方，他说侯兄是大记者，兄弟我失敬，失敬了。侯波说，兄弟在孝义县向阳镇工作，老哥我别的忙帮不上，以后只要有用得着媒体的地方，你只管开口，我只要能帮上就尽量帮。蒲忠厚见他俩话说得比较投机，开心地说，你们认识一下，是好事，有句古话说得好，多个朋友多条路嘛！蒲忠厚家女人见自家男人贪图说话，没给客人继续沏茶，她忙完一阵家务之后，很快腾出手来替丈夫招呼来客。此后，她又意识到，屋里男人们自顾说话，疏忽了高翠萍，她主动走近高翠萍说，翠萍呀，娃我来抱，你歇息一会儿。高翠萍抱了一路娃，确实有些累了，见蒲忠厚家女人开口要替自己抱娃，尽管自己感觉累，还是说姨你忙，娃，我叫淮安替我抱一会儿。

蒲忠厚家女人说，你瞧，他们爷们儿有说不完的话，这会儿顾不上抱这个小乖乖。她一边解释，一边两只手接过娃。蒲忠厚与屋里客人寒暄过好一阵子，这才意识到，自己光顾与客人聊，不知不觉已过正午。他说，我在附近的农家餐馆略备薄宴，我们这就过去吧！蒲忠厚与他家女人忙活一天，招呼远道而来的客人，吃饭、参观花卉基地以及就近的花果山，等等。晚上，蒲忠厚又为客人招呼住宿酒店。第二天吃过早餐之后，蒲忠厚与客人茶叙时问赵淮安近况如何？赵淮安说自己成天忙的都是老一套，填报一些文字报表之类的东西。蒲忠厚说，读书出来不容易，你能有一份在乡镇上班、吃公家饭的差事，不知有多少人羡慕你。我认为不管做什么行当，打铁还要自身硬，如今这社会，只要你学到真本事，敬重你的人就越多，如果碌碌无为一辈子，亲戚朋友，同事之间，谁都不会高看你的。

赵淮安说，蒲老师这话对我很受用，谢谢老师教诲，我回去了，在业务上好好用功。蒲忠厚说，淮安，向阳镇是瓜果之乡，我觉得你要在这方面狠下功夫，弄出名堂，这是一件惠及乡里的大好事，作为老师，我乐见你能在这方面有所作为。赵淮安说名师出高徒，我会百倍努力的。

蒲忠厚做向导，又带客人来到彬县闻名遐迩的大佛寺参观。古色古香的寺院大门有块牌匾是中国佛教协会副主席赵朴初题写。走进之后，大佛寺正殿门两侧是陕西省著名书法家茹桂撰写的一副楹联。参观期间，蒲忠厚像导游一样给赵淮安和侯波介绍道，这座寺庙是唐初贞观年间开凿建成，距今已有一千三百多年的历史。大佛寺石窟依石山，傍泾水，凿岩为室，雕石成像。窟前堆土成台，曰"明镜台"。台上筑楼，雕梁画栋，飞檐挑角，雄伟壮丽。此外，大佛寺分四大部分组成，即大佛窟、千佛洞、佛洞、丈八佛窟等。记者侯波、赵淮安一家人无不被眼前的场景所震撼。参观过程中，记者侯波感慨寺院好景目不暇接，佛教文化博大精深，而赵淮安夫妻对佛教文化是一知半解，仅仅看个新鲜而已。

这天，蒲忠厚夫妻尽了地主之谊，参观过大佛寺之后，吃过中午饭，赵淮安一家和记者侯波提出返程，蒲忠厚一看时间说，好，既然时候不早了，我就不留你们了，等以后有机会，欢迎你们去杨凌农校坐坐，这回招呼不周，还望你们多加海涵。

赵淮安夫妻异口同声地说，这回给蒲老师添麻烦了，不好意思。侯波也说了同样的话。蒲忠厚送给客人自己有关农业科普类的学术著书，最后与赵淮安夫妻以及侯波寒暄几句，又送他们到彬县汽车站，客人与蒲忠厚言声告辞，乘坐长途汽车返回了。

　　休假过后，赵淮安翻看蒲忠厚送给自己的书，觉得很受用，于是，他想将这方面知识传授给更多人，此后，他下了功夫，以蒲忠厚著书为基础，结合自己日常积累与工作实践，整理出工作笔记。

　　赵淮安主动创新，在农校举办向阳镇农技大讲堂。他明白，政府工作要干，自己也不能忽略宣传，他将自己讲堂的内容核心以简报形式印刷，发放至各村各组，同时，还将能彰显自己成绩的通讯稿抄送给镇上有关的上级领导。

　　赵淮安在镇上工作出色归出色，但是他办农校以及印刷农业信息的费用一直被镇上拖欠着，他多次找主管财务的镇长要钱，但是，由于种种原因，他的这笔费用始终没有解决。很长一段时间，赵淮安郁郁寡欢，向阳镇党政办副主任罗亚田见他成天闷闷不乐，似有苦衷没处倾诉。罗主任说，兄弟，你这是咋了，给老哥说说看。赵淮安将自己业务花销费用迟迟不能报销的事给罗主任细说一遍。起初，赵淮安想，罗主任只是听听，自己也仅此发泄一下，没想到，他说出苦衷之后，罗主任给他出了主意，说今后农技信息可以转发至由向阳镇党委政府主办的刊物——向阳镇简讯刊登，这样既能充实简讯内容，又能起到一定扩大宣传的作用。另外，农办也无须再为印刷排版费而头疼了。赵淮安细细一想，罗主任说得不无道理呀！罗主任安慰他说，张主任，我认为你现在主要是工作被领导认可，至于农校办学花费报销的事，我觉得不能操之过急，我们要懂得事缓则圆的道理呀！

　　赵淮安觉得罗主任说的都是靠谱话，此后，他调整工作思路，每周一期的农办信息不再出刊了，而是转发到向阳镇简讯上了，这样，为他省下一笔开支。

　　三个月之后，诚如罗主任所说，赵淮安农办口欠下的一屁股债终于落在实处了，究其原因，赵淮安从罗主任嘴里得知，他的农办大讲堂被项目包装了，引起上面领导高度重视。镇上领导一想，这事自己应该有个姿态，虽然镇上财政所开支吃紧，却对农办开支优先考虑了，借来乡镇企业钱，先解决了农办往期大讲堂的基本花销。

赵淮安心想，自己一场努力总算没有白费啊！因为这事他赢得领导的认可，从而促使他有了继续在向阳镇大干一场的想法。

向阳镇农办监测到，每年四月中旬至五月初正值小麦灌浆期这个茬口，是田间蚜虫高产期。为了有效预防虫灾，赵淮安准备带领自己部门牵头成立农技服务队。他老婆高翠萍主动请缨，要当向阳镇农技服务队的妇女队队长。赵淮安一听这话，说，翠萍啊，农技服务队是项公益活动，此外，这是吃苦活，你们女人家吃不消呀！高翠萍说，我需要有事干，钱不钱，我不在乎，只要过得充实就可以了。

我翠不过你，这事我支持你的想法。在高翠萍强烈要求下，她加入了向阳镇农技服务队，又担任妇女队队长。后来，她手下发展了十多个妇女，很快便活跃在向阳镇的田间地头。

高翠萍有了农技服务队这营生之后，将一天三晌带孩子的差事托付给了婆婆刘秀英。婆婆刘秀英认为，儿媳妇与自己搅一个勺把，不必斤斤计较，再者儿媳这支农技服务队前前后后地付出忙活，还不是为了帮自己儿子在镇上弄出一点名堂来。因此，刘秀英在带娃这又苦又累的差事上，没有说出一字半句的怨言来。

起初，高翠萍认为自己加入公益农技服务队，是给自家男人在领导面前加分。经过一系列事情之后，高翠萍明白一个道理，干任何事情要想干出名堂都不容易。按说，她在向阳镇农技服务队干活是件开心事，出门了，她和众多姐妹说话都比较敞亮，因此苦点累点也没啥。然而，这一切也并非自己想象的那么简单。论说，她过去在向阳镇农技服务中心上过班，自己遇到农药买卖的话，要尽让向阳镇农技服务中心这边，但是，她每次开口要照顾这边生意时，其他人总有意见，他们各说各的关系，叫高翠萍左右为难。此外，向阳镇公益农技服务队里王云皮肤过敏住过一次医院，虽然身体并无大碍，但是这叫赵淮安有些后怕。他们两口子觉得成立公益农技服务队的初衷是好的，但是万一给自己带来麻烦岂不是得不偿失的一件事情？后来，活跃了一月有余的向阳镇农技服务队被赵淮安夫妻解散了。

— 66 —

向阳镇企业办虽然成立了大秦经贸实业有限公司，企业办主任吕振民也已经名正言顺地兼任了这家公司的总经理，但是，吕振民心想，只要自己一天没办成向阳镇造纸厂，自己的大秦经贸实业有限公司就等同于皮包公司。

吕振民心想，要想捞上实惠，办造纸厂的事必须落在实处，否则，自己梦想的一切都会化为泡影。

吕振民还记得，三年前，他上包装项目，参加过西洽会，当初，由于土地手续问题，又加上其他原因，办造纸厂的事搁浅一旁了。这回，向阳镇提出项目用地，县土地局给予政策倾斜，这样，作为向阳镇企业办主任的吕振民便有了信心。

过去，向阳镇办造纸厂最先考虑的地点是仁义堡，而后来，考虑非可耕地利用，造纸厂项目又考虑在向阳镇以西，沿玉子河岸的田家庄塬上的旱地建造纸厂。

向阳镇政府办公例会上，吕振民将造纸厂项目的筹备情况汇报给与会领导，他要镇上在政策上给他支持。

向阳镇党委书记陆海洋听了他认认真真的汇报，说这事镇上会考虑给企业特事特办。陆海洋书记这么表态，吕振民包装企业项目的信心更强了。

他与田家庄谈妥土地，在县土地局也办妥造纸企业落地所需的土地手续，吕振民寻思着，争取镇上主要领导与自己一同到河南实地考察一下。向阳镇党委书记陆海洋心想，既然企业办要出外考察，去的话，等同于支持他们工作，借此机会，自己也能缓解一下平常的工作压力，想到此处，他便应承下河南考察的事情了。

吕振民心想，为了方便，他要雇一辆小车去，后来，他考虑除过自己与书记两人去之外，还应该带个路上给他俩搭下手的人，思来想去，觉得能胜任这一角色的非代安卫莫属了。他与镇党委书记陆海洋商量，书记表示赞成。

代安卫听到这消息，开心得像升了迁，在政府大院里，四处卖派自己要和领导出趟远门。他做梦也没想到陆海洋书记与吕振民两人赴豫考察，随行的美差会落到自己头上。

代安卫为了出好这趟差，提前几日在县百货公司给自己买了一身西服，此外，他还在镇上的红霞发廊修了个发型，寻思着收拾停当给领导留下一个好印象。

向阳镇政府司机小宋赶在出发前保养车，也给车里装上了长途出门要喝的水，他还心细地为领导带上茶叶，以及领导出门要抽的茶花牌香烟。

吕振民有过初步核算，一路上花销少说也需要万儿八千的。为了稳妥起见，他从向阳镇企业办刘会计处例行财务手续先拿走了两万元。

吕振民与陆海洋书记、代安卫，坐车从向阳镇出发，过田市镇经渭南市上高速路，然后一路朝东至华县华阴又出潼关，过了三门峡。车从早上出发，直到这天傍晚才抵达河南省郑州市，随后他们住进了郑州市豫秦商务大酒店。第二天用早餐时，吕振民告诉向阳镇党委书记陆海洋这次考察线路，他说头天主要是参观郑州市郊区的造纸厂，第二天参观造纸设备生产厂家，前半周工作重点是学习管理经验以及做些设备购买前的考察工作。既然出门了，又是一趟远门，吕振民说后半周主要是参观洛阳牡丹园，顺程逛一趟河南嵩山少林寺。

吕振民这样安排，陆海洋也觉得合情合理，工作休闲两不误，他表示赞成。陆海洋清楚，河南是我国产粮大省，因此，秸秆利用就成为人们思考的话题。二十世纪八九十年代，河南人在秸秆再利用上集思广益，于是，多地办起造纸厂，生产出来的黄板纸供应周边省份的纸箱厂，因生产成本低廉而市场广阔，多年来也一直是个很挣钱的买卖。既然河南在这方面经验丰富，出门学习就要多花点时间，反正自己已经给上级部门领导请示过了，组织部也批了自己一个礼拜的时间。

　　吕振民在未到河南考察前，通过秦豫商会给自己联系好了郑州市纸厂参观学习一事，正因为有了铺垫，他们这一行才较为顺畅。头天，他们虽然经过秦豫商会介绍来到郑州市宏兴造纸厂参观，但是，最初招待他们的厂家不够重视与热情，吕振民心想这是要取别人经，自己来得匆忙，又没带什么礼物，人家是生意人，怠慢自己也是情有可原的。他立马见机行事，打发代安卫去了趟超市，为厂家老板买回香烟与茶叶。此后，宏兴造纸厂老板对他们的态度有了转变，由最初的敷衍变得异常热情起来。

　　向阳镇考察团以参观与交流的形式学习了宏兴造纸厂的管理经验之后，他们又联系到郑州市新民造纸设备经营有限公司，约定第二天去进行商业考察。他们去了，对方虽然是总经理出面招待，但是具体业务，要与负责业务的罗亚兰来谈。他曾经听秦豫商会的朋友说，这公司是当地最大的销售设备公司之一。这家公司据说有三分之一的客户单子都与罗亚兰有关系，因此，这家公司除老板刘新民说了算之外，就数罗亚兰权力大。

　　听说陕西过来人考察企业，罗亚兰心想，只要客人来了，她出面谈买卖，一般来说没有自己谈不拢的。罗亚兰在生意场上多穿休闲类的衣服，而这回她却穿起一身西服，她想给远道而来的客人留下相对稳重的印象。

　　她想，如果这回代表厂家与商家顺利签订供销协议的话，也算为自己的公司再立新功一回，无疑，她这月的奖金就比往常多拿了。

　　这日清晨，西装革履的罗亚兰在自己公司门前等候远道而来的陕西客人，见有人走来，主动向自己打招呼，且来人介绍自己是陕西省孝义县向阳镇的，名叫吕振民。罗亚兰说欢迎你们，快请，我们坐办公室好好谈。罗亚兰给客人倒了茶水，又一一发过香烟，接着她说，各位请稍坐，我这就联系我们刘总，与你们见面聊聊。她打过电话，不到一刻钟，与罗亚兰同穿蓝色西服的男人走进屋子。罗亚兰冲大家介绍道，这是我们刘总。她又向刘新民介绍了向阳镇企业办主任吕振民，吕振民与刘总握手问候之后，他冲刘新民介绍陆海洋。他说，刘总，这位是我们向阳镇党委书记陆海洋。刘新民说，没想到陆书记也亲自来考察，失敬，失敬呀！向阳镇党委书记陆海洋说，刘总好，我们过来学习，多有打扰啊！刘新民说，哎！话不能这么说，我们盼不得有你们这么尊贵的客人来呀！既然陆书记来河南了，我们要尽地主之谊啊！是这，上午参观、座谈，中午，我们喝酒叙叙。陆海洋说成。

此后，罗亚兰带客人参观了造纸设备库房，又分别给他们介绍了机器的性能与特点以及各自的价位，等等。陆海洋走马观花看，吕振民却处处留心，将对方介绍的设备的性能特点以及价位都做了详细的记录。他心想，自己只有认真起来，夯实了业务基础，办厂才能得心应手，才不会辜负陆书记对自己的殷切希望与信任。客人参观完了设备库房，刘新民见时候不早了，叫罗亚兰为客人订了一桌酒席。吕振民与陆海洋客随主便，应邀参加了郑州市新民造纸设备有限公司安排的吃请。

向阳镇考察团与郑州市新民造纸设备有限公司签约之后，他们又一连三天参观过洛阳牡丹园与河南嵩山少林寺。为时一周的河南考察结束了，考察团赶在周末的傍晚返回了向阳镇。

– 67 –

田家庄的田丙义自娃娃娶亲后，就与他家娃娃和儿媳住在一起，媳妇李腊梅觉得与老人住在一起不方便，便寻思着想搬出去过小家日子。李腊梅说给丈夫田向阳听，田向阳与父母亲聊天，几次话到嘴边又咽了下去。

虽然他们小两口没敞开说，但田丙义婆娘心知肚明，说娃娃心事瞒不过自己，他们肯定是想搬出去过他们的小日子。父母亲冲儿子与儿媳说，咱家要庄基地的事，确实不能再耽搁了，你们想搬出去住，娘和爹都赞成。

田向阳与李腊梅相视一笑，与母亲敞开心扉道，娘，你娃大了，与我一般大的朋友也都单独过了，我也想有自己的小世界。

李腊梅说，我们的想法，娘和爹一定理解的，对吧！

田丙义老伴说，娘理解，你爹也理解。李腊梅心里明白，她家历来是婆婆说了算，自己公公没吱声，有婆婆表态，他俩要出去住的事就算定了。

田向阳寻田家庄村主任田满盈要庄基地，田满盈答应归答应，但是事情一搁就是好几年，他们一家人急啊！与爹娘统一口径之后，田向阳又一次找田满盈要庄基地，田满盈是他叔字辈人，见田向阳开口说事，田满盈说老侄啊，你的心情我理解，我也理解我丙义哥和老嫂子的心情，不过，庄基一茬一茬的，要等合适机会才行，我给你拉不管用，最终要镇上给你办庄基证，否则，我们算是违法用地，人家土地局要干涉的。

田向阳埋怨道，按这逻辑，我要庄基还不等到猴年马月了？！

田满盈说，镇上要在我们村办造纸厂，到时候我们要讲个策略，既能办成你家的事，又能让我在镇上说上话，你到时候暗地里听我招呼，管保你庄基的事，今年就能落在实处。

田向阳思量一下说，满盈叔，只要用得着老侄的，叔就只管言传嘛！田向阳心里明白，造纸厂要在田家庄建已不是远话，镇上企业办的人都来过好几次了，这几天，他们做了群众工作，也勘察了造纸厂建设用地，听说建厂也是近在眼前的话。他更明白，村主任田满盈葫芦里卖的是啥药，还不是想煽惑自己等项目动工时出面干预，他再出面协调最终解决，到时借势要挟镇上领导解决村上青年村民要庄基地这件棘手事。

吕振民心想虽然办造纸厂是自己说了算，但是在明面上需要聘请个厂长。他思来想去，找不到合适人选，就将自己要招聘厂长的事说给企业办刘会计，刘会计给他推荐向阳镇电管站被辞退的电工丁福禄，说他堪当此任。

吕振民想刘社育说得没错，丁福禄是个有社会经验的人，他过去在电管站是片区电工，从个人素质、综合能力方面来说，他的确是个比较合适的人选。

吕振民心中有数之后，和刘社育找见丁福禄说明来意，丁福禄一听这事，认为是求之不得的一件大好事。丁福禄应承当造纸厂厂长的事，吕振民悬在心中的一块石头终于落地了。

一天，老仁给他打来电话，说要和他到徐姐饭店坐坐。

吕振民一到酒桌，心想老仁这饭自己不能白吃，他必定是因要给田家庄造纸厂进人的事来找我，他这家伙，爱管闲事，他哪知进人非同小可，自己不能草率决定，这个自己必须给老仁解释一下。果真，老仁说，听说你吕主任近来招兵买马，我给你推荐个人，他一指近在眼前的老苏说，苏简易，你俩应该认识吧！吕振民说，老苏他是老窑户，是名人，我不认识他，那才算不正常哩！

苏简易说，当然，吕主任，大名鼎鼎，鼎鼎大名，是我苏简易向来崇敬的兄弟啊！

吕振民问，老哥，不知近况如何呢？

苏简易说，老哥我在外面漂泊闯荡，总算挣了一笔钱，过去的一屁股债刚刚给人还完。

吕振民说，人的一生都不会一帆风顺，要是遇到艰难，自己能迎刃而解，这就是血气方刚的男人。比起老哥，我比较平庸一些，做人要多向老哥学习。

苏简易心知肚明，他说这些都是客套话，而这话给老仁撑足了面子。老仁见火候到了，他替苏简易开口说，听说吕主任在田家庄造纸厂招贤纳士，寻吕主任你来，还不是想给苏简易找个事做嘛！见老仁果真向自己开口，吕主任说，不是兄弟我摆谱，事情并非你想象的那样，造纸厂是乡办企业，既然是乡办企业，那进人就需要走一套程序。老仁，包括老苏，你们两个老哥要理解兄弟我的难处啊！老仁听话听音，赶忙递上话说，老苏过去是老窑户，近来在外闯荡有一定的社会关系也积累了不少经验，招他进造纸厂，一定大有用处。吕振民沉思一阵说，苏哥他没一技之长，领导岗位，我不能考虑他，不过，他为人不错，可以暂时考虑造纸厂库管的活路，在业务上暂时协助丁福禄吧！听了这话，老仁感激地说，今天，兄弟给足面子，我们哥俩谢谢你了。

老仁见谈妥正事，又与吕振民扯了一些别的闲话，直到他们酒足饭饱，这才从酒桌散去。

一年一茬的西洽会又要召开了，向阳镇主要领导与大秦经贸实业有限公司总经理吕振民签了约。此后，向阳镇将田家庄造纸厂落地提到议事日程上来了。

牵扯征地，办造纸厂又涉及排污，镇上领导想办纸厂的话，安全保卫工作很重要，向阳镇武装部部长朱永进是个热心肠，他为吕振民推荐田家庄民兵连连长田卫平。吕振民心想，田卫平是个干练人，又是田家庄人，于是就把田家庄造纸厂保卫工作的重任交由他来负责！

过了一个漫长的夏天，这年初秋刚到，田家庄造纸厂建设项目就正式启动了。田向阳心想此时是自己敲一竹杠的好机会，于是，他一搭声便呼来几个弟兄聚在一起。田向阳说，弟兄们，造纸厂它排污，害咱的日子在后面哩！我们哥几个，不能让他祸害我们子孙啊！今天，我牵头，咱不能让他们这么顺畅建厂子。其实，田向阳心里明白，他们去不过是讨个说法，人家建厂是镇上拍板的事，自己纠集再多人，最终也不可能叫停人家造纸厂项目，他从一开始只想借题发挥，迫使村上镇上解决自己一院庄基地。

这日，在他的煽惑下，几个青年人跟他来到工地，横竖阻拦田家庄造纸厂项目施工。田卫平心想，自己被人家聘请过来当保卫科长，撞上自个儿村里人来闹事，要是不管吧，自己失职，要是管吧，这一村一院的，住在一步临近处，势必会因此得罪人，这事，照说也真叫自己为难，唉！我试试看，也许脸面还管用。他来到工地见田向阳说，兄弟，老哥在这做事，你和弟兄们过来闹腾，这真不是老哥我的脸气啊！田向阳红着脸挺起脖子十分气愤地说，我田家庄人，羞先人哩！你们只图眼前利益，就叫这厂办咱这，这终究是个害，咱摸摸良心想一想。兄弟我今天不是说难听话，谁来，也还是没门。

田向阳这样说，其他群众也起哄这样说，别人话虽然不好听，但是人家有人家的一番道理，他这番闹腾，不是冲自己这一兵一卒来的。田卫平心想，这事弄得这么大摊场，压根儿是自己解决不了的，因此，自个儿再逞能也无济于事。想到此处他以求自保，用商量的口气说，各位乡党，有话好说，咱有啥诉求，我找领导汇报，我们充分考虑，过两天答复大家。

田卫平说完，一转身离开现场，将此处发生的事情一五一十地汇报给了吕振民。吕振民心想，这事摊在人家田家庄地盘上，田满盈是一路神，这事请他出面，估计闹事这路人会给面子的。

吕振民动员田家庄主任田满盈劝说田向阳不再闹火，田满盈心想吕振民主任叫自己两难，自己当这村上主任，有义务配合镇上工作去劝说，但是，自己去了的话，这愣头青不给面子，这不是明摆着叫自己现场丢人。他细细一想，因田向阳家要庄基地的事，我能掣肘他，想到此处，田满盈应承去说劝田向阳他们就此罢手。田满盈根本没有预料到，虽然自己出面也费了口舌，但这事毫无收效，田向阳仍然坚持他们的态度。

吕振民见田家庄造纸厂项目施工的事指望不上田满盈，自己又不能横着来，无奈，刚刚动工的田家庄造纸厂项目被迫搁置了。

田满盈心想，这回，镇上既然要与村民对话解决问题，我不如借村民之口，抬高要价，借办造纸厂这东风为村上办点实事，日后，即便不干人家这事，自己也不遭人一世唾骂呀！田向阳正是自己利用的一枚好棋子。于是，田满盈与田向阳形成一种默契，向阳镇企业办田家庄造纸厂项目促进会又要召开，田向阳作为群众代表受邀参加。

在现场会上，镇上企业办主任吕振民听取讨论意见时，田向阳说："这项目一旦在我们村建成的话，还不是招来一个万年脏，这样，我们人老几辈还不知道遭罪到猴年马月啊！"田满盈进一步解释道："这个你有些过度担心了，既然我们要办造纸企业，污水处理这个环节也在我们的考虑之中。"田向阳听话听音，他何尝不明白，他田满盈为了不被对方察觉，是有意拦住话头，这不是明摆着的一个道理，在给别人演戏看嘛！田向阳说："满盈叔，我支持你的工作，同时，也支持镇上工作，但是，我不能因为支持你们，忽略了乡亲的利益，这让我对不住自己的良心啊！"吕振民见田向阳用乡亲利益说事，他想，要跟他们谈，否则，事情越拖越不好办了。

他直截了当地说："向阳，我想听听你有啥条件。"

"这个嘛！其实也不难，要真的让我来说，镇上最起码得给村上打两眼深水井，并给配套相关设备，这样，群众工作好做一些。"

此外，他还夹杂私货，要镇上帮他解决自己家村上多年没有兑现的庄基地的问题，明面话是田向阳说出的，其实，背地里主意都是田满盈的。

吕振民见他提出的条件似乎都合情合理，开出的价码也都是自己能力范围内的，便想姑且答应他们。但田家庄的人不认协议，他们只认死理，镇上落实之前，村民始终没有放松警惕，田家庄造纸厂项目施工也只能一直搁置。

针对田向阳提到的要庄基地的事，吕振民与民政办干部交换意见，见田向阳符合申请庄基地条件，便划拨了他家庄基地，此外，又借此机会解决了村上其他符合条件的申请户的庄基地。

而摊在另一渠事上，他找镇党委书记陆海洋商量，调整方田建设打井指标。陆海洋考虑打探井是便民利民的好事，能缓解群众对建造纸厂的抵触心理，便答应了下来。前期工作准备就绪，造纸厂项目头年夏天动工，赶到第二年秋收季节来临，已基本完工。

吕振民尽管有众多头衔，但他始终觉得都是虚职一个，只有造纸厂建成之后，自己才是名副其实的总经理。

造纸厂开业当天，门前锣鼓喧天好一阵，镇党委办公室替企业办吕振民邀请来了县上乡镇企业局局长王茂盛，同时还邀请到了向阳镇党委书记陆海洋为造纸厂的开业隆重剪彩。

时间过得很快，一转眼，三年过去了，吕振民在造纸厂内部的企业管理上简直是一团糟，不但没有给企业办交付管理费，还叫企业办倒贴了十多万元。而造成亏损的主要原因是原材料进账、出账没有科学管理，使得有人在造纸厂内部钻了空子。因此，当地流传一句顺口溜，"镇上办了造纸厂，亏了庙堂，富了和尚"。

人常说没有不透风的墙，这话很快传到镇党委书记陆海洋耳边，他心想我信任你吕振民，才将造纸厂叫你管理，三年来，造纸厂不仅没有效益，还让镇上企业办赔了钱，这家伙简直给人不撑脸。镇党委书记陆海洋找吕振民严肃地谈过一次话之后，吕振民到外地进行了一次考察学习，学习归来，从西安灞桥聘请来一位名叫冯建民的技术人才，又采取了任务承包的管理措施。

造纸厂大胆起用人才之后，很快扭亏为盈，有了效益，除过给企业办缴纳管理费之外，吕振民每年又拿出三万元专项资金，用作本镇家庭贫困的大学生的扶持基金，如此一来，确实为镇党委书记陆海洋挽回了一个大面子。

一年又一年过去了，田向阳当上村主任，田满盈被任命为村支书，但是，村上大大小小事，几乎没有一件不是田向阳说了算的。田满盈心想，长江后浪推前浪，他没年轻人能折腾，这一切都想得通。后来，村上换届，田向阳接替了田满盈村主任位置。镇上也进行了人事调整，赵淮安调去负责文化站工作，农办主任一职由代安卫担任。

造纸厂蒸麦草工业下来的污水，经过循环处理之后，导入就近的排碱沟，此后，这股水便由上游流至下游，最终排泄到只有雨汛期才积水的玉子河，又由玉子河导入渭河，最后汇入裹挟大量黄沙的黄河之后，流向更远的地方。

几年下来，玉子河上游造纸企业开始增多，而所有排泄出来的工业污水都是汇于玉子河。

最近一段时间，代安卫忙得焦头烂额，原因是，抽渭渠抽黄水春灌，老吉管辖的八支渠浇过一百多亩小麦死去一大半，究其原因，浇地水中含有大量工业盐碱，所以才导致如此后果。代安卫是农办主任，论说与吕振民私下交情不错，他心想要是为浇地事上纲上线的话，势必伤兄弟感情，要是不给他说生分话，自己一个人扛着，又显然是个吃不消的事情。再者说，眼下是群众意见汇集在老吉这里，而老吉要自己赔付。事已至此，必须尽快解决，否则，越拖越麻烦。

代安卫为了稳妥起见，找来赵淮安给自己帮忙。赵淮安答应帮助代安卫处理好他手头这件棘手事。

赵淮安心里明白，代安卫这次找自己出面，无非出于两个方面的考虑，其一，自己有丰富的工作经验，其二，自己在老吉叔面前比他说话好使一些。

赵淮安见过老吉，了解了一些情况，又走村串户逐一摸底，然后，针对这次抽渭水春灌对各家各户造成的死掉的小麦面积登记造册，并在农办通讯上说明灾情原因及受灾面积的多少。

老吉见赵淮安帮助代安卫处理此事，心想自己一定能等来镇上赔付这茬钱。不管咋说，造纸厂是镇上办的，他们监管不力，造成如此后果，最终找镇上来解决此事，于情于理也说得过去。

赵淮安与代安卫经过商量之后，又找造纸厂负责人吕振民谈赔付的事。吕振民心想，论说群众利益无小事，灾情确实严重，我给群众赔付几万元钱，自己厂子也亏不到哪儿去。但是，我顺畅地给群众赔了，这岂不便宜了上游厂家？

想到此处，吕振民认为自己可以赔付麦农灾情损失的百分之五十，另外一部分要镇上派人跟上游造纸厂交涉。他说出自己这个想法，代安卫心想人家吕振民说得有一定道理，他和赵淮安交换过意见之后，两人按照吕振民的意思，造纸厂承担一万五千元损失，向阳镇农办委托镇司法所老张与上游几家造纸厂交涉。

最终，镇司法所老张凭借自己的三寸不烂之舌，将另一部分赔付钱要了回来。

这年冬季腊月天刚到，赵淮安作为镇上文化站站长，报请镇上主要领导，说文化站要筹备一场声势浩大的锣鼓大赛，这事经他提出之后，很快被镇党委书记陆海洋拍板定案。

听说镇上要举办锣鼓大赛，仁义堡主任老仁早早就做准备。村上为了表示重视，提早买回锣鼓家伙以及统一演出服装，赶在最先排练鼓曲。他们村不动不说，他这一搭家伙，其他村也不甘示弱，此后，经济情况稍好的油坊郭、孝义堡、陈家屯等相继积极投入鼓赛之前大练兵。而这事赶巧又赶在纸厂排污事件发酵风波过后。

此番，正处于镇上造纸厂与田家庄关系吃紧之际，田向阳第一反应就是找造纸厂董事长吕振民掏出万儿八千元给村上置办锣鼓家伙以及统一服装等。

赶在往常，田向阳跟自己开口，吕振民应承给归应承给，但是钱数多数都会大打折扣。

这天，田向阳见到吕振民说："吕主任，最近买卖好吧！"

吕振民说："托兄弟的福，老哥我还算过得去啊！"

田向阳说："我看，成天都见前四后八货车来拉黄板纸，想必，你的买卖差不到哪儿去。"

吕振民嘿嘿一笑说："兄弟爱揭老哥底，看来，啥事也瞒不过兄弟啊！"

田向阳说："我过来看看老哥你。"

吕振民心想，你这家伙历来都是无事不登三宝殿，这回又卖乖是过来看我，准是嘴里没说心里话。吕振民邀客人进屋，打开茶叶盒，一边给客人倒茶一边说："兄弟过来得是时候，汉中纸箱厂老板李虎三托挂车司机给我捎来明前茶，你大兄弟来了，我不能舍不得，今天给我兄弟泡壶尝尝鲜。"

田向阳承情地说："谢谢老哥你了。"

两人几句寒暄之后，田向阳担心自己不说正事，造纸厂来了外人，自己说话就不大方便了。想到此处，他又改叫了一声吕总，然后，直截了当地说："兄弟我有事想叫你帮忙。"

吕振民嘿嘿一笑说："兄弟来，有啥事不妨直说。"

田向阳说："吕总，这不，眼下进入腊月天，我们镇上要搞一场锣鼓大赛。"

吕振民看了看田向阳，惊讶地说："哦？赵淮安这小子，有作为。"

田向阳说："这小伙，工作挺认真的，我作为他的老大哥，一定要支持他。"

吕振民心知肚明，他来十有八九是要自己出水的。就把来意说了。这回，吕振民不想打马虎眼了，便问："兄弟，是不是村上置办锣鼓家伙有啥困难？"

田向阳说："兄弟我不好意思。"

吕振民又问："村上资金缺口多大？"

田向阳心想，我是聪明人，他吕振民也不是傻子，我不能一五一十地说置办锣鼓家伙钱都让造纸厂来认。这样，吕振民在造纸厂董事会上挺没有面子的。因此，田向阳寻思了一下，很快说："吕主任，这回动静大一些，我们置办锣鼓家伙少说也需要一万五千元，村上这回自筹五千元，剩下的万儿八千的，还要仰仗吕主任帮忙解决啊！"

吕振民心想，今后与田家庄路还长着哩，要是造纸厂掏钱能够换回一个安宁，要说这也划算。想到此处的吕振民，立刻给财务科打了电话，当天给他落实了置办锣鼓家伙的赞助费用。此后，向阳镇造纸厂为田家庄锣鼓大赛赞助了一万元的事被县报登载表扬。

起先，有人一度传出消息说向阳镇党委书记陆海洋要调走，却一直没有动静。这年正月十五，参加完了向阳镇锣鼓大赛之后，在县委组织部年前考察干部之列的陆海洋被调到县教育局当了书记，向阳镇镇长李保成和副镇长薛新柱也在考察之列，他们在镇上与其他乡镇干部一同为陆海洋举办了一场欢送会。

一周之后，李保成上任向阳镇党委书记，县农林副局长赵国安调任向阳镇镇长。赵国安父亲近期病重在床需要他伺候，他没有心思去离县城二三十里的向阳镇履新。他迟迟不能复命，而向阳镇镇政府一摊子事，又不能一日无人处理，由此，薛新柱被任命为向阳镇副书记，主持镇上经济工作。没多久，召开三年一届地方选举换届大会，薛新柱被任命为向阳镇镇长。这年，吕振民与镇上原先签订的五年合同已到期，再加上镇上干部体检，大夫又叫他好好休息，基于种种原因，他决定辞去包括造纸厂董事长在内的所有职位。

吕振民与婆娘商量之后，他婆娘也赞成他的想法，此后，他一纸请辞报告呈送给镇党委书记李保成。李保成心想，论说，吕振民也到站口了，他既然提出办辞职就该成全他。于是吕振民很快顺利办完了退休的一整套手续。

吕振民办了内退之后，企业办撒手不管造纸厂，迫于现状，造纸厂歇业一段时间。李保成一直没瞄上合适人选接替吕振民的位置，又听说造纸厂企业设备老化，如果更新的话，镇上又要投资上百万，由于这个原因，镇上一直想发包给有实力的外地人经营。

镇上曾经一度提出自己与供销系统各占一半股份，重新注入资金，由向阳镇籽棉厂代管的经营模式，但是眼看事都说到辙里，省市环保大检查拉开帷幕，这件谈到桌面的事又因为十分敏感而搁置。镇上机构改革，见企业办服务管理的对象越来越少，听取上级单位意见，撤去了企业办，同时，也将没有发挥丝毫作用的皮包公司大秦经贸实业有限公司一并撤销。

企业办事业编制干部，办内退的办内退，被农办合并的，关系进了镇农办。

李忠义按说到内退的年龄了，他又觉得回到村上自己无所事事，倒不如，自己办了内退，再办返聘，这样，他的工资还会有增无减。他给李保成书记开诚布公地说了这事，李保成答应了他，并很快给他办了内退又返聘上班，这回，镇上没有考虑李忠义继续在镇上上班，而是让他当了一个有名无实的造纸厂厂长。李忠义复命之后，他裹了被褥睡在造纸厂，镇上辞掉守在造纸厂看过五六年大门的关师老汉。

再说苏简易，他先前在造纸厂干过一段时间库管，后被调到镇打井队当支部书记，但苏简易并不满意这项工作，满腹牢骚地工作了大半年，李保成书记权衡利弊，又将苏简易调到造纸厂当了支部书记。他虽然复命到了造纸厂，但这里车间大门紧锁，虽说是个厂子，其实他的手下除过李忠义之外，几乎没有一兵一卒。而李保成之所以派他来这里，其一也是缓兵之计，其二呢，这毕竟在面上说得过去。

苏简易心想，既然镇党委派自己去，转腾一下自己，从长远来看也并非是一件坏事！他跟李忠义一样，从家里卷了铺盖卷儿，也住进了造纸厂里。

　　省市环保大检查过去一阵子了，按说向阳镇与供销系统谈妥的事应该付诸实施了，但令向阳镇党委政府一班人始料未及的是，起先听起来令人十分羡慕的国有企业籽棉厂濒临倒闭。很快，籽棉厂这类八十年代洋火单位在渭北大地上开始逐渐消失了，取而代之的是如雨后春笋般崛起的奶粉厂和面粉加工厂等企业。

　　苏简易见与籽棉厂合作已经化为泡影，寻思着另谋出路，要不然，他来造纸厂当支部书记，就得不偿失了。

　　他背过李忠义，联系技术人才以及营销人才，又计划上设备需要花销的多与少。他认为只要机器一开，自己就有钱赚，毕竟渭北平原是小麦盛产区，麦草廉价，剩余劳动力又偏多，自己要在这事上大作一番文章。苏简易又想，自己空有想法不行，这想法要得到李保成书记的赞成，才是重中之重！苏简易有了这个想法，就去镇上找李保成书记沟通，他动之以情，晓之以理，李保成并非铁板一块，他想造纸厂闲置也是闲置，天长日久，机器老化得更厉害。苏简易原先经营过乡办企业，有相应的管理经验，他有经营造纸厂的想法，这也是我乐于见到的，不然，自己也真为造纸厂的一摊子事头疼。

　　苏简易与镇上谈承包细则时李保成很爽快，首先，他从人事上考虑，调李忠义到镇上市容办上班，任命苏简易为造纸厂支部书记兼厂长。其次，扶持企业，主动帮助企业解决贷款，让企业在经营上没有包袱。

　　李保成这么说，镇上也逐一落实他的承诺。很快，用土地手续作为抵押，信用社为造纸厂解决贷款资金二百万元。

　　苏简易有了这笔资金，用其中一半更新设备，二十万元还了供销社贷款，其他钱用作造纸厂的周转资金。

　　造纸厂资金落实到位之后，他与管理人员、技术人员、生产工人均签订了劳务合同。

　　田家庄是造纸厂所在地，苏简易明白，办厂要与近邻处好关系，这样，自己在经营上也就相对会顺畅一些。

　　起先，造纸厂忙活了一阵更换设备的活路，很快，就投入调试阶段，技术人员排查一切可能发生的意外之后，开始锅炉送气，蒸煮麦草，搅拌纸浆……造纸厂重新启动。

　　周至县老庄是老客户，他听说向阳镇造纸厂重新启动，最先与向阳镇造纸厂续签了合同。

　　田家庄老汉田秉义在生产队时期当过小队长，还当过村上几年出纳。老汉大辈子都是勤快人，唯一让他觉得在人前说不起话的是自己娃田向阳成天吊儿郎当没有正形，过去田秉义老汉没少给自己娃娃操心。原先社会上跑的瞎虫虫，当了村长，做事还真有他的另一套啊！堡子里人当田秉义面没少夸他小子田向阳有出息。

　　田秉义心想，按说娃娃当村长，自己不应该跟娃娃开口，不过，向阳能在造纸厂里说上话，我何不借个光沾沾，叫自家娃娃寻苏简易说说，给自己在造纸厂找份称心的工作干干啊！虽然自己年龄一把了，要是在造纸厂能挣几个钱，日后家里的油盐酱醋就不缺钱了。田向阳见父亲跟自己开口说这事，他寻思着，老人愿意找活干，那就应该趁早找苏简易给她寻个活，如果时间拖得太久，造纸厂没有啥空缺了，事情操作起来就困难了。

　　造纸厂刚刚调试过机器，仍存在一些问题。机修正在检修之中。苏简易在检修现场观看，有人走进车间，叫了一声苏总，他抬头一看来人说："向阳，过来了，走，去我办公室坐坐。"田向阳说："老哥，我过来看看你，有个事，也想请你帮忙。"苏简易说："兄弟，老哥我现在跟你一步邻近，这今后，你没事就过来喝茶。"

　　田向阳当然明白，人家苏简易是买卖人，邀自己喝茶也是出于礼貌，自己有事来趟，这也说得过去，不能将人家这一亩三分地当成自己的歇马良店。

　　他跟苏简易来到办公室，两人寒暄过后，田向阳说明来意。苏简易应承下他的请求。

田秉义进了造纸厂，起先，他睡在电房，主要负责后场的麦积地安排，还兼顾蓄水池的抽水任务。

田秉义做事很认真，他一度被苏简易在会上表扬，他在后场的工作一年没干到头，苏简易就将他与门口收购麦草的赵师老汉调换了位置。

田秉义老汉万万没想到，自己都是一把老骨头了，来人家厂里上班，也能被委以重任，今后收购麦草的关键步骤由自己把持。明眼人谁都知道，收购麦草的活路是有油水的一个肥差事。

田满盈见造纸厂继续开机启动，心想你田向阳能把老爸安排在造纸厂，这个事，算你小子有能力。我田满盈找找苏简易，看看他们有啥好事可以照顾照顾我。

田满盈来到造纸厂，寻见苏简易提出要找个事做，苏简易很为难，说造纸厂暂时没有空缺位置，即便有都是些下苦活路，对田满盈来说不大合适。

田满盈心想，人家说得有一定道理，自己来造纸厂上班的话，干一干管理层面的活说出去不掉价，要是成天在厂里当装卸工，这要是传出去，自己人岂不丢大了。

田满盈见苏简易说了实情，他理解对方难处，转身又离开造纸厂。

田满盈回到家之后，他细细又想，我既然在造纸厂谋不上个差事，买个半茬拖拉机架子车，给纸厂送麦草，听说这一天到头，至少也能挣个百儿八十的。要是有收入，成天围着锅台转的女人就不嘟囔了。他把自己这个想法说给他家女人听，女人支持他这一想法，他们两口子又到造纸厂了解一番行情。苏简易听说他要买架子车拉麦草，认为这想法很好，论说，谁送麦草都是送，他田满盈又是一步邻近处，这事就近水楼台先得月吧！田满盈买回延河拖拉机架子车。最初，田秉义也很照顾他，后来，这老汉犯了爱占小便宜的毛病。外地人想有个麦草好买卖做，便时不时地送老汉些好吃的，偶尔还会送老汉卷烟抽。田秉义这人也真怪，他收礼专挑外路人收，田满盈试图送他好处，他却板起老脸净说自己要为厂里收麦草如何把关的公道话。有一阵子，田满盈对田秉义水攻不进，烟攻不入，他简直拿老汉没有办法。

也因如此，他送的麦草老汉认起死理，好就是好，不好就是不好，他想在级别上占些便宜，几乎是难上加难。

田满盈在背地里骂老汉，他抠，不给一村一院办事，要是日后死了，他这棺材瓢瓢，我保准不抬，更不要说扛锨去填埋他。没有不透风的墙，这难听话，田向阳听说过，他忍了这口气，很快又传到田秉义耳边。田秉义老汉一听别人议论这话，他简直要气炸，就为这话，他与田满盈杠上了。

此后，田满盈又送去麦草，等他半天，他就是不给排号，更不给他验收开具发票。田满盈因为背地里骂过田秉义，在向阳镇造纸厂断了财路。

田满盈四轮车没挣回本钱，闲置在自家门前。田家庄老电工婆娘叫杏花，她成天消息灵通，不管谁家的姑娘嫁人，要了对方多少彩礼，哪家婆婆厨艺精湛，哪家女人屋里活做得没戾向，她准掌握头手消息。堡子里的懒汉婆娘爱做省手饭，要是天热，杏花门前压饸饹摊子前保准会围上一堆婆娘，而她们在等候的过程中又喜欢拉些是非话。

这天，田满盈婆娘胡月花在家和好面，然后放在面盆里，饧了一会儿，她端起面盆扭着屁股来到村口围了一堆婆娘的压饸饹摊子前。这杏花要说是灵醒人，但有时也犯糊涂，在胡月花面前，她竟然哪壶不开提哪壶。她见了胡月花说："弟妹啊，这两天我大兄弟没收麦草去？"胡月花说："好嫂子，你兄弟太古板，人家社会上事，他不会反转，唉！他说话砢碜，得罪人家向阳爸，这下闹得好，秉义老汉给他使起短锨把啊！"杏花感慨地说："这人要是背了，喝口凉水都塞牙缝啊！"其他人也跟着说："秉义老汉太固执，既然一村一院的送草去，该照顾也要照顾嘛！"

杏花见胡月花面色难堪，替她打圆场道："人和人相处，切记不要只顾自己，这日后谁还没有个七灾八难的。"虽然杏花在胡月花面前说了宽心话，但是胡月花因为这事好些天都开心不起来。

胡月花见自家男人成天大门不出二门不迈的，再不像以前能给自己刨拉来钱，自己再也不能在供销社看上啥布料就买啥布料。田满盈见自家婆娘嘟囔，他脱鞋上炕之后，用被子捂头睡觉，以此逃避胡月花对自己的指责。胡月花见她家男人钻进被窝捂头睡，这动作明摆着对自己就是一种抗争。胡月花不依不

白羽

饶地走近炕边，用手撩起被子，讽刺挖苦地说："你就知道成天逃避，睡在家里图清闲，再继续这样下去，寻不到挣钱门路，今后，我们过日子难道喝风屙烟？！"

田满盈说："外头人的事，你甭有事没事地掺和，我既然备好马鞍，骑马的事，我就会反转。"

胡月花说："你娃别卖嘴，有本事做出来，让老娘我看看。"田满盈心想自家婆娘太现实了，起先自己当村长时，风光无限，他这屋里人对他态度要多好有多好，没承想，自己刚不当村长，这娘儿们就不把自己放在眼里，成天冲自己吵吵个没完没了，要是跟她理论，她明显不通王话，要是不与她理论，她反倒得寸进尺，这叫人深不得，又浅不得。

田满盈忍受不住胡月花的讥讽辱骂，从炕上一翻身起来，攥紧拳头，拉开要打婆娘的架势。

胡月花见他摆出花花架势，不但没有躲闪，反而得寸进尺地说："娃，你想逞能，有本事，你朝我致命处来，你真敢来，我才服气你娃是小子娃。"

田满盈气得想哭，却强忍着眼泪，推开女人，加紧步伐朝门外走去。

他出了门，游荡在田间。村里一处瓜棚下有人说说笑笑，他来到棚下，见是运娃和郭友亮两人。运娃见老村长来到瓜庵，忙给老村长让座，顺手又把烧得发黑的泥子壶放在泥炉上。田满盈虽然与他们年龄相仿，但是从来没到过运娃的瓜庵。要不然，运娃也不会把田满盈当稀客来招呼。

田满盈见运娃和郭友亮给自己坐茶，递烟，没有落架干部一样被人无端地冷场，得到些许满足，一来劲，要拽在瓜庵闲谝的运娃和郭友亮到沿路的老陈泡馍馆去喝酒。

运娃实诚，只管扯些种瓜致富的故事，而郭友亮岔开他的话题，净挑田满盈不爱听的话说，提起苏简易造纸厂再经营的一些事。

起初，田满盈有意岔开郭友亮的话题，他打了一声嗝，冲他俩笑了笑，接着，他冲运娃开口说道："运娃哥，你种瓜虽然辛苦，但乐在其中。"运娃说："兄弟啊！你不理解我，我住在瓜庵，你可能认为这是个比神仙都快活的地方，其实，说实话，这是两码事啊！"

田满盈听运娃似有隐情，说："老哥，该不是弹嫌住这没女人陪你吧？"

运娃略带害羞地说："兄弟说得离题了，老哥我都这把年纪了，没实力好颠女人。"

郭友亮见运娃说贬低自己的话，嫌弃地说："运娃哥，你就是个贱命，就知道给婆娘挣，搁我，这事就弄不成啊！"

运娃生气地说："友亮，你甭皮干，在屋里，还不是叫弟妹成天撅得跟绵羊一样，老哥给你留脸，你当你能翻天？"

田满盈心想，这天底下男人都是一个熊样，在家都是婆娘说了算，自己与他俩是同病相怜啊！

田满盈见他俩互掐起来，急忙岔开话题说："两个老哥，甭辩论了，兄弟今天没事，想请您二位去喝一盅。"

运娃说："难得兄弟说这话，你在任时，你叫老哥，老哥不敢去，今天，你凤凰落架了，我们都是一屎色，你这下叫我喝酒，我一定不辞。"

友亮说："既然咱兄弟发话了，他出水哩，咱俩与兄弟喝酒聚聚去。"

田家庄通向向阳镇的一条简易公路上，南庄老陈在一处空地临时搭建居所，开起羊肉泡馍馆。人说，酒好不怕巷子深，他这泡馍馆位置尽管偏僻，但是，老陈做买卖，除舍得牛羊肉之外，又在调料的多少上从不吝啬。

由此，自从开业，每天来他店里吃泡馍的人络绎不绝。

田满盈当村长时常来这家泡馍馆吃饭，卸任之后沿袭以前老习惯，继续来老陈这泡馍馆，运娃和郭友亮不常来，因为他们地里抠钱不容易，平常很少舍得掏腰包，更没有闲情雅致来老陈泡馍馆好好地撮上一顿。

而这天，既然被请，喝酒就要尽兴。

运娃这样想，郭友亮更是这样想。最初，田满盈说："两位，咱今儿喝太白酒，咋样？"

运娃说："我们弟兄们，就是为聚聚，喝啥酒并不重要！"

郭友亮也掺和着说："对，喝啥都一样。"

运娃见郭友亮也好说话，他说："这就对了嘛！我们图个开心，喝酒不能为难兄弟。"

白驹

郭友亮见运娃好像话里有话，他便开说灵醒话："兄弟，我对酒这东西，没做过过深研究，至今也弄不明白，这太白酒属于什么香型。"

运娃说："你傻啊！太白酒是凤香型酒，喝起来挺爽口的。"

郭友亮说："这也是凤香型酒？不知这比陈酿西凤咋样？"

田满盈解释道："两个酒都是凤香型，喝酒一个人一个口味，我觉得太白酒馋人。"

郭友亮笑了笑说："是这，运娃哥好喝一口西凤酒，你今儿能撑硬就撑硬些。"

运娃不好意思地说："友亮，你甭给兄弟开这口，我们喝啥都一样。"

田满盈听话听音，他俩一唱一和，这不是明摆的想让自己舍主意些，他们嫌弃自己掏六块钱买了太白酒。这两个家伙嘴馋，想喝十八元钱的陈酿西凤。

田满盈又想已经摆下这摊场，自己这回就不为蒸馍，为气圆了。

想到此处，田满盈说："兄弟今天为热闹的，喝啥酒，我听两位老哥的，既然运娃哥好一口西凤陈酿，我今天岂能含糊？不说了，兄弟也是爽快人，拣好酒上就是了。"

运娃见他和郭友亮敲成竹杠，又担心田满盈心里不高兴，便歉意地说："这回，叫兄弟破费了。"

田满盈说："碎碎事，只要老哥们看得起兄弟，这酒以后有得喝。"

运娃和郭友亮虽然入了酒局，但他们始终弄不明白，田满盈拽他俩喝酒，究竟葫芦里卖的啥药。

运娃与郭友亮酒喝高了，田满盈见此，借酒壮胆地冲他俩说："运哥，亮哥，有些事按说与我无关紧要，但是我要不管的话，又觉得对不起咱父老乡亲啊！"

运娃没听明白他想说啥，郭友亮有眼力见，他拣好听的说："兄弟，他田向阳，说揭底话，我和运哥，根本不认，我们就认兄弟你啊！"

田满盈说："老哥啊，兄弟我爱听这话！"

运娃说："对，我赞成我兄弟的观点，说实话，田向阳这小子我们尊他的话，他就是村长，我们不尊他的话，他什么也不是。"

田满盈与运娃和郭友亮喝酒过后，三个人摇摇晃晃走出泡馍馆，向他们村的方向走去，走到半道，田满盈左右环顾一下，自言自语道："我尿急，路上没人，叫我撒泡尿。"

话毕，他尿在了路边渠堰边上的草丛里。这动作近似一种引诱，运娃和郭友亮两人也都跟着田满盈向同样的方向撒尿。

— 69 —

他们三人系紧裤子，忽而一阵东北风吹来，一股熏呛的污水味道瞬息蔓延在整个空气里。郭友亮骂骂咧咧道："妈的，真臭啊！"

运娃气愤地说："造纸厂，真是万年脏，这东西，祸害咱们啊！"

田满盈心想，既然大家都讨厌造纸厂排污的事，我又何不在此事上做做文章，让造纸厂知道我田满盈也不是等闲之辈啊！

田满盈想到此处，借着喝酒壮胆，煽惑运娃和郭友亮说："走，咱堡子跟前，咱们说了算，趁这会儿天还早，咱仨过去，给他把造纸厂污水排泄渠堵了去。"

郭友亮与运娃支持田满盈提出的堵造纸厂污水排泄口这一想法。

大白天，路上行人不断，他们三人扛着铁锨和镢头，准备去堵造纸厂污水排泄口。

堡子里压饸饹家女人杏花瞅见他仨堵造纸厂排污口，说道："这是镇上企业，你们都不怕人家秋后算账吗？"

郭友亮说："弟妹，我们敢堵，说老实话，压根儿就不怕事。"

运娃也不在乎，他也用同样的口气说："我仨，日子过泼烦了，想吃他造纸厂白馍哩。"

杏花说："老哥，你们成天逞能，都是嘴上劲，今天我服你们了。"

田满盈说："杏花啊，我们三个明人不做暗事，既然堵排污口，自然没把他田向阳当回事。"

杏花说："牵扯堡子大多数人利益，他聪明人的话，绝对不上前理论此事。"

排污受阻，向阳镇造纸厂被迫停止生产，厂家虽然也寻到被堵源头，但是他们理性看待问题，认识到污水升级处理的紧迫性。而这一整套设备没有成百万是安装不起来的，苏简易心里明镜一样。

为了缓解一时困扰，苏简易思来想去，听说田满盈与仁义堡老仁关系很好，要是自己搬来老仁的话，这事岂不迎刃而解？

老仁见苏简易开口，觉得这是熟人托付，便应承了这事，骑上摩托车来到田家庄。他找田满盈说这事，也找运娃和郭友亮说和。后来，他想若要将这事说辙里，首先，要有诚意，他便替苏简易主张，经他出面，在老陈泡馍馆请客。田满盈虽然很恼火，但是又见老仁过来说事，他不看僧面看佛面，无论如何，不能不给老仁面子的。

郭友亮与运娃喝酒起哄打煽都是厉害手，要是遇到与人正事理论，他们又没有了主见。老仁过来说事，他们都说这事老村长说了算。

老仁历来说话口畅，在喝酒宴席上，老仁骂田满盈说："你胡学瞎哩，没屎事做了，咱堵人家纸厂排污渠弄啥哩？"

田满盈解释道："仁哥，你是没在这跟前住，臭气熏天，咱堡子婆娘女子娃都遭罪哩，唉！我就看不惯。"

老仁说："人家造纸厂污水循环处理了，有味道，也是一阵一阵的，没有你说得那么严重。"

田满盈没吭声，运娃和郭友亮辩解道："老仁，这一天一天的，熏人得很。"

田满盈见运娃和郭友亮说帮衬话，便更来劲了，他说："熏，住到田家庄遭罪啊！"

老仁说："你当我不知道，你娃病在啥地方害，我清楚得很！"

运娃和郭友亮见老仁借喝酒发起火，听这来劲要给田满盈难堪。田满盈担心老仁在郭友亮与运娃跟前揭自己老底，果然，老仁对田满盈仍不留情面地继续说道："你不就是置办了拉草架子车，田秉义老汉没照顾你收来的麦草吗！"

田满盈解释道："甭误会，我这人历来公私分明，要是尽想自己的话，我在运娃哥和友亮哥跟前就说不起话了。"

郭友亮见他俩继续丁卯不合，忙打圆场道："既然老仁过来说事，事情就咱老仁说了算。"

田满盈也附和道："既然你来说事，兄弟意见保留吧！"

运娃嫌气氛尴尬，说："都是小事，别伤了弟兄们感情，啥话不说喝酒。"

老仁也缓和气氛说："兄弟们，感情要紧，其他事都无关紧要。"

田满盈配合地说："好，感情深一口闷。"

运娃和郭友亮也重复这句话，就这样，他们几人很快从红脖子涨脸的尴尬局面转而开始了热热闹闹的老虎棒子鸡。

老仁寻上门来说事之后，田满盈、运娃和郭友亮各有各的收获，田满盈又有收购麦草的生意做了，运娃和郭友亮在造纸厂当了装卸工。

— 70 —

苏简易听懂行人说当老板要有学问，多数老板的办公室都装裱有名人字画，其用意都是装点门面，苏简易心想自己也该讲究一下。

苏简易不懂字画，问懂行人之后，这才明白字画里学问深得要命。

苏简易心想自己虽然门外汉一些，但镇上文化站站长赵淮安熟悉这行当，要是找他联系，没准自己能见到大家，这样求来的墨宝也货真价实一些。

苏简易专程去找了赵淮安，他说了自己办公室缺少字画，想要一幅气势磅礴的山水画。

赵淮安想起自己在杨凌农科城上学时，他的师娘是西京美院的副教授，

白驹

她不正是有名气的山水画大家嘛！想到此处，他说："苏总，我师娘是西京美院的副教授，她叫迟媛，人家一幅作品西安万宝楼拍卖价高达万儿八千呢！"苏简易心想既然是你赵淮安师娘，请她画画，她在行情上一定会对咱有所照顾的吧。

赵淮安看出他的顾虑，信心满满地说："我师娘是豪爽人，我请她，她一定来，但是，咱要尊重别人的劳动成果，至于润格多与少，我师娘这人不会越外的。"

苏简易也是痛快人，他爽快地说："只要人家给咱作品用功，我不亏人家。"

赵淮安很快与迟媛联系好画画的事。赵淮安打来电话，迟媛说自己平常有课，周末可以考虑。两人商量后，最终将行程确定。

礼拜六，天蒙蒙亮，苏简易开着他那辆八成新的金杯商务车，与赵淮安结伴去西京美院接回迟媛。

赵淮安在向阳镇造纸厂办公室策划小笔会，苏简易与赵淮安很早就知道李保成书记对字画颇有研究，于是他们想借此机会，请李保成书记来笔会现场，趁迟媛教授画画，给领导送幅墨宝，这样一来既显得有面子，又可借这活动与领导关系走近一些。

赵淮安提早就给李保成书记汇报这事，起初，李保成犹豫，赵淮安央求说，这是自己文化站开展的文化进基层工作，所以，李书记您去，这也算对文化站工作的极大肯定。李保成心想，最初自己考虑避嫌，经赵淮安如此一说，又似有一番道理。

苏简易办公桌临时做了画画伏案，笔墨纸砚都准备停当，迟媛稍作歇息便投入到画画的活路上来了。

迟媛开笔画画，起先为苏简易画了一幅写意山水画，上款题写杜牧《泊秦淮》中诗句："烟笼寒水月笼沙，夜泊秦淮近酒家。"下款落下此画创作的年月及作者，又加盖印章。苏简易虽不懂欣赏，但见迟媛为自己画好画，仍兴奋地说："迟媛老师下笔不凡啊，这画我喜欢！"

迟媛笑了笑说："苏总满意就好。"

赵淮安用恭维的口气说："师娘画作，笔法自如，且粗细有度，如此雅致，堪称佳作一幅啊！"

迟媛谦虚地说："交差就好，交差就好！"

一幅山水画创作完成之后，赵淮安既想叫师娘多画一两幅作品，又担心画画活路多了迟媛受累。迟媛稍作歇息之后，打算继续作画。赵淮安与苏简易两人心想，迟媛作画有一阵子了，李保成书记也该来了吧！

迟媛来画画，苏简易与赵淮安各自都有自己的想法。苏简易见造纸厂有钱赚，就想借此机会，走近自己与李保成书记的关系，要是时机成熟的话，他要向李保成书记提出造纸厂承包延期的事。

赵淮安心想送礼求来官不光彩，自己凭真本事，扎扎实实干工作，也许，照例能得到领导赏识。造纸厂笔会的事，既是公事也是私事，借这个机会，自己还能与李书记小范围接触，确实是再好不过的机会了。

苏简易心里很是焦急，眼看半晌工夫过去了，李书记还迟迟不来，难道人家李书记有啥顾虑，推辞不来了？他本来想拨打电话催，但是又觉得这样的话显得自己遇事不够沉稳。他思来想去，赵淮安与李保成书记属于工作关系，要是赵淮安联系，会比自己联系收效好一些。

苏简易招呼迟媛喝茶间隙，悄悄地对赵淮安说要他联系李保成。赵淮安一看日头，觉得时候不早了，刚想打电话给李保成书记，身上的传呼机有了响声，打开一看，李保成说他上午有接待任务，耽搁了一会儿，大致十分钟来造纸厂见迟媛老师。苏简易继续招呼迟媛喝茶，赵淮安想师娘休息好一阵子了，李书记来，师娘就要上手活路，为了不耽搁，他在写字画画的毡布上铺好一张四尺的宣纸。

李保成进门，赵淮安首先给李保成介绍了迟媛，又为迟媛介绍了李保成书记。苏简易见李保成来了，心想，自己的想法很快就能实现了，他又是沏茶，又是递烟，殷勤地招待李保成。

迟媛见李书记来了，为了给赵淮安和苏简易撑足面子，寒暄几句之后，说："李书记，我给您画一幅吧！"

李保成开心地说："好！辛苦迟教授了。"

迟媛问："李书记，给您画哪种类型的画作呢？"

李保成犹豫片刻，说道："这个还是您定夺吧！"

迟媛说："好！我就画一幅莲花吧！"

李保成心想这寓意自己为官清廉，出污泥而不染，这个选材挺好！想到此处，李保成说："甭说，迟教授，您说画一幅莲花，这个我着实喜欢啊！"赵淮安和苏简易异口同声地说："莲花好！迟媛教授花鸟画更高一筹嘛！"

迟媛下笔轻松自如，一幅画作不到个把钟头就赶完了，上款书写"绿盖半篙新雨，红香一点清风"，下款落了创作时间、地点及作者。

李保成见迟媛给自己画的作品极为雅致，十分高兴地说："迟媛教授这画内容好，我喜欢啊！"

迟媛谦虚地说："献丑之作，只要书记您不嫌弃就好。"

李保成说："我就收下了，谢谢迟教授。"

赵淮安和苏简易见李保成很开心，他俩心想距离自己最终目的越来越近了。

苏简易觉得时候不早，便说："迟教授，李书记，我们在老陈泡馍馆略备薄宴，时候不早了，这就过去吧！"

李保成见苏简易提出吃中午饭，他也主动说："对，好好招待一下迟教授，我们也该吃饭了。"

迟媛放下手中活路，洗过手，想自己是客人，客随主便，既然大家说吃饭，那就随他们一起去吧！苏简易和赵淮安在老陈泡馍馆款待客人，李保成书记陪同共进午餐。

饭罢，回到造纸厂之后，苏简易叫李保成欣赏迟媛给自己画的山水画，李保成看后说："不错，不错，迟媛教授果真是大家啊！这幅作品继承了长安画派传统技法，这个我还是略懂一些。"

迟媛吃惊，自己来到乡下，没承想，这李保成书记还懂画，而且很精到。这不由得叫迟媛高看一眼对方。

迟媛赞叹道："李书记，一听您的话，就知道您是饱学之士啊！"

李保成见迟媛夸奖自己，立刻谦虚地说："迟媛教授，我仅仅是略知一二，至于饱学之士，确实谈不上，在您面前，我是关公面前耍大刀，自不量力啊！"

迟媛见李保成说出谦虚话，她向对方进一步诠释道："不瞒您说，我的确继承长安画派开山鼻祖石鲁的山水画技法，画作常常以山喻人，又以人喻山。"

李保成说："您说的石鲁大师，我很早就听说过，听说他的画作每幅都是十万八万的。"

迟媛说："对，石鲁大师作品价格不菲，尤其是他的代表作《转战陕北》，气势磅礴，现收藏于中国国家博物馆。"

下午，迟媛给赵淮安画了一幅墨竹，上款落了"苍茫太华浮云端，寂静高士卧人间"，下款照旧落下时间、地点及作者并盖上闲章，她这画寓意赵淮安事业有成，仕途顺利。赵淮安心里明白师娘迟媛对他的期望。

迟媛画完画之后，为苏简易书写了一幅草书，内容为"壶口收金"。接着，又为李保成书写了一幅篆书，内容为"上善若水"。写完这两幅书法作品，她征求苏简易和李保成两人意见，他俩各自也都认为收获颇丰，除当面夸她作品极为精到之外，又说了各自感谢的话。迟媛欲要收笔，心想，自己不能忽略赵淮安，送画归送画，我再送他一幅书法作品吧，权且对他是一个鼓励！于是，她又挥毫写了一幅隶书，内容为"天道酬勤"跃然纸上。迟媛做完三幅画，写过三幅字之后，收拾行李，跟李保成和赵淮安说了声告辞，坐上苏简易开的车，赶在太阳没有下山之前返回了西京美院。

苏简易接画家迟媛来向阳镇，他虽然见到李保成书记，但是没有向李保成书记提出自己造纸厂延续承包合同的事，他心想，事后亲自找书记谈这事，也许效果会好一些。

一周过后，苏简易厂里的事不大忙，他便亲自跑到镇上找李保成书记。他说明自己来意，李保成心想，苏简易是个经营企业人才，续签合同的事我看靠谱，于是他说："这个事，我赞成。"

苏简易说："需要我做啥工作，领导您请明示。"

李保成说："这个要等，等镇上上会决议。"

一月有余，苏简易拿到镇上给他续包五年的正式合同，一段时间以来最为揪心的事情办到辙里，这让他悬在心口的一块石头终于落了地。

赵淮安一直将自己的千金叫妞妞，这天妞妞声音甜甜地叫了一声爸爸，赵淮安高兴地抱起冲他跑来的小千金，在她脸蛋上亲了一口说，宝宝乖。此刻，他意识到自己成天净忙工作，忽略了家的存在，意识到有一段时间没有照顾自家婆娘娃，觉得很是亏欠，这才有心看了挂在自家墙上的一张年画挂历，哦！今天是婆娘高翠萍的生日，差点又错过了。他嘴里念叨着："妞妞啊，你妈要过生日，爸爸来请客，带你们娘儿俩吃回火锅去。"妞妞说："我和我妈去，奶奶在家谁照顾？"赵淮安说："我们吃过火锅，回来给你奶奶捎上一碗羊肉泡馍，也让你奶奶享享口福！"赵淮安冲高翠萍殷勤地说："翠萍，祝你生日快乐！"高翠萍说："淮安，今天还像回事。"赵淮安见高翠萍给自己好脸色，底气剧增，说："好婆娘，我啥时候怠慢过你了？"高翠萍细细一想，他工作上事情忙归忙，但是家里的事，历来也是自己说了算，他有心记住自己生日，论说，赵淮安的确还算是一个不错的男人。今天，他既然想起给我过生日，妞妞也念叨给我过生日，我就随了他们父女俩，跟他上回街道，花钱给自己过过生日吧！

高翠萍想去，却又想考验一下赵淮安是否诚心给自己过生日。于是，又刁难地说："淮安，你心里没有我，成天很少着家，就知道你们向阳镇机关一亩三分地，咋，今天良心发现？你想给我表现太晚了，我和妞妞没有那么金贵，你身上钱一块当两块花，我看，我们过细发日子，能省点就省点吧！这也是你历来的做事风格啊！"赵淮安心想，成天给自己搅一个勺的婆娘，竟端出风凉话给自己听。赵淮安心知自家女人对自己有意见，可他心里更清楚，女人要哄，越哄越听话，想到此处，他一改往常口气，叫了一声翠萍姐，并说："兄弟我给你过一次生日，请您赏脸啊！"

高翠萍笑了笑说："这还差不多，姐我给你一回面子。"

赵淮安心里明白自家女人嫌弃自己拿回家的钱少，一年到头，她很少像别人家女人一样穿金戴银。

妞妞刚出生，他安慰自家婆娘说，虽然自己过一头沉日子，但过几年，他家日子会发生变化的，可五六年过去了，他依旧是那句老话，高翠萍恨自己当初嫁给了赵淮安，她不止一次当着赵淮安的面念叨这话。

最初，赵淮安认为是自己家婆娘开玩笑，而这女人一天一天冷落自己，赵淮安有点后怕，幸亏又想起来为高翠萍过生日，这样让他被动的局面发生了转变。

高翠萍在吃饭时对赵淮安说："淮安啊，你在文化站这清水衙门工作，成天忙活总是没见效益啊！"

赵淮安说："作为一个基层干部，服从组织安排，我们不缺吃不缺穿，日子过得去就行了。"

高翠萍说："你呀真是没出息！"

赵淮安心里明白，自家婆娘弹嫌自己，无非就是嫌自己成天干活捞不到油水。赵淮安见说自己工作上的事，这才将自己早前办笔会与李保成书记关系逐渐亲近的事告诉他家女人。高翠萍听过这话，对赵淮安态度很快又变得温和起来，她说："淮安，我看好你，我和妞妞以后指望你呢！"

这回给高翠萍过完生日，赵淮安一下子认识到自己调整工作的紧迫性，但自己纵使再干着急也没办法啊！镇上调整干部要等机会，一旦到了茬口的话，自己被领导赏识，转部门也不是没有可能。他甚至预感到自己要不了多久工作就会发生变化。

他将自己的预感说给高翠萍听，其目的很单纯，就是想哄他家女人开心。

高翠萍在家一直从开春等到夏天，又从夏天等到秋季，一直等不来赵淮安工作变动的消息。她忽然有了一个想法，要到下圭镇慧照寺给赵淮安烧上一炷高香。她有了这个想法，从镇上花钱雇上一辆港田摩托车去了一趟下圭镇慧照寺。

—72—

早前，刘建平是刘家庄的村主任，向阳镇计划生育工作抓得紧，镇上打算抽调村干部来支援计划生育办干部抓工作。

而在这节骨眼上，三年一届的村上换届工作展开，镇上领导做过通盘考虑，一般都想顺顺当当推进村上换届。一段时间以来，刘建平因为与女校长传出了一些绯闻，被女校长男人一纸诉状告到法院，最终，这事因为无凭无据，法院当庭判处刘建平无罪。可这一告，影响了他在村上的声誉，被好多人瞧不起。但是，瞧不起归瞧不起，刘家庄这地方，刘建平弟兄们多，势力大。因为他有了被女校长老公告的这桩事，镇上领导考虑为了达到真正换届目的，结合镇上工作的需要，经过上会研究，决定抽调刘建平来镇上协助计生干部工作。

刘建平心里明白，之所以调自己来镇上工作，其实用意只是调虎离山，只有自己走了之后，他们才能有恃无恐地推进村上换届工作。刘建平又心想，反正自己在村上已经名声扫地了，既然领导有叫自己来镇上工作的想法，这也许对自己来说是机遇，坏事里面有好事！

果真，刘家庄没有刘建平的横竖阻拦，村上换届工作极为顺利，原来的副主任刘兴民被选为村主任。

村上副主任的缺，由原来村妇联主任梁红艳补上，女校长家外甥女名叫郝蕾蕾，她最初在村上开卫生所，这回村上换届，她被刘兴民提名并通过，成为刘家庄村妇联主任。

刘建平到计生办，工作态度积极，在配合镇上公粮收购环节出了力，很快，他的工作得到镇上主要领导赏识，他虽然是合同工身份，但是，没有几年工夫，就被镇上提拔为民政办副主任。他仕途顺利，当了不到半年，过去老主任到了站口，办了退休手续，他名正言顺地成为向阳镇民政办主任。

　　刘建平心想，虽然自己岗位是向阳一些，但是客观来说自己的身份总让他在别人面前说话欠缺底气。他寻思着，这一两年国家有政策招考乡镇干部，自己用功一两年好好复习一下，要是能考进事业编，更进一步来说考上公务员的话，这辈子就穷苦大翻身了。

　　功夫不负有心人，刘建平通过几年学习终于考上了公务员，他由一个农民华丽转身成为国家干部。他考上公务员之后，在县城跑调动，后来，又被县水务局的陆海洋调到水务局工作。

　　至此，向阳镇民政办主任就空下一个缺，谁来接替这一角色？李保成书记经过一番考虑，提议赵淮安为优先考虑人选。经他提出之后，很快又上会通过，两月有余，赵淮安就被镇上重用了，而他原来的文化站工作被外乡镇刚刚调来的王晓兰接替。

　　熬过一个漫长的冬天，正月最后一天，向阳镇镇政府门前聚集了几十人，摆明了是要在镇上闹事，代安卫最担心的事终于发生了。代安卫见瓜农闹腾，且火气十足，他说了一大堆赔情道歉话。瓜农说他说话不好使，要两个结果，一是赔钱，二是要镇上领导对代安卫的处理结果。代安卫心想自己这回真是摊上事了。

　　代安卫与瓜农的事，真正纠结在哪呢？

　　李保成书记经过一番了解，事情起因是代安卫早前聘请来一位名叫樊为民的农业专家在镇农技校授课，而这讲座是个虚头，其真正目的是向瓜农销售西甜瓜种子。为了叫瓜农信服，在讲座环节，播放了记者采访农科城教授樊为民带动群众致富种瓜的故事。看过录像，半信半疑的瓜农们这才相信来给自己授课的教授大有来头，红瓤口大丰收西甜瓜就是他培育出来的，又据说这种品系西甜瓜产量高，且上市之后颇受欢迎。

　　瓜农们又细细一想，这教授是代安卫请来的，他无论如何也不会是冒牌的。代安卫真没想到，樊为民卖出的三万元西甜瓜种子成活率太低，害苦田家庄和孝义堡几十户瓜农。瓜农心想你樊教授跑了和尚跑不了庙，既然当初是代安卫请来的，我们有事，也要你代安卫有罪受。

白驹

见事情成胶着状态，李保成心想这事也该自己出面管管了，他通过办公室了解到樊为民的确是农科城教授，他在向阳镇卖甜瓜种子也不假，但是，人家种子是注册商标的，受到相关法律保护。无奈之下，李保成叫来代安卫训话，又催促他叫樊为民教授来向阳镇。樊为民听说向阳镇瓜农出苗率很差，心想我心里没鬼，说啥也敢面对，要是这件事外传出去，对自己以后的声誉不好。

樊为民来到向阳镇，实地查看之后，这才发现瓜农育苗时，在代安卫婆娘手中买的营养胚营养成分太差，才导致了当地瓜农下种之后，成活率偏低。

李保成一想这事也怪不得人家樊为民教授，代安卫婆娘卖劣质营养胚，这才导致瓜农育苗成活率偏差。李保成出面说拿出一周时间解决问题。

事后，镇上为每户赔付三百元钱，瓜秧损失得到相应弥补，这笔费用从镇上农业应急办开支。镇上农情通报说樊为民卖给瓜农瓜种不存在质量问题，育苗减产主要是营养胚所含成分不达标，加之气候过于干燥，瓜农育苗放风不够科学，才导致瓜农育苗成活率偏低。

镇上给瓜农处理意见是暂停代安卫向阳镇农办主任职务。

此后，代安卫给镇上写了一份书面检讨。他农办主任被拿下之后，被调至向阳镇农机站当副站长，落了个有名无实的闲差。

代安卫不当向阳镇农办主任之后，他的这个位置很快叫分配到镇上两年之久的公务员孙青义补了缺。

代安卫到了向阳镇农机站，起初，他心里一直很难受，但是，日子久了，他想人活在世上总要经历风风雨雨，尤其在面对艰难坎坷时，要学会逆境生存。

代安卫振作没有几日，又变得消极起来，白天上班，他有所顾忌，可一到下班，他总是自斟自饮，常常烂醉如泥。这且不说，他又痴迷打牌，钻进牌窝窝，彻夜不归，输的机会较多，赢的时候较小。屋里女人劝他戒酒戒赌，他说人的爱好改不了，除非自己回到娘胎，被自己亲娘另生一次，这样或许自己又是另一个人样。他一直将婆娘的话当耳旁风，坏习惯始终没有改变。婆娘见他偏得八头马都拽不回来，于是，一怒之下，撇下他和娃娃裹起包袱回到娘家去住。

代安卫见他婆娘冲他撒泼一走了之，心想自己好歹也是乡镇干部，今后，我没有她，生活过得照样滋润。

代安卫婆娘离开他之后，他的父母亲劝他哄自己女人开心，主动说服软话，想方设法接他婆娘回家。代安卫很固执，他压根儿不听劝，还变本加厉把娃娃送回奶奶家，自己图个逍遥自在。

- 73 -

这年一个漫长夏天快要结束，按照惯例，乡镇干部都有一年一度的休假时间。每年到这节骨眼，向阳镇乡镇干部多数考虑到宝鸡关山牧场去逛，也有人报团到四川、重庆等地舒适休闲几天。赵淮安舍不得花钱，每到这个节点，别人动员他出去旅游，他都会找这样那样理由拒绝出去游玩。高翠萍见人家夫妻出门逛，很浪漫，她心想自己成家好多年，丈夫却从来没有带自己出过门，是不是自己长得不体面？要说，我跟他过日子，该付出的都付出了，他却这样对自己。在这事上她恨赵淮安，早前，想与他理论此事，话到嘴边又咽了下去，后来她担心时间拖得太久，赵淮安一直无心考虑此事，她出门见见世面的机会就彻底没有了。

高翠萍觉得很憋屈，终于忍不下去，她冲礼拜天回家的赵淮安一顿牢骚。两人在屋里有了吵闹声，秀英心想自己晕车，这辈子没有出门闲逛命，这个与自己娃娃有心无心并无关系，而自家儿子与儿媳成家有些年了，他却从来没有带媳妇出过远门，这事是自家儿子太浑，我要给他说说事情利害。她走近正在吵闹的儿子儿媳跟前，表情严肃地对儿子说："娃呀，娘给你娶过门媳妇，她俊秀样，别人家娃娃打灯笼都找不见的，你要懂得心疼她。"高翠萍见婆婆说出袒护自己的话，一头扑到婆婆怀里哭泣起来，秀英哄着儿媳说："我娃不哭，有妈给你撑腰，淮安这小子，日后保准不敢欺负你。"

白驹

婆婆袒护自己，高翠萍暗自窃喜，她说："妈，其实淮安蛮不错，时间长了我和他有了误会这都很正常，您老别生气，我理解淮安，他忙，我支持他。"

赵淮安心想这些年了，自己成天把工作看得重，从来没带母亲和他婆娘出过门，想到此处，他怀有歉意地说："妈，今年休假马上到了，我这回带你们娘儿俩出去逛逛，咋样呢？"

刘秀英说："妈晕车，没出远门的命，我就不掺和这事了。"

高翠萍说："妈，你娃有心，就跟娃出去散散心吧！"

赵淮安也跟进说："妈，带你出回远门，去见见世面吧！"

刘秀英说："我出去，路途颠簸，那还不要了俺命啊！"

高翠萍给婆婆捶两下背说："妈，您身体不允许的话，我和你娃、你孙女出门逛逛去。"

赵淮安说："妈，你娃和你儿媳，表现还不错吧？！"

秀英见儿子说讨好自己话，她看了儿媳，目光又收回来，冲他儿子嘿嘿一笑，说："只要你俩好，妈比啥都开心。"

高翠萍当着婆婆面问赵淮安考虑哪条旅游线路去逛呢。

赵淮安犹豫片刻，说："这回我带你去个比较神秘的地方。"

高翠萍追问说："淮安别卖关子了，我们到哪儿去？"

秀英也猜不透儿子葫芦里卖的究竟是啥药，她和儿媳等着揭晓谜底。赵淮安舒展一下胳膊腿，咳嗽两声过后，这才说道："银川有一座神秘的西部影视城，那里月亮门很漂亮，这座城堡周围是沙漠，很值得我们过去大饱眼福一次。"

高翠萍说："西部影视城固然是好地方，但是，眼看你休假日期来临，我们这两天报团去，时间来得及吗？"

赵淮安说："现在时兴什么自驾游，我们学学他们，开车去。"

高翠萍细细一想，赵淮安开过农机站五菱昌河车，技术也说得过去，既然他提出开车出门逛，就随他的想法吧！于是她说："这次，按照你的想法来。"

刘秀英担心开车不安全，但话到嘴边又咽了下去，她想娃娃成家了，他既然说开车游，必定有自己的考虑，孩子们的事，自己要是过多过问，惹人家儿媳不爱，很不划算，再说，娃娃老大不小了，出门也懂得操心的。

想到此处，她冲儿子与儿媳说："路上多长眼，你们开车去，妈我没意见。"

赵淮安意识到高翠萍对他家的重要性，也意识到自己不该冷落她，应该多花时间来补偿她。

– 74 –

赶在一年一茬的秋收季节来临之前，向阳镇农机加油站就要储备柴油。原来，农机加油站性质是镇上集体企业，后来，由集体经营转变成为私人承包性质。承包者在每年年底，要为镇上财政所交纳相应的管理费。老徐多年以来是向阳镇农机站的老站长，以及加油站承包人。

加油站要是换作以前，从来不考虑没钱进货，因为这里需要周转资金多与少都是乡镇财政拨出。而自从改变承包形式之后，进油钱多与少都是老徐自个儿来操心的。

老徐手头要积压柴油，信用社贷款手续麻烦，他到需要钱的节骨眼上，多数都是找熟人凑凑，好多乡镇干部他没少开口借钱，但是，大多数人手头钱并不大宽展。老徐听说代安卫手头积攒了些闲钱，要说，自己向他开口借钱，指定能借来。老徐是向阳镇出了名的好人，他找代安卫说明来由，代安卫心想老徐家大业大，借给他钱，不管多与少，他这人到日后保准亏不了自己的。起先，代安卫单纯与老徐说借钱的事，后来，他听别人说老徐曾担心借不来钱，说要便宜卖掉自己花钱给农机服务站买来的柳州五菱昌河面包车，缓解一时周转不灵的压力。

代安卫是个洋性子，也想弄辆车来开开，于是他叫人估了车价，顶多值四万多元，要是讲讲情面，三万多些也可以。他想，自己与老徐是老熟人，与他恋承一下，兴许，这事会按着自己心思来。他叫赵淮安出面撮合，最终用

白驹

三万五千元买走了老徐手头八成新的面包车。而老徐有了卖车这笔钱，东借来一些，西借来一些，总算筹措够了钱。代安卫买来二手车，心想自己平常用方便，此外，他还能通过车来给自己挣个零花钱。

赵淮安要拉上婆娘娃银川自驾游，他原来考虑租车开，后来，他见代安卫买来农机加油站柳州五菱面包车，心想自己与他有交情，既然他这小子车是现成的，自己不借来用用才犯傻呢！这次欠下他的人情，等日后还他就是了。

想到此处，赵淮安开口向代安卫借车，代安卫毫不犹豫地答应了下来。

很快到了休假时间，赵淮安兑现答应婆娘娃的事。休假头一天，天还蒙蒙亮时，赵淮安开借来的车进加油站加过油，然后回到家，收拾行李，等一切收拾停当之后，拉上自家婆娘娃，很快就动了身。

车经榆林靖边，一路北上。高翠萍和身边的小千金，没出过远门，外面的一切让她感觉很是新鲜。

赵淮安见她们母女开心，心情也自然而然舒畅起来。赵淮安没留意，此刻太阳早已偏西了。他看了看时间，这距离出发时已过了五六个小时，而这一路颠簸，让自己顿感疲倦。高翠萍和他姑娘说肚子饿，赵淮安找了路上小镇打过尖，又继续赶路。为了缓解一路疲劳，赵淮安打开车上的音响，委婉动听的《兰花花》传出窗外，此刻，这首红歌的甜美及甜润与这块土地相互交融。

车行驶在路上，高翠萍说自己想听戏，又说爱听正旦戏。

赵淮安风趣地说："娘子啊，你在向阳镇爱听戏，来了陕北还是想听戏，你简直是一个没见过世面的妇道人家啊！"

坐在副驾驶的高翠萍轻轻拧了一下赵淮安胳膊，生气地说："你啊，我讨厌你！"

小千金也模仿母亲的动作，表情严肃地说："爸爸你坏，你欺负我妈，坏爸爸女儿不爱。"

赵淮安见车上母女说出讨厌自己的话，急忙歉意地说："你们娘儿俩甭生气，我在开玩笑嘛！你们又何必当真呢？！"

高翠萍也不想把温馨的气氛打乱，她用原谅的口吻说："你今天的表现值得表扬，我和妞妞要谢谢你。"

他见自家女人缓解气氛，便说："我换个曲，放一段秦腔名家的戏，你们娘儿俩好好听听。"

高翠萍又问："谁的戏？"

赵淮安说："方才你听的是郭兰英的歌曲，给你换换口味，叫你再听听郭明霞的《断桥》吧！"

高翠萍说："好戏，郭明霞的戏听起来带劲。"

赵淮安打开车上低音炮音响，放一段郭明霞的戏。高翠萍听了之后说："郭明霞戏唱得委婉动听，声音又极其圆润啊！"

赵淮安急忙迎合高翠萍的话，说："在三秦大地，郭明霞是家喻户晓的一个角色，她早年就以一出《断桥》震惊四座，颇受西安地区戏剧专家和广大观众好评。"

高翠萍惊讶地说："没承想，你对戏还了解得这么深入透彻啊！"

赵淮安笑了笑说："人家好歹也是知识分子，朗朗乾坤，这世事万物，无所不知啊！"

高翠萍不屑地说："罢了，罢了，就你那几斤几两，别人不知道，我还不清楚嘛！净在我面前装！"

赵淮安见高翠萍说出轻视自己的话，说："翠萍啊，我不是瞎吹，就咱陕西秦腔历史渊源，咱村上人谁懂这个？我把咱这秦腔戏历史渊源能说得有眉有眼，这个你该服气吧？！"

紧接着，赵淮安将秦腔的历史娓娓道来："秦腔很早就流行于陕西、甘肃、宁夏等地，而这些地方在历史上都属于秦国管辖范畴，因此便取名秦腔。咱秦人性格使然，唱起来戏曲自然很有特点，其音调激越高亢，节奏鲜明，善于表现悲壮、激昂和凄楚的情感。"

高翠萍说："淮安，你这么一说，我明白过来了，就说呢，陕西人唱秦腔，他们宁夏人、甘肃人为啥也喜欢唱秦腔，原来，这个戏曲流行地区很广泛啊！"

赵淮安一边开车，一边与高翠萍闲聊，他说："翠萍，你知道西安易俗社吧！但你一定不知道，易俗社牌名是谁写的。"

　　高翠萍说："我一个乡下妇女怎么会知道？你说说我听。"

　　赵淮安说："这是鲁迅先生在西安讲学时，给易俗社题写的牌匾名。"

　　高翠萍好奇地说："淮安，你平常的话很金贵，很少给我说这些。看来，要是常出门的话，我在你跟前能听到很多新鲜话。"

　　赵淮安见高翠萍夸自己，接着又说："翠萍，咱陕西有个戏曲研究院，你总该听说过吧，它也有一段历史渊源啊！"

　　高翠萍莫名其妙地问："这有啥来头，你倒是说来我听。"

　　赵淮安说："陕西戏曲研究院前身在陕北，这是毛泽东主席在延安文艺座谈会讲话之后，由当时文化先辈马健翎、马蓝鱼等名家发起成立的，当初，这个演出团队叫陕甘宁边区剧团。脍炙人口的《白毛女》戏曲，就是从陕北唱红祖国大江南北的。"

　　高翠萍说："这些我闻所未闻，看来，我有你这个丈夫，证明我当初有眼光啊！"两人相视一笑，她家妞妞也跟他们一起笑。

　　车继续摇晃着，路上又是一阵颠簸，历经十多个小时，快近傍晚时，终于到达他们心仪已久的西部影视城。

　　赵淮安开车很累，便对高翠萍说："我们还是先找个地方吃饭，再说闲逛的事吧！"

　　高翠萍说："出门了，都是你说了算。"

　　这天傍晚，他们一家三口在西部影视城附近吃过饭后，觉得天色已晚，便找地方过了夜，第二天清晨，吃过早餐之后，他们买票进入西部影视城游玩。最初，他们对这里知之甚少，听导游讲解，这才了解影视城的由来。导游告诉他们这影视城也叫镇北堡西部影城，起先这里尽是一片荒凉，在当时十分艰苦的条件下，极具眼光的作家张贤亮以极少的资金打造了这处影视城，此后，它在短短的时间里，成长为中国西部最具规模、知名度最高的影视城及旅游胜地。

　　走进西部影视城，错落有致的街道商铺琳琅满目，货物令人眼花缭乱，赵淮安带上高翠萍母女俩一进影视城，东瞅瞅，西看看，他还见有影视公司在租用地方拍电影。于是，他们与一些游客凑近跟前，围观拍摄电影的一些花絮，有了一阵工夫之后，他们继续闲转，一家人合拍全家福，又给自家娃娃买了新鲜小玩具，此后，他们又看过一场小话剧。

这日，他们一家三口尝过当地新鲜小吃之后，赵淮安发现西部影视城邀请来了首都作家高和平现场签名售书，他心想如此难得机会，自己不能错失良机啊！于是现场购买一本书，又求得作家本人亲笔签名。临走前，他们一家人还触摸了这座城堡一角，暗自惊叹这座古堡的鬼斧神工。漫游西部影视城之后，赵淮安带着女人和妞妞逛了一天银川市，直到第三天下午才开始返程。

赵淮安开车返程时，为了省过路费，改走低速线路，他这人性格木讷，但开车与老把式却不差两样。来时妻子没觉得一丁点害怕，回程时，高翠萍心里总是怦怦跳，她担心地说："淮安，车开慢一点。"

赵淮安说："别担心，你们娘儿俩该睡就睡吧！"

婆娘嘟囔归嘟囔，他该怎么开还是怎么开，路过一段泥水路，车的挡风玻璃溅上一波泥水。赵淮安虽然开了车的雨刮，但是车前挡风玻璃仍然模糊不清。按理看不见路况要将车停于路边，使用抹布将车抹洗干净以后才能继续开，但赵淮安没有更多顾忌，仍然前行。高翠萍见他没有方向把握，劝他停车到路边，但他始终不听劝，甚至气愤地说："你个婆娘蛋蛋，就是多事。"高翠萍听到自家男人说贬低自己的话，说："你看哪家女娃靓，你给哪家女娃过，我不称你心，等回去，咱俩就分手吧！"赵淮安见自家女人说气话，他也跟着来劲，说："跟我过够了是吧！威胁我，咱离就离，谁离不开谁，大不了，我一辈子打光棍。"

妞妞见父母吵架，哭泣起来，高翠萍抱起妞妞说："宝贝不哭，妈妈爱你，你爸爸不要妈妈了，今后，你跟妈妈过。"赵淮安心里明白，这是自家女人的气话，自己很受气，却又很无奈，心想还是在路边停车，给高翠萍说服软话，哄妞妞开心，将挡风玻璃的泥点抹洗干净再走吧。他慌忙一脚刹车，没承想，脚下却乱了方寸，将油门当成刹车猛踩一脚，此刻，车冲出几十米开外，只听到咣当一声，红色的鲜血溅在车的挡风玻璃上。赵淮安心里咯噔一下，高翠萍瞅见这幕，霎时脸色苍白，她抱着自家妞妞，在车上恓恓惶惶地哭了起来，她第一反应是撞上人了。而后，有人敲车门，赵淮安意识到最糟糕的事发生了。他又想这事自己躲也躲不掉，还是面对吧！

他哄自家女人和妞妞别怕，自己下车看看究竟。他打开车门，陕北后生拽住他的衣领说："你这死猪，车撞死了我的羊，你要赔钱，否则我跟你没完！"

赵淮安一听这话，再仔细一看，自己撞上的是一只绵羊，它是陕北后生赶路羊群中掉队的一只，没承想，被自己一脚油门撞死了。他心想，吓死了，最初自己以为撞上人，还好是一只绵羊，这事虽然难缠一些，但它毕竟会有个了结的办法。

赵淮安急忙对陕北后生赔情道歉说："老哥，我不是故意的，有事咱商量着办就是了。"

陕北后生说："我这羊可值钱了。"

赵淮安说："你只管说多少钱，我给你不就得了嘛！"

陕北后生气愤地说："我这一只绵羊，按说市场价至少两千元，你既然不是故意的，我不为难你，你赔我一千五百元得了吧！"

高翠萍听到陕北后生与自家男人理论羊的事，心想，原来是这个，那就好办了，还以为撞死了人。她哄了妞妞几句，然后对她说："妈下车，得帮你爸说话，要不然，还不知僵持到猴年马月才能走。"

陕北后生要价一千五百元，赵淮安说："好老哥我不是故意的，你看，我赔五百元咋样？"

陕北后生说："兄弟，你给得太少，想走，门都没有。"

赵淮安说："好老哥哩，您就消消气，说实话，我身上没带那么多钱，你再少一些。"

高翠萍也来央求陕北后生，她说："老哥，我们理解你不容易，但是，我们就是下苦人，这只羊，你嫌五百少的话我们给你六百，这样总该可以了吧？"

陕北后生一摇头语气坚定地说："这点儿肯定不行。"

赵淮安见陕北后生不让价，心里毛毛的，他生气地说："你这明显是要挟我们，这羊既然开出天价，我报警，叫警察来说说公道话。"

陕北后生一听，心想要是他报警了，钱赔多少先放在一边，这事处理很麻烦，这不如自己要钱到手省事。高翠萍给赵淮安递了一个眼色，她计上心来说：

"老哥，我家那口子说气话，您甭上心，你家羊，我们商量着来就是了。"

陕北后生见事情僵持下去也不是办法，说："出门在外，我不想难为你们，我这只羊，你们至少赔我一千元，少一分都不行。"

高翠萍说："老哥，我们真的没那么多，你就再让让吧！"

赵淮安也过来说服软话："老哥，我们不是故意的，钱，您再少点。"

陕北后生妥协道："我就积德一回吧，你们给我八百元，图个吉祥吧！"

赵淮安心想，八百元也可以，打发他走人，趁着天还早开车回自己的向阳镇。于是，他和高翠萍凑了凑钱递给陕北后生，心想这次自己被人家恶咬一口，我得把这只羊拉走，他动手装羊。

陕北后生态度坚决地说："这个不能装。"

赵淮安说："你要讲理啊！我们掏钱了，这羊就等于我们买走了。"

陕北后生生气地说："兄弟，你撞死俺爹，是不是赔过钱还要拉俺爹走人呢？"

高翠萍见陕北后生与自己丈夫推搡车，她劝自己丈夫说："好了，人家羊很金贵，我们抱不起，淮安，我们赶紧走吧。"

赵淮安心想多一事不如少一事，自己在这儿人生地不熟，要是继续僵持，在这家伙面前，也不见得有啥收效，于是他说："好了，羊我就不抱了，这回叫老哥你发财去吧！"

陕北后生听人家说难听话，他挽回面子地说："我见弟妹好说话，才给你们让步的，要不然，你小子磨牙到天亮，我也不会给你面子的。"

赵淮安心想自己撞死他一只羊，他都搬出爹来说话，这家伙并非善类，自己还是走人吧！他自言自语地说："老哥病得不轻，买药好好医治一下自己。"

陕北后生心想，你小子走人的话，我这只羊转手卖给别人，少说也能换回个千儿八百的，我就不跟你计较了，于是回道："我病得不轻，多谢兄弟惦记。"

话毕，他嘴里哼哼起了一首陕北民歌《五哥放羊》，声音虽然很地道，但是，这每一句每一段，对赵淮安来说都犹如刀割。伴随着陕北后生的歌声，他清洗着车上的挡风玻璃，接着，他和高翠萍上车，然后一轰油门，朝渭北平原驶去。

代安卫买了车之后，三天两头往县城跑，日子久了，结识了一位叫武红艳的洗头妹，产生了不正当的关系。武红艳提出自己家境差，想借代安卫的关系，从镇上申请来扶贫款项。代安卫想着凭借自己和赵淮安的关系，摆平这件事很容易，就满口答应下来。赵淮安借车这档事，他一直记代安卫这个情。欠别人情，有机会要还给人家，这也是赵淮安的做事原则。代安卫见赵淮安没将自己当外人，他觉得自己上前说话，武红艳爹扶贫款项的事，赵淮安一定会上心给办的。

代安卫冲赵淮安说武红艳是自己表妹，家里老爹住的房需要花钱修缮，要是能争取下来民政口的经费支持她爹就享福了。赵淮安听代安卫这么一说，就将代安卫的话当了真。代安卫除做通赵淮安工作外，也做通了村上主任的工作。

因此，武红艳为他爹争取到两万八千元危房改造扶持基金。有了这笔扶持资金，她很快请来匠人将自己家旧房换上新颜。武红艳老爹新房住了将近一年，得了胃癌，该花的钱也花了，但是，老汉的病是越来越严重，最终没有熬过这年冬天就病死在炕头。

代安卫为武红艳父亲料理完后事之后，从偷偷摸摸与武红艳来往，转而变成向阳镇人人皆知的段子了。

武红艳待父亲三七祭日过后，寻思着自己有代安卫撑腰，想找人在老家开办足浴，别人经营，自己背地参与股份。其实，她开足浴是明面叫法，暗地里就是一个涉嫌卖淫嫖娼的地方。

武红艳心想，别人要说起来，我大不了是房东与房客关系。代安卫寻思着自己日后要是去消费，保不准还不用掏腰包就能办成事的。

当初，代安卫为发廊小姐武红艳出面，给她老家动用扶贫基金盖房的事，赵淮安很是后悔，但是事已至此，他再后悔也来不及。代安卫替他说宽心话，他说，这件事已经过去一年多了，论说，也没人在这事上揭发你的，别叫屎大个事，成天忧愁坏了身体。要说日后有事，你推到我身上，就说我给你隐瞒事实，你核实不够到位，感情用事批准她家请求。

代安卫说宽心话，赵淮安也只能不再计较这事。

武红艳心想，代安卫虽然在镇上工作，但自己要想在这行当挣钱，向阳镇派出所要有一定关系。武红艳托付代安卫在上面打理关系，代安卫说自己认识派出所所长的司机，名叫曹战斗，他这人是大本事人，原先是县公安分局政工科科长乔治平在向阳镇当所长时的司机。

代安卫心想自己出面交涉，加上他与曹战斗的这层关系，武红艳在向阳镇开办足浴，无疑派出所会给她一路绿灯的。

代安卫万万没有想到，曹战斗是个吃了原告吃被告的家伙。

曹战斗点了镇上好多人看黄色录像的炮，代安卫得知这事，心里犯嘀咕，这家伙阴得很，会不会背地里捅上自己一刀呢？！

他尽管成天送曹战斗东西，但没多少天，武红艳涉嫌卖淫嫖娼的事还是将代安卫牵连了进去。她组织小姐在老家卖淫的事，被别人举报，而这一系列的事，被派出所民警做了笔录。

向阳镇派出所王保卫说不管谁犯法，自己都不能姑息迁就。因此，代安卫撞上枪口，没有人上向阳镇派出所找王保卫所长说情。代安卫和武红艳除每人被处罚三千元之外，还被刑事拘留。

赵淮安曾经替代安卫办事，他涉嫌违法挪用扶贫资金的事，被人举报到县纪委，民政是个高压线，他犯了事，被纪委领导传去谈话。

起初，赵淮安咬定自己没啥过错，后来，在县纪委干部轮番逼问下，赵淮安终于说出自己给代安卫办事的经过。

纪委办案干部最终弄清楚，赵淮安为代安卫办事，而代安卫与武红艳是嫖娼关系。

赵淮安罪名被坐实之后，他的案子被移送检察院，赵淮安最终被检察部门提起诉讼，很快又被县法院执行逮捕。

白驹

向阳镇出了这桩事，镇党委书记李保成认为自己队伍没带好，他以此为反面教材，在镇上进行有关赵淮安涉嫌违法被抓事件的通报学习。

赵淮安出事之后，高家庄高选民恨自己当初将女儿高翠萍嫁到刘秀英家。现在倒好，摊上这事，真让自己把老高家的脸丢尽了。但是，他后来又想，不管咋说女婿心地善良，他出来后不干公差，干些别的，照例是自己姑娘依附的一个好人。

在这节骨眼上，他要和老伴亲自到一次刘秀英家，好好安抚女儿和亲家母。刘秀英要是知道自己儿子出事，她这身子骨，保不准还要将命搭进去。

— 76 —

冬天到来，堡子里赵四狗浇地，他一不留神将一股井水灌进刘秀英丈夫坟里。最初刘秀英在赵四狗面前提说这事，没别的意思，主要是要他有个认错态度，过后，他再浇地时，多留心就可以了。

刘秀英找赵四狗理论过这事，赵四狗说了赔情道歉的话，可赵四狗婆娘觉得刘秀英在变着法欺负自己。她男人坟，别人浇地也灌过水，她却没有脾气，这倒好，自家男人撞上这事，她就过来理论。原来你家娃娃在镇上，我不看僧面看佛面，如今，你家娃娃犯了国法，寡妇你还蒙在鼓里，你要是有自知之明倒好，要是与我家那口子计较个没完没了，我要在你面前敞开说几句难听话，我要在大庭广众之下摆遭一下你刘秀英。赵四狗婆娘见寡妇刘秀英原谅他们，她忍了这口气，没当秀英面揭她家娃娃被抓的短。

赵淮安出事之后，高翠萍背过秀英，坐在自家炕头一把鼻涕一把泪地哭，老高与他老伴儿乔凤莲来到女儿家，见自己女儿独自一人在哭泣，他俩坐在女儿身边说宽心话，又哄小外孙女妞妞说她爹出了一趟远差，需要好长好长时间才能回来。高翠萍见父母亲来安慰自己，一头扑到母亲怀里，哭得更伤心。高选民安慰女儿遇事不要怕事，赵淮安过一阵子就会放出来的。要说赵淮安这女婿，本质上不错。

乔凤莲心想她爹说得在理，她也持同样态度，安慰道："翠萍啊，你爹说得对，我们高家不能因为这事与他们撇清关系啊！"

高翠萍说："娘，你和爹请放心，赵家有事，我不会背弃他们的。"

老高与乔凤莲夫妻俩见女儿翠萍情绪有所稳定，这才放下心，离开女儿家，回到高家庄。

刘秀英有些日子没见过自己儿子，心里不禁犯起嘀咕，儿媳说："赵淮安去外地学习，一时半会儿回不来。"

刘秀英隐隐约约感觉到儿媳跟自己撒谎，但是她又不敢朝坏处想，她无论如何都经不起儿子在外出了啥事。

赵四狗刚刚从镇上领回每月低保发放的二百元钱，她家女人还不曾将钱暖热，老吉就寻上门来，要收取她家去年冬灌浇地拖欠的水费。老吉进门，表情异常严肃地说："赵四狗，你家去年水费，该给我了结了吧？！"

赵四狗说："我今天还！刚领回来低保，早想给你送过去，没想到你来得这么及时。"

赵四狗婆娘说："老吉来得及时，人家有心近人盯梢我们。"老吉见赵四狗婆娘话里有话，便解释道："你俩甭误会，我最近手头紧，今天来，凑巧你们有，这是个巧合。"老吉前脚走人，赵四狗婆娘就气冲冲地来到刘秀英家，她一见刘秀英就劈头盖脸地骂道："秀英，你就是皮干班，我家刚刚领回低保，你就叫老吉过来收水费，我家过日子，今后靠吃风屙屁啊！"

刘秀英说："老吉收你家水费关我屁事哩！你不通人话，我懒得理你。"

赵四狗婆娘见刘秀英说贬低自己的话，她红脖子涨脸骂道："你个寡妇，跟人家老吉骚情。"

刘秀英见赵四狗婆娘说难听话，气愤道："你嘴胡扯啥哩，给自己积点德。"

赵四狗婆娘还嫌自己不够完胜刘秀英，她又说："好寡妇嫂子，你还蒙在鼓里啊！你娃犯了法，被抓好些天了，这音信，你不知道吧！"

刘秀英慌张地说："你，你，你胡说，我不信。我儿子出外学习去了，我媳妇说的，她不会哄我的。"

赵四狗婆娘说："信不信由你，我的老嫂子。"

刘秀英一听这话，气愤地骂道："你给我滚，能滚多远滚多远。"

赵四狗婆娘出门，嘿嘿一笑，说："好嫂子，我说这话本无恶意，你不要曲解呀！"

赵四狗婆娘走后，刘秀英气上心头，她血压偏高，忽然昏倒在地。

高翠萍从娘家回来取自己与妞妞的换洗衣服，她一进门，发现婆婆昏倒在自家院子里。她见时下不对，急忙叫来左邻右舍送她婆婆住院检查。刘秀英挂了几天吊针，总算清醒过来。

她睁开眼睛，见亲家高选民，亲家母乔凤莲都在自己身边。说了感谢亲家和亲家母来看自己的话便问他们自己儿子究竟出了什么事？

高翠萍没敢吱声，高选民见这事瞒不过去，无奈说出实情。刘秀英听了，她强忍着痛苦，流下了眼泪。

乔凤莲宽慰说："亲家母，我们遇到这事，沉着应对就是了，淮安在监狱，他会照顾自己的。"

刘秀英说："我命苦啊！淮安当初当教师多好，就不听我劝，非要当什么乡镇干部，这下，把自己当进了牢房。"

高选民宽慰她说："亲家母，事情已发生，我们再哭，再恓恓惶惶，也解决不了实际问题。眼下，我们保住身体就是最大胜利。"

刘秀英说："亲家母，淮安既然没多大事，这个劫，也是他命里注定的，当官不是咱娃的命，这以后我们娃过自己该过的穷日子吧！"

高选民一听刘秀英说了这话，他说："亲家母，你有这认识，我和凤莲就放心了。"

高选民冲刘秀英又说："这些天，叫翠萍好好伺候你，妞妞，我们老两口接她去我家住上几天，等淮安的事风平浪静了，我们再送妞妞回来。"

高翠萍冲婆婆说："我爹说得对，他接妞妞回家，我能伺候好婆婆你。"

刘秀英赞成道："妞妞，亲家你和亲家母接回吧。我身体会好起来的。"

高选民和乔凤莲与刘秀英说了声告辞，接妞妞回到高家庄。

老吉听说赵淮安出了事，又听说因四狗婆娘在刘秀英跟前说难听话，刘秀英昏倒在自家院子里。老吉很清楚寡妇门前是非多，他之前去秀英家也被人风言风语过，但是，他想刘秀英家小子出了这么大事，她又住了一场院，自己不过去不合适，于是，他来到向阳镇医院看望刘秀英。

他在刘秀英面前说："你家这场灾难，很快就会熬过去的，一定要坚强。"

刘秀英见老吉顶着压力来看自己，又说了一席宽心话，她感激地说："谢谢老吉，我能挺过去。"

老吉心想，他和刘秀英的事，赵四狗婆娘背地里议论也就罢了，你还冲刘秀英当面揭短，这且不说，你还说人家娃娃的事，简直是恶语相向，我不能忍这口气。他告诉刘秀英，自己要跟赵四狗婆娘好好理论。

刘秀英劝他别惹事，老吉就是不听。

他离开医院之后，骑上摩托车来到赵四狗家，赵四狗和她婆娘听说秀英住院这档事，他们害怕别人上前找碴，一连几天，夜不能寐，而老吉找上门来，更让他俩不知所措。

赵四狗结结巴巴地说："老，老吉，你过来了，我给您泡茶喝。"

老吉满脸怒气地说："喝锤子，你和你婆娘，皮干锤子哩。"

赵四狗婆娘说："老吉，你咋，你还过来寻事？"

老吉听了这话，气不打一处来，转身一巴掌打在赵四狗婆娘脸上，又警告说："你这烂婆娘，再皮干的话，甭说我没提醒你，到时候，我跟你，包括你家赵四狗老账新账一块算。"

赵四狗见老吉打了自家婆娘一巴掌，他心里明白，老吉不是省油的灯，他胆战地说："我婆娘皮嘴没安门，她胡说，你老吉指教她两下，我没意见。"

赵四狗婆娘听到自家男人说出这样不中听的话，一边哭，一边朝自家男人狠狠瞪了一眼说："四狗，我跟你过够了，快搬出去，滚远点，老娘不想看到你。"

老吉见四狗婆娘与四狗开仗，他骂道："你们一对二货，既可怜，又可憎，要是我走了你们再闹腾，明年就不要指望吃低保了。"

这话说到四狗婆娘软肋上了，她乞求地说："老吉，你打了我，我认了，四狗帮你说话，我也认了，我家就指望这低保，求求你原谅我吧。"

赵四狗也蹲在一旁哭泣着，老吉说："赵四狗哭屎哩，你婆娘今天该挨一顿包子。"话毕，老吉走出赵四狗屋里，回到自己悉心经管的八支渠去巡渠。

他走后，赵四狗与他婆娘喊喊叫叫一阵，两人又冷战几天。直到又一月低保领回家，他俩才恢复以往夫妻关系。

- 77 -

赵淮安被关进监狱，他每天都在想，自己啥时间才能熬到头，他担心母亲，也担心高翠萍母女，他心想自己在家是顶梁柱，自己被关，母亲与家人如何面对街坊邻居？他成天忧愁，没多久黑发变成白发。半年过后，高翠萍来了趟高庄监狱。赵淮安在监狱开放日这天，见到来探视自己的亲人，夫妻见面，两人都哭成泪人。赵淮安对高翠萍说："自己在监狱好好改造，回家一定好好过日子。"

高翠萍说："淮安，你尽管放心，娘和妞妞有我照顾，你在这服刑，我等你出来，一直到永远。"

赵淮安心想，自己在最困难的时候，能想起自己的还是最亲爱的家人们。

白驹过隙，赵淮安刑满释放。回家之后，见到自己娘亲，他饱含泪水跪在地上说："妈，我，我不是人，我叫娘您受苦了。"他说这话的同时，又狠狠地自扇一记耳光。

秀英心疼地说："我娃，你既然悔过自新，娘不怪罪你，今后，你要好好与人家翠萍处关系。"

赵淮安说："孩儿铭记母亲教诲，翠萍她心地善良，我会好好与她处的。"

刘秀英说："这就对了，你爹在九泉之下，死也瞑目啊！"

赵淮安说:"我得上坟,给我爹去上炷香,孝敬一下他老人家。"

刘秀英说:"孩儿起来,翠萍在里屋,我给你收拾饭菜去。"

赵淮安见母亲要忙活,他擦了擦眼泪,朝里屋走去。高翠萍与她家妞妞听到屋外有动静,母女出门,妞妞说:"爸爸出差回来了,我要爸爸抱一个。"妞妞笑盈盈地跑到赵淮安身旁,赵淮安抱起女儿说:"爸爸对不住你,爸爸也对不住你妈。"

妞妞说:"爸爸回来了,我和我妈都想死你了。"

高翠萍一见赵淮安,忍不住哭了起来,她说:"淮安,你还知道回来,再不回来,我就一腿翘出你们赵家门了。"

赵淮安说:"你真舍得离开我?搁在以往,我信你这话,这回,你打死我都不信。"

赵淮安又对女儿说:"妞妞乖,你到屋外玩去,我跟你妈说一会儿话。"

赵淮安把抱在怀里的妞妞放在地下,妞妞疯跑到屋外说爸爸出差回来了,今后,我能和爸爸玩了。她一出院门,在户外唱起歌谣,小脚踢起键子。

赵淮安见女儿走出屋外,他与高翠萍两人止住泪水,相视一笑,高翠萍主动靠近他,他动情地说:"翠萍,我爱你。"

高翠萍冲他温柔地笑了笑说:"我也一样。"

赵淮安听后,一把将身边女人揽在怀里,在她脸上乱亲一团,他喘起粗气说:"这些天,我想你都想疯了。"

高翠萍说:"别闹,这是大白天。"

赵淮安拥抱过自家女人之后,说:"我呀,到晚上收拾你!"

高翠萍说:"讨厌,我和妈给你做饭,你在里屋给自己泡茶喝。"

而后,他与家人吃了一顿温馨的午饭。

第二天清晨,赵淮安在父亲坟前上过三炷香,烧过纸钱,倒了三杯酒洒在坟前地面上之后,又一连给父亲磕过三个响头,他愧疚地说:"孩儿不孝,请父亲大人见谅。"然后,他点燃两支香烟,其中一支插在坟头上,另一支他自己在抽,他一边抽,一边给坟里的父亲说:"孩儿虽然深悟古人教诲,也铭记父亲早年家训,但是世间万象,我难以明辨是非,落得俗人一个,实在惭愧之至啊！"

赵淮安仿佛听到父亲在耳边说："孩儿啊，人生在世，犹如滔滔江水，时而顺行，时而逆旅，这也是造化弄人。孩儿要铭记心上，即便自己历经艰难坎坷，意志也不能消沉不振，只要有了恒心，经过一番努力，翻过万重山，就会有另一个色彩斑斓的世界在等着你。"

结束上坟，赵淮安在回家路上一直在想，如今没有工作，自己也该想想出路了。

一日，赵淮安与昔日的同事——向阳镇司法所所长梁红旗偶遇，梁红旗问赵淮安回家有啥打算，他说自己打算在种地上施展才华，梁红旗说："你过去是镇上农办干部，又是农校毕业，要说在农业方面，你一定会大有作为的。"

赵淮安说："今非昔比，我今后就仰仗你了。"

梁红旗说："我给镇上申请资金，把你列为帮助对象，我们成立一个阳光科技服务队，主旨是为镇域瓜农排忧解难，如果条件成熟，我们推动你在农业项目上继续发展。"

赵淮安听到梁红旗说了关心自己的话，他说："谢谢老梁，我赵淮安不会辜负你对我的期望！"

镇上司法所主导成立了向阳镇阳光科技服务队，以赵淮安为技术攻坚人才，对各村进行科普知识推广工作。在这期间，赵淮安与向阳镇瓜农经常打交道。

最初，瓜农都以为他照本宣科，但自从经历一件事后，镇上各村各堡瓜农，不得不信服，人家赵淮安在杨凌农科城读过书，他在甜瓜种植技术方面的确是一个不可多得的人才。

一日，仁义堡瓜农成群结队来到向阳镇政府，他们要镇上为自己主持公道。承事的人名叫庞进良。镇上司法所所长梁红旗问："你们为了啥事来镇上讨要说法？"庞进良说："我们村一百多亩瓜田，抽渭黄渠水灌溉之后，成片成片瓜蔓叶子已经蔫了，这样下去，我们一年投资就白搭了。"

赵淮安关切地说："我过去给他们瞧瞧，要是采取措施能够抢救过来，乡党们损失会少些，我这个科技服务队也能发挥一下作用啊！"

赵淮安通过实地查看，认为渠水污染是主因，要是瓜田及时采取措施，还是能够挽救回来的。

起初，瓜农们半信半疑，但是他们没有其他良方，大多数瓜农听取赵淮安建议，冲了氮肥，然后井水灌溉，半晌过后，这茬蔫了的瓜叶变得翠绿起来。

瓜农挽回损失，但是，他们多了一茬灌溉，又多了一茬冲肥，庞进良心想，这事不能让渠上无事一身轻，要找他们理论理论，叫他们赔偿浇地花销。他与赵淮安交换意见，赵淮安心想这事闹腾大了，不是明摆着要让老吉叔下不来台。于是他对庞进良晓以利害，叫他本着解决问题的原则进行积极对话。为了安抚瓜农，赵淮安最终还是与梁红旗经过一番协商，拿出一套妥善处理的办法。此后，由向阳镇司法所牵头，召集来了镇农办、镇民政办、镇电管站、仁义堡、五支渠以及瓜农代表进行一番磋商，大家达成一致共识，镇上农办解决一眼深水井，仁义堡负责排水灌溉与行渠工程，镇电管站负责村上深水井架线接电，而五支渠主要补偿瓜农水费以及冲肥花销，这事各家都认领各家任务。要说这事赵淮安已经尽力，仁义堡受灾的瓜农们也承情他。

赵淮安办事很较真，从长远利益出发，他要找镇上领导，要镇上领导出面与抽渭渠交涉，从源头上杜绝排水污染。孝义县田地肥沃，但是这么多年河水污染严重，要是不加以治理的话，这一方农田灌溉就失去了它的基本保障，这样我们岂不辜负了当年先贤李仪祉引泾灌田的初衷！

他把这个想法说给梁红旗，梁红旗劝他说："你呀！先前担心人家仁义堡瓜农找渠上，而人家火气都没有了，你自己却要逞强，我看，咱还是保留看法，守好自己一亩三分地就行了。"

赵淮安见梁红旗不支持他的想法，只好自己想办法。

赵淮安想要在漆水河上游查看一下河水污染来源地。他骑车寻找，发现白县附近一家造纸厂昼夜排污，他拍了照片，写信给省上环保部门反映。他等来的消息是这家污染企业已经停业整顿，但是没有十多天工夫，这家企业装上了水循环设备，又投入生产，但排出的污水依然与往常没有两样。

赵淮安意识到，单凭自己一个人力量，很难改变家乡生态现状，这事要想有个结果，必须求助媒体帮忙，否则，这事他永远等不到一个理想结局。于是，他狠下心来，摸排漆水河上游所有污染源，又详细列举受污染农田面积，一切准备妥当，赵淮安整理书面材料，装进信封，邮寄给秦岭日报社，接着他就一直在家等回音。一月有余，向阳镇邮递员给他送来一封信，他拆开一看，信件是秦岭日报社给他寄来的。信中说他反映的情况，报社群工部十分重视，根据反映情况，报社近期将派记者进行实地调查与采访，有关后续，报社会来函。赵淮安关注《秦岭日报》，他每天都在查看是否有报社记者调查漆水河的动态新闻。时间过去一月有余，他终于盼来报社漆水河造纸厂严重污染源头的曝光新闻。他心想，污染源新闻见报，而且又是省会城市二版头条，这件事，肯定会引起省上相关部门重视。果然，不久后，省长批示，要严查漆水河污染企业。在这件事上，省上环保部门不能姑息迁就，要一查到底。省上为此开了专题会议，报社还进行追踪报道。赵淮安又听说省市相关领导还勒令地方主要负责领导写出书面检查，并在全省生态环保主题大会上进行通报批评。

省上要求对造纸厂严查，镇上要配合省上市上环保政策。苏简易被迫随了大流，他的企业被封，镇上李保成书记给了他防汛办有名无实的一官半职来安抚他。而造纸厂关闭，苏简易当初欠下的一屁股贷款，也成为向阳镇信用社一笔呆账了。

高翠萍心想，赵淮安在镇上阳光科技服务队虽然做了一些事，但是这压根儿与自己家收入没有关联。赵淮安只要一回家，高翠萍就牢骚着，赵淮安说："做事需要一步一步来，盖房还需夯实地基才能砌墙，要是地基不坚固的话，盖起来的高楼大厦，那还不是风吹一下就垮塌下来，盖房匠人等于白忙活一场嘛！"

高翠萍说："好！你大道理讲一堆，我倒要看看你啥时来真格的。"

赵淮安心想，镇上司法所梁红旗起先说扶持自己搞农业项目，现在摆在自己面前两个焦点问题，一是需要资金，二是土地承包。

他找梁红旗商榷此事，梁红旗心想早前承诺帮人家搞农业项目，自己不能言而无信啊！梁红旗说帮赵淮安发展农业项目的事，自己一直在考虑。

赵淮安暗自窃喜，他认为有梁红旗撑腰，这不就是给自己吃了一颗定心丸嘛！他心想自己距离当初设想的宏伟蓝图又走近了一步。既然玉子河没有污染了，河流变得澄澈许多，他想在玉子河沿岸的孝义堡承包土地种甜瓜。

起初，赵淮安承包当地群众三四亩地试种，头年，经营瓜棚地虽然苦一点、累一些，但是终归一年到头挣来一两万的回头钱。

直到三年之后，赵淮安心想夫妻俩只是经营甜瓜大棚这多没出息，要是动员群众连片经营，用不了多久，自己谋划的孝义堡现代农业示范园就能粗具规模。为这件事，镇上司法所所长梁红旗出面帮忙，召开群众动员会。孝义堡的周社教是有名的刺头，他说你赵淮安在我们孝义堡，种好你的一亩三分地就行了，还要搞什么连片经营。你描绘的远景很不错，我们若能够享受上面的扶持政策，你倡议的连片经营我赞成，相信大家也会百分之百地拥护你。赵淮安心想，周社教虽然是刺头，但是在这件事上，他句句说得在理。

此后，梁红旗将赵淮安想在孝义堡发展成片甜瓜种植的构想汇报给镇党委书记李保成。李保成心想，虽然自己以前反感过赵淮安，但是他终归在变，这小子其实本质没问题，况且他做事踏实，也富有经验，因此，要肯定他，帮助他推动发展甜瓜种植产业形成规模。

想到此处，李保成叫来薛新柱镇长，说："赵淮安这小子在孝义堡种甜瓜，想弄更大名堂，眼前，提出连片经营理念，其实就是想走现代农庄经营模式，我看，他的经营理念很超前，他需要我们鼎力相助，我们也不能视而不见啊！"薛新柱镇长说："李书记，我下基层了解一下，看赵淮安是否具备扶持条件。另外，也要听取当地村上意见，要是他基本条件具备，方方面面工作也做扎实了，我过来向李书记您汇报，然后，您下村调研一次，开一次现场工作会，为他解决一些实际问题。"

正在这个节骨眼上，赵淮安在镇上司法所读报纸时意外地发现张文安的名字，他是自己在杨凌农科读书时的老同学，如今任农林局产业科科长。赵淮安来到县农林局，果真是自己的同窗好友张文安，原来从杨凌学校毕业之后，张文安当兵几年后转业到市农林局，后来给领导开了两三年车，他很少回孝义县，与过去大多数同学便中断了联系。后来，他调动工作，来到孝义县农业局上班，陆陆续续与以前同学有了往来。张文安心想赵淮安与自己过去交情甚好，他的遭遇自己十分同情，而今他有困难，自己岂能袖手旁观？张文安答应要帮赵淮安发展甜瓜种植产业。

　　此后，张文安做了一定的工作，加之赵淮安提出的连片甜瓜种植想法很务实，因此没有多少时日，镇党委书记李保成召集农办、司法中心、孝义堡、电管站、邮电局、信用社等几家单位在向阳镇开连片甜瓜种植经营推广会。在这次推广会上，打井、修路、架线、大棚配套资金等都一一落实下来，这一切都让赵淮安坚定了信心。

　　虽然，镇上为连片甜瓜种植发展产业创造了条件，但周社教又使出短镰把，他说连片甜瓜种植，其实就是为农庄经验伏笔，说白了就是经济掠夺。他百般阻挠，村主任周广田何尝不知道，他之所以这么做，就是因为他家多年在汽路沿线要一院庄基地的要求没有满足。

　　周广田见周社教发难，他当着众人面，毫不留情地说："你这货，病在哪害着我心里清楚，别蛊惑人心，煽动群众抵制甜瓜连片种植工作。"周社教心想，你周广田明白就好，我也不是等闲之辈啊！他说："周主任，当官要体恤民情嘛！"

　　周广田说："社教啊，我们之间的事，过后我们私下解决，今天这事，你要有大局意识。"

　　周社教说："我就是平头百姓，平凡人想的都是平凡事。"

　　孝义堡一位老者说："我们都是一村一院的，不管啥事都要以和为贵。"周社教旁的瓜农老田也重复着老者的话。

　　周社教见自己成了众矢之的，扭身离开现场，赵淮安心急，他觉得自己找别人不妥，这事非村主任周广田莫属，他们之间的结，要他们自己打开。

　　这天之后，周广田寻思，赵淮安上项目镇上很重视，在这件事上能体现自己能力大小，要是在协调这事上工作一直不能到位，过年春天来临，三年一届换届工作到来，自己这一官半职就悬乎了。

　　无奈之下，周广田为周社教在汽路边划拨一院庄基地。

　　他满足周社教的条件之后，赵淮安甜瓜种植连片经营才消除了阻力。这年冬天，孝义堡开始上劳上工，建成连片甜瓜种植产业区。赵淮安还专门聘请杨凌农科城技术专家进驻片区，定期为产区的瓜农进行技术跟踪服务。

　　后来，他联系来了南方开放城市水果客商，与片区种植户形成供销合作关系，在多方力量凝聚下，赵淮安终于成立了他梦寐已久的谷雨现代农业示范种植园。

赶在第二年谷雨时节来临，向阳镇召开了一年一度扶贫工作会议。原来这会都是镇上人大副主任，镇上主管副镇长来主持会议，而后来，县上一直强调扶贫工作的重要性，向阳镇就更加重视此项工作。由此李保成书记亲自主持工作会议，通知来参会的单位涵盖广泛前所未有，大大小小企业都接到通知，镇上要求每个单位一把手都要到会参加。赵淮安作为甜瓜种植产业园经营者，也无一例外收到镇上的通知。

赵淮安心想，真是冤家路窄啊！他要扶贫的农户竟然是仁义堡的赵四狗，先前，这家伙百般羞辱过自己亲娘，而镇上并不知情，将赵四狗扶贫工作分配给了赵淮安。赵淮安犹豫片刻，又想，要成就一番大事，自己必须不拘小节，古话说得好，宰相肚里能撑船嘛！

赵淮安要扶贫赵四狗家，起初，秀英说什么也不答应。赵四狗和他婆娘听说赵淮安要扶贫自己，心里一想，过去与人家的结还没有打开，自己必须得给人家赔个不是，只有人家真正原谅自己，人家才会心甘情愿扶持自己过上好日子。

赵四狗和她婆娘买了一篮子鸡蛋来到刘秀英家，刘秀英见赵四狗与他婆娘忽然像变了一个人似的，就问他俩来有啥事，赵四狗自贬道："我这婆娘嘴烂，先前得罪了秀英嫂子，这些天，她一直很内疚，甚至一天一天吃不下饭，也睡不着觉，今天专程过来给嫂子赔个不是。"

刘秀英说："你婆娘嘴没安门，不是嫂子多事，她今后不拉是非话，我就不跟她计较，有句话说得好，人敬我一尺，我敬人一丈。"

四狗婆娘见刘秀英没有继续给自己难堪，心想自己要拿出诚意，人家才能消气，于是，她机灵地说："好嫂子，我嘴不严，上回冒犯了您，我错了，我今后改，嫂子您大人大量，您就原谅我一次吧！"

刘秀英心知肚明，赵四狗与他婆娘来自家，是有自己的如意算盘的，她心想，既然他俩给自己过来赔了不是，又加上如今镇上领导十分重视扶贫这件事，自己不能因为私人恩怨，而耽搁人家总体布局。刘秀英这样想后，便冲赵四狗两口子说："好了，你们两口子回去好好过日子吧！过去的事，就叫它过去吧！"

刘秀英宽容了赵四狗两口子，高翠萍见婆婆不再计较，她也不再反对了。赵淮安见家里没有反对声音，他想自己也应以大局为重。此后，他和镇上民政干部签了自己与赵四狗的扶贫协议书，从这天以后，昔日冤家赵四狗就成为他的扶贫对象了。

赵淮安心想，既然镇上要求自己在扶贫工作上有所表现，自己就应真正做些实事。

赵四狗没钱，赵淮安在镇上民政口争取的扶持资金落实到位后，这年冬天，他在孝义堡玉子河沿岸承包二亩地，并手把手帮赵四狗建起一座西甜瓜种植大棚。此外，他又叫自己的园区工人帮赵四狗做育苗、移栽方面技术指导，赵四狗的瓜地，赵淮安没少操心。赵四狗头年种瓜就尝到甜头，他们两口子从心里感激人家赵淮安帮助自己，心想今后只要自己勤恳劳作，一家人心往一处想，劲往一处使，他们也能像人家富户一样过上有滋有味的好日子。

赵淮安心想，经营甜瓜产业园，要树立品牌形象，他要在甜瓜种植技术上创新，于是，他在自己承包核心区域，大胆尝试培育吊蔓红瓤口西甜瓜。最终，他和园区工人的苦总算没有白下，头年试种，头年瓜果见效，一段时间以来，赵淮安吊蔓红瓤口西甜瓜卖得好价钱，堡子里没有人不说赵淮安与高翠萍两口子脑子活。

每月逢七，是渭北大镇向阳镇集市，向阳镇逢集，赶集人要比周围乡镇集市多许多。

最早，赵四狗婆娘不爱上集，她寻思着只要上集，自己嘴馋爱喝醪糟，爱吃葫芦头，但是，一掏腰包，大多是空空如也。而自从她家甜瓜挣来几个钱之后，她立马变得有了底气，原本一个窝窝囊囊的人又拾起镜子开始耍扮起身子来。见别人在发廊理发烫头，她也赶时髦烫了头发，不光这些，脸上擦的胭脂粉末，她也给自己置办停当。按说四十出头一把年龄了，与人比美，已经过了年龄，赵四狗婆娘却想精神焕发。她在镇上好时光时装店看上一款裙子，自己试了试也非常合体大方，但是她翻了翻自己衣兜没有那么多钱，心想这咋办？她回了趟家，一揭炕席，惊讶地发现自己手帕卷的三百元钱不翼而飞了。她十分生气地问赵四狗有没有拿钱，赵四狗说这钱是自己动的，但是一分一文都没白花。

她问赵四狗说："你拿那么多钱，都干了些啥？"赵四狗说："买氮肥的欠账，瓜地浇水费，还有家里种地欠别人的机耕费，都从这里面开支了。"赵四狗婆娘说："见你说得句句在理，我就不追问你了，以后要是乱花钱，老娘锥子针就是伺候你的。"赵四狗讨好地说："好婆娘哩，咱屋里过日子，历来都是你说了算。"

赵四狗婆娘说："四狗，这几天没事干，你寻窑上给人干日子活去，省得你成天留在人面前，我见你都烦烦的了。"

赵四狗说："我找司成伯一下，他亲家开砖瓦窑，我到他亲家窑场出砖去。"

赵四狗婆娘说："勤谨些，你婆娘我就爱。"

司成伯给他搭话，在高家庄给他联系下了一个窑场钻窑出砖活路。

赵四狗婆娘心想，自己家每年都是老传统，白雪公主是主打品系，而人家赵淮安就是机灵，别人种的，他不种，别人没有的，他就种。从时令上来说，别人种瓜都是一年一茬，他种瓜抢了两头，每年一开春，刚到二三月里，他家瓜果就新鲜上市了，而别人时令水果下来，他就收购别人的来卖，等别人的都卖得精光了，他次季瓜果又开园了，他这经营理念着实很超前。赵四狗婆娘心想自己看上的那一款连衣裙，要是穿在自己身上，那还不是像换了个人似的。但是，再干着急也没办法，自己兜里没钱，想归想，衣服还是穿不到自己身上来，她为这夜不能寐。她想人家赵淮安瓜地，夏季种好红瓤口品系西甜瓜很贵，要是偷摘他家瓜在城里卖，自己买衣服的钱不就来了吗！凭良心来说，人家赵淮安扶持自己种瓜使自己摆脱极度贫困的日子，自己本不该偷他家瓜，可

白狗

是这个时令，别人家都是苞谷芹菜啥的，就他家地里务的东西值钱，我就不地道了，偷他家一次吧！

响午正热，赵四狗婆娘寻思着赵淮安一家人睡了中午觉，便蹑手蹑脚来到赵淮安家瓜地，四处张望，见周围没有人走动，她一揭大棚草帘钻了进去，她摘了一堆瓜，动手往蛇皮袋里装。此刻，高翠萍来地里巡视，她听到地里有窸窣声，循声而来，她吓了一跳，这不是赵四狗婆娘在偷自己家瓜吗！她惊讶地喊："秋菊婶，你这是干啥呢？"赵四狗婆娘见被主家发现，她满脸羞涩地说："翠萍，我路过地里，看浇地咋样。正赶上口渴，我就气强了，过来摘瓜自己尝尝，也想，回去给赵四狗和我娃娃吃个。"翠萍心想这分明是偷，她竟然强词夺理，要是自己给她掰扯理论，又叫人十分尴尬呀！有句老话说得好，得饶人处且饶人嘛！想到此处，高翠萍说："瓜再金贵，也是人吃的东西，秋菊婶，好不容易来了，就多装几个回去吃。"赵四狗婆娘很害羞，她说："侄媳啊，我都忘记了，这阵瓜很贵，我就少拿几个，给我那一口子和娃娃尝尝，得空，我叫赵四狗给你家装卸甜瓜。"她这么说，高翠萍觉得话也比较悦耳，于是说："好婶，瓜这口嘴东西，出在咱地里了，你想吃，今后随便来就是。"赵四狗婆娘心知肚明，人家说的都是礼让话，但是今天不管咋说，已经化险为夷，要说自己也够高明的。她装了半袋子西甜瓜，给高翠萍打了声招呼，钻出她家大棚，离开她家地头，心存侥幸地回了家。

过了大致一个礼拜，赵四狗婆娘睡觉，梦到自己穿上好时光时装店一款连衣裙，翩翩起舞，忽然，她飘到童话般的世界里，小时候认识的阿牛见她十分靓丽，牵着她的手在云里雾里走啊走，她依偎在阿牛身上，阿牛给她讲自己劳作耕种的故事。

当她醒来，现实却叫她有了很大落差。其实，自己当年的阿牛哥，早年为了给她买连衣裙，在铁路旁挑白蒿卖中药，孰料，他想秋菊想得心神不定，被一列呼啸而过的火车撞死毙命。她惹下祸，阿牛家里人寻到她家闹腾，她给人家赔过不是，父亲认了葬埋钱，他家依然不依不饶，后来，他家一个兄弟上门过继给阿牛家，这事经过族人长者从中劝说，最后，阿牛家才熄火了。

再后来，她犯了一场癫痫病，被外人知道，自己虽然模样俊俏，但也只能委屈嫁给婚事困难的赵四狗。秋菊这场睡梦醒来，买白颜色连衣裙的想法又变得愈发强烈。后来她想，先前自己是白天偷瓜，结果被人家高翠萍发现，要是我晚上去偷瓜，一定不会被抓住的。

这日子夜，她又一次钻进赵淮安家的甜瓜大棚里，响动声传了出去，被夜里外出逮蝎子的周社教听到。他心想，这保不准就是招贼了，自己要是抓贼，好像名不正言不顺，他想卖给赵淮安一个人情，于是急忙走近赵淮安家瓜庵叫门。赵淮安与他园区工人去了外地卖瓜，屋里只有高翠萍一人在。听到屋外有人敲门，她搭话问道："是谁？"外面人回答说："翠萍，我是你哥，社教。"高翠萍急忙说："社教哥，你有事？"周社教说："我有事，比较急。"高翠萍说："行，你等等，我穿衣服起来。"高翠萍急忙穿上衣服，她打开门，问道："社教哥，你慌忙过来，究竟咋了吗？人乏得很，叫你闹腾的，连个觉都睡不安宁。"周社教说："弟妹，我这人心紧，过来给你说，你地里，我看有啥动静。"高翠萍说："社教哥，谢谢你，我过去看看。"周社教说："我也没听准，或许地里压根儿没情况，既然你起来了，还是去看一下比较放心。"高翠萍打开手电筒说："好，我这就去看看。"

周社教来报信，高翠萍火急火燎地来到大棚跟前。她揭开大棚草帘，打开手电光，朝里照过去。秋菊听到有响动，又瞅见有亮光逼近自己，她很害怕，心想真是晦气，两次偷瓜没有一次利索，她见人家喊叫："有贼，你别走。"秋菊不敢吭声，扔下装瓜蛇皮袋，急忙起身，惊慌失措地朝另一头跑。她跑出一两丈开外，一不小心被瓜棚木桩绊一下，跌倒在地，心想这下糟透了，高翠萍追到跟前，她一看又是赵四狗婆娘。她拽住秋菊领口二话不说，冲她狠狠一记耳光说："你真不要脸！呸，害人货快滚。"秋菊不敢吭声，抱头痛哭，哭过几声之后，求高翠萍饶她这回，还说自己今后要做人，不叫高翠萍因为这事毁了她的名声。

高翠萍说："你走人道，我高翠萍就当晚上没瞅见你就是了。"秋菊脸上裹了热汗，她撩起汗衫擦了一把，拾起身子，诚惶诚恐地离开了高翠萍家瓜棚地。赵四狗钻窑虽然挣回二百多元，并殷勤地交给秋菊，但是秋菊始终开心不起来，一连几天，她都是大门不出二门不迈的。赵四狗见她郁闷，心疼她。一

白驹

连几天，烧水做饭，端茶递水，只要他在家都是自己一个人承揽。

堡子里姚淑倩在家忙活家务，她做针线活，在自家炕头寻不见顶针。她细细一想，前几天，赵四狗婆娘来过一趟，借走她家顶针，这事自己记得很牢，要是赵四狗婆娘没针线活的话，我过去跟她要回顶针，趁自己没事，给掌柜的纳一双鞋底。

她迈着轻盈的步子来到赵四狗家，她问赵四狗："屋里人在吗？"赵四狗说："她使性子，一天到晚都在睡啊！你来倒好，给她岔一下心慌。"秋菊听到屋外有女人声，细细辨别，说话的是姚淑倩，她心想姚淑倩与自己说得来，她常来自己家拉话，这回准也是拉闲话。躺在炕上的秋菊出于礼貌问："淑倩过来了，快进来。"姚淑倩说："好多天没见，你这大门不出二门不迈，不怕把自己捂霉了。"秋菊说："咱穷家日子，比不上你淑倩姐馋火。"秋菊见姚淑倩在炕边站着，她急忙起身，歉意地说："好姐姐，来坐炕边，你站着我挺不好意思，不是有句话说得好，立客难打发嘛！"姚淑倩见秋菊礼让，她也得席就座，在秋菊炕边摊开拉闲话的架势。要说，她说些别的，秋菊或许心情会好转，她一坐炕边，就冲秋菊说："秋菊，这两天自来水站检修设备家里没水吃，你哥他出门去试验站挑水，你猜，他听到啥了？人家都在说赵淮安家瓜棚最近遭贼了。"秋菊一听，顿时脸色难堪地说："淑倩姐，我都好些天没出门了，外面事，我消息闭塞，你说这，说老实话，我没听说。"姚淑倩以为她身体不舒服，面色不好，便关切地说："秋菊，别有事没事的老瘫在炕上，有空的话到我家来串串门。"秋菊承情地说："淑倩姐，我爱害感冒，过一阵子好些了，我去姐姐家跟你拉拉话。"姚淑倩说："我光顾拉话了，忘记一个正事。"秋菊说："姐姐，你说啥事？"秋菊说："我家顶针在你这，我给你哥纳鞋底，得用。"秋菊说："我给你找，别耽搁你手头活路。"秋菊在炕头边的蒲篮里寻到顶针递送到姚淑倩手中，她歉意地说："我这人懒散，用了你顶针，没及时还你，害得你过来要一趟。"姚淑倩说："秋菊啊，你说这话见外了，我的东西不就是你的吗？况且这东西又不值钱，我不是手头要忙针线活，才懒得过来跟你要哩！"姚淑倩要了自家顶针说："秋菊，你在，我过去。"秋菊一想，人家是客，自己是主人，既然客人要走，自己不能卧在炕上，于是起身下炕，送姚淑倩出了屋子。

赵淮安与他家园区工人卖瓜回来，高翠萍心想，自家男人成天风里来，雨里去的，受尽苦头，这回又从外面卖瓜赚来五千元钱，他除过食宿花销以外，将剩余的四千八百元钱一分不落交给自己，自己要做上一顿好饭，好好犒劳一下他。他两口子园区活路忙，大多住在园区，要是地里活忙得不可开交，他们就在瓜庵做顿饭临时支应一下，要是田间活不忙，他们就回家住。

田间活很累，消耗体力，高翠萍在吃饭上多数不含糊，她隔三岔五到向阳镇买肉，吃过后，要是剩下一吊子，她就会用塑料袋裹紧，用绳子系紧，撒绳到井下，将肉储备在水井里。因为井里温度偏低，肉食不容易腐烂。这回赵淮安与在他们家做活的工人忙娃回来，她要犒劳一下，第一反应就是包一顿饺子吃。她家瓜庵既有厨房，亦有睡觉土炕，此外，还有几十平方米会客区域。她在瓜庵厨房择菜洗菜，又从井里吊上猪肉，然后，上案剁肉成末儿，拌上韭菜和大葱，调理佐料，包成水饺。这天晚上他们在瓜庵吃过水饺之后，她和赵淮安又给婆婆与女儿送回吃的。

刘秀英吃完饭，儿子儿媳以及孙女都睡了觉，她却久久不能入睡。她想起白天还是后晌天的时候，她到街道赶集，遇到堡子里姚淑倩买菜，凑巧一路回来。姚淑倩夸她会抓拍娃："别的我淑倩不羡慕，这娃挣多少钱，尚且不说，关键是孝顺，当下，像赵淮安这般有孝心的娃娃，的确不多了。秀英婶，你真是一个福老婆。"

刘秀英一个人睡在炕上自言自语地说："他爹，你走得早，娃娃福你没享上，淮安这小子有出息了。"她又仿佛听到丈夫说："娃好，我就放心了，你要保重啊！"然后，她又听到丈夫给自己唱《编花篮》，刘秀英听着曲很快进入梦境。

赵淮安起初自己盖一床毛巾被，高翠萍与女儿睡在一起，盖的另一床被子。女儿睡着之后，赵淮安在高翠萍耳边悄悄地说："我想了，翠萍。"高翠萍说："你啊，干了一天活了，都不累吗？"赵淮安说："再累，对付女人，劲头就来了。"高翠萍说："老不正经的，尽说酸不溜丢的话，成天没个正形。"赵淮安要挟地说："你不给，我找外面女人去尝鲜。"高翠萍说："就你

白驹

那屄样，我都喂不饱，还想别人，净说逞强话。"高翠萍见女儿已经熟睡，光着屁股与赵淮安钻进一个被窝，赵淮安犹如久旱逢甘霖一样，将高翠萍搂抱很紧。亲热之后，高翠萍忽然想起一件事，她说："淮安，我给你说个正事。"赵淮安问："啥事，倒是说来我听。"高翠萍将自家瓜棚晚上遭贼的事说给了丈夫，她又说虽然是秋菊偷瓜，但是自己却替她保密，一直没有说给外人听。赵淮安说："这秋菊，偷谁都可以理解，咱成天帮她，她还不满足，过来做咱手脚，太不应该了。"高翠萍说："她这人既可怜又可憎，偷东西还是屡教不改，我实在拿她没办法呀！"赵淮安说："人活脸，树活皮，她偷归偷了，吃嘴子东西，咱别太认真了，她偷瓜的事，你没声张出去，这事做得对。"高翠萍说："嗯，我考虑她以后做人。"赵淮安说："翠萍，这事你办到向上了。"高翠萍说："我这进步，那还不是受你影响，耳濡目染，自己不提高那就不正常啦！"两人在被窝里，你一句，我一句说了许久，直到过了午夜，两人才打着呼噜睡着了。

老郭是四川西昌凉山人，他多年经营时令水果，买卖几乎遍布大江南北。向阳镇赵淮安是他老熟客了，他俩生意往来很频繁。老郭很会套近乎，按说他年龄比赵淮安大得多，赵淮安小他几乎一轮多，起初，赵淮安按照年龄叫他郭叔，老郭热闹人，他说淮安呀，我比你大不了多少，今后你叫我老哥就成了。赵淮安心想外面辈分，没有村上讲究，他说叫啥，咱就叫啥，于是，赵淮安又改叫他老哥了。

老郭与赵淮安闲谝，有时说些荤段子，赵淮安也爱听，老郭为了与他关系更牢靠一些，他几乎每年都要请赵淮安来县城洗浴中心泡脚按摩。赵淮安也惦记着老郭，只要自家园区水果开园，他第一个就会叫老郭开车来向阳镇，自己出人出力帮助他盘水果。

这日，老郭又来园区收瓜，一车瓜挑拣装箱直到上车，花去大半天时间，忙娃和高翠萍忙活装瓜，赵淮安认为自己是向阳镇人，要尽地主之谊，他在镇上请老郭吃了顿饭。两人叙旧并畅饮了啤酒。饭罢，赵淮安骑车带着老郭摇摇晃晃回了他的甜瓜园区。地里的车装瓜要倒换一个位置，忙娃喊老郭挪车，赵淮安冲忙娃说："老郭喝酒了，我送他到瓜庵歇息去。"忙娃问："谁来挪车呢？"赵淮安说："稍后我来吧！"老郭回到瓜庵，一头倒在沙发上，很快就见周公去了。

赵淮安在自家瓜庵喝了口水，又抽了一口烟，他觉得有一阵工夫了，在老郭裤腰卸下车钥匙，摇摇晃晃着走出瓜庵，上了车打火开车挪动，他调转车的方向，没承想来自家瓜地卸瓜的秋菊刚巧路过车旁，她一不留神，被手脚慌乱的赵淮安撞倒在地。秋菊见大车撞了自己，她想，这是赵淮安恋下外地客人，她如果立马起来，挺没面子的不说，人家也不会给个跌伤费。

想到此处，她撇下胳膊上粪笼，哎哟哎哟地喊腰痛。高翠萍与忙娃见车后退时撞了人，且不是别人，是赵四狗婆娘，赶忙过来问她有没有受伤，她说没有受伤，就是头疼腰疼。赵淮安手脚慌乱地将车移动到了位置，下车之后，才发现自己将赵四狗婆娘撞倒在地，她还哭哭啼啼个没完没了。忙娃见秋菊明摆着想讹诈别人一把，说："别演戏了，刚才不是老郭开车撞你，是咱老板赵总撞了你，赶紧起来。"忙娃一说这话，秋菊瞅一下四周，又看了一眼赵淮安，扶着腰走了几米，然后又说："我疼，我头疼腰疼，很难受。"赵淮安主动说："秋菊婶，你头疼腰疼，我这就送你去医院检查。"秋菊忍着疼痛说："我地里活忙，自己能起来，不想抽扯你们。"高翠萍心想这家伙嘴里没说心里话，她显然想借此刁难自己。秋菊一摇一晃走了几步，扑通一下又倒在地上，说歇息一阵兴许无事的。

高翠萍见她倒在地上一直说疼，便上前搀扶起她说："婶，咱去医院给你看看。"秋菊心想，若是老郭，他几句好话，兴许管用，要是你赵淮安夫妻揽事，别怪我算老账。她说："既然都是自己人，我头和腰，看过医生没事，这事就过去了。"赵淮安心虚，自己喝酒开车，要是送秋菊去医院，岂不露馅了，他给高翠萍递了眼色，叫她主动送秋菊去医院看医生。

于是，高翠萍骑着一辆港田摩托车送秋菊来了医院。高翠萍心里明白，秋菊给自己发难，保准就是她偷瓜那次，自己狠狠打了她一记耳光，让她怀恨在心。高翠萍见她坐在大夫面前，声唤自己痛，大夫看了她说的痛处，又一把脉说："你脉象很好，以我多年行医经验，应该没有啥大事。"高翠萍说："大夫，秋菊婶说她痛，那痛的，给做个检查，要是没事，起码叫秋菊婶放心。"大夫说:"既然不放心,做个检查也行。"秋菊做过检查,没有任何问题,她却说自己头晕,闹腾着要医院给她输液,大夫和高翠萍见拗不过她,给她挂上补营养的药。

赵四狗听说她被车撞,也知道不甚严重,他心想既然高翠萍在,自己要去的话,医药费就指望不上高翠萍给花,因此,他一直忙他的事。秋菊挂针三天了,她还没有出院打算,高翠萍很是着急,赵淮安更是着急。他们夫妻两人寻思着,这得找个从中说话的人,给她做一下工作。赵淮安又一次来医院,他带来了堡子里的姚淑倩。秋菊真没想到,这两口子搬来姚淑倩,淑倩暗示高翠萍与赵淮安回避。他俩离开病房之后,姚淑倩说:"你挨刀子的,别害人了。"秋菊说:"姐姐,我跟她高翠萍有事。"姚淑倩说:"就说咱赖在这,其一把咱地里活耽搁下,咱顾了这头,丢了那头。其二哩,人家赵淮安两口子帮扶咱恩情,咱不能忘得一干二净啊!一村一院的,没有解不开的结。"

秋菊说:"我头疼。"她在姚淑倩面前始终没说透自己跟高翠萍有啥心结,姚淑倩理解他们种瓜会产生鸡毛蒜皮经济纠纷,她在秋菊身上拍打一下说:"你这货,戏精一个,姐姐过来,你给脸了,咱姐妹情今后继续在,要是你跟人胡来,我就跟你划清界限,咱们姐妹缘分就到头了。"姚淑倩撂下这话,她见秋菊没吱声,自己扭头就走,秋菊担心自己因这事弄臭名声。再说,她更清楚田间活,只有她家赵四狗一个在忙,别的放心他,就是卖瓜怕他不识秤,要是被别人哄了,多不划算。想到此处,她说:"淑倩姐,我不害人了,我们姐妹情更重要。"

向阳镇是渭北平原上甜瓜种植面积最大的产销基地,赶上每年的成熟季节,周围区县大小瓜果商贩都会蜂拥而至。向阳镇东西街道为主要商贸街,街道狭长,交通不甚方便。

另外,田间地头交易成为趋势,向阳镇通向孝义县的一条柏油路成为天然的瓜果交易市场。按说卖瓜占道经营,交通部门以及交警部门是要正面干预的,然而民以食为天,百姓种瓜就是自己挣回一个口粮钱,于是,县上交通局、县公安局交警队对甜瓜占道经营都是以疏导交通为主。要是瓜果上市,周边乡镇小瓜商消息比谁都准确,哪一块瓜果成熟得好,哪户人家不掺水分,他们都掌握于心。

瓜农也是根据实际情况，选择合适瓜商，一般来说，谁家人本事大就恋来大客户，谁家人能力差的话，种瓜卖瓜必然也就小打小闹，开港田车走村串户小商贩就成了他们常联系的买卖人。

石头是蒲城县荆姚人，他平常走村串户收羊收狗，瓜果成熟了，他眼红别人贩瓜买卖，自己细细一想，开始他的跨行买卖——收购甜瓜，他仍然沿用收狗收羊买卖法程，买卖都是秤上坑人。

秋菊心想，自己虽然与赵淮安在一家园区，但卖瓜向来都是买卖自由的，前一两年，秋菊家瓜果开园，都是赵淮安联系客户收购的。而后场里，秋菊心想自己瓜自己卖，卖多卖少都是自己的事，反正街道瓜商多得很，卖瓜不能总是依赖人家赵淮安来帮忙。

石头骑摩托车从向阳镇街道穿过，他被秋菊拦住，秋菊问他瓜咋收，他回答随行就市，秋菊说："自家瓜开园了，给个和音价的话，这买卖就成了。"石头说："先到你地里看看货，我出啥价也就有个参考物，不管咋说，我这人做买卖讲良心，决不叫嫂子你卖瓜吃明亏。"

秋菊说："我瞅你像实诚买卖人，车开到地头看看瓜成色吧。"石头说："成，我跟嫂子你过去看一下瓜。"

秋菊领他进地看过瓜，石头说："嫂子，咱的瓜不是很赢人，要说卖瓜都是门面活，我就是卖也罢，倒腾给人也罢，也要咱东西是好货。"

秋菊说："好兄弟，咱瓜细鼓嘟嘟的，你要识货。说句中肯话，你在塬上塬下就寻不到这么好的瓜啊！"

石头说："兄弟干这行不是一年两年了，好货，打眼一看就能辨出来。"

秋菊说："兄弟，不磨镰，谈屎咸蛋话。"

石头说："是这，嫂子，你瓜想要啥价呢？"

秋菊说："头茬瓜，咋说，你得给两块钱一斤吧？！"

石头说："嫂子，这瓜出不了那么高，要价，要个和音价，我只要拉回去不赔，就当给嫂子帮忙哩！"

秋菊说："兄弟，你出啥价，嫂子听听。"

石头说："你地里这货，我顶多掏一块五。"

秋菊说："你瓢人哩！我看，咱俩买卖做不成了。"

石头说："好嫂子，瓜是张口货，一时一个价，我也没办法。"

秋菊说："我让一下，你加一点，咱这买卖不就成了嘛！"

石头说："我看嫂子实在人，不说了，我一口价，给你出一块七，再多一毛我也不给了。"

秋菊说："就按你说的价来。"

石头说："就这么定，给咱卸瓜吧。"

秋菊说："我寻人卸瓜，你坐瓜庵里头歇息去。"

石头说；"嫂子，你把瓜给咱卸好，我困了，到瓜庵睡一会儿。"秋菊在地里摘甜瓜，然后装进袋子，她又使唤四狗一袋一袋扛出地，这才叫石头过秤。石头取出自己秤要过瓜斤两，秋菊心贼了一下，她说："兄弟，不是我多事，过瓜分量，你的秤，我不放心。"

石头心想，既然这女人戒备自己，咱就不能牵强着来，于是他说："嫂子，你看，你能找见秤，过瓜就拿你秤来。"

赵淮安两口子不在，秋菊冲忙娃开口借秤，忙娃见都是一个园区的，秋菊又是赵淮安对口扶贫协议户，借秤给她，自己也没错。秋菊将从忙娃手中借来的秤推到自己瓜堆跟前。石头过磅秤，她和赵四狗又将过了秤的瓜装到港田摩托车后箱里。整辆车装满之后，石头与她算过账，付过钱，很快就骑车走人。这两口子，拿到钱极其开心。秋菊寻思着，自己忙了大半天，有了钱，正好可去镇上赶集。

石头开车离开瓜地，她重新掏钱再数，结果发现，这瓜贩子给自己的八百元钱，没有一张是真币。她见水印有问题，顿时呆住，不知如何去追。赵四狗想要是骑自行车追，时间来不及，压根儿也追不上人家。他们正苦无对策，高翠萍骑着她家嘉陵一百摩托车来到田间，秋菊立马来了主意，她央求高翠萍说："翠萍，你帮我个忙，刚才我恋来瓜贩子，他装走我瓜，给我的钱都是假币，你要带我过去追这家伙，万一被他跑了，我这亏岂不吃大了。"

高翠萍心想，过去与她是有结，但是，她既然需要自己帮忙，那就计较不了那么多了。她将刚刚熄火的摩托车又一脚踩着，然后，她一拍后座叫秋菊抓紧上车。然后，给摩托车挂挡，并加了油门，车由慢变快，两人驶出园区，直奔孝义县城通往向阳镇的一条必经之道。石头心想，今天把假币付给别人瓜账，这等于自己一车瓜就是捡来的。刚出向阳镇地界儿，他经过九里坡时，被高翠萍骑车追了上来。石头见卖瓜人寻来，心想糟了，但见是两个女人，自己胆量忽然又剧增。他心想，她俩即便赶来也拿自己没有办法。他压根儿没想到，高翠萍将车横在路边，二话没说就走近他车跟前，熄火拔下车钥匙。接着骂道："狗日的，你坑谁不好，不看她可怜。"秋菊也上前理论，要退钱给她。

石头死活不承认自己给了假币，高翠萍气上心头，她抓住石头领口，石头心想自己做了亏欠事，不能与女人动手。熟料，他完全低估眼前的女人，她一连几个烧包打在自己脸上，又使出浑身力气将自己拉下车。石头虽然也有一身力气，但被两个女人连抓带挖，打得败下阵来。高翠萍恐吓他说："你害锤子，出门做买卖，没见你这号人，坑人这么大。"

石头捂脸忍着疼痛，他虽然败阵，但是丝毫没有畏惧，他继续嘴硬说："你俩胡来，我给她付钱，每张都没问题，你俩欺负我这买卖人。"

秋菊一听这话，更加生气，一口痰吐在石头脸上，气愤地骂道："害人，你咋不死去哩，不换钱，你今天走不了。"石头用毛巾擦了脸上的痰，说："你俩死搅蛮缠，我就不客气了。"

高翠萍说："秋菊，给这货讲尿道理，拔掉他气门桩，然后寻警察来管。"

石头心里打了一下寒战，终于说出服软话："我不是故意的，要是钱真的有问题，我给换过来，你俩别报警。"

高翠萍说："见你娃识相，要是换钱，我们放你一马。"

石头很无奈，但毕竟自己做了理亏事，这两个母老虎够自己喝一壶的，他主动服输，给秋菊换了真钱，秋菊给回石头假币，他刚揣进衣兜里，高翠萍严肃地说："掏出来，给我瞧瞧。"

石头说："我换钱给你们了，你就甭多事了。"

高翠萍又说："你娃，给是不给？"

石头听她说步步紧逼的话，动作不大利索地掏出一沓假币，高翠萍接过钱，当他面撕碎了，这才解恨地说："快滚，滚得远远的。"

秋菊告诫他说："你以后做买卖最好安分些，坏事做多了，对自己不好。"她俩解恨过后，见达到目的，骑车调转方向回到向阳镇，吃过饭，又骑车回到自己的甜瓜园区继续忙活。

秋菊心想，人家高翠萍这回不计前嫌，给她家挽回损失。当初，自己日子穷，现在一步一步到今天，多亏人家两口子的帮助。她寻思着，既然自己瓜卖了钱，日子比以前好了许多，人要懂得饮水思源啊！她与赵四狗商量，赵四狗支持秋菊的想法，两口子一致认为这回得买礼物，感谢一下赵淮安一家的扶持恩情。

秋菊虽然想感谢赵淮安一家人，但她还是有顾虑，因为即便被赵淮安夫妻原谅，她家秀英却一直不给自己好脸。要是自己两口子去了，不见刘秀英则罢，要是见了她，她给自己下不来台，这可咋办呢？她寻思着，反正天下雨了，姚淑倩在家闲着也是闲着，拽上她去，对这事有百利而无一害啊！她从中撮合，调节尴尬气氛，这样一来，不至于落得一个难堪局面。

下雨天，瓜农家都闲着，高翠萍就想回家为婆婆做一顿像模像样的花样饭。

高翠萍进屋问候婆婆之后，就进了厨房，择菜洗菜，剁肉搅拌，过上一阵之后，厨房里传出刺啦刺啦炒菜声。赵淮安在屋外陪着母亲拉了一会儿闲话，刚想进厨房，屋外有人走进，他仔细一看，姚淑倩从雨地里进屋，秀英瞅见来人是姚淑倩，感觉意外地说："淑倩，今天咋有空，过来串门。"

姚淑倩说："好姐姐哩，这还不是时间长了，咱姐妹没聚聚，我想你了呀。"

姚淑倩见赵淮安之后，她气长地说："淮安，我从厨房闻到香，像是翠萍把饭做熟了？"

赵淮安大方地说："淑倩婶，翠萍蒸包子哩，锅里的快端了，你一会儿尝尝。"

姚淑倩又问："锅里光蒸包子，翠萍没炒个菜啥的？"

赵淮安说："炒菜那是必须的，今天婶来了，她才在婶您面前表现手艺呀！"

刘秀英说："她婶，咱媳妇手艺没得说，你过来坐，等饭熟了，咱姐妹喝两杯。"

姚淑倩这才直奔主题地说："嫂子，有个正事，我得跟你说一下。"

秀英问她啥事，她说："秋菊和赵四狗，这不是淮安帮他们扶贫，都已经三年了，他们日子比过去强多了，这两口子过意不去，想过来看你，也顺便感谢一下淮安两口子。"

刘秀英说："她呀，你不提我还不生气，她早前在别人面前说我是非话，这且不说，还当面说难听话羞辱过我，要是他俩来，我不见他们。"

姚淑倩说："谁还没有个错，过去的事咱就不提了，他俩反省了，你就给个机会，妹子这脸还值个钱，对吧！"

赵淮安一听这话，他说："妈，都是说有理不打上门客，过去的事，咱就不算老账了。"

刘秀英见儿子也在劝自己，便说："今天这事，看在你淑倩婶脸上，我就认了。"

姚淑倩说通这娘儿俩，进厨房又跟高翠萍通过气，心里这才有了把握。她做了一番铺垫工作，这才从屋外房檐下领赵四狗和他婆娘进门。秋菊手提一篮子鸡蛋，赵四狗胳膊携着马蹄笼，马蹄笼里盛着副食点心，还有一些罐头水果之类的东西。秀英见给自己家送来不少东西，心想自己不能敷衍人家，便上前说话："四狗，你和秋菊下雨天跑啥呢？！"

赵四狗说："过来看姐姐您一下。"

秋菊说："平常地里忙，我寻思着早早过来看你。这不，一直没有空，今天下雨天，我们正好有空，这才买了礼物过来看姐姐你。"

刘秀英说："你们两口子日子过得紧，你来就来，买这么多东西，太见外了。"

高翠萍从厨房出来，说："就是，秋菊婶，你和四狗叔日子过得紧，来就行了，还提什么礼物。"

秋菊说："我来，主要是看姐姐，这是礼节，其次过来谢承侄子侄媳，我买东西，这是一份心意。"

姚淑倩说："秋菊说得在理，他们也是应该的。"高翠萍见婆婆已经原谅秋菊，气氛变得融洽起来，她说："淑倩婶，你和秋菊婶、我四狗叔先别走，我收拾一下，你们尝一下我的手艺。"

秋菊说："我和四狗叔饭就不吃了，我要回去，家里娃娃还指望我给他做饭。"

高翠萍说："迟早也不在一阵，等等尝一下包子再走。"

刘秀英也说了挽留的话，秋菊这才说："既然翠萍尽让，我不能说走就走，尝一下你手艺。"

高翠萍和赵淮安从厨房端出饭菜，他们一家人和姚淑倩以及四狗与他家婆娘吃了午饭，这天，他们两家心结算是彻底打开了。

赵淮安心想自己园区既然有了收益，吃水不忘打井人，自己要答谢李保成书记，还要答谢梁红旗和周广田。很快，他找机会送瓜给了李保成书记，又送了瓜给梁红旗和周广田两人。

又是一年谷雨时节，向阳镇办公室主任夏明阳给他打来电话，说要他园区有所准备，镇党委书记李保成近期要来园区调研，要他在汇报材料上下足功夫，成绩要汇报，存在的问题，需要镇上解决什么实质问题，等等，都要做到心中有数。赵淮安说自己认真准备，期待李书记莅临指导自己的园区工作。

大致两个礼拜后，李保成书记来赵淮安园区调研。赵淮安汇报园区实际情况，他还谈到自己要壮大企业存在资金不足等问题，李保成书记鼓励地说镇上要将他的谷雨甜瓜种植示范园纳入包装项目，下一步，还要争取上级单位的政策扶持。听到李保成书记一席话，赵淮安备受鼓舞，他想自己经营上的困难很快就会迎刃而解了。

他说："谢谢李书记，您李书记真是我的大贵人啊！"李保成鼓励道："后面好好谋划一下发展的新篇章，我乐见你越做越大，希望可以一举成为我镇的示范企业。"赵淮安说："我会好好干，不辜负李书记您的期望。"李保成说："好了，我下午有会，你这就不耽搁了。"李保成书记走后，赵淮安心想，自己在仕途上没弄出名堂，看来在农业上要大放光彩了，想到这里，他心里美滋滋的。

没多久，赵淮安受邀参加县上扶贫工作汇报会，这天，县上宣布他的扶贫对象已经摘了贫困户帽子，为此，他还受到县上民政局的表彰。自李保成书记说了包装立项的想法，赵淮安很快就花钱聘请来农科城毕业新生朱启迪，设计规划了他的园区远景图。一切就绪之后，他去找镇上李保成书记，在镇上做了大量工作之后，赵淮安盼来上面给自己拨付的扶持发展配套资金二百万元。

这年秋季，赵淮安的园区扩建工作已经启动，他果真没有辜负李保成书记对他的殷切期望，第二年开春，他的园区面积已经成倍扩大，在经营管理上，他家起用技术管理人才，大胆创新，对园区瓜果进行提升包装。朱启迪主动营销，将赵淮安园区瓜果销售与超市水果供应商联姻，积极为谷雨甜瓜种植示范园拓宽商品市场。向阳镇党委书记李保成再度对赵淮安园区调研时，对赵淮安精细化管理十分满意，他冲陪同自己调研的办公室主任夏明阳说："县上宣传部一直强调外宣任务，既然赵淮安赵总事例典型，我们以他'发展甜瓜产业，致富不忘乡党'为主题给他写一篇通讯报道寄给省报编辑。"向阳镇党政办公室主任夏明阳说："这工作我尽快落实。"夏明阳通过对赵淮安更为深入了解之后，利用一个周末时间，为赵淮安发展甜瓜种植产业写了一篇通讯报道。当天，他给自己撰写的新闻报道盖上了向阳镇党委印章之后邮寄出去。夏明阳一直在等，两个月了，还不见消息，他心想，自己写的稿件该不是石沉大海了吧？该不是自己写的事例不够典型，所以难以见报？又过一阵子，夏明阳已经不抱有希望了，忽然有一天，省报要闻版刊登了他写的文章。这次报道对赵淮安更是倍加鼓舞，他从内心感激李保成书记，也很感激夏明阳为自己辛苦写下洋洋洒洒的两千字通讯报道。

省报自然影响很大，杨凌农科城蒲忠厚教授在读报时读到了这篇文章，他不确定文章中的主人公赵淮安是不是他的学生，于是他给赵淮安写了一封信进行求证，这才弄清报纸上刊登的人物就是他，他这下才想到赵淮安给自己寄过甜瓜，他起先当是买别人家给自己寄来的，现在看来，这小子寄的瓜都是自己家的，看到他能有今天的成绩，自己倍感欣慰！

    赵淮安见大学老师关心自己，心想应该去看一趟。他和高翠萍买了两只大公鸡，又灌了壶自家陈酿老醋，周末这日清晨，他俩乘车从向阳镇出发，两个小时后抵达杨凌农科城，找到蒲忠厚教授的住处。

    蒲忠厚教授爱人迟媛在自家屋里练习画作，听到有人叫蒲老师，走出屋外，见是赵淮安夫妻，迟媛急忙接过客人手中礼物，她说："快进屋，来沙发坐，我这就给你们沏茶。"赵淮安说："迟教授，蒲老师在吗？"

    迟媛说："你老师在，他这会儿在外面打太极拳，人老了把自己身体看得重，要不了一会儿工夫，他就从外面回来了。"迟媛担心自己光顾与赵淮安拉话，冷落了他媳妇，便冲赵淮安说："淮安，我看你媳妇是越来越漂亮啊！"高翠萍见迟媛夸奖自己，接话道："迟教授，您过奖了。"迟媛沏好茶，又端出瓜果糖一类的东西招呼他们："这个你们慢用，按说蒲老师也应该回来了，这老头，他平常就是这个点回来哩！"赵淮安说："不急，师娘。"蒲忠厚教授在屋外听到有人说话，他进屋之后，发现是他的学生赵淮安和他媳妇，便高兴地说："淮安，你们咋来了？"赵淮安与高翠萍起身，他俩与蒲忠厚教授握过手，又异口同声地说："蒲老师好！"蒲忠厚说："淮安，你俩赶紧坐下。"高翠萍反客为主，给蒲忠厚和迟媛倒了茶水，又递给他们，而后，她回到自己原来位置，听赵淮安与蒲教授夫妻拉话。

    蒲忠厚说："淮安，我真没想到，你起先是乡镇干部，后场里，你又种瓜经营起甜瓜种植示范园，这一前一后，变化真大。"赵淮安说："蒲老师，迟老师，说来惭愧，我原来是乡镇干部，后来没把握住自己，犯过错误。因为这事，丢了公职，走上种瓜这条路。"蒲忠厚说："你看你，咱本来仕途顺利，为啥当初就犯浑哩，真是没出息啊！"赵淮安说："蒲老师，我错让你栽培了，学生我惭愧之至啊！"迟媛见他们师生对话太沉重，打断道："你个老头子，人家赵淮安现在可是人物啊！你几天前看省报不是有个文章说的就是他嘛，你还在我面前夸他这好那好。"蒲忠厚说："当官不成，咱当好农民，淮安，你后来干的这事我赞成。"赵淮安说："我今天能在种瓜上取得成绩，要说，与蒲老师过去的栽培是密不可分的。"蒲忠厚说："我庆幸带过你这个学生啊！"赵淮安说："今天我们到外面吃饭，我做东，请您和师娘一起坐坐。"蒲忠厚说："在家里吃，花钱干啥呢？"迟媛说："淮安有心，我们就主随客便吧！"蒲忠厚笑了笑，说："既然淮安有心，迟媛，今天我们就与我的高徒，好好喝一盅去。"赵淮安搀扶着蒲忠厚，高翠萍搀扶着迟媛，他们出了农校来到一家相对舒适并且物美价廉的餐馆。赵淮安点了三凉三烩，他和高翠萍陪蒲老师夫妻吃了顿饭。师生叙旧之后，赵淮安与蒲老师谈到自己的后续发展，蒲忠厚说："先前，我在你们那搞了一两年甜瓜种植试验基地，后来中途夭折，这下，为了支持你的事业，我将自己学生的劳动基地设在你们那里，这样，我从自己角度，也能以学院的技术力量来支持你。"赵淮安心想，太好了，这是自己巴不得的事情，自己要与蒲忠厚老师好好酝酿此事。想到此处，他说："蒲老师，我这趟没白来，谢谢老师抬爱。"蒲忠厚说："我不支持你，我支持谁呀？"迟媛说："对，我和你蒲老师看中你，还不是想让你成人中龙嘛！"赵淮安说："既然师娘说了这话，我敬老师一杯。"几个人热热闹闹好一阵之后，蒲忠厚说："时候不早了，我们以后有机会再聚。"饭罢，赵淮安与高翠萍到杨凌农科城车站坐大巴车返回，直到傍晚才回到向阳镇。

孙立政是荆家堡的，家人为他取这名，是想让他考取功名，谋一个公家差事。孰料，他虽然读过高中，但是补习三年都没考上大学，父母亲寄予的期望没有实现，他给自己改名为孙立农。

孙立农返乡为农，他在农业社干过几年，娶妻生子，改革开放之后，他钻进蒲城县兴镇花炮公司，撇下婆娘安雪英在家照顾父母亲又抓拍娃娃，很是辛苦。孙立农每年给家里寄钱，照说，安雪英的日子虽然苦点累点倒也能过得去。没几年，蒲城县兴镇花炮出事，孙立农与家里失去联系。最初，蒲城县兴

白驹

镇花炮公司隐瞒事实，后来这事瞒不过去，蒲城县兴镇花炮公司才说出孙立农遇难的实情，除过要给他家里抚恤金以外，又说照顾儿女上学，直至年满十八岁。安雪英与家人听说这事异常悲痛。孙立农这事不久，安雪英婆婆与公公相继去世，炮场老板同情他家遭遇，为孙立农家处理了父母亲的后事。安雪英前头失去丈夫，后头又走了婆婆与公公，家里就剩下孤儿寡母。

孙立农自家门里的堂兄名叫孙碎旦，是堡子有名老光棍，他成天骚扰安雪英。安雪英被逼无奈，带娃跨出孙家门，与富平施家的匠人刘福来过日子。刘福来家儿子已成家另立一户，他的女人因子宫癌没了性命。

蒲城县兴镇花炮公司给安雪英丈夫的抚恤金，她已早早花完，后场里，给过几年的儿女生活费。中途蒲城县兴镇花炮公司倒闭，后来领导不认前账，蒲城县兴镇花炮公司断了她家儿女的生活费。安雪英跟了刘福来，刘福来家里也拖累大，他家娃娃跟他要钱没完没了。安雪英女儿要上西京邮电学院，需要花一笔钱，刘福来虽然帮了忙，但是数额不够。眼看就要到八月份了，安雪英很是发愁，她忽然想起一个人，寻思着去表姐姚淑倩家试试，即便她没有，也可以给自己出出主意。

刘秀英蹲在自家后院皂角树下，在铁盆里揉洗衣服，姚淑倩带着她表妹安雪英来到她跟前她才发觉。刘秀英见来了客人，问："淑倩，你领的这是你家亲戚吗？"姚淑倩说："秀英姐，这是我表妹。"刘秀英说："淑倩表妹人长得俊。"姚淑倩对她表妹安雪英递了一个眼色，说："雪英，这是咱秀英姐。"刘秀英心想，大晌午来，她又领着她表妹，一定是有事，我姑且招呼她先进屋里坐。她带客人进屋，沏茶给客人。她见姚淑倩心事重重，于是关切地问："妹妹，你过来，想必有事。"姚淑倩吞吞吐吐地说："秀英姐，这是我表妹，她姑娘叫孙翠红，这丫头聪明，考上西京邮电学院，我妹，现在是重组家庭，后爹给了三千元学费，还差五千元钱，我过来找你，是想叫你家淮安帮她一把，成吗？"刘秀英听了这话，主动亲近安雪英，又如同姐妹一样，握住她的手安抚说："妹妹，娃上学事大，这忙，我家一定帮。"刘秀英慷慨解囊的一句话，让姚淑倩和她表妹安雪英心里暖暖的，姚淑倩感动地说："这事叫姐姐费心了，我们姐妹谢谢秀英姐帮忙。"

安雪英激动得眼泪流了下来，刘秀英递给她纸团。姚淑倩说："秀英姐，这事，我们姐妹用不用见淮安两口子呢？"刘秀英说："这个没必要，咱娃很明事理，这事有我，你就在家等等，我会叫娃主动联系你俩的。"姚淑倩说："这事，就拜托秀英姐了，那我就跟表妹先回去了。"刘秀英说："淑倩妹妹，我就不留你俩了。"刘秀英送走客人之后，赶去向阳镇教育培训中心，与其他家长一样，每天重复着接送孙女的活路。

高家庄高选民女婿经常给他送来他爱抽的新疆漠河卷烟。高选民历来有个习惯，但凡女婿送来卷烟，他都会用报纸包裹，少不了给仁义堡老仁老汉带上一小包。这回，间隔时间比较长，高选民老汉烟叶断了顿，他心想自己女婿不像话，这么多天没有信儿，他寻思这小子也该来了。乔凤莲在家，冲对着自己乱发一通脾气的高选民说："老头子，我预感女儿这两天会来的。"高选民说："她心里装着她家园区，我和她老妈，老了，已经不值钱了。"话刚落音，屋外有脚步声，就听高翠萍说："爹，妈，我和你女婿过来看您二老了。"乔凤莲说："你这疯丫头，还知道回娘家。"高翠萍说："女儿是娘的心上肉，我呀，无时无刻不在想我娘家人。"乔凤莲说："你就知道贫嘴，我真拿你没办法。"赵淮安见高翠萍只知道跟娘亲唠，将老爹冷落在一旁，他急忙将自己带来的一包新疆莫合卷烟叶递给高选民，然后十分歉意地说："爸，这回我来晚了，这烟，是我托人买的。"乔凤莲说："老头子，瞧你女婿多有心。"高选民这才开言了，他说："你爸我看来福还在，女婿孝敬的，我就爱抽这个。"赵淮安与高翠萍相视一笑，说："烟叶给爸送来了，园区的事要忙，咱们还是走吧！"高翠萍说："我跟妈还没唠上几句，这早就要走，瓜地的事真烦人。"高选民与乔凤莲两人善解人意地说："你们成天不容易，我们也帮不上忙，是这，地里活要紧，娘家来了，爹娘见了，就行了，快回去忙地里活去。"赵淮安和高翠萍走后，高选民冲自家女人说："老婆，我串门去了！"

乔凤莲心里清楚，她家老汉，那是出门显摆去了。高选民仍像往常一样，拿着女婿送来的卷烟，找他的老伙计老仁去抽。他这回来老仁家，老仁骂他说："你这货，一向没来，我当你下去了。"

高选民生气地说："你成天狗嘴吐不出象牙。"

老仁自贬地说："我不像你选民老汉那么有福。"

高选民调侃地说："你成天给婆娘骚情，人就不招式你，这不就是我惦记，过来看看你尻。"

老仁几近嘲讽地问："女婿给你拿烟了？又过来在我跟前显摆。"

高选民厌烦地说："你这人，真不识人敬。"

老仁笑了笑，猜测道："看你胳膊拐夹的包包，是不是娃又给你拿来烟了。"

高选民自豪地说："就是，咱女婿前脚走，我后脚就来你这。"

老仁看见高选民送来自己喜好的旱烟，马上就变得殷勤起来，主动给高选民让座。高选民心知肚明，老仁对自己，那还不是热一下冷一下的，要是顺他话讲，这家伙自然而然开心了，看来，自己要哄他开心。

于是，高选民大方地说："抽一口，你就来精神了。"

老仁像猫闻到腥一样，迫不及待地说："我早都害痒痒，想啊！想啊！没啥抽，今天把我哥盼来了，要说哥这人，我没啥弹嫌的。"

高选民说："你就是个卖嘴的，这话都重复一百遍了。"

高选民给他用报纸卷旱烟，递给他，又给他点燃，叫老仁老汉过了烟瘾。随后，两人扯起了闲话。老仁说："选民啊！咱女婿有出息。"

高选民欣慰地说："是啊！这娃娃本质好，当初，我给女儿瞅对象，如今看来没输眼。"

老仁见高选民接他话茬，继续说："娃娃这事做得好，帮别人也是帮自己。"

高选民继续肯定地说："我娃这事做的，我赞成。"

老仁说："抽几口烟，咱俩田间转转去。"

高选民说："成，这就走。"

两个老汉你一句我一句唱起秦腔："杏花村中有家园，西湖山水仍依旧……"

起初，他们的声音很响亮，而后便渐行渐远起来，最终随着背影消失在远方。

　　杨凌农校蒲忠厚教授心想自己先前在向阳镇搞的甜瓜种植试验基地因为学校领导变动，他的项目要不来经费而中途夭折。这回，自己想支持学生的甜瓜种植园区，但是想归想，自己要向学校申请，征得领导同意。

　　想到此处的蒲忠厚教授写了一份申请报告，并很快递交给杨凌农校校长白彦龙。

　　白彦龙原来与蒲忠厚同为学校教研室的同事，后来蒲忠厚搞科研，而白彦龙走了仕途，两年前，白彦龙成为杨凌农校党委书记兼校长。

　　白彦龙见蒲忠厚教授为劳动基地挂牌的事来找自己，他看了申请材料之后，最初想上会与大家研究，若校委会成员意见统一的话，自己再做批准。但经过仔细阅览蒲忠厚教授送来的材料，他发现劳动基地定在孝义县向阳镇，向阳镇距离自己老家蒲城荆姚镇仅仅二十多公里路程，自己起先在富平县刘集中学读过书，高中补习时在孝义县向阳中学读书，论说向阳镇这地方自己有感情，但是向阳镇距离杨凌农校太远，劳动基地挂牌仅仅形式倒可以，要是以科研教学劳动基地为名目挂牌，就不甚现实。这事，让白彦龙左右为难。他后来与蒲忠厚教授商量了一下，最终还是确定在向阳镇挂牌。

　　白彦龙说向阳镇来去路途较远，教学活动成本太大，因此学校挂牌之后，仅派学生代表参与，这个课题叫蒲忠厚教授负责。尽管学校支持力度不大，但是这起码是官方承认的一件事。

　　蒲忠厚教授将自己与学校沟通的结果告诉了赵淮安。赵淮安心想，自己园区挂牌总比不挂好，挂牌成了杨凌农校劳动科研基地，最起码对自己有一个宣传作用，这事成了的话，自己园区就会引起县上头头脑脑的更多关注与支持。

　　于是，赵淮安将自己与杨凌农校蒲忠厚教授谈妥的事，亲自以书面形式

白驹

汇报给向阳镇党委书记李保成。李保成书记认为向阳镇甜瓜种植产业与杨凌农校科研技术联姻这事很有卖点。想到此处，他关切地对赵淮安说："由镇上党政办和你们园区两家协商，并与杨凌农校沟通策划这次劳动科研基地挂牌活动。"

又到一年立春时节，赵淮安谷雨现代农业示范园锣鼓喧天，鞭炮齐鸣，杨凌农校党委书记兼校长白彦龙受邀与向阳镇党委书记李保成参加学生劳动科研基地挂牌仪式。活动仪式上，蒲忠厚教授致辞，赵淮安做了发言，白彦龙与李保成为示范园揭牌。

高家庄高进喜多年做粮食买卖，收购粮食，他家自然安装过秤用的地磅，起初，他买卖做得红火，后来，他爱上打牌，且越打越大，越输越深。婆娘骂他，他打婆娘，婆娘与他离婚后去了深圳打工。

高进喜爹娘劝他，他压根儿不听，后来爹娘叫来他舅父交涉。喝过半瓶酒的高进喜，竟然干出一件傻事，他从厨房拿来切面刀，一气之下，当着爹娘和舅父面，砍掉了自己一根手指。

高进喜断了手指，爹娘和他舅父叫来江湖郎中，给他敷药医治，经历人生大起大落的高进喜顿悟到，自己深陷泥潭，要是继续执迷不悟，此生就无药可救了。他有了悔过之意，跪拜先祖，他要彻头彻尾地重新做人。

爹娘和舅父见他回心转意，为了他以后能过上正常人的生活，想方设法还了他欠下的外账。但他原来的粮食买卖因为缺少周转资金，迫于无奈，只能搁置在一旁。

高进喜不做收粮买卖，舅父买了一辆大货车，联系来一家粮库里脚力买卖，高进喜心想自己在家闲着也是闲着，可以寻个进钱法子，于是，经过爹娘说话，娃娃交给爹娘照顾，自己成为舅父货车跑外的一个跟班。

早前，富平县曹村姑娘康美倩嫁给流曲镇小伙刘利民，两人结婚一年左右，她在家里平房上晒玉米，摔倒过一次，怀下的身孕小产了。刘利民听说她没了身孕，顿时雷霆大发，嘴里蹦出脏话。

她见男人骂她难听话，还口骂了她男人，他男人一个耳光打在她的脸上，又说叫她趁早滚远点。起初，康美倩当这是一句气话，后来才发现事情不是自己想象的那样，他家男人在富平拖拉机厂营销科上班，他上班这一两年，与厂里一位名叫刘娟丽的女工好上了，他们的关系由暗转明。刘利民见自己婆娘长相姿色比不上人家刘娟丽，再加上康美倩与他性格不合等种种原因，刘利民跟康美倩要掰手闹离婚。康美倩被逼，负气出走，在镇关街道一家饭店打工。高进喜给舅父跑车拉活，经常在镇关街道吃饭，于是与康美倩渐渐熟悉，再后来，两人相互暧昧起来。

康美倩为了追求幸福，回家与自家男人彻底断绝了关系，而后，她要一心一意跟高进喜过日子。这事，高进喜告诉了他舅父。他舅父赞成这门亲事，支持他与这女人成家。

两人在县城租下房之后，又置办了家具，招呼来了亲朋好友，在县城举行了简单婚礼，然而这一切花销都是舅父给垫的。

高进喜虽然给舅父跑车，但这几年挣下的钱，大多是还先前舅父给他息事的一笔老账。

高进喜与康美倩成家，又欠下舅父的钱，他很内疚，心想舅父给自己垫钱是背过舅母给的，纸包不住火，这事要是被舅母发现，无疑，舅父就没有清闲日子了。

他虽与康美倩成家了，但是，依然为还舅父那一万五千元钱而发愁着。爹娘见他有压力，给他生来主意，叫他卖了地磅，趁早还了他舅父的钱。

高进喜赶急要还账，于是他卖地磅价格比较便宜。高选民心想，要是价格便宜，自己的女婿是不是用得着，我得找他商量一下。他来到女婿家，赵淮安听说高进喜卖地磅，他想这是好消息，自己要买新地磅安装，这东西价格贵得很，自己掏那么多钱挺不划算。要说，这东西安装在自己园区，有两点好处：

白驹

其一，自己用来方便。其二，瓜果淡季地磅还能对外经营。基于此，赵淮安说自己要买高进喜的地磅。

赵淮安担心夜长梦多，向阳镇集会这天，他到镇信用社取钱。

只要是集会，向阳镇信用社都会人满为患。赵淮安心急，他插队抢在别人前面取了钱，他这生硬举动，惹得其他人对他产生反感。

他取到钱数了数装进腰包，刚想离开，街头闲人就讽刺地说："哦！我认识你，你不就是种瓜发家的赵淮安吗？我说错了，确切地说，你是暴发户嘛！我就觉得怪，社会都成了这些暴发户的了，就拿取钱为例，他就比寻常人方便。"

赵淮安冲对自己满腹牢骚的人歉意地说："我用钱比较急，所以插队取钱了，没想到被你当头就是一棒，说来我真晦气啊！"

此后，村夫酒汉更是变本加厉地讽刺他说："你就是有个屄钱，有什么了不起，有钱就可以不讲公德？"

赵淮安觉得自己挺没面子，他愤愤不平地说："我说乡党，我一不偷人，二不抢人，你为什么重箭伤人呢？"

村夫酒汉又继续说："我说你，你就不开心了，你当你真的是种瓜挣了钱？你娃不是，你娃不就是套国家钱，成天挥霍地花，你那花花肠子，当我不知道。"

赵淮安内心变得五味杂陈，他克制自己，为了挽回面子说："你们不要恶意诽谤，我在此声明，我对你们保留控诉的权利。"

村夫酒汉、街头闲人相视一笑，其他人也跟着笑，赵淮安陷入尴尬且孤立无援的境地。

此刻，向阳镇信用社保安看到大厅吵闹起来，他严肃地说："大家别嚷嚷，否则，我就报警了。"

大家见保安话说到这份上，各自都保持沉默，在保安解围下，赵淮安才尴尬地离开了向阳镇信用社营业大厅。

这天，他赶早来到高进喜家，花钱买了地磅，方便自己的同时也为高进喜解了一时之围。

– 82 –

　　赵淮安百思不得其解，自己种瓜致富了，的确争取来国家扶持政策，但是，自己毕竟带动一方经济发展。此外，自己还有过扶贫先进事例，帮助困难家庭学生读书，等等，为什么还不被向阳镇一些人认可？他带着疑惑，求教自己农校老师蒲忠厚，蒲忠厚在电话中说，淮安啊，只要自己走得正，行得端，我们干自己的事，不用管别人怎么说。当下社会，你在某个领域取得成绩，固然是值得肯定，但是客观来说，有一部分人说你好，也会有另一部分人否定你，这都是很正常的一件事，作为老师我告诫你，不要太过看中浮名。你是读书人，做人的道理，要自己领悟，我相信，你一定会明白的。

　　听完蒲忠厚老师的一席话，赵淮安彻夜难眠，他想起自己曾经读书的渭北书院，很早有一位先生叫郭希仁，他比一代水圣李仪祉年长，两人亦师亦友。郭希仁推崇儒家学说，老先生曾讲："立人之本，在于立德，立德之本，在于宽人。"赵淮安顿悟。

　　从这天之后，赵淮安将自己的农业现代示范园法人更换成了他媳妇高翠萍，他又将企业独资性质变更为社员参股的股份制企业，而自己却隐身人后了。几天之后，赵淮安从园区回到仁义堡，发现村里来了一批西京城大学生，他们是深入农村的孤寡老人帮扶志愿者，带队的女娃名叫孙翠红。堡子里老仁说这娃就是姚淑倩表妹家姑娘。娃娃们走村串户，给村上孤寡老人洗衣服，拆洗被褥。这群娃娃真优秀，他暗自惊叹，同时，他也十分欣慰，自己当年资助的学生真有出息。

　　此后，赵淮安心想，自己在甜瓜种植上的确挣来一笔钱，既然是这一方水土养育了自己，自己作为这方水土养育的子民要懂得回馈家乡。他受到大学生志愿者们的启发，想在家乡向阳镇投资办一家敬老院。他有这个想法之后，与母亲和高翠萍商量。最初，她们反对，认为这样会分散他的精力，这且不说，敬老院还不是挣钱买卖。赵淮安对母亲和媳妇进行了一番苦口婆心的劝说，秀英这才明白，自己拖了儿子后腿。见母亲与媳妇不反对，他变得信心更足了。

三年之后，又是谷雨时节，玉子河畔盖起休闲公寓，周围绿植一新的小院，就是赵淮安谋划已久，自己出钱出力建起来的一家敬老院。经过一个漫长的夏天，这里装修一新，各类设施均已到位，后来，向阳镇的孤寡老人陆续入住。

赵淮安给敬老院起名为"乡音敬老院"，并请师娘迟媛写了牌匾名字。这年端午节，玉子河畔，一轮弧形彩虹呈现出绝美景象，河滩地里的蒿草，河水里的芦苇，被风吹得左右摇曳，一方池塘漂游了几只野鸭，水面不时荡起一圈波纹……彩虹与河面，古老与现代，彼此交相辉映，构成十分祥和的画面。

在这家老年公寓里，老人们生活得有滋有味，其乐融融。

这日，敬老院门前大喇叭广播有了响声，正在播放阎维文的《母亲》，歌词既熟悉又亲切，"你入学的新书包有人给你拿，你雨中的花折伞有人给你打，你爱吃的那三鲜馅有人她给你包……"抒情而又深情的歌声在河谷里回荡之后，传到更远的地方去了。

这天，乡音敬老院又迎来了新一茬大学生志愿者，赵淮安又开始张罗他的新一轮接待工作。

后　记

　　这部小说的故事发生在渭北平原孝义县，据我所知，孝义地名在东府大荔一带有，行政级别是一个乡镇。但我的小说与东府大荔孝义并无关联。

　　尽管这部小说作品中的地名有所虚构，但是发生在孝义县向阳镇的故事绝非完全脱离事实。我个人认为，小说创作与书画创作有着一脉相承的地方。书画创作很讲究，小说创作同样很讲究，我在创作之中，时时借鉴书画创作技法，譬如绘画在艺术手法上常常采用工笔兼写意，其作品有实有虚，虚实相间，这样的画作更能被人青睐，小说也更能赢得读者。我的这部小说《白驹》，笔法上同样采用虚实结合的手法，既有写实的一面，亦有文学加工的成分。

　　《白驹》这部长篇小说2016年动笔，历经各种艰难。写小说也是耕耘，庄稼好不好，就看自己应心不应心。首先，自己要将写作放在战略位置，分娩这部小说的过程，就好比种一茬小麦一样。选择麦种，就是小说立意，而写作期，其实也就是小麦播种期，小麦播种之后，吐出嫩芽，然后施肥、打药除草，接着，经过一个漫长冬季，几茬水灌溉之后，小麦扬花，过了小满，小麦开始泛黄，再过后，庄稼人搭镰收麦，又经过碾场晾晒最终入仓。而这个阶段就是写作者完成写作要经历的反复打磨的一个过程。

　　酝酿这部小说，最初，是我还在阎良卖茶叶时。当时，我的茶叶店叫"荆山茶居"，买卖牌匾是请著名作家高建群题写的。那阵，我的小店有文人雅士聚集，在此期间，我与朋友喝茶聊天，听来许多坊间故事，后来，自己经过文学加工形成文学作品。早前，我的长篇小说《老关山》中的一些故事线索就是喝茶聊天时听来的，后来，我又挖掘一些内容，促成小说创作。而正是自己在

白驹

阎良开办茶叶店的这段人生经历使我有机会接触到城市生活，由此更进一步了解了城乡接合部，包括县城人生活喜好与特点习惯。这些以及自己农村生活的经历等，都为这部长篇小说《白驹》的后续创作打下一个基础。

对于《白驹》，最初，自己心里一直没有谱，这部作品是否能够有所突破呢？等写到后期，个人感觉，自己的文字比以前有所进步，对文学的认知水平也有所提高。在历经很多艰辛，又经过反复打磨之后，这部小说终于脱稿，算是生活在渭北的一介乡野村夫，站在黄土高原上，为家乡人们吼出的一段铿锵有力的秦腔吧！

本书的出版，得到了西安市阎良区百跃乳业有限公司、陕西富平林景绿化有限公司、西安丽登实业有限公司、西安华荣建筑工程有限责任公司、阎良区关山航城面粉有限公司、阎良区国强现代农业示范园、阎良惠通学校等单位的大力帮助。借此机会，对玉成此书出版的所有单位及朋友表示诚挚的谢意！在玉成此书之中，高铭昱、李红梅等文朋诗友还参与过本书的校对工作，在此一并致谢！

此外，书中如有不妥，敬请广大读者谅解！

2019年5月8日于关山城南小楔（一稿）

2019年6月25日于关山城南小楔（二稿）

2019年7月6日于关山城南小楔（定稿）